해를 품은 달 2
ⓒ 정은궐 2011

초판1쇄　2011년 10월 15일
초판76쇄　2012년 2월 24일

지은이　정은궐

펴낸이　박대일
편집　이문영 · 임수진 · 임유리
교정　박준용
마케팅　송재진
디자인　김은희(표지) · 류미라(본문)

펴낸곳　파란미디어
출판등록　2004년 9월 14일 제313-2004-00214호

주소　121-886 서울시 마포구 합정동 387-18 현화빌딩 2층
전화　02. 3141. 5589(영업부) 070. 7798. 5589(편집부)
팩스　02. 3141. 5590
전자우편　paranbook@gmail.com
블로그　paranbook.egloos.com
트위터　@paranmedia

ISBN　978-89-6371-035-8(04810)
　　　 978-89-6371-033-4(전2권)

*이 책의 판권은 지은이와 파란미디어에 있습니다.
　이 책 내용의 전부 또는 일부를 재사용하려면 반드시 양측의 서면 동의를 받아야 합니다.

*잘못된 책은 구입하신 서점에서 바꾸어 드립니다.

정은궐 장편소설

目
차

第四章 🌺 구름의 눈물 자국 ⋯⋯⋯ 007

第五章 🌺 비의 흉터 ⋯⋯⋯ 137

第六章 🌺 달의 그림자 ⋯⋯⋯ 291

終 章 🌺 설야 ⋯⋯⋯ 465

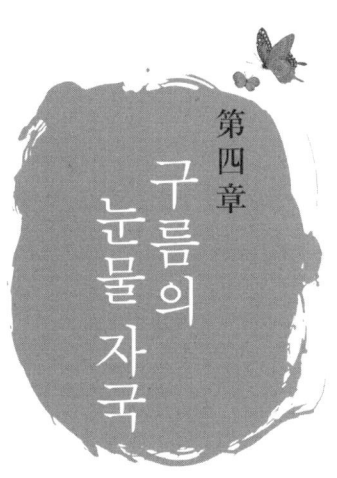

第四章
구름의 눈물 자국

1

 동이 터 오기 전, 구름이 어두운 하늘을 가득 메우더니 어느 사이에 눈을 뿌리기 시작했다. 한번 내리기 시작한 눈은 시나브로 쌓여 왕이 침전을 나설 즈음에는 비로 쓸어 내야 할 정도가 되었다. 훤이 내려서며 찌푸린 얼굴로 말했다.

 "언제부터 내린 눈이냐?"

 "상감마마께옵서 기침하신 이후였사옵니다."

 내관의 대답에 훤은 비로소 안심했다. 눈을 본 순간 제일 먼저 새벽에 성수청으로 돌아가려고 월대 아래까지 버선발로 내려섰을 월의 발을 걱정했기 때문이다. 하지만 안심은 잠시뿐이었다. 지금처럼 계속 쌓이면 오늘 밤 침전으로 오는 월이 이 눈을 밟게 될 것이고, 짚신이란 것은 막아 주지 못하는 걸 알기에 훤의 마음은 벌써부터 눈에 젖어 시렸다.

 "눈이 쌓여 다니는 길이 불편하지 않게 궐내를 수시로 쓸도록 하라. 어도만이 아니라 신민이 다니는 곳까지 쓸어, 어느 누구라도 눈에 발이 시리지 않도록!"

"분부 받자와 거행하겠나이다."

왕의 뒤를 따르는 제운은 눈도 보지 못했고 추위도 느끼지 못하였다. 머릿속을 가득 메우고 있는 월과 연우 때문이었다.

휜은 평소와 달리 편전으로 가지 않고 대비전으로 발걸음을 옮겼다. 휜의 친모인 대비 한씨는 외척 세력을 독점하려는 윤씨 일가에 의해 친정 식구 대부분을 잃은 여인이었다. 그렇기에 같은 궐 안에서 길 하나를 사이에 두고 있어도 대왕대비와는 얼굴을 맞대는 경우가 거의 없었다. 그렇다고 궁궐 내의 사정에 어두운 편도 아니었다. 보통의 내명부 여인들처럼 성수청과 함께 간혹 굿판을 벌이기도 했으며, 무엇보다 별궁살이를 하고 가례를 치른 경험이 있었다. 그래서 여탐굿에 대해 넌지시 물어보기에는 지금 현재로서는 한씨만 한 인물이 없었다.

휜은 자연스럽게 질문할 수 있는 방법을 연구해 가며 한씨 앞에 앉았다. 하지만 굳이 머리 싸매고 고민할 필요가 없었다. 자리에 앉기도 전에 한씨가 눈을 반짝이며 먼저 물꼬를 터 줬기 때문이다.

"주상, 장씨 도무녀를 직접 만나셨다고요?"

너무나도 반가운 말이었지만 휜은 슬쩍 말을 빼냈다.

"어마마마, 그런 데 관심 두지 마시옵소서. 추운데 군불은 잘 들어오옵니까?"

기가 죽은 한씨는 대충 대답하고 입을 다물었다. 하지만 대화 몇 마디가 오가지 않아 다시 성수청과 관련된 이야기로 바뀌었다.

"이 어미는 주상의 성후만 나아지면 죽어도 여한이 없겠습니다. 내가 이 땅에 숨을 붙이고 있는 유일한 끈인데, 휴!"

"소자 건강하옵니다."

"허구한 날 앓아누우시지 않습니까. 그 장씨한테 부탁만 하면……."

"어마마마, 제발 그 말씀은……."

한씨가 바짝 다가가 앉아 아들의 손을 두 손으로 꼭 잡고서 조르기 시작했다.

"주상이 불러들이셨다면서요! 이참에 아예 주상의 병을 뿌리 뽑읍시다. 그자가 마음이 변해 내일이라도 바로 또 성수청에서 사라질지 어떻게 압니까? 8년 동안 기도만 하다가 와서 신기가 충만하다 하더이다. 그래서 굿을 하면 즉각 효험이 있을 거라며 그 첫 굿을 서로 하려고 난리도 아니랍니다."

훤이 마치 귀가 솔깃한 것처럼 물었다.

"그자가 그리 용하옵니까?"

"용하다마다요. 대왕대비전 사람만 아니면 좋으련만……."

이쯤이 본격적으로 대회에 들어갈 시점이라고 판단했다.

"장씨의 굿을 본 적 있사옵니까?"

"아니요. 그자의 굿을 보는 건 하늘의 별 따기랍니다. 친분이 두둑한 대왕대비마마께오서 부탁해도 열에 하나 정도 들어준다니까요."

"그렇다면 장씨의 굿은 성수청을 나가기 직전에 했던 여탐 굿이 마지막이었겠사옵니다."

"네? 여탐굿이요? 장씨 같은 이가 그런 별것 아닌 굿도 한 적 있답니까? 신기해라!"

예상치 못한 말이 나오자 훤은 놀라지 않을 수 없었다. 조기호로부터 보고받은 이후로 계속해서 여탐굿은 극소수만이 아는 비밀 굿 정도로 인식하고 있었기 때문이다. 월의 대답과 뒤엉켜 모든 것이 헷갈리기 시작했다.

"별것 아닌 굿이라니요?"

"안방에서는 흔히 있는 굿입니다. 처녀가 혼인 전에 조상에게 고하는 굿이지요. 원래 일반 민가에서는 혼인 날짜 받아 놓고 집 안에서 하지만, 왕실 간택을 받은 이 어미는 별궁에서 하였답니다. 무당 없이 물 한 그릇 떠 놓고 빌어도 무방한 굿을 장씨가 하다니 별스럽기도 하지."

"그럼 별궁살이 때 여탐굿 외에 다른 굿은 한 적이 없사옵니까?"

한씨가 무슨 말인지 도통 모르겠다는 투로 고개를 갸우뚱하였다.

"전혀요. 여탐굿도 굿이라기에는 좀……."

훤의 인상이 자신도 모르게 구겨졌다. 어쩐지 손쉽게 대화가 풀린다 싶더니 머리만 더 복잡해지고 말았다. 이후로도 줄곧 굿 한 번만 하자고 조르는 한씨에게 시달리기만 하다가 훤은 일어섰다.

천추전에 들어선 훤은 주위 사람들 모두를 물러나게 하고 대기 중이던 신하들은 잠시 기다리라고 해 두었다. 그러고는 한씨에게서 들은 여탐굿에 대해 제운에게 간략하게 언질하고 자신의 헝클어진 머릿속도 정리하였다.

조기호, 월, 한씨가 모두 제각각 여탐굿에 대해 다르게 말했다. 상식적으로 생각한다면 무녀인 월이 한 말이 정답이어야 한다. 하지만 그 흔한 기은제조차 모르는 비정상적인 무녀가 월이다. 그러니 직접 경험을 했다는 한씨가 정답일 가능성이 가장 높았다. 하지만 조기호도 월이 말한 여탐굿과 비슷하게 알려 왔다. 두 사람이 완전히 다른 오답을 말했으면 모르지만 오답을 비슷하게 아는 건 흔한 일이 아니다. 이렇게 생각하면 한씨가 잘못 알고 있을 가능성도 높았다.

훤이 차 내관을 옆으로 불러들였다. 그리고 귓속말로 오늘 사가로 나가서 여탐굿에 대해 알아 오라고 말했다. 한씨 말대로 여탐굿이 흔한 굿이라면 어렵지 않게 정보를 얻을 수 있을 터이고, 그러면 월과 조기호가 동시에 틀린 정보를 알고 있다는 뜻이 될 것이다.

제운의 머릿속은 한씨를 정답으로 확신했다. 이미 월과 연우가 동일인이라고 도출한 상황이었기에 월과 조기호가 동시에 잘못된 정보를 알고 있는 것은 이 사실을 더욱 명확하게 해 줄 뿐이었다. 제운은 어지러운 마음을 거두며 말없이 물러났다. 곧바로 선전관청에 들어 눈을 붙였다. 하지만 이것도 잠깐이었다. 마치 가위에라도 눌린 듯 벌떡 일어나고 말았다. 억지로 다시 눈을 붙이려고 노력했지만 월과 연우를 떨쳐 내기에는 역부족이었다.

제운은 조용히 일어나 검술 훈련장으로 자리를 옮겼다. 점점 더 심해지는 눈발을 뚫고 환도를 휘둘렀지만 이번에도 머리가 맑아지지 않았다. 차라리 저번처럼 방해꾼이라도 나타나 심술을 부려 주길 원했지만, 눈으로 인해 모든 군사 훈련이 중단되어 인기척까지 끊긴 상태였다.

머릿속을 털어 내려면 염에게로 달려가 확인하는 수밖에 없었다. 이것이 가장 간단하면서도 명확한 방법이었다. 하지만 문제가 있었다. 염에게 드러내 놓고 연우의 죽음을 물어볼 수가 없었다. 아직까지 누이를 생각하며 슬퍼하는 염에게는 연우가 월로 살아 있어도 비극이고, 연우의 죽음이 다시금 확실해지는 것도 비극이었다. 물어보려면 지금 상황을 눈치 채지 못하게 하는 선에서 해야 한다.

왕의 옆으로 복귀해야 할 시간이 아직은 조금 남았다. 제운은 마구간으로 달려가 왕이 하사한 흑운마에 올라탔다. 그대로 내달려 눈발을 가르며 북촌으로 향했다. 달리는 말 위에서 왕의 옆을 비우는 운검의 마음은 말발굽 소리보다 조급했다.

염의 집 하인이 어깨에 짚으로 만든 도롱이를 걸치고 대문을 열었다. 더 많은 눈이 쌓이기 전에 집 앞을 쓸어 두기 위해 손에는 빗자루를 든 채였다. 그런데 대문을 연 하인의 눈에 들어온 것은 눈보라 속에 있는 거대하고 시커먼 형체였다. 순간 그 위용에 놀란 하인이 외마디 비명조차 지르지 못하고 엉덩방아를 찧었다. 놀란 마음을 누르고 다시 찬찬히 보니 싸늘한 눈으로 이쪽을 보고 있는 검은 형체는 흑운마를 타고 있는 운검이었다.

막상 염의 집 앞에 도착한 제운은 말과 더불어 꼼짝도 하지 못하고 대문만 바라보고 있었던 것이다. 검은 옷의 어깨와 머리 위, 그리고 붉은 운검 위에 하얀 눈이 쌓이고, 흑운마의 검은 갈기에도 눈이 쌓여 가는데, 눈동자의 움직임 하나 없이 마치 석조 인간인 양 말 위에 앉은 채로 있었다. 말의 입과 코에서 뿜어 나오는 김이 없었다면 살아 있는 생명체가 아니라고 여겼으리라. 하지만 흑운마와는 달리 제운의 꾹 다문 입술은 수많은 의문과 드러내선 안 되는 마음을 가슴속에 쌓아 두기라도 한 듯 하얀 입김조차 뱉어 내지 않았다. 마침 밖으로 나오는 이가 없었다면 언제까지고 그냥 그대로 있었을지도 모를 일이었다.

하인이 벌떡 일어나 엉덩이에 묻은 눈을 털어 낼 경황도 없이 운검 앞으로 갔다.

"아이고! 부르셨는데 쇤네가 못 들은 것이옵니까? 눈이 소리를 삼킨 듯한데 이 결례를 어찌하옵는지요."

제운은 감정의 흐름 없이 말만 내뱉었다.

"부르기 전이다."

제운이 말 위에서 훌쩍 땅으로 내려섰다. 흑목화 아래에 흰 눈이 밟혀 푹 패었다. 하인이 고삐를 잡으려고 하자, 흑운마는 냉정하게 그 손길을 뿌리치고 주인 쪽으로 두어 발 떼어 붙어

섰다. 제운이 직접 고삐를 하인에게 건네고 말의 얼굴을 한번 쓰다듬었다. 그제야 고집 센 흑운마는 하인의 손을 따라 걷기 시작했다.

"눈을 털고 따뜻하게 해 주어라."

하인이 감탄해 마지않는 눈으로 흑운마를 보면서 대답했다.

"네, 당연하옵지요."

제운이 말과 같이 대문 안으로 들어서는 것을 본 어린 하인이 사랑채의 염에게로 부리나케 달려가 숨넘어가는 목소리로 말했다.

"주인어른, 운검이 검은색 말을 타고 오셨사옵니다!"

책을 읽던 염이 깜짝 놀라 사랑방 문을 활짝 열었다. 여간 바쁜 일이 아니면 흑운마를 타고 오는 일이 없는 제운이었다. 게다가 이런 눈을 맞으면서까지 올 정도면 그만큼 다급한 일이라고 생각했기에 놀라지 않을 수가 없었다. 사랑채의 대청에 나가 선 염의 눈에 이내 제운이 들어왔다. 어린 하인은 흑운마를 구경하려고 내뺀 뒤였기에 이미 보이지 않았다. 제운이 염을 발견하고는 그 자리에 서서 고개를 숙여 인사한 후에 앞으로 걸어왔다.

"대체 무슨 일입니까?"

제운은 염의 놀란 눈을 보고서야 자신의 방문이 뜬금없는 짓임을 깨달았다.

"지나던 길에 잠시……."

당황하여 급하게 갖다 댄 핑계조차 이치에 맞지 않았다. 염이 길을 터 주며 말했다.

"우선 안으로 드십시오."

제운이 섬돌 위에 올라서서 목화를 벗을 때, 염은 머리와 어깨에 묻어 있는 눈을 털어 주었다. 두 사람은 방으로 들어가 마주 보고 앉았다. 그렇게 앉아서도 염의 불안한 눈빛은 거둬지지 않았다. 그래서 제운은 눈보라를 헤치면서까지 이곳에 온 타당한 핑계를 만들어야 했다. 열심히 궁리한 끝에 원구단에서 제천의례를 거행하겠다는 어명을 떠올렸다.

"상감마마께옵서 소격서에 일러 원구단에서 제천의례를 주관하라 하시었사옵니다."

아니나 다를까, 염의 얼굴이 걱정으로 일그러졌다. 의빈이기 이전에 사림파였기에 반대하는 쪽일 터이다. 하지만 염의 대답은 이번에도 의빈으로서 나왔다.

"귀가 있으니 들었습니다. 하나 언제나처럼 저의 입은 없습니다."

이때 여종이 따뜻한 차를 다반에 내어 왔다. 그래서 잠시 대화를 멈추고 물러 나가길 기다렸다. 둘은 차를 마시며 침묵했다. 염은 왕의 의중을 생각하느라 침묵했고, 제운은 연우에 대해 어떻게 물어볼지 골똘하느라 침묵했다. 제운은 먼저 침묵을 깨야 하는 쪽이 자신임을 깨달았다. 입이 없다고 마무리를 한 염에게서는 더 이상 말이 나오지 않을 것이기 때문이다. 제운은 융통성이라고는 없이 본래의 목적을 직접적으로 꺼냈다.

"갑자기 생각났는데, 옛날에 검술 연습을 하고 있으면 몰래 훔쳐보던 여종이 있지 않았사옵니까."

"옛날이라면 언제를 말씀하는 것인지요? 아! 우리 연우의 몸종이었던……."

염은 자신도 모르는 사이에 연우의 이름을 입에 올리고선 이내 구슬픈 표정으로 굳어졌다. 그리고 그 표정을 가리려는 듯 찻잔을 들어 차를 마셨다. 이런 사람을 상대로 계속 물어야 하는 제운의 마음도 복잡했다.

"그 몸종, 현재 어찌 되었사옵니까?"

"글쎄요. 그 즈음에 어디론가 팔려 간 것 같습니다. 그 이후로 보이지 않았으니까요."

"어디로 팔려 갔는지는 모르시옵니까?"

"네, 잘 모르겠습니다. 그런데 왜 갑자기 그 아이를?"

"그냥……. 혹여 이름은 기억하시옵니까?"

염은 한동안 기억을 더듬다가 밖의 눈 내리는 소리에 불현듯 떠오른 것을 말했다.

"설! 설이라 하였습니다. 잊고 있었는데, 그러고 보니 제가 그 아이의 이름을 설로 바꾸어 주었습니다."

제운이 눈으로 이유를 물었다. 염이 빙그레 웃으며 기억을 더듬어 말했다.

"처음 우리 집으로 왔을 때 그 아이의 이름은 아마도 '이년'이었던 것으로 기억합니다. 아무렇게나 부르다 그 이름이 되어 버렸겠지요. 부르기 민망한 그 이름을 우리 연우의 옆에 둘 수 없었기에 설이란 이름으로 바꾸라 하고, 노비 문서의 이름도 바꾸어 주었습니다."

연우라는 이름 탓인지 염은 말할수록 더욱 슬픈 표정이 되어 갔다. 그의 표정을 외면하기 위해 이번에는 제운이 차를 마셨다. 물어보아야 한다. 말할 때마다 꼭꼭 '우리'란 말을 앞에 붙이는 연우란 존재에 대해, 그녀의 죽음에 대해 물어보아야 한다. 그렇기에 염의 표정을 가슴까지 느껴선 안 되는 것이다.

"하인이라 하여도 함부로 사고팔지 말라고 하신 대제학의 말씀이 기억나서 여쭈어 본 것이옵니다."

"어? 그러고 보니 이상하군요. 저희 집은 선친의 말씀대로 양인으로 풀려나지 않는 한 한 번 들어온 하인은 판 경우가 없었습니다. 그런데 어째서 그 아이만……."

잠시 침묵이 흘렀다. 하지만 제운은 더 지체하지 않고 질문을 계속해 나갔다.

"누이 되시는 분, 양천도위 대감과 많이 닮았사옵니까?"

염의 얼굴에 미소가 떠올랐다. 하지만 그 미소보다 눈물이 먼저 떨어져 내릴 듯 보여 제운은 눈을 다반 위의 찻잔에 고정시켰다. 염이 떨리는 목소리로 답했다.

"네, ……누구나 그리 말하였지요. 일가친척들이 모이면 모르는 이가 보아도 우리 연우와 서는 남매로 이니 볼 수 없을 거라, 그리 농담을 하곤 하였습니다. 어린 시절 언제나 같이 있었기에 말하는 모양새나 표정까지 저를 닮아 간다며 선친께서 걱정을 많이 하시었……."

염이 더 이상 말을 잇지 못하고 슬픔을 삼키려는 듯 차를 삼켜 가슴속으로 밀어 넣었다. 슬픔을 내리깐 눈길은 월과 판박이인 양 똑같았다. 찻잔을 받쳐 든 아름다운 손의 모양새도 똑같았다. 새하얀 피부도 똑같았고, 단정한 귓바퀴의 모양도 똑같았다. 심지어 은은히 풍겨 나오는 격조 있는 난향도 똑같았다.

"대감께는 언제나 난향이 나옵니다. 혹여 그것도 닮았사옵니까?"

"그랬었지요. 우리 연우는 어머니께서 손수 복숭아꽃을 말려 갈아 둔 건 아니 쓰고, 선친과 제가 쓰기 위해 둔 난초 가루를 사용하였지요. 선비의 향이라 그리하지 말라 하여도……."

그래서 염은 누이의 향을 잊지 않으려고 변함없이 난향을 몸에 지니고 있는 것이리라. 그리고 연우 또한 오라비의 향을 기억하기 위해 아직까지 난향을 몸에 지니고 있는 것이리라. 제운은 그렇게 생각했다.

"참으로 많은 서책을 읽었던 것으로 기억하고 있사옵니다."

염은 살포시 고개만 끄덕였다. 제운이 더욱 조심스럽게 말했다.

"여인의 몸으로, 그리고 그 나이밖에 안 됐음에도 그리 많은 책을 읽는 경우는 거의 없지요. 아마도……, 살아 있다면 지금쯤 상당한 수준에 이르지 않았을까 생각하옵니다만."

"여전히 제 서책에 눈독을 들였겠지요. 살아 있다면……."

"무덤은……, 선산이 아닌 것으로 아옵니다."

"처녀귀로 죽었으니 그곳으로 들어갈 수는 없지요. 하긴 무덤조차 사치이기는 합니다."

"그럼 무덤은 어디쯤인지……."

"숙정문 밖 인근 야산입니다."

"……그곳에는 자주 가시옵니까?"

염이 천천히 고개를 저었다. 무덤을 쓰다듬고 또 쓰다듬느라 내려오는 때를 놓치곤 하였기에, 그러고도 내려오려면 차마 발길이 떨어지지 않았기에, 아직도 어디선가 연우가 맑은 목소리로 자신을 부르는 것 같고, 돌아보면 여전히 미소로 다가올 것만 같았기에, 무덤을 볼 때마다 매번 죽는 연우를 보고 싶지 않았기에 자주 가지 못하였다.

"그때 연우 낭자가 세상을 뜬 바로 그날 곧바로 묘혈 안에 넣었다 들었사옵니다."

"천추의 한이 될 것입니다. 우리 연우를 그리 보낸 죄 많은 오라비라……."

제운은 차마 묻기 미안해서 한참 동안 입을 다물고 있다가 무겁디무거운 질문을 하였다.

"연우 낭자를 관에 넣는 것을 보셨사옵니까?"

염이 한숨인지 대답인지 분간할 수 없는 말을 입 밖으로 내었다.

"네. 염습도 아니 하고, 노잣돈도 아니 넣고, 입었던 옷 그대로……. 우리 연우는 관도 참으로 작더이다."

제운의 마음은 묘하게 안심이 되었다. 그리고 안심된 자신의 마음에 놀라고 말았다. 안심이 된 이유, 도착하고서도 대문 밖에 서서 아무것도 할 수 없었던 이유, 그것은 바로 월이 연우가 아니길 바라는 숨어 있던 간절한 마음이었다. 연우는 세 자빈으로 간택되었던 여인이다. 그것은 곧 중전이 되었어야 하는, 운검은 감히 올려다보아서도 안 되는 신분임을 의미한다. 서자인 운검에게 있어서 무녀인 월의 벽보다 중전인 연우의 벽은 비교도 할 수 없이 높기에, 차라리 그저 무녀이기만을 바라는 마음이었다. 이어진 염의 말이 없었다면 제운은 자신의 추측을 덮으며, 자신을 다독이며 일어섰을 것이다.

"우리 연우는 몸도 굳지 않더이다. 죽은 지 어느 정도 지나면 몸이 딱딱하게 굳는데, 선친께서도 세상을 버리셨을 때 그러하였는데, 그 아이는 차갑기만 할 뿐 굳어지지 않았습니다. 하여 청지기가 혹여 깨어날지도 모른다고……, 이리도 새하얗고 어여쁜데 아까워 어찌 땅에 묻을 수 있냐고, 아니 묻겠다고 선친께 아뢰는 것도 보았습니다."

"몸이 굳어지지 않았다니요?"

목소리에 변화는 없었지만 염도 제운의 이상한 놀람이 느껴졌다.

"선친께서는 그 아이가 병상에 있을 때 마셨던 탕약 때문이라 추측하셨던 것으로 기억합니다."

염도 말하고 나서야 무언가 이상하다는 생각이 들었다. 부친의 죽음을 겪지 않았다면 이상함을 느끼지 못했겠지만, 두 시신의 상태가 달라도 너무 달랐던 것이다. 사후경직조차 없었던 연우가 기억났다. 숨을 쉬지 않았다는 것과 맥박이 뛰지 않았다는 것, 그리고 차가웠다는 것, 딱 이 세 가지만 제외하면 잠자는 모습과 다르지 않았다. 하지만 생각은 이상하다는 정도에서만 그쳤고, 살아 있을지도 모른다는 추측은 전혀 하지 못하였다.

"관이 묘혈에 들어가는 것을 직접 보셨사옵니까?"

염의 고개가 가로저어졌다.

"그때 함께 있지 않았습니까? 혹여 제가 이상한 행동을 할까 염려하여 따라다니셨지요."

기억났다. 그날 염은 장례 행렬을 따라가지 않고 집에 남아 제운과 함께 있었다. 그 이후로도 줄곧 제운은 염을 따라다녔다. 누이의 죽음이 자신의 탓이라며 자살을 하려던 염을 감시하기 위해서였다.

"그럼 흙으로 덮고 봉묘를 만드는 것까지 본 사람이 있사옵니까?"

"선친과 청지기를 비롯해서 많은 사람들이 지켜보았다고 들었습니다."

관을 묘혈 속에 넣어 봉묘까지 만들었다면 살아날 리가 없다. 만에 하나 살아 있는 자를 생매장시켰다고 해도 즉시 파내지 않았다면 그대로 죽었을 것이다. 누가 도술이라도 부리지 않는 한에는. 제운이 불안한 표정을 숨기기 위해 다 마신 찻잔을 손에 쥐었다가 놓았다. 도술은 아니더라도 주술을 부릴 수 있는 자가 월의 옆에 있었다. 조선에서 제일 신력이 높다는 장씨 도무녀! 그 이름 높은 도무녀가 이 일의 한가운데에 있었다면 가능성이 없는 것도 아니었다.

무당 중에 죽은 것처럼 보이는 약을 먹이고는 굿을 하여 자신의 능력으로 되살린 것같이 꾸며 어리석은 백성을 속이는 간악한 무리가 있다는 소문을 들은 적이 있었다. 그 방법을 알고 있다면 연우의 죽음도 충분히 사람들의 눈을 속일 수 있었을지도 모른다. 그러고 보면 장씨 도무녀도 8년 전에 성수청에서 사라졌다. 우연치고는 참으로 묘했다. 아무래도 월이 연우 같았다. 이번에는 확신에 가까웠다. 염은 자신의 감정을 추슬러 세우고 뒤늦게 미소로 말했다.

"이상한 일입니다. 양명군도 아니고 제운이 우리 연우에 대해 묻다니……."

"대감을 뵈오니 누이와도 닮았었는지 궁금하였을 뿐이옵니다."

연우가 살아 있을 때 양명군이 그리 관심을 보였건만 제운은 조금의 관심도 없었다. 그 당시에는 그랬던 사내가 새삼스럽게 이제 와서 궁금히 여기니 염은 자꾸만 이상한 생각이 들었다. 제운이 자리에서 일어나며 말했다.

"가 보겠사옵니다. 오랫동안 자리를 비웠사옵니다."

염도 따라 일어나 밖으로 나갔다. 아직까지 눈발은 거세게 날리고 있었다. 멀리 중문간 행랑채에서 손님이 나가는 것을 본 청지기가 달려 나왔다. 제운은 염에게 다시 한 번 정식으로 인사하고 집을 나섰다. 하인이 흑운마의 고삐를 넘겨주고 집으로 들어갔다. 대문 밖까지 손님을 배웅해야 하는 청지기만 남게 되자 제운이 낮은 목소리로 말했다.

"오늘 의빈 대감과 누이분에 대해 담소를 나누었다."

청지기는 평소 말이 없던 이의 목소리를 들은 것이 신기하여 휘둥그레 쳐다보았다. 제운은 아랑곳하지 않고 다시 말했다.

"자네가 봉묘를 만드는 것까지 보았다고?"

"네, 그랬습죠. 지금도 생각하면 가슴이 미어지옵니다. 마님께서 자리를 보전하고 누우신 통에 돌아가신 주인 어르신만이 지켜보셨는데, 그 속이 어디 사람 속이었겠사옵니까."

"봉묘까지 다 만들고 바로 그곳을 내려왔느냐?"

"네, 그랬습지요. 아! 주인 어르신을 모시고 내려왔다가 뒤늦게 상석이 도착해서 쇤네만 다시 올라가긴 하였사옵니다."

"상석?"

"비석까지 다 갖출 수는 없어서 상석이나마 두었습지요. 주인 어르신은 반대하셨지만 쇤네가 우겨서……. 아무리 그래도 그 자리까지 오르셨던 분인데 어떻게 봉묘만 덩그러니 둡니까요."

청지기는 긴 한숨을 내쉬며 그때가 생각났는지 안타깝게 다시 말했다.

"가슴 아프실까 봐 윗분들께는 말씀드리지 않았지만, 그 잠깐 사이에 까마귀 떼인지 들짐승인지가 봉묘를 파헤치다가 말았더라고요. 마침 다시 가 봤기에 망정이지, 그리 가신 것만으로도 억장이 무너질 노릇인데……."

제운의 놀란 눈이 청지기를 향했다. 그 뜻을 알지 못한 청지기가 안심시키기 위해 말했다.

"나중에 모감주나무를 무덤 주위에 둘러 심어서 그런지 다행히 그 후로 그런 일은 없었사옵니다."

 파헤치다가 만 것이 아니라 파헤쳤다가 다시 덮던 중이었다면? 그리고 그것이 짐승이 아니라 사람이었다면? 월의 전생, 월에게만 접신하는 혼령, 그것은 연우였다. 지금 중전의 자리에 있어야 하는 허연우였다.

 제운은 말에 올라 궁궐로 향했다. 흔들리는 마음을 아는 것인지 흑운마는 주인의 몸이 흔들리지 않게 조심스레 걸었다. 제운이 하늘로 얼굴을 들었다. 태양을 가린 구름이 눈을 뿌리는 것일 텐데도 하늘의 구름은 눈보라에 가려져 보이지 않았다. 제운은 입안에서 하얀 김을 뽑아 하늘로 올렸다. 하지만 그의 뜨거운 마음을 내팽개치기라도 하듯 입김은 하늘로 오르다 말고 무겁게 땅으로 떨어져 사라졌다. 눈을 게슴츠레 뜨고 하늘을 쏘아보았다. 굵어진 눈발에 체온은 떨어져 갔지만, 이와는 달리 심장의 뜨거움은 더 올라만 가는 것이 원망스러웠다.

 "나의 목숨은 내 것이 아니라 내 주군의 것인데, 어찌 심장은 따로 노는 것이냐……."

 제운이 헤집고 간 마음을 정돈할 수가 없었던 염은 대청 앞에 서서 떨어지는 눈만 물끄러미 보았다. 이제는 연우의 죽음을 잊어야 하는데도 여전히 8년 전의 슬픔 그대로였다. 나뭇가지에 쌓였던 눈이 투둑 떨어져 내리는 소리에 얼른 눈길이 돌아갔다. 아직도 연우의 장난으로 착각한 것이다.

 여전히 어린 연우는 눈 내린 마당을 뛰놀며 염에게 눈 뭉치를 던지고 있었다. 눈 뭉치를 맞은 어린 염도 눈을 뭉쳤다. 하지만 맞아서 다치기라고 할까 걱정되어 느슨하게 뭉쳤고, 이것은 언제나 누이에게 도달하기도 전에 공중에서 부스스 흩어져 내렸다. 마당 여기저기에 어린 연우의 발자국이 찍혔다. 어린 염의 발자국도 찍혔다.

대청 앞에 서 있던 염은 눈 내린 마당에 내려서서 발자국을 찍어 보았다. 그때보다 분명 커져 있었다.

"연우야, 너의 발이 내게로 왔나 보구나. 그때의 너와 나의 작은 발이 합쳐져 지금의 내 발 크기가 된 것이겠지?"

염은 어린 둘의 발자국을 마당에 천천히 찍어 나가기 시작했다. 자신의 뽀드득하는 발소리가 연우의 소리인 양 느껴졌다. 그래서 얼굴에선 미소가 머금어졌지만 눈에선 눈물이 고였다가 떨어졌다. 그러고 있자니 그의 발자국을 따라 걷는 소리가 들렸다. 순간 염은 또다시 연우로 착각하고 말았다. 재빨리 돌아보았다. 눈에 들어온 건 연우가 아니라 민화였다. 염은 눈물 흘린 것이 부끄러워 재빨리 고개를 돌려 눈물을 감추었다.

자신에게서 등을 보이며 선 염으로 인해 민화는 가슴이 메어졌다. 미처 눈물을 보지 못했기에 그 등이 눈과 더불어서 더없이 차갑게 느껴졌다. 그래서 고개를 푹 숙이고 애꿎은 옷고름만 만지작거렸다. 염은 얼굴에 묻은 눈을 털어 내듯 눈물을 닦고 목소리를 평온하게 만들었다.

"추운데 여긴 어인 일이시옵니까?"

여전히 등을 보이고 있었기에 염의 부드러운 목소리도 민화의 메어진 가슴을 풀어 내리진 못하였다. 일이 있어서 온 것이 아니었다. 그냥 보고 싶어서 왔을 뿐이기에 이유를 물으면 답할 말이 없었다. 그래서 더욱더 고개만 떨궜다. 게다가 오늘 밤은 부부 합방의 약속일이기도 하였다. 그런데 이렇게 계속해서 눈이 펑펑 내리면 어떻게 되는지 묻고 싶었다. 몇 안 되는 합방일이 날씨 때문에 물 건너갈 판이었다. 이건 민화에게 있어선 천재지변에 해당하는 것이다.

"서방님은 아니 추우시어요?"

염은 그제야 몸을 돌려 민화를 보았다. 눈물로 콧등과 눈시울이 빨개진 건 추위 때문으로 보였다.

"옷이 얇아 보이옵니다. 공주께서 추우시겠사옵니다."

민화는 그의 부드러운 목소리에 용기 내어 고개를 들었다. 부드러운 표정이 눈앞에 있었다. 더 이상 빨리 뛸 수 없을 것이라 여겼던 심장이 심하다 싶을 정도로 쿵쿵 뛰기 시작했다. 눈이 소리를 흡수하지 않았다면 염에게 자신의 심장 소리가 들렸으리라.

"춥사와요."

이렇게 말하면 따뜻하게 안아 주리라 예상했다. 그런데 염은 이런 경우에도 눈치란 것이 없었다.

"그렇게 보이옵니다. 코가 새빨간 것이. 이리 계시지 말고 내당으로 들어가시옵소서."

"네? 아, 아니 그게 아니라……. 저기, 조금 전까지는 그러했지만 이젠 서방님과 같이 있으니 춥지 않사와요."

"아니옵니다. 너무 추워 보이시옵니다. 대체 민 상궁은 어디 있사옵니까?"

염은 진심으로 그녀의 몸을 걱정한 것인데, 민화는 그가 자신을 조금이라도 빨리 내당으로 보내고 싶어 한다고 느꼈다. 그래서 풀이 죽어 겨우 말했다.

"사랑방에 들어가면 아니 되어요? 같이……."

"아, 그럼 우선 사랑방에라도 들어 몸을 녹이시옵소서."

이렇게 하여 민화는 참으로 힘겹게 사랑방으로 들어갈 수 있었다. 하지만 방에 들어선 순간 소스라치게 놀라 자리에 털썩 주저앉았다. 방 안에 누군가가 있었기 때문이다. 뒤를 따라 들어온 염도 깜짝 놀랐다. 아랫목에는 소리 소문도 없이 양명군이 들어와 앉아 있었다.

"여긴 어떻게 들어오셨사옵니까?"

"월장하였네. 내가 월장에는 일가견이 있지 않은가."

웃으며 말하고 있었지만 분위기는 심상찮아 보였다. 양명군이 민화를 보며 말을 이었다.

"내외간에 정이 두텁기도 하구나. 비록 눈이 내려 어둡긴 하나 아직 대낮인 건 분명한데 이리 붙어 있으니. 하하하!"

민화는 속도 모르는 소리에 뭐라 대꾸하고 싶었지만 염이 옆에 있어서 꾹 참았다. 양명군이 이번에는 염을 보며 말했다.

"우리 집 안으로 소인배 몇 마리가 걸음을 하였다네. 오늘 밤 여기에 숨어 있으면 아니 되겠는가?"

염은 제운이 말해 준 것이 생각났다. 그래서 고개를 끄덕인 뒤 심각한 표정으로 자리에 앉았다. 하지만 민화는 그런 상황을 모르기 때문에 오늘 밤 기숙하겠단 말에 분통부터 터졌다. 이렇게 되면 오늘 밤 합방은 완전히 물 건너갔다는 뜻이다. 천재지변을 걱정했더니 인재지변이 발생한 꼴이었다. 민화가 눈을 부릅뜨고 양명군을 쏘아보았다. 염이 목소리를 가능한 한 낮춰 그녀에게 말했다.

"여기 양명군이 오셨단 것을 비밀로 하여 주시옵소서. 민 상궁에게도 조심하시고."

민화는 궁에서 태어나 궁에서 자란 공주였다. 그렇기에 이런 살얼음 같은 분위기는 피부가 먼저 알았다. 금상과 관련해서 조정에 심각한 문제가 발생한 것이 분명했다. 이런 생각이 들자 더욱더 양명군이 원망스러웠다. 왜 하필 의빈에게 쪼르르 달려왔는지. 이 일로 인해 혹시나 염에게 좋지 않은 불똥이라도 튀지 않을지 미리부터 불안해졌다. 양명군이 방 안에 아직까지 남아 있는 다반을 보았다.

"내외간에 같이 마신 것인가?"

"아, 아니옵니다. 방금 제운이 다녀갔사옵니다. 마주치지 못하셨사옵니까?"

"참으로 아깝군. 조금만 일찍 왔더라면 그를 보았을 터인데."

염이 그만 내당으로 건너가라는 눈짓을 하였다. 민화는 하는 수 없이 풀 죽은 채로 사랑방을 나섰다. 그녀가 나가고 나자 양명군이 작은 소리로 말했다.

"나는 원구단의 제천의례보다는 서 내관의 자결이 더 심각한 문제일 듯허이."

"무슨 의미이옵니까?"

"당장은 간신배들이 소격서와 관련하여 내게 아첨을 넣으러 오는 것이겠지만, 앞으로는 서 내관이 자결한 이유로 인해 내게 올지도……."

비록 서자이긴 하지만 왕의 하나뿐인 형이었다. 그렇기에 지금 후사도 없는 왕이 잘못된다면, 누가 잘못되도록 만든다면 다음 왕좌는 제일 먼저 그의 차례였다. 그런 양명군에게 신하들이 발길을 한다는 것은 그만큼 현재 왕의 주변에 불길한 일들이 일어나고 있다는 반증이기도 하였다. 걱정 어린 염의 표정을 본 양명군이 환하게 웃으며 말했다.

"상감마마의 성명聖明은 익히 알고 계시지 않는가. 괜찮을 것이네. 소격서를 공격하라고 내세운 꼴이니 조만간 상감마마의 칼날은 사림파에서 파평부원군 쪽으로 옮겨갈 걸세. 결국 올 게 오는 게지. 내 오늘 밤에 이곳에 거했다가 내일 오전 중에 저잣거리에 나갈까 하네. 그곳에서 의복 풀어헤치고 술에 취해 잠들어 오가는 신민의 눈살을 찌푸리게 해야겠네. 아주 재미있을 걸세. 얼어 죽기 전에 사람을 보내 주게나. 하하하."

염이 부드러운 눈으로 쳐다보았다. 비록 소리는 웃고 있지만 표정은 그렇지 않았다. 영특한 사람이었다. 그것을 숨기려 애를 쓰고 있는 사람이기도 하였다. 그런 그가 이번에는 걱정을 하기 시작했다. 귓불의 세환 귀고리를 자꾸만 만져 대는 버릇, 이것은 양명군이 불안할 때 나오는 버릇이었다.

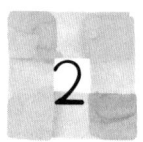

2

 제운이 왕 앞에 나타난 건 지방관의 윤대를 마치고 숙직할 관료 명단을 확인하고 있을 때였다. 소리도 없이 자신의 자리에 선 제운에게 훤은 눈길만 한번 던졌을 뿐 아무 말도 하지 않았다. 그리고 관료들의 명단 아래에 계자인을 찍은 후 오늘 밤의 군사 암호로 '운루雲淚', 즉 구름의 눈물을 적었다. 제운은 이것을 확인하고 난 뒤 더욱 고개를 들 수가 없었다. 그럴 리가 없으리란 것을 알면서도 눈치 빠른 왕이 지금 월과 연우를 생각하는 어지러운 마음까지 읽어 내지는 않을까 걱정되었다. 훤은 공문서를 확인하면서 내관에게 입으로만 말했다.

 "지금 당장 목욕 준비를 하라. 추위를 몰아내고 싶다."

 갑작스런 지시에 모두가 의아했다. 아직 밀린 공문서와 상소문이 왕과 여섯 승지들의 서안 위에 가득했다. 눈코 뜰 새 없이 바쁜 이 시간에 목욕이라니, 그것도 최대한 많은 공문서를 직접 읽기 위해 노심초사하는 왕이기에 더 의아했다. 하지만 한편으로는 그렇기에 더 놀라지 않을 수 없었다. 혹시나 감기 기운이 와서 내린 지시일 수도 있기 때문이다. 상세내관이 침전을 향해 급하게 뛰었다.

목욕 준비가 다 되었다는 보고를 받은 훤은 침전의 북수간으로 들었다. 거대한 함지박 안에서 인삼 향이 물씬 풍겨 나와 방 안을 가득 채우고 있었다. 제운이 문 앞에 버티고 서고 내관들이 왕의 옷을 벗기기 위해 곁으로 다가왔다. 하지만 훤은 손으로 사람들을 물리고 나서 제운을 보고 섰다.

"운아, 운검을 풀어 내게 다오."

제운은 명이 떨어지자마자 일말의 망설임이나 의문 제기 없이 등에 있던 것을 풀어 왕에게 바쳤다. 훤이 운검을 받아 들고 다시 말했다.

"너의 별운검도 다오."

모두가 의아한 눈으로 쳐다보았지만 제운은 이번에도 순순히 별운검을 왕에게 바쳤다. 이것마저 받아 든 훤은 옆으로 상경내관을 불러 별운검을 들게 하였다.

"모두 이곳을 나가라."

북수간이 훤과 제운, 상경내관을 세외하고 텅 비었다. 훤이 운검을 칼집에서 길게 빼어 들었다. 칼집 안에 숨겨져 있던 칼날에 음각된, 구름을 휘감은 용의 문양이 모습을 드러냈다. 칼날을 들여다보던 훤이 갑자기 운검을 휘둘러 제운의 목에 겨누었다. 예상치 못한 일이라 상경내관은 비명에 가까운 소리를 질렀다. 하지만 자신의 목에 칼날이 들어온 그 순간에도 제운의 눈썹은 조금의 미동도 없었다. 훤이 그의 목에 칼날을 바짝 붙여 세우며 말했다.

"옷을 벗어라."

제운이 천천히 허리에 있던 띠를 풀었다. 전립과 협수를 벗었다. 그 밑의 저고리도 벗었다. 검은 저고리 아래에 하얀 적삼이 드러났다. 훤이 빙그레 웃으며 말했다.

"운아, ……재미가 없구나. 검을 겨누면 놀라는 시늉이라도 해야 장난하는 재미가 있지 않겠느냐?"

그제야 상경내관이 놀란 마음을 가라앉혔지만 제운은 여전히 그대로였다. 훤이 목에 겨누었던 검을 거두어 다시 칼집에 꽂으며 말했다.

"그리 얇게 입고서는 눈 맞으며 어딜 다녀온 것이냐?"

제운은 어떤 말도 할 수가 없었다. 염의 집에 다녀온 것이 전부라면 말할 수도 있었다. 이전에도 간혹 다녀왔기에 그 자체는 이상하게 보이지 않을 것이다. 하지만 염을 만나고 왔다는 말을 하는 동시에, 이렇게 눈이 내리는 날에 사전 보고도 없이 다녀온 이유를 궁금히 여기기 시작할 왕이었다. 그러면 이어서 이 일에 대해 집요하게 계속 캐물을 것이 분명했다. 왕의 영민함을 알기에 제운은 입을 열 수조차 없었다.

월과 연우가 동일인이라는 것은 순전히 추측일 뿐이다. 이 추측을 뒷받침할 수 있는 증거 따위는 없었다. 한편으로는 자신의 딸을 제 손으로 죽일 수밖에 없었던 스승의 행동도 아직 의문으로 남아 있었다. 이것을 핑계로 두었다. 입에 연우와 월을 동시에 담게 되면 그 순간부터 월이라는 존재는 사라지게 될 것이다. 옆모습이나마 조금이라도 더 보고 싶었다. 그래서 아직은 어떤 말도 할 수가 없었다.

훤은 입을 다문 제운이 지쳐 보였다. 육체적인 과로 때문이 아니라 다른 어떤 것이 빈틈없던 사내를 힘겹게 하고 있음을 알 수 있었다.

"내가 너 이외에는 아무도 믿질 못하다 보니 너만 힘들게 하는구나. 이제 와서 다시 운검을 보충하자니 지금 상황이 좋지가 않고. 세조 때도 별운검에 의한 암살 사건이 있지 않았느냐. 운검의 자리는 왕을 밀살하기에 가장 좋은 자리이기에 아무나 둘 수가 없어."

"힘들지 않사옵니다."

훤은 장난스런 표정으로 제운에게 말했다.

"운아, 저 물속으로 들어가거라. 이왕이면 바지도 마저 벗고."

제운이 눈을 들어 물을 보았다. 물속이라면 옥탕玉湯으로 들어가라는 뜻이다. 거기는 왕 이외에는 누구도 들어갈 수 없는 곳이다. 제운의 입술은 말이 지나갈 틈만 비켜 주었다.

"아니 되옵니다."

"들어가라. 어명이다! 널 위해 준비하라 명한 물이다!"

"받잡을 수 없사옵니다."

"네놈이 감히 불충을 저지르려는 것이냐! 싸늘한 몸을 하고 내 옆에 와서는 그 차가움을 옮기려 하다니! 게다가 나를 호위하는 놈은 달랑 너 하난데, 만에 하나 네가 앓아누우면 난 어찌 되겠느냐? 그 또한 불충임을 모르느냐? 네 발로 들어가지 않겠다 버틴다면 내 손으로 끌어다 물속에 처넣어 버릴 것이다."

상경내관도 고개를 숙여 제운을 종용했다. 제운은 마지못해 잠깐만 물속에 들기로 하고 검은색 바지를 벗었다. 바지 아래로 흰 속고의가 드러났다. 적삼도 마저 벗고 속고의 차림으로 뜨거운 물속으로 들어가고 나서야 휜은 운검을 그의 옷 위에 놓았다. 그러고는 별운검을 든 내관에게 말했다.

"이각二刻이 지나기 전에 운검이 저 물속에서 나오거든 네가 든 검으로 목을 베어 버려라."

"네에? 어, 어, 어찌 그런 어명을……. 아무리 운검이 맨손이라 하나 천신이 머리털 하나라도 건드릴 수 있겠사옵니까."

"하긴 그도 그렇겠구나. ……그렇다면 네 스스로 네 목을 베면 되겠구나. 하하하."

눈이 휘둥그레진 상경내관을 두고 휜은 제운에게 다가가 한쪽 어깨를 짚었다.

"운아, 내 비록 너에게 높은 품계를 내리지는 못하나 가장 아끼고 있다. 그러니 아프지 마라. 설혹 그것이 마음이라 하더라도."

휜은 두 사람만 남겨 두고 북수간을 나왔다. 그리고 세 명의 내관을 앞에 세우고 말했다.

"운검은 오늘 하루 침전 밖을 나갈 수 없다. 책임지고 방에서 쉬게 하라."

"네."

제운은 문밖에서 왕의 느낌이 사라지자 별운검을 들고 있는 상경내관을 보았다. 그는 운검이 물속에서 나올 것만 같아 겁을 잔뜩 먹고 별운검의 자루를 잡았다.

"절대로 나오면 안 됩니다!"

"이각은 너무 긴 시간입니다."

"이각이 아니라 하루 동안이라 하여도 어명은 따르셔야 합니다."

제운은 긴 한숨을 쉬며 물속에 머리끝까지 숨겼다. 그렇게 물속에 들어간 그는 오랫동안 나오지 않았다.

아침 느지막하게 일어난 민화는 눈이 제대로 떠지지 않는 것을 느꼈다. 어젯밤 양명군의 기숙으로 염과 함께 있을 수가 없게 되자, 홀로 속상해하다가 울면서 잠들었기에 얼굴 전체가 퉁퉁 부어 있었다. 이런 얼굴로 아침 식사를 하러 가면 시모 눈에 띌 것이고, 그러면 괜히 그 화살은 염에게로 갈 것이다. 덕분에 아침부터 애꿎은 민 상궁의 발걸음만 바빠졌다. 마침 눈이 한가득 쌓여 있었기에 눈덩어리를 뭉쳐 얼굴에 얼음찜질을 하도록 시켰다. 하지만 부기를 채 가라앉히기도 전에 밥때가 되어 부은 얼굴 그대로 안방에 갈 수밖에 없었다.

민화는 가능한 한 얼굴을 시모께 보이지 않기 위해 고개를 푹 숙이고 들어가 등을 돌려 주춤주춤 앉았다. 그런다고 그 모습을 못 볼 신씨도 아니었다.

"공주 자가, 그 면부는 어쩐 일이시옵니까? 혹여 또 양천 도위가……."

시모의 놀란 목소리에 민화는 더듬거리며 핑계를 대었다.

"아, 아니어요. 잠을 너무 많이 자고 났더니 이리된 것뿐이어요."

신씨는 긴 한숨을 쉬었다. 그녀라고 공주의 외로움을 모를 리가 없었다. 남편이 살아생전 딱 지금의 염처럼 그랬기에 누구보다 공주의 마음을 잘 알 수 있었다. 오히려 민화의 처지가 더 나으면 나을 수도 있었다. 신씨는 남편뿐만이 아니라 자식 둘마저 그놈의 책이란 것에 빼앗긴 셈이었다. 아들놈은 그렇다 손 치더라도 딸자식인 연우마저 그랬었다. 손수 인형을 만들어 줘도 오라비 옷자락만 붙잡고 쫓아다니느라 본체만체하였고, 책만 손에 쥐어 주면 활짝 어여쁜 웃음을 보였던 여식이었다. 신씨는 연우에게로 생각이 미치자 밥이 돌덩이가 되어 넘어가지 않았다. 민화도 밥맛이 없어서 몇 숟가락 뜨다가 말았다. 지금쯤 사랑채에선 염과 양명군이 식사를 하고 있을 것이고, 자신은 여기에서 식사를 하는 염의 모습을 상상하는 것에 그쳐야 하는 것이 속상했다.

대충 식사를 끝내고 방으로 돌아온 민화는 얼른 얼굴 부기를 가라앉히고 염에게 가 볼 생각으로 얼굴 얼음찜질을 멈추지 않았다. 민 상궁이 얼음 보자기를 빼앗았다.

"이러시다가 면부에 동상 걸리시옵니다. 어이구, 이를 어째. 시뻘겋게 실핏줄이 섰네!"

"줘! 빨리 서방님께 가고 싶은데 이렇게 못난 얼굴로는 싫단 말이야."

"부기 가라앉기 전에 동상으로 더 엉망이 되어 버리겠사옵니다! 잠시만 기다리시면 다시 어여뻐지실 것이옵니다."

민화는 다시 속상해졌다. 어젯밤은 보통의 일반적인 날과는 다른 밤이었다. 앞으로 새해다 뭐다 해서 염과의 합방일은 한 달 뒤에나 가능했다. 그나마도 달거리와 겹쳐 버리면 그마저도 그냥 건너뛸 확률이 많았다. 그 조급증을 이해해 주는 사람은 아무도 없었다. 민화가 바라는 것은 꼭 합방이 아니었다. 얼굴만 보아도 좋았다. 염의 향기만 맡고 있어도 더 바랄 것이 없었다. 그런데 사람들은 야속하게도 모두 그녀에게 참아라, 기다려라, 이 말만 하였다. 민화는 이 이상 참는 법도, 기다리는 법도 알지를 못하였다.

불퉁해진 얼굴로 거울을 확인한 뒤 뒷길로 나갔다. 눈은 그쳤지만 눈의 냉기를 머금은 매서운 바람이 코와 볼을 새빨갛게 만들고 입안에서 하얀 입김을 뽑아냈다. 민화는 막상 사랑채로 나가는 쪽문에 가까워져서는 부은 얼굴이 밉게 보일까 걱정되어 문턱을 넘지 못하고 하염없이 서성거렸다. 쪽문을 넘어서려다 참아야 한다며 스스로를 꾸짖고, 이제 방으로 들어가야지 하다가 혹시나 하는 마음에 발걸음 돌리기를 하루 종일 하였다. 안채와 쪽문 사이의 흰 눈이 소복소복 쌓인 좁은 눈길은 처음에는 민화의 작은 발자국만 하나씩 찍혔다가, 계속 겹쳐지는 발자국으로 다져지고 또 다져졌다. 그렇게 발아래의 눈은 푹신하던 형체가 사라졌고, 다져진 기다림은 고스란히 얼어붙은 빙판이 되었다.

하루 종일 서성대기만 하던 민화는 결국 염의 머리털 하나 보지 못하고 민 상궁에게 붙들려 방 안에 갇히고 말았다. 도대체 안채는 무엇이고 바깥채는 무엇이기에 젊은 내외를 각각 분리해 놓고 지내게 하는 건지 민화는 도통 이해할 수가 없었다. 눈 바로 앞에 사랑채가 있고 그 안에 서방님이 계신다는 것을 뻔히 아는데도 가까이 가지 못하는 여인의 예라는 것에도 화가 났다. 그래서 툴툴거리며 서안 위에 책을 펼쳤다. 심각한 표정으로 이 책 저 책을 뒤적이던 민화가 책 위에 엎어졌다.

염의 나이 열여덟 살, 그리고 민화의 나이 열네 살에 혼례를 올렸다. 철없던 민화는 그저 염과 한집에서 산다는 것만으로도 좋아서 혼례를 올리는 날도 궐을 떠난다는 의식 없이 마냥 행복했다. 그런데 민화의 생각과는 달리 혼례는 올리되 열다섯 살 이전에는 합방할 수 없다는 『주자가례』에 따라, 한방에 있어 보지도 못한 채 첫날부터 민화는 안채에 염은 사랑채에 각각 분리되어 생활하게 되었다. 더군다나 염은 여전히 민화 앞에서 신하가 공주를 대하는 예를 갖추었다.

열네 살의 어린 신부였던 민화는 며칠에 한 번 정도도 안 되게 얼굴을 볼까 말까 하는 염에게 잘 보이고자, 매일같이 아침부터 분단장하고 머리에는 화려한 가체를 한 채 온종일 있었다. 민화의 얼굴보다 몇 배는 큰 가체의 무게에 목이 아파도 오직 예쁘게 보이겠다는 일념 하나로 참았다. 사랑채 쪽을 바라보며 하염없이 서성거리다가 혼자서 사랑채로 가는 뒷길에 숨어 눈물을 흘리곤 하였다. 그런데 이 모습을 공교롭게도 염에게 들키고 말았다.

민화가 울고 있어서인지, 아니면 주위에 아무도 없었기 때문인지는 몰라도 염은 인사만 올리고 가 버리던 다른 날과는 달리 앞으로 다가와서 말을 걸었다.

"공주, 어이하여 이곳에 홀로 계시옵니까? 궁궐이 그리우시옵니까?"

민화는 가체 무게에 짓눌려 도리질을 할 수가 없었다. 그리운 것은 궁궐이 아니라 염이었지만 그렇다고 말을 할 수도 없었다. 그의 다정한 목소리에 야속한 눈물은 더욱 흘러내렸다. 민화의 눈물에 당황한 염이 다시 말했다.

"궁궐이 그리우시다면 내일이라도 저와 같이……."

"아니어요. 그저……, 그저 가체가 무거워서……."

미처 염이 보고 싶어서란 말은 못 하고 가체 핑계를 대었는데, 염은 그 말을 곧이곧대로 믿었다. 그럴 수밖에 없을 정도로 머리에 얹힌 가체는 버거워 보였다. 염은 울고 있는 민화의 손을 다정히 잡아끌었다. 민화는 어디로 가는지 생각조차 할 수 없었다. 느낀 것은 오로지 자신의 손을 잡은 따뜻한 손뿐이었다. 처음으로 잡아 보는 염의 손이었고 염의 온기였다. 그래서 혹시나 놓칠세라 작은 두 손으로 그의 손을 꽉 쥐었다.

염의 손에 이끌려 들어간 곳은 민화의 방이었다. 민화를 앞히고 염이 한 일은 서툰 손길로 가체를 장식하고 있던 떨잠 등을 뽑아내고 가체를 걷어 낸 것이다. 그리고 쪽 찐 머리에 비녀를 꽂고 그곳에 뒤꽂이 등으로 가볍게 장식을 해 주고는 민화를 향해 더없이 아름다운 미소로 말했다.

"공주는 뒤통수가 동그래서 참으로 어여쁘시옵니다. 하니 가체로 가리지 마옵소서. 저는 가체가 징그러워 싫사옵니다."

"하지만……."

"다른 이들에게 어여쁘게 보이고 싶으시기도 하겠군요. 그러면 집 안에서는 이러고 계시다가 출타하실 때 하시는 건 어떻사옵니까?"

민화는 힘껏 도리질을 쳤다. 무거운 가체가 없어진 도리질은 무척이나 가벼웠다.

"이젠 출타할 때도 안 할 것이어요."

어차피 염 이외에는 예쁘게 보이고 싶었던 마음이 없었기에 그가 징그럽다면 할 필요가 없었다. 민화는 그 순간에도 염이 벌떡 일어나 나가 버리지는 않을까 걱정되어 그의 옷자락을 꼭 쥐고 있었다. 염은 자신의 옷자락을 꼭 쥔 민화의 주먹을 보고는 멋쩍은 웃음만 짓다가 끝내 자리에서 일어나지 못하고 앉아 있었다. 달리 나눌 말이 없었던 염은 방바닥만 보고 있어야 했지만 민화는 너무나 행복해서 그의 얼굴에서 눈을 뗄 수가 없었다. 그리고 그 행복을 참을 수 없었던 민화는 그만 자신도 모르게 염의 볼에 입을 맞춰 버리고 말았다. 민화의 얼굴이 붉어졌는지 염의 얼굴이 붉어졌는지 서로는 알지 못하였다. 때마침 붉은 노을이 어린 신랑 신부가 있는 방 안으로 몰래 걸어 들어와 둘을 훔쳐보았기 때문이다.

그때부터 민화는 첫 합방일만 손꼽아 기다렸다. 첫 합방일이 무엇인지 알지도 못했지만 그것만 거치면 완전한 부부가 된다는 말을 들었기에 자신이 열다섯 살만 되면 더 이상 염을 기다리지 않아도 된다는 막연한 생각에서였다. 하지만 얼마 지나지 않아 허민규가 숨을 거두었다. 염은 부친의 삼년상을 무덤 옆에서 치르기 위해 선산으로 들어갔고, 둘은 3년 동안 생이별을 하게 되었다. 그 3년은 그저 무심하게만 지나가지는 않았다. 민화의 그리움과 눈물을 거름 삼아 민화는 꽃 같은 열일곱 살 여인으로, 그리고 염은 스물한 살의 사내로 변화시켰다. 더 이상 어린 신부도 어린 신랑도 아니었다.

염이 산에서 돌아오는 날, 민화의 꽃단장은 온전히 민 상궁 몫이었다. 가슴 떨림이 손 떨림으로 번져 자신의 손으로는 아무것도 할 수 없었다. 그런데 집으로 돌아왔다는 염은 하루가 지나고 이틀이 지나도 그녀의 방으로 와 주질 않았다. 민화는 사흘을 넘기지 못하고 또다시 쪽문 길에 떨어져 내린 붉은 단풍잎을 밟으며 서성거렸다. 혹시라도 염의 머리카락이나마 볼 수 있을까 하는 마음에 쪽문 틈새로 얼굴을 빼꼼히 내밀고 열심히 사랑채를 훔쳐보고 있을 때였다. 갑자기 등 뒤에서 서럽도록 그리운 목소리가 들렸다.

"공주, 사랑채에 무엇이 있사옵니까?"

돌아보지 않아도 누군지 알 수 있었다. 이제는 근엄한 사내의 목소리로 변해 있었지만, 변함없는 그의 난향이 이미 코끝에 다다라 있었기 때문이다. 민화는 누군지 알 수 있었기에 더욱더 돌아볼 수가 없었다. 부끄러워 그 자리에 서서 쪽문만 손끝으로 매만질 뿐이었다. 뒤이어 말을 건네주지 않는 염으로 인해 결국 민화가 속상함을 전했다.

"사흘 전에 오셨다 들었사온데, 어이하여 소첩에겐 걸음 하지 않으셨사와요?"

"산에서 내려와서 사흘간은 안채에 들어가면 아니 된다 하여 오늘 왔사옵니다. 그런데 내당에 없으시기에 이리 와 보았사옵니다."

잊지 않았다는 것만으로도 속상함이 녹아내렸다.

"언제까지 저에게 등만 보여 주실 것이옵니까?"

돌아보지 않아도 염의 미소가 느껴졌다. 그것만으로도 족했다. 그렇다고 또 안 돌아볼 수도 없었다. 민화가 반쯤 돌아서서 곁눈질로 염의 얼굴을 얼른 훔쳤다. 3년 만에 눈앞에 선 그는 아름답기만 하던 모습에 남자다움이 더해져서 숨도 쉬지 못하게 심장을 뛰게 했다. 예전에는 어색하던 갓과 도포도 더할 나위 없이 잘 어울렸다.

"마, 많이 변하시었어요."

"공주도 그렇사옵니다. 처음에는 못 알아볼 뻔하였사옵니다."

어색한 부부 사이로 붉은 단풍잎이 떨어져 내렸다. 그중 한 놈이 민화의 어깨 위에 살포시 엉덩이를 걸쳤다. 염이 손을 뻗어 와 어깨 쪽에 다다르는가 싶더니 곧 손을 거두었다. 민화는 그의 스치는 손끝에 잡힌 단풍잎을 따라 눈길을 돌렸다. 염은 희롱하듯 단풍잎을 자신의 입술로 가져갔고, 그의 손끝에 맞춰서 움직이던 민화의 시선이 자연스럽게 염의 얼굴에 고정되었다. 염이 눈웃음을 건네 왔다. 그런데 민화는 미소에 답해 주지 못하고 큰 눈에 눈물을 그렁그렁 만들어 내고 말았다. 눈물에 민망해진 민화가 울먹이며 단풍잎을 탓했다.

"붉은 것에 입을 맞추고 싶으시오면, 붉은 것이 단풍잎만은 아니어요."

염이 두 눈을 동그랗게 뜨자 이번에는 그의 갓 위에 또 다른 놈이 엉덩이를 걸쳤다. 그놈은 민화의 손끝에 잡혔다. 그리고 그대로 그녀의 입술에 다다랐다. 하지만 민화의 손은 그의 손에 잡혀 아래로 끌어내려졌고, 단풍잎이 있던 자리는 염의 입술이 차지했다. 너무 놀란 나머지 처음으로 와 닿은 입술을 미처 느낄 사이도 없이 다시 멀어졌다. 염이 눈웃음과 더불어 속삭이듯 말했다.

"어찌 아시었사옵니까, 붉은 것을 탐하는 마음을 달래려 단풍잎을 먼저 쥔 것을?"

염이 한 번 더 환한 웃음을 보이고는 쪽문을 열고 나가려고 하였다. 민화는 급한 마음에 도포 사락을 얼른 잡았다.

"저……, 저……."

"말씀하시옵소서."

"저, 그동안 열일곱 살이 되었사와요. 그러니 이제……."

염은 별말 없이 미소만 짓다가 쪽문을 넘어가 버렸다. 민화는 한참 동안 그가 사라진 문만 바라보았다. 그리고 뒤늦게야 입술의 느낌이 떠올라 가슴이 뛰기 시작했다.

책을 읽던 민화는 어느새 꾸벅꾸벅 졸고 있었다. 하루 종일 추운 바깥에서 서성거리느라 지쳤던 탓이다. 민 상궁이 요를 깔고 공주를 그 위에 조심스럽게 눕혔다. 어차피 약속되어 있던 밤도 그냥 지나치는 염이기에 밤새워 기다린다고 해도 오지 않으리란 생각이 포기하게 만들었다. 민화는 얼었던 몸이 따뜻한 이불 아래에서 풀어지면서 잠 속으로 깊게 빠져들었다. 하지만 얼었던 마음은 아무리 따뜻한 이불이라 해도 쉽게 녹지 않았다.

염은 운동 삼아 검술 연습을 한 뒤에 목욕을 하였다. 몸을 깨끗이 하고 방 안에 앉고서야 하루 종일 공주가 보이지 않았음을 알아차렸다. 한 번쯤은 오가다 마주쳤을 법도 한데 어디가 아픈 것은 아닌가 걱정이 되었고, 이윽고 어제 눈을 맞으며 뒤를 따라 걷던 공주가 기억이 났다. 염은 문득 스치는 생각이 있어 민화와의 합방 날짜를 적어 둔 종이를 서안 서랍에서 꺼내 보았다.

"이런, 어제였구나! 양명군이 계셨다곤 해도 내가 약조를 어기다니……."

염은 뜨거운 물에 몸을 담그고 있었기 때문인지 민화를 떠올리자 오늘따라 몸이 동하는 것을 느꼈다. 그래서인지 민화를 보지 못한 오늘 하루가 허전했다. 아직 늦지 않은 밤이니 내당에 걸음 한다고 해도 실례가 되지는 않을 것이다. 그래서 염은 의관을 정제하고 중문을 지나 안채로 갔다. 그런데 민화의 방에 불이 꺼져 있었다. 불 꺼진 방을 보고 있던 염이 발길을 돌리려다가 혹시나 이제 막 잠자리에 들었을지도 모른다고 생각하고 작은 소리로 헛기침을 하였다.

"어험! 어험!"

이 작은 헛기침을 먼저 들은 사람은 민 상궁이었다. 바깥쪽 방에서 새우잠을 자고 있던 그녀는 얼른 잠에서 깨어나 낮은 자세로 기다시피 해서 사잇문을 열고 민화에게로 다가갔다. 이제껏 목이 빠져라 기다렸던 공주의 마음을 누구보다 잘 알기에 어떻게 해서든 깨우고 싶었다. 하지만 한번 잠에 빠져든 민화는 아무리 흔들어도 깨어나지 않았다. 잠시 후 발길을 돌려서 가려고 하는 염의 기척이 느껴졌다. 마음이 급해진 민 상궁이 방문을 열고 바깥으로 나갔다. 염은 이미 뒷모습을 보이며 안채의 섬돌 아래로 내려서고 있었다.

"의빈 대감, 잠시만 기다려 주시옵소서."

염이 걸음을 멈추고 상체만 뒤돌아보았다.

"잠시만 기다려 주시면 공주자가께서 일어나실 것이옵니다. 그러니……."

"아니다, 잠시 지나던 길이었느니라. 공주께서 깨어나실지 모르니 조용히 해라."

염이 몸을 돌려 안채에서 사라졌다. 민 상궁은 공주를 대신해서 하얀 도포 자락을 붙잡고 기다려 달라고 외치고 싶었다.

내일 아침에 이렇게 왔다 간 사실을 말해야 하는 자신의 마음도 슬프기 그지없었다.

염은 왔던 길과는 다르게 안채의 뒷길로 들어섰다. 그런데 쪽문에 다다르지 못하고 그만 미끄러져 엉덩방아를 찧고 말았다. 엉덩이를 어루만지며 일어선 그의 눈에 빙판이 되어 있는 민화의 기다림이 들어왔다. 그리고 작은 발로 촘촘하게 닦은 길 위에 온종일 기다리며 서성거렸을 그 모습이 에누리 없이 그려졌다. 민화 생각에 웃음 짓던 염은 이내 내일 이곳에 다시 올지도 모르는 그녀가 걱정되었다. 덤벙거리면서 이곳에 온 민화가 자신처럼 엉덩방아를 찧을지도 모를 일이었다.

염이 삽을 가져다 길에 다져진 눈을 치우기 시작했다. 삽질도 서툴고 다져진 눈이 꽁꽁 얼어 진도가 나가지 않았지만, 정성을 들인 끝에 차츰 길이 보였다. 대강 삽으로 길을 내고 난 뒤 다시 빗자루로 쓸어 빙판을 제거했다. 내친 김에 혹시나 민화가 쪽문을 넘을지도 몰라서 쪽문과 사랑채로 가는 길의 눈도 깨끗하게 쓸었다.

작업을 마친 염은 홀로 쓸쓸히 뒤뜰에 섰다. 조용한 집이었다. 학문을 논하는 이들은 찾고 싶어도 그럴 수가 없었고, 학문을 하지 않는 자들은 주로 향락과 사치를 일삼기에 염이 어울리길 싫어했다. 그러다 보니 이렇게 사람의 발길이 끊긴 집이 되어 버리고 말았다. 눈 온 뒤라 주위가 적막해서인지 오늘따라 쓸쓸함이 더하였다. 모처럼 뒤뜰에 크게 자리한 매화나무가 눈길을 잡았다. 가지마다 눈이 쌓여 있었지만, 그 눈 밑에 숨어 있는 싹이 느껴졌다.

"내 가슴속에도 아직 불꽃의 싹이 남아 있을까……."

힘을 잃은 미소와 함께 나온 나지막한 혼잣말이었다. 언뜻 쓸쓸한 눈빛을 가르며 매화나무 뒤의 그늘에 몸을 숨기고 있는 어슴푸레한 사람의 형체가 보였다. 염이 뚫어지게 그곳을 응시하자 그늘 뒤의 사람도 놀랐는지 꼼짝하지 않았다.

"눈길로 훔치는 것도 도둑질이라 할 수 있느니. 누구냐, 나를 훔쳐보는 이가? 청녀靑女[1]가 방문한 것이 아니라면 나오너라!"

어두움이 발을 옮겨 디뎠는지 발아래에 밟힌 눈이 뽀드득하는 농염한 신음 소리를 흘렸다. 그리고 그늘을 벗어나 모습을 드러낸 어두움이 말을 하였다.

"쇤네를 어찌 청녀에 비할 수 있사옵니까?"

여인이었다. 하지만 염은 누군지 알 수가 없었다. 그런 그의 시선을 눈이 반사하는 빛이 도와주었다. 희미한 달빛과 눈이 반사하는 빛에 의지해 여인의 형체를 살피던 염의 입에서 이내 작은 소리가 흘러나왔다.

"설? 설이냐?"

---

1. **청녀(靑女)** 눈과 서리의 여신.

'금기를 어기면 반드시 그에 상응하는 대가를 치르게 될 것이다!'

설의 머릿속에서 장씨 도무녀가 말했다. 하지만 이보다 염이 자신을 기억하고 이름을 불러 준 것이 더 기뻐 머릿속의 말은 조용히 눈 녹듯 사라졌다.

"도련님, 쇤네를 기억하시옵니까?"

염은 머쓱하여 미소만 지었다. 아마도 어제 제운이 물어보지 않았다면 이렇게 쉽게 기억해 내지 못했음을 알기에, 기억하고 있다는 답은 거짓에 가까웠다. 그래서 애매한 대답을 피하려고 말을 돌렸다.

"난 이제 도련님이 아니다."

"그렇군요. 이젠……."

설의 서글픈 중얼거림을 염은 느끼지 못하였다. 오직 이곳에 홀연히 나타난 이유만이 궁금했다.

"여기서 무얼 하는 것이냐? 혹여 담을 넘은 것이냐?"

설은 답하지 않았다. 절대 의빈의 저택에는 가지 말라는 말을 어기고 그리운 마음에만 이끌려 온 것이기에, 게다가 훔쳐보기만 하리라 생각했지만 넋을 잃고 보다가 들킨 것이기에 어떻게 말해야 할지 몰랐다. 염이 빙그레 웃으며 말했다.

"그리 있으니 기억이 나는 듯도 싶구나. 예전에도 너는 무어라 묻기만 하면 그렇게 불만 가득한 표정으로 입을 다물고 서 있었지. 그래, 기억이 나는구나."

기억이 나는 듯, 불만 가득한 표정……. 설이 쓸쓸히 웃었다. 염이 평범하게 내뱉는 말들이 그녀에게는 설렘이 되고 비수가 되었다.

'쇤네의 표정을 불만 가득한 것으로 기억하셨사옵니까? 천한 종년의 몸으로 차마 도련님 앞에 미소할 수 없었음을 모르시겠지요.'

'이년'이 이름이 되어 버린 여종 아이가 있었다. 아비가 노비였고 어미가 노비였다. 그래서 날 때부터 천하디천한 노비였다. 아비는 '이년'이 뱃속에 있을 때 어디론가 팔려 갔다는 말을 들었다. 어미 또한 '이년'이 세 살 무렵엔가 어디론가 팔려 갔다는 말을 들었다. 그 전에 어미가 딸을 무어라고 불렀는지는 알지 못하였다. 그저 노비들이 남겨진 아이에게 '이년, 저년' 천하게 부르다가 '이년'이 이름이 되어 버렸다는 것 말고는 자신에 대해 아는 것도 하나 없었다. 자신에 대해 알아야 할 필요도 없었다. 일을 시키면 그저 시키는 대로 하면 되었다. 구박하면 구박 들으면 되었고, 때리면 맞으면 되었다. 같은 노비들조차 '바보, 등신 같은 년'이라 욕을 했지만 그것이 기분 나빠해야 하는 말인지조차 몰랐다.

'이년'도 제 아비와 어미처럼 팔려서 이 집으로 오게 되었다. 자신을 사고판 가격이 얼마인지조차 알지 못했던, 일곱 살 때의 일이었다. 새로 오게 된 집은 전에 있던 집보다 조금 더 크다는 점 외에는 별반 다를 것도 없었기에 낯선 것 하나 모르고 익숙해졌다. 그리고 이 집의 누각에서 글을 읽고 있던 염을 처음으로 보게 되었다. 그때는 멍하니 넋을 잃고 쳐다만 보고 있었던 이유를 알지 못하였다.

전복을 입고 복건을 쓴 대갓집 도령들은 그동안 수도 없이 보아 왔었다. 자신을 나뭇가지로 찌르고 발길로 걷어차도 응당 그것이 당연하려니 생각해 왔던 그런 도령들과 같은 옷을 입고 있었기에, 해코지를 당하지 않으려면 재빨리 도망을 쳐야 했지만 발길과 눈길은 염에게 고정되어 움직이지 않았다. 실제로 벌어진 입에선 침이 떨어져 내렸다. 하지만 입에서 침이 떨어지는 줄도 몰랐다. 도령이 책에서 눈을 들어 침 흘리는 지저분한 여종을 보았다. 하지만 그녀에겐 그 움직임조차 현실 같지가 않았다.

꼼짝하지 않고 자신을 보고 있는 여종을 이상하게 생각하던 염은 서안 위에 있는 곶감 접시를 보았다. 그는 빙그레 미소 지으며 곶감 하나를 쥐고 일어나 여종에게로 다가왔다. '이년'은 가까워지는 아름다운 도령의 미소에 취해 더욱더 멍해졌다. 도망 따위는 전혀 떠올리지 못하였다. 도령이 다가와 서서 발길질이 아니라 손을 내밀었다. 의아해하며 본 그 손에는 곶감이 쥐어져 있었다.

"이것이 먹고 싶어 그리도 본 것이냐?"

목소리조차 상냥했다. 게다가 발길질이 당연하다 여겼기에 내밀어진 곶감은 신기하기 짝이 없었다. 맑은 목소리가 설득력이 있었기 때문인지 멍하니 보고 있었던 이유가 어쩌면 정말로 곶감이 먹고 싶어서였을 거라는 생각이 들었다. 그래서 내민 것을 쳐다보았지만 눈에 들어온 것은 곶감이 아니라 새하얗고 아름다운 손이었다.

여종은 곶감을 받으려고 손을 내밀려다 말고 재빨리 뒤춤으로 손을 감추었다. 그러고는 손등을 등 뒤에 계속해서 문지르기만 할 뿐 앞으로 내밀지 못하였다. 시커멓고 거친 손이었다. 손톱 밑에는 시꺼먼 때가 끼어 있고, 손등은 쩍쩍 갈라져 피딱지까지 앉아 있는 못생긴 손이었다. 하얗고 아름다운 도령의 손과 자신의 못생긴 손이 비교되는 그 순간 '이년'은 태어나서 처음으로 알게 된 것이 있었다. 세상에는 아름답고 추한 것이 나뉘어져 있고, 귀히고 천한 것이 나뉘어져 있다는 것이었다. 그중 자신은 추하고 천한 쪽에 분류되어 있는 존재임을 처음으로 깨닫게 되었다.

아무 말 없이 퉁명스런 얼굴로 있는 여종에게 염이 다시 다정한 목소리로 물었다.

"혹여 새로 온 아이냐? 이름이 무엇이냐?"

이름을 말하려다 입을 다물었다. 차마 '이년'이라 말할 수가 없었다. 이제껏 누가 물어보면 잘도 답하던 것이었는데, 이상하게도 말하고 싶지 않았다. 그리고 말하기 싫은 자신의 이름을 안 그 순간, 수치심이 무엇인지도 처음으로 알게 되었다. 다시 한 번 곶감을 내미는 손길을 따라 눈을 들어 주인댁 도령을 보았다. 박꽃처럼 새하얀 치아를 보이며 웃고 있었다. 그 미소에 답하여 마주 미소 짓지 못하고 입술만 앞으로 비죽 내민 채 퉁명스럽게 고개를 떨구었다.

'이년'은 도령의 손에 있는 곶감을 낚아채듯 빼앗아 쥐고 그 자리에서 도망쳤다. 도망쳐 달리는 두 눈에서 알 수 없는 눈물이 흘러나왔다. 맞으면 아프기 때문에 울어 보았지만, 누가 때린 것도 아닌데 가슴 한구석이 아프면서 눈물이 나온 것은 처음이었다. 추운 응달에 몸과 마음을 숨기고 앉아 곶감을 먹으면서도 눈물은 멈추지 않았다. 소매로 눈물, 콧물 닦아 가며 하염없이 곶감을 먹으면서도 그 맛을 못 느낄 수 있다는 걸 처음 알았고, 가슴이 아프다는 의미가 무엇인지도 그때 처음 알았다. 하지만 여전히 왜 그런 것인지는 알지 못하였다. 그리고 그런 서글픔을 깨닫기에 일곱 살 나이는 아직 어리다는 것도 알지 못하였다.

몰래 눈물을 훔치다가 느지막하게 행랑에 돌아가니 행랑어멈이 머리를 쥐어박았다.

"이년아, 어디 있다가 온 거야?"

대답하지 못하고 가만히 있자 그녀는 바쁜 손길로 거칠게 잡아끌었다. 그렇게 마루에 앉히고는 댕기 머리를 풀어 그곳에 이를 잡는 약을 뿌렸다.

"이제부터 네 이름은 '설'이다."

"네? 왜요?"

"넌 원래 우리 아기씨 몸종으로 데리고 온 거야. 그런데 네 이름은 아기씨께 안 좋으니 도련님께서 설로 바꾸라고 하셨어. 가당치도 않게 설이라니. 네년한테는 과분한 이름이지, 암."

"도련님? 이 댁에 도련님은 몇 분인데요?"

"딱 한 분뿐이지. 어찌나 출중하신지 아직 열두 살밖에 안 되셨는데도 벌써부터 온갖 대갓집에서 넣어 대는 매파를 거절하느라 골치가 아파. 네년은 얼굴도 보아선 안 되는 분이야!"

'이미 보았는데……. 설? 설이라…….'

입속으로 제 이름을 발음해 보았다. 혀가 굽이져 휘어지는 것이 정말 어여쁘게 느껴졌다. 새하얀 눈은 과분한 것을 떠나 어울리지조차 않는 것 같았지만, 어느새 입꼬리는 저절로 올라가 있었다. 며칠 동안이나 때 빼고 광낸 뒤, 태어나서 처음으로 깨끗한 옷을 입고 아기씨가 있다는 별당으로 들어가게 되었다. 안채 중에서도 접접이 안쪽에 따로 마련되어 있는 그곳에서 처음 연우를 보게 되었다. 바깥에 우두커니 서 있는 그녀를 향해 예쁜 미소를 보이던 아기씨는 그 미소뿐만이 아니라 생긴 모습까지 도련님과 닮아 있었다. 그리고 상냥한 목소리도 닮아 있었다.

"추운데 왜 그러고 있느냐, 이리 오지 않고?"

주춤거리며 가까이 다가가 앉자 연우는 그녀의 손을 잡아끌어 화로 위에 따뜻하게 올렸다. 도련님의 손과 닮은 아름다운 손이 자신의 못생긴 손을 잡고 있는 것이 부끄러워 얼른 빼내려고 하자 연우는 오히려 더 꽉 잡았다.

"네 손이 너무 차구나. 이러고 있으면 따뜻해질 것이야. 설이라고 들었다. 나이는 어찌 되느냐?"

"이, 일곱……."

"일곱? 나보다 한 살 어리구나."

설은 다시 한 번 연우를 보았다. 한 살 많다고 해도 키나 덩치는 자기보다 자그마해 보였다. 그녀의 형용할 수 없을 만큼 예쁜 모습에 다시금 자신이 부끄러워졌다. 그렇게 처음 만난 연우였지만 이미 설에게는 '자신이 모시는 아기씨'가 아니라 자신에게 새롭게 아름다운 이름을 준 '도련님의 누이'가 되어 있었다.

몸종이란 자리는 무척이나 좋았다. 그녀가 어리다는 이유로 연우가 가벼운 심부름만 시킨 이유도 있지만, 무엇보다 가까이서 자주 도련님을 뵐 수 있었기 때문이다. 누이를 아끼는 마음이 지극했던 염이었기에 별당에 자주 와서 책을 읽으며 함께 놀아 주었다. 비록 훔쳐보는 것이 전부였지만 그것이 서럽지는 않았다. 어쩌다 눈이 마주치면 도련님이 먼저 미소를 보내 주곤 했는데, 설은 그 미소에 퉁명스런 표정으로 반응하는 것이 고작이었기에 서러워할 수도 없었다.

심부름차 지나가다가 사랑채 화단 위에 놓여 있는 목검을 발견했다. 설은 주위를 두리번거리며 다가가 그것을 잡았다. 칼자루에 염의 손때가 묻어 있었다. 그 순간 설의 눈에는 목검 따위는 온데간데없고 오직 도련님의 손때만 보였다. 마침 주위에 아무도 없었던 것이 화근이었다. 설은 자신도 모르게 그것을 훔쳐 내어 달아났다. 그런데 그 이후가 더 문제였다. 긴 것이어서 마땅히 숨길 곳이 없었다. 설은 고민 끝에 안채 뒷마당의 담벼락 밑에 숨기고 돌과 나뭇잎으로 덮어 가렸다. 잠시 목검을 찾으려는 소동이 있었지만 이내 가라앉았다.

도련님의 손때가 묻은 물건이 자신의 소유가 되었다는 것만으로도 설은 행복했다. 그래서 간간이 목검을 꺼내어 만져 보며 행복을 즐겼다. 서서히 담이 커져 염이 검술 연습하는 곳에 숨어들어 훔쳐보는 짓도 하게 되었다. 다른 두 친구에 비해 언제나 실수투성이인 염을 보며 키득거리는 웃음을 참기도 하였다. 훔쳐본 다음엔 목검을 들고 염의 동작을 따라 해 보곤 하였다.

"잘하는구나."

염의 목소리였다. 숨어서 휘두르던 목검이었는데 그만 염의 눈에 띈 것이다. 설은 자신이 훔친 도련님의 손때를 다시 빼앗길까 겁이 나 목검을 꼭 쥐고 오들오들 떨었다. 염이 다가와 설의 손에 있는 것을 자세히 보았다. 잃어버린 자신의 물건임을 알아차렸지만 내색하지 않고 빙그레 웃었다. 설이 지레 놀라서 핑계를 대었다.

"쇤, 쇤네도 검술이 좋아서……, 배우고 싶어서……."

염이 머리를 쓰다듬으며 다정하게 말했다.

"설이라고 하였느냐? 여인은 검을 쥐면 그 운명이 슬퍼진다 하였다. 그러니 장난으로라도 검을 쥐지는 마라."

설은 차마 마주 보지 못하고 또다시 도망쳐 그늘진 곳으로 몸을 숨겼다. 염의 손이 닿은 정수리가 너무나 뜨거워 마치 덴 것같이 화끈거렸다.

'여인…….'

설은 여태껏 몰랐던 사실을 염의 입을 통해 알게 된 것이 기뻐 마냥 설레었다. 자신이 여인의 몸이란 것을 새롭게 알게 된 그때, 또 하나 알게 된 것은 도련님은 자신과는 반대로 사내라는 사실이었다. 나이 아홉 살에 알게 된 두근거림이었다. 그렇게 알게 된 두근거림은 이내 차가운 슬픔이 되어 그녀의 가슴속에 차곡차곡 쌓였다. 얼굴도 보아서는 안 된다는 의미는 그저 얼굴만을 뜻하는 것이 아님을 알게 되었다.

설은 그렇게 열 살이 되어도 염을 훔쳐만 보았고, 열한 살이 되어도 훔쳐만 보았고, 열두 살이 되어도 여전히 훔쳐만 보았다. 하지만 단 한 번도 도련님 앞에서 미소를 보여 본 적이 없었다. 미소를 보여서는 안 되는, 마음을 보여서는 안 되는 천것이란 것을 어린 나이임에도 잘 알고 있었기에 염 앞에서는 깊어지는 마음이 더해질수록 그만큼 더 퉁명스러워졌다. 마치 눈이 불꽃 가까이 가진 못하고 그 멀리에만 쌓이고 또 쌓이듯이…….

설은 또다시 자신의 뜻과는 상관없이 팔려 가게 되었다. 연우가 세자빈으로 간택된 지 보름이 살짝 지났을 때였다. 연우는 아파서 생사의 갈림길에 놓여 있고 염은 숙부 댁으로 끌려가 보이지도 않는데, 허민규가 설을 무노비로 팔았다며 한 여인에게 넘겼다. 그 여인이 장씨 도무녀였다.

어안이 벙벙했던 설은 처음에는 믿기지 않았다. 하지만 장씨가 팔을 잡아끌고 대문을 나설 때야 자신에게 닥친 것이 어떤 일인지 알게 되었다. 그것은 두 번 다시 염을 볼 수 없게 된다는 사실이었다. 더 이상 훔쳐만 보는 일도 할 수 없게 된다는 뜻이었다. 설은 장씨의 손길을 뿌리치고 미친 듯이 집으로 달려 들어갔다. 그러고는 허민규의 다리에 매달려 눈물로 빌고 또 빌었다. 몇 배는 더 일할 테니 다른 곳에 보내지만 말아 달라며 소리 내어 울었다. 목이 쉴 정도로 울었지만 그는 설을 다시 받아 주지 않았다.

결국 설은 장씨의 손에 끌려 대문을 넘어갔다. 끌려가면서도 설은 소리 내어 울었다. 그리고 그렇게 끌려가면서 처음으로 자신이 뱃속에 있을 때 자식의 얼굴도 보지 못하고 어디론가 팔려 갈 수밖에 없었을 노비였던 아비를 떠올렸고, 자신이 세 살 때 어린 자식을 두고 어디론가 팔려 갈 수밖에 없었을 노비였던 어미를 떠올렸다. 그들의 슬픔이 더해져서인지, 아니면 염을 보지 못하고 가는 슬픔이 커시인지 설은 더욱더 큰 소리로 울 수밖에 없었다.

"울어라. 주인이 팔면 팔리고 건네면 건네는 대로 그리 옮겨 다니는 것이 노비의 팔자. 소, 돼지 접붙이듯 아무 놈이나 씨를 붙여도 아무 말 못 하는 것이 종년 팔자. 그 씨의 아비 되어도 자기 자식이라 말 못 하는 종놈 팔자, 종년이 낳은 씨는 종년의 자식이 아니라 주인집의 소유에 불과한 노비 팔자. 그래, 울어라. 세상이 네년 눈물로 홍수가 난다 한들, 네년의 종년 팔자는 바뀌지 못하니."

설에게 나지막하게 뇌까리며 걷는 장씨의 잔인한 말이 오히려 묘하게 위로가 되었다.

그렇게 설의 주인은 홍문관 대제학에서 성수청 도무녀로 바뀌었다. 하지만 설은 여전히 연우의 몸종이었다. 단지 연우가 대제학의 여식이 아니라 이름 없는 무녀로 바뀌었을 뿐이다. 그렇지만 설에게 연우는 여전히 '도련님의 누이'였다. 그 누이를 지켜 주고 싶었다. 그것이 곧 도련님을 지키는 일이라고 믿었다.

도련님의 손과 닮은 연우의 손이 망가지는 것이 싫어서 그만큼 자신의 손이 망가졌다. 연우에게서 나는 도련님의 향기가 지워지는 것이 싫어서 수시로 산을 돌아다니며 난초를 구해서 말리고 갈아 두었다. 그럼에도 불구하고 그리움이 사무치는 날이면 홀로 도련님이 하던 몸동작을 따라 했다. 염이 가지고 있던 검과 비슷한 길이의 나뭇가지로 말없이 서 있는 나무를 때렸고, 죄 없는 하늘을 찔렀다.

그러다가 그리움을 참지 못하고 하루는 장씨에게서 도망치고 말았다. 온양에서 한양까지 물어물어 고생하여 도련님의 집에 도착했다. 막상 도착하고서는 안으로 들어가지 못하고 담 너머에서 서성거리다가 염을 보게 되었다. 담을 넘어 그에게

다가가고 싶었지만 거지꼴을 하고 있는 모습을 보이기가 부끄러워 또다시 훔쳐만 보았다. 그동안 더욱더 멋있게 변해 있었다. 그런 도련님에게 사랑스러운 여인이 총총걸음으로 다가가 말을 거는 것이 보였다.

"서방님……."

그 뒤에 여인이 무슨 말을 하는지는 하나도 들리지 않았다. 오직 '서방님'이란 말만 귓속에 맴돌고 또 맴돌았다. 이윽고 염의 목소리도 들렸다.

"공주……."

그 뒤의 말도 여전히 들리지 않았다. 설은 급하게 응달로 초라한 몰골과 신분을 숨겼다. 옛날처럼 눈물이 나오지는 않았다. 대신 웃음만이 나왔다. 세상에서 가장 천한 노비와 가장 존귀한 공주. 그렇게 응달에 웅크리고 앉아 염을 그리워한 자신의 보잘것없는 사랑마저 마음껏 비웃었다.

"그동안 어디서 무얼 하였느냐?"

매화나무 아래에서 염은 변함없는 미소로 물었다. 설은 그동안 계속해서 다니러 와서 훔쳐만 보고 갔던 것처럼, 오늘도 여진히 염의 앞에 가까이 다가서지 못하고 눈 쌓인 발아래만 보았다.

"이리 온 것을 보니 한양에 살고 있나 보구나. 주인은 좋은 사람이냐?"

"네, 좋은 주인 밑에 있사옵니다."

"다행이구나. 어느 댁에 있느냐?"

설은 대답하지 않았다. 답하면 안 되는 부분이었다. 퉁명스런 얼굴로 가만히 있자 염이 다시 물었다.

"네가 언제 이곳을 떠났던가? 우리 연우가 죽기 전인가, 후인가?"

"전이옵니다."

"그래, 전에 떠났어도 죽은 걸 알고 있는 걸 보니 가까운 곳에 살고 있었나 보구나."

설은 염의 슬픈 표정을 외면했다. 자신을 향해 보인 그의 표정 모두가 연우 생각 때문임을 모르지 않았다. 염이 중얼거리듯 말했다.

"이제 처녀가 다 되었구나. 아직 혼인은 아니 한 것이냐?"

"네."

"이런, 어찌하다?"

염이 그녀를 물끄러미 보았다. 하지만 설은 자신을 향해 있는 눈동자가 눈앞의 자신이 아니라 연우를 보고 있음을 느낄 수 있었다. 아마도 연우가 살아 있다면 자기처럼 처녀가 되어 있을 거란 생각을 하고 있다는 것도 알 수 있었다. 염이 미소를 지었다. 하지만 이번에도 설은 퉁명스런 얼굴로 고개만 숙였다.

멀리서 하인이 오는 소리가 들렸다. 설이 먼저 그쪽을 보았다. 염도 따라서 소리 나는 쪽으로 고개를 돌렸다.

"주인어른, 추운데 여기서 무얼 하시옵니까?"

"아, 예전에……."

염이 인사시켜 주려고 설이 있던 곳으로 고개를 돌렸으나 이미 그녀의 모습은 완전히 사라지고 없었다.

"네? 무어라 하시었사옵니까?"

"아니다, 아무것도."

이상한 예감에 염은 주위를 둘러보았다. 잠깐 사이 흔적조차 없어졌다. 영남 일대로 여행을 떠났을 때 내내 뒤따르던 정체 모를 무언가가 생각났다. 그때의 느낌과 똑같았다.

'설마 저 아이가? 아니겠지. 노비의 몸으로 나를 따라다닐 수는 없을 터이니.'

염의 눈길이 돌려진 잠깐 사이에 설이 담을 넘어 도망친 곳은 누구의 집인지도 모르는 담장 어두움이었다. 그곳에 웅크리고 앉아 그와 몇 년 만에 처음으로 몇 마디 주고받은 걸 기뻐하기보다는, 여전히 변함없는 자신의 처지를 비웃었다.

"이년의 몸뚱어리를 이 땅에 점지하신 천주제석이시여! 이년이 그리도 천합니까? 살도 천하고 피도 천하고 뼛속 깊이 천하니, 이 마음마저 천한 것입니까? 어찌 이리도 귀한 것 하나 없이 천한 것으로만 점지하셨습니까!"

설의 울부짖음에 대한 하늘의 대답은 없었다. 대신에 귀가 닳도록 들었던 장씨의 허 차는 소리는 있었.

'눈이 불꽃을 향해 가면 어찌 되간대? 꼴같잖은 년 같으니, 쯧쯧.'

다음 날 새벽 무렵, 잠을 자던 염이 가늘게 눈을 뜨다가 희미한 사람 형체에 깜짝 놀라 몸을 반쯤 일으키며 잠에서 깨어났다. 염은 형체의 주인이 민화임을 곧 알게 되었다. 민화는 자다 깬 모습 그대로였다.

"고, 공주? 예서 뭐하시는 것이옵니까? 아니, 그것보다 언제부터 이러고 계셨사옵니까?"

"조금 전부터. 어젯밤에 내당에 오시었다 들었사와요. 그래서……"

"잠시 지나가다 들른 것이옵니다."

"미워요!"

"네? 무엇이요?"

어리둥절해하는 염의 가슴팍을 민화는 성난 얼굴로 때렸다. 비록 때리는 주먹에 힘이 들어가 있진 않았지만 염이 밉다는 말은 진심이었다. 이젠 단 하루도 마음 놓고 기다리지 않을 날이 없게 되었다. 이제껏 안 기다린 날은 단 하루도 없었지만, 지금까지보다 더욱 극진하게 기다리게 되어 버렸다. 어제처럼 아무리 졸려도 이젠 잘 수 없게 만들어 버리고 만 것이다. 그만큼 더 가슴 아파질 것이 분명했다. 그러니 합궁일도 아닌 어제 내당을 찾아 준 염이 고맙다기보다는 하염없이 미울 수밖에 없었다.

"그런 차림으로 여기까지 오셨사옵니까?"

민화는 가슴팍을 때리다 말고 조심스럽게 고개를 끄덕였다. 잠에서 깨어나자마자 민 상궁이 흥분한 말투로 어제 염이 다녀갔었다는 얘기를 해 주었고, 그 말이 채 끝나기도 전에 즉시 사랑채로 달려왔기 때문이다. 막상 사랑방에 들어와서는 잠든 얼굴을 바라보고 있느라 깨우지 못하고 있었다. 염이 황당한 듯 미소 짓다가 덮고 있던 이불을 들췄다.

"공주, 추운데 이리 들어오시지요."

민화는 냉큼 이불 속으로 들어가 품 안에 얼굴을 묻었다. 염은 이불을 푹 덮어 주고는 그 속에서 싸늘한 그녀를 따뜻하게 안아 주었다.

"아직 제가 미우시옵니까?"

민화는 크게 고개를 끄덕였다. 그러면서도 손은 어느새 염의 적삼 옷고름을 풀어헤치고 있었다. 이러는 사이에도 아닌 밤중에 홍두깨인 양 적삼 차림으로 사랑채로 뛰어간 공주 탓에, 민 상궁은 혼비백산하여 공주의 의복을 챙겨 들고 사랑채에 도둑걸음으로 왔다 갔다 하는 수고를 하고 있었다. 그리고 민화는 염이 자신을 위해 손수 빙판길을 치운 사실을 끝까지 알지 못하였다.

차 내관의 귓속말은 간단했다. 훤은 보고를 다 듣고 차분하게 다시 정리를 하였다. 결국 예상했던 대로 여탐굿에 대해 바로 알고 있던 이는 한씨였다. 소시호는 8년 전 별궁에서 있었던 일들을 좇다가 여탐굿을 알게 되었다. 그러니 그때 그곳에서 굿이 있었던 것은 확실할 것이다. 그 굿이 여탐굿이 아닐 확률이 높았다. 여탐굿을 가장한 그 굿의 실제가 중요한 핵심일지도 모른다. 제조상궁이 모시는 대왕대비 윤씨와 성수청 도무녀가 뒤엉켜 있는 것으로 보아 연우의 죽음에 직접적인 영향을 주었을 것이다. 죽음까지는 아니어도 적어도 별궁을 나가게 만든 병의 원인은 확실했다.

훤이 짜증을 참지 못하고 자리에서 벌떡 일어섰다. 월의 대답이 가장 마음에 걸렸기 때문이다. 기은제도 모르는 무녀이기에 여탐굿도 잘못 알고 있다고 생각하는 편이 옳을 터이다. 하지만 훤은 월의 입에서 '별궁'이라는 말이 나온 점에 집중했다. 무언가 있을 거라는 예감이 강했다. 그것이 무엇인지는 모르지만 월도 성수청 사람이기에 장씨에게서 8년 전 그 별궁과 관련한 어떤 이야기를 들은 적이 있기에 그런 대답이 나왔을 것이다.

차츰 연우의 죽음이 보이는 기분이었다. 훤은 이럴 때일수록 신중해야 한다고 속으로 몇 번이고 되뇌었다. 연우의 죽음에 대해 조사해 들어가면서부터 지금까지 나왔던 인물들을 보면 이 사건은 윤씨 일파의 소행이 명확했다. 아직 증거만 잡지 못했을 뿐, 심증과 정황을 보면 달리 생각하는 게 이상할 지경이다. 그렇기에 더욱 신중하고자 했다. 증거만 잡아내면 윤씨 일파를 비롯한 외척 세력을 일시에 몰아낼 수 있기 때문이었다. 이것은 과거의 연우가 현재의 훤에게 보내는 선물과도 같은 것이었다.

왕과는 다른 이유지만 제운 또한 여러 가지 정보들을 접할 때마다 신중하게 임했다. 연우와 월이 동일 인물이라는 전제가 깔리면서 더욱 그렇게 되었다. 연우가 죽은 원인, 스승인 허민규가 제 여식을 제 손으로 죽인 이유가 아직 드러나지 않았기 때문이다. 짐작은 되었다. 하지만 그 짐작은 제운의 입을 막는 데 더 큰 역할을 할 뿐이었다.

제당에 앉아 있던 혜각 도사는 뒤에서 기척이 느껴지자 몸을 돌렸다. 명과학교수가 마당에 서서 허리를 숙이는 것이 보였다.
"홀로 이곳까지 어쩐 일이십니까?"
"궐 밖 소격서를 찾아갈 수는 없기에 입궐하시길 기다리고 있었습니다. 아무래도 저는 궐내에서 더 자유롭게 움직일 수 있으니까요."
명과학교수의 말은 단둘이 비밀리에 하고 싶은 이야기가 있다는 의미였다. 혜각 도사는 이를 알아차리고 자신의 방으로 안내했다. 하지만 명과학교수는 단둘이 마주 보고 앉아서도 한참 동안 찾아온 용건을 꺼내지 않았다. 혜각 도사는 재촉 없이 앉아만 있었다.
"저기……."
어렵사리 입을 뗀 명과학교수에게 혜각 도사는 싱긋이 웃으며 고개를 끄덕였다.
"저희가 미흡하여 혜각 도사께 여러모로 폐를 끼치고 있습니다. 여전히 공부를 하고는 있지만……, 제가 공부하다가 한 가지 마음에 걸리는 것이 있어서 이리 찾아뵈었습니다."
"말씀하십시오."

명과학교수가 제 뒷덜미에서 흐르지도 않는 땀을 두어 번 닦아 가며 뜸을 들이다가 결심한 듯 말했다.

"8년 전 세자빈 간택 때 처녀단자를 보신 적이 있습니까?"

"아니요, 저는 그 당시 그 의례에 부름을 받지 못하였습니다."

"그럴 리가요. 혜각 도사께선 선대왕마마의……."

"저도 그래서 더 서운했었나 봅니다. 속 좁게도 바로 명나라로 건너갔으니까요."

명과학교수가 실망한 듯 입을 꾹 다물었다. 기억을 더듬어 보니 혜각 도사의 말이 대략 맞는 것 같았다. 명과학교수는 한숨을 내쉬며 혼자서 고개를 끄덕였다. 혜각 도사가 물었다.

"갑자기 그때 일은 왜 물어보십니까?"

"아니, 그때 일을 여쭌 게 아니라 실은……. 아, 아닙니다."

말을 접으려던 명과학교수가 다시 뒷덜미를 두어 번 훔치고는 말했다.

"혹시 액받이 무녀의 생년월일시는 기억하고 계십니까? 그때 저와 함께 보시지 않았습니까."

"기억하고 있을 턱이 없지요. 돌아가신 홍윤국이라면 응당 기억하고 계셨겠지만, 저 같은 도류는 사주와 거리가 멀어서 돌아서면 잊어버린답니다, 하하하."

"저희보다 월등히 뛰어나시면서 그리 말씀 마십시오."

"과찬이십니다."

그때 장씨가 서찰로 보내온 세 개의 생년월일시 중에 혜각 도사가 망설임 하나 없이 손가락으로 가리킨 것이 지금의 액받이 무녀였다. 그리고 생년월일시가 적힌 종이를 태우며 기억해서는 안 된다고 지시했던 사람도 혜각 도사였다. 모든 일에 서투른 교수들이었기에 아무 의심 없이 그 말에 따랐다. 그런데 요즘에 와서 다시 그 생년월일시를 보고 싶어졌다. 마음에 걸리는 것이 있어서였다.

그 당시 합을 보았을 때의 기억을 더듬어 보면 왕은 양인 불의 속성을 강하게 가진 사주였고, 무녀는 음인 물의 속성을 강하게 가진 사주였다. 그런데 보통은 불과 물이 상극을 이루는 게 다반사인데, 두 사람은 양과 음이 조화를 이룬 상호 보완적인 불과 물의 합으로 나왔다. 왕의 액받이 무녀로서 더없는 궁합이었기에 명과학교수는 두말없이 혜각 도사의 지목에 뜻을 함께하였다.

명과학교수가 최근에 액받이 무녀의 정확한 생년월일시를 다시 한 번 살펴보고 싶어진 이유도 이 궁합 때문이었다. 그리고 기억을 더듬어 완성해 가고 있는 액받이 무녀의 생년월일시가, 자신이 공부하고 있는 8년 전 처녀단자에 들어 있었을 법한 나이 대의 중전 사주와 비슷해져 가고 있는 것도 또 다른 이유라면 이유였다.

"도무녀께서도 대답해 주시 않으시겠지요?"

명과학교수의 혼잣말과도 같은 질문에 혜각 도사는 마치 그의 머릿속까지 읽은 듯한 얼굴로 웃기만 하였다. 그 표정은 장씨도 대답해 주지 않을 것이라는 답변처럼 들렸다.

4

 눈앞에서 허리를 낮춘 하얀 머리의 소격서 도사는 언제나 주위에 머물러 있었음에도 불구하고 처음 만나는 듯 생소한 느낌이었다. 선대왕의 신하이자 속을 털어놓던 벗이었기에 훤조차 모르는 선대왕의 비밀도 그만큼 많이 알고 있는 인물이다. 비록 세자빈 간택 당시는 조선에 없었을지라도 선대왕이 승하한 건 그가 돌아온 이후였으니 그 사건과 관련된 일을 전혀 모를 것이라 단정할 수는 없었다.
 "이미 들어서 알고 있겠지만 내가 원구단의 제천의례를 지시하였소."
 "성은이 망극하옵니다."
 뜻하지 않은 대답으로 인해 훤의 입술이 비틀어졌다. 혜각 도사는 바보가 아니었다. 그러니 갑작스런 어명을 의심하지 않았을 리가 없다.

"혜각 도사, 내가 왜 그런 어명을 내렸다고 생각하오?"

"세월이 흐르고 나이가 들게 되면 사람의 생각도 변하기 마련이옵니다. 하여 상감마마께옵서도 소격서에 대한 생각이 변하셨으리라 사료되옵니다."

"나는 애초부터 하늘에 예를 올리는 것을 반대하지는 않았소."

"혁파하시고자 한 건 권력에 빌붙은 채 하늘을 빗대어 사악한 예언을 퍼뜨리는 소격서의 입이었다고 알고 있사옵니다."

훤이 잠시 대화를 멈추고 혜각 도사를 향해 웃어 보였다. 왜 이 사람이 부왕의 신임을 받았는지 알 것 같아서였다. 그렇다고 쉬운 인물 같지는 않았다. 장씨와는 비슷하면서도 또 다른 견고함이 느껴졌기 때문이다. 훤이 자신의 입술을 엄지 끝으로 한번 쓱 훑은 다음에 말했다.

"장씨 도무녀가 성수청으로 복귀한 지 얼마 지나지 않아 이런 지시가 있었으니 반대하는 목소리가 만만치 않을 거요."

"어차피 가만히 있어도 하는 일 없이 나랏돈이나 축낸다는 목소리가 있어 왔사옵니다. 반대하자고 들면 어느 것인들 빌미가 되지 않겠사옵니까. 심려치 마시옵소서."

훤이 고개를 끄덕였다. 현 상황에서 어긋나지 않게 원하는 내답을 술술 내어놓는다는 건 훤의 의도를 정확하게 파악하고 있다는 의미일 수도 있다.

"장씨 도무녀와도 친한 사이라고 들었소. 숨어 있던 그자를 혜각 도사가 찾아냈다고?"

"도교와 무교가 친할 수는 없지 않겠사옵니까. 소신 혼자서는 성균관을 상대하기가 버거웠사옵니다. 하여 싫다는 장씨 도무녀를 굳이 끌어들였사옵니다."

"장씨 도무녀는 성균관 때문에 숨은 게 아니지 않소?"

성균관이 아닌, 숨은 진짜 이유를 듣기 위한 질문이었다.

"그렇사옵니다. 숨은 이유는 성균관 때문만은 아니었사오나 소신이 조정으로 끌어오려고 했던 이유는 성균관 때문이었다는 뜻이옵니다."

지나치리만큼 차분하고 정직한 대답이었다. 그래서 넌지시 몰아가려던 대화의 방향이 원상태로 되돌려졌다. 간파당했다는 기분을 떨칠 수가 없었다. 혜각 도사의 말투만 보면 장씨가 나갈 때도 딱히 문제가 되었던 사건 따위는 없었던 것 같았다. 어쩌면 장씨의 말대로 하늘의 계시 같은 부정확한 이유가 전부였을지도 모른다는 생각이 들 정도였다. 이렇게 되면 계속 떠보는 건 불가능했다. 이미 장씨에게서 대답은 들었고, 여기에 대해 혜각 도사를 통해 재차 확인하고자 들면 수상하게 보일 것이다.

"장씨 도무녀가 숨은 이유는……."

서안 위에 올려져 있던 훤의 손이 자신도 모르게 움찔했다. 갑자기 혜각 도사가 뒷말을 이을 거라고 생각하지 못했기 때문이다.

"……하늘의 계시였다 하옵니다."

혜각 도사는 왕의 의도를 분명히 간파했다. 아울러 왕이 장씨가 성수청을 나갔던 당시를 궁금히 여기는 것도 알아차렸다.

불안한 시선을 감추기 위해 훤은 고개를 돌리고 옆에 석상처럼 서 있는 제운을 쳐다보았다. 보통은 갑자기 왕이 시선을 돌리면 따라 움직이는 게 일반적인 행동인데 혜각 도사는 여기에 속지 않고 계속 왕만 쳐다보았다. 훤은 입가에 미소를 머금은 혜각 도사가 불편해지기 시작했다. 어서 이 사람에게서 도망치고 싶다는 생각이 간절했다. 대화가 제 뜻대로 풀리지 않자 훤의 목소리가 거칠어졌다.

"그 말은 이미 들어 알고 있소. 도무녀가 돌아온 날 함께 듣지 않았소!"

"아, 그러하였사옵니까? 노쇠하여 기억이……."

대화의 주도권은 처음부터 혜각 도사에게 있었다. 훤은 망연자실하여 더 이상 말을 잇지 못하였다. 지금 당장 급한 문제는 혜각 도사가 어느 쪽 편에 있는가 하는 점이었지만 이미 정답은 나와 있었다. 적어도 사림파와 금상인 훤은 아니라는 것이다.

천추전에서 나온 혜각 도사가 긴 한숨을 내쉬었다. 그 한숨 끝에 슬픈 눈으로 하늘을 올려다 보았다.

"소격서의 명도 다해 가는구나……."

워낙 깊있던 한숨이었기에 다 내쉬기도 전에 한 무리의 관리들과 마주쳤다. 그 한가운데에는 윤대형이 있었다. 혜각 도사가 지팡이를 짚은 채로 허리를 숙였다. 윤대형이 반갑게 다가와 말을 건넸다.

"오랜만이오. 이번에 제천의례는 내가 각별히 상감마마께

청한 것이오. 소격서를 비난하는 상소가 너무 많아서 이를 잠재우자니 그 수밖에 없었소, 하하하."

자신의 세력을 과시하기 위한 과장된 목소리와 몸짓이었다. 하지만 혜각 도사는 겸손하게 다시 허리를 숙여 아부하듯 말했다.

"파평부원군께옵서 소격서에 베풀어 주시는 은혜를 어찌 모르겠사옵니까? 우리 소격서가 지금껏 지탱하고 있는 것은 모두 훈구파의 덕이옵니다. 성균관을 비롯한 유림들의 비난이 빗발칠 것을 알지만, 이 또한 파평부원군을 믿으니 편안하기 그지없사옵니다."

"그 모든 문제는 내가 다 막아 줄 터이니 혜각 도사는 제천의례에 전념하도록 하시오."

마치 왕처럼 말하는 윤대형이었다. 이에 걸맞게 혜각 도사도 신하처럼 대답했다.

"이 은혜는 두고두고 갚겠사옵니다."

윤대형 일행이 지나갔다. 혜각 도사는 그 뒤를 향해 지팡이에 의지한 채로 숙인 허리를 오래도록 들지 않았다.

대왕대비 윤씨는 앞에 손자를 두고 반쯤 돌아앉았다. 훤이 즉위하고부터는 세자 때만큼 좋은 사이가 아니었다. 외척에 대한 적개심을 드러낸 게 화근이랄 수도 있었다. 그런데 다른 날과는 달리 훤이 살가운 표정으로 앉아 있었다. 마치 세자 때로 돌아간 듯한 모습이었다.

"할마마마, 소자가 성수청 도무녀 장씨를 불러들인 건 알고 계시지요?"

"주상이 나를 뒷방으로 몰아넣었어도 귀는 있으니까……."

끝말은 흐려졌으나 분위기는 다소 풀어지는 느낌이었다. 훤이 말했다.

"청이 있사옵니다."

윤씨가 의아한 눈으로 쳐다보았다. 옆으로 돌아앉은 상태였기에 노려보는 모양새가 되었지만 예전과 같은 적의는 보이지 않았다.

"듣자 하니, 도무녀가 그동안 계속 기도만 하다가 와서 신기가 가득하다고요?"

"그래서 이 할미도 주상이 어서 원자를 보게 해 달라 청해 두었습니다."

이미 두 사람은 만났다. 그리고 지금 현재 윤씨 일파의 최대 숙원인 원자를 위한 의견 교환도 있었다. 이것은 장씨가 윤씨 일파를 위해 이미 움직이고 있다는 의미였다. 훤은 방긋 웃으며 말했다.

"그보다는 사독제四瀆祭2를 우선으로 하고 싶사옵니다."

사독제는 왕실의 기원이라는 한정된 목적을 떠나서 백성들에게 왕실이 얼마나 튼튼한지를 과시하는 계기로 사용하기도

---

2. **사독제(四瀆祭)** 사독에 제례를 올리는 일. ※사독: 왕조의 운명을 기원하며 해마다 제사를 지내던 네 강. 동독(낙동강), 서독(대동강), 남독(한강), 북독(용흥강).

하였고, 유학이 아닌 무속 신앙을 믿는 백성들의 마음에 안정을 주는 큰 잔치이기도 하였다. 여기에는 왕인 훤의 믿음 따위는 중요하지 않았다.

"성수청은 나라의 녹을 먹는 관청이옵니다. 도무녀의 신기가 충만하다면 응당 나라를 위해 제일 먼저 써야 하옵니다."

왕의 의도에 대해 경계심을 풀었는지 윤씨의 몸이 앞으로 돌아왔다.

"이 할미야 그래도 상관없지만 주상이 그 뒷감당을 어찌하시려고요?"

"사독제는 장씨가 없을 때도 거르지 않았사옵니다. 이번에는 사독제와 더불어 할마마마의 만수무강도 빌 것이옵니다."

"주상의 성후가 먼저지요. 이 늙은 걸 뭐하러……."

말은 이렇게 하면서도 표정에 기쁨이 보였다. 하지만 대놓고 환하게 웃기가 멋쩍은지 시치미를 떼듯 헛기침을 두어 번 하였다. 성수청에서 하고 싶은 굿이 많아도 매번 왕과 유학자들의 반대에 부딪쳐 좌절되곤 하였기에 윤씨는 지금의 제안이 더없이 반가웠다. 훤은 윤씨의 표정을 살펴 가며 더욱 친근하게 말했다.

"성수청은 대대로 내명부 아래에 있는데다가 도무녀 장씨는 할마마마의 명령이 아니면 여간해서는 움직이지 않는다고 들었사옵니다. 그러니 사독제도 가장 큰 어른이신 할마마마께옵서 주관하셨으면 하옵니다."

"하다마다요."

윤씨와 대화를 하면 할수록 장씨와의 친분이 더 명확하게 보였다. 그런데 이상한 부분이 있었다. 왕이 여탐굿에 대해 궁금하게 여긴 사실을 월이 귀띔한 것 같지가 않았다. 다잡아 묻던 월을 상기하면 눈치 채지 않았다고 보기가 어려웠다. 처음부터 월이 장씨에게 말하지 않았는지, 아니면 장씨가 듣고도 윤씨에게 고하지 않았는지 가늠할 수가 없었다. 만약에 월이 눈치를 채고도 발설하지 않은 거라면 그 이유가 궁금했다. 아울러 말하지 않은 이유가 신모인 장씨와 단절된 사이이기 때문이라면, 월의 정체가 더욱더 궁금하지 않을 수 없었다.

조기호의 보고서를 받아 들었다. 선대왕의 기무장계 책임자는 아직까지 그 흔적조차 찾을 수가 없고, 여탐굿에 대해 조사하고 있던 한발 앞선 발자취도 갑자기 흔적을 감췄다는 내용이었다. 훤은 낮에 잔뜩 올랐던 독이 풀어지기도 전에 지금의 갑갑함이 더해지자 짜증이 치밀어 올랐다. 그래서 서안 위에 다리를 올리고 뒤로 벌러덩 넘어가 누웠다. 입에서는 툴툴거리는 듯한 한숨이 연신 새어 나왔다. 오늘 있었던 일들 중에 한 가지 위로라면 혜각 도사의 뒤를 이어 들어온 윤대형이 평온해 보였다는 점이다. 왕에게서 알아낸 것을 말했다면 윤대형이 그토록 평온한 표정이 아니었을 것이다. 혜각 도사의 속을 알다가도 모를 일이었다.

"소격서의 혜각 도사야 나의 신하라고 보기 어렵지. 그건 확실한데……."

훤의 중얼거림 사이로 월이 들어와 앉았다. 오늘 밤이 지나면 한동안 볼 수가 없었다. 월뿐만이 아니었다. 종묘대제를 앞두고 있었기에 앞으로 이레 동안 훤의 주위로 여자라면 궁녀조차 얼씬할 수가 없었다. 그런데도 월 쪽을 쳐다보지 않았다. 대신 서안에 다리를 걸치고 누운 채로 고개를 돌려 닫힌 창문에 스며든 달의 흔적을 보았다. 어차피 월은 변함없는 표정일 터이니 차라리 보이지 않는 달을 보는 편이 나았다. 훤이 손으로 자신의 눈을 가렸다. 월이 그리웠다. 취로정에서 보았던 여인의 표정이 다시금 보고 싶었지만 방법이 없었다. 연우도, 월도, 나랏일도 무엇 하나 마음대로 되는 게 없었다.

월의 눈에는 훤이 보이지 않았다. 마치 토라진 아이처럼 서안 위로 올라가 있는 발만 보일 뿐이었다. 훤을 볼 수 없게 되자 갑자기 불안해졌다. 앞으로 이레 동안은 만날 수 없기에 불안함은 더욱 깊었다. 하지만 월은 여전히 입을 다물고 있었다. 훤의 예상대로 표정도 그대로였고, 손끝의 움직임 하나조차 조심스러웠다.

"월아."

서안 너머에서 들려온 왕의 목소리였다. 월의 대답은 없었지만 훤은 들은 듯 말을 이었다.

"너는 대체……, 아니다, 네가 원하는 것이 무엇이냐?"

원하는 것은 아무것도 없다는 표정을 보이고 싶었지만 훤의 눈은 월을 향해 있지 않았다. 이미 대답을 알고 있을 법한데도 이어진 훤의 말에는 심술이 가득했다.

"너의 침묵은 낡은 짚신을 비단혜로 바꿔 달라는 뜻이냐, 아니면 비단 당의로 치장시켜 달라는 뜻이냐?"

여전히 대답이 없자 훤은 벌떡 일어나 앉았다. 막상 월을 보니 짜증스런 심술이 쏙 들어갔다. 여전히 표정은 없었지만 대화도 없는 건 아니었기 때문이다. 눈빛이 아무것도 원하지 않음을 말하고 있었고, 손끝이 마음을 다독이며 조심하고 있음을 말하고 있었다. 그래서 심술이 애교 어린 칭얼거림으로 바뀌었다.

"나는 불안하구나. 내일부터 너를 보지 못한다는 것이……."

단 이레라 하더라도 불안했다. 아무리 찾으러 다녀도 찾을 수 없었던 그때처럼 사라져 버릴까 겁이 났다.

"원하는 것을 말해 보라 하지 않았느냐, 응?"

"선율……."

"선율?"

"거문고 선율을 원하옵니다."

훤이 팔을 위로 뻗어 손끝으로 차 내관을 불렀다. 차 내관이 얼른 다가와 허리를 숙였다.

"나의 거문고를 가져오너라."

이때였다. 갑자기 아무런 저항도 없이 공기 한줄기가 훤의 심장을 뚫고 지나갔다. 어째서 이런 반응이 나다니는지 알 수가 없었다. 한쪽 손으로 팔을 쓸어내렸다. 피부에도 소름이 돋았기 때문이다. 이 또한 원인을 알 수 없었다. 방 안은 따뜻했고, 창은 굳게 닫혀 찬 기운이 나들지도 않았다. 차 내관이 방문을 연 것은 소름이 돋고 난 뒤였기에 이것도 원인이라고 할 수가 없었다.

차 내관의 지시를 받은 내관이 거문고를 가지고 돌아왔다. 훤은 굳어진 얼굴로 줄을 골랐다. 그 순간 원인을 알아차렸다. 바로 거문고 때문이었다. 거문고를 통해 연우가 떠올랐기 때문이었다. 언젠가 만나는 날이 오면, 그런 꿈같은 날이 오면 연우 앞에서 거문고를 들려주리라 했었던 기억 때문이었다.

줄 고르기를 마친 훤이 월을 바라보았다. 월은 거문고 선율을 원한다고 했을 뿐이다. 훤의 선율이라고 콕 찍어 말하지 않았다. 하지만 짧은 요구 속에서도 왕인 훤의 선율을 원한다는 걸 느낄 수가 있었다. 적어도 훤은 그렇게 알아들었다.

'월은 어떻게 내가 거문고를 켤 수 있는 걸 알고 있지? 이번에도 내 착각인가?'

훤의 손끝 아래에서 명주실로 된 거문고 줄이 낮은 음성으로 흐느끼기 시작했다. 연주가 깊어질수록 훤의 심장은 더욱 서늘해졌다. 한 음씩 줄을 튕길 때마다 보이지 않는 누군가가 앞으로 조금씩 당겨 앉는 기분이었다. 월이었지만 월은 아니었다.

훤의 거문고를 듣고 있는 건 연우였다. 그렇기에 월이 되어 있는 연우의 눈동자가 가볍게 흔들렸다. 하지만 그 흔들림을 훤은 미처 보지 못하였다. 훤의 거문고는 서찰을 통해 자주 전해 왔던 자랑거리였다. 오라비인 염의 칭찬도 종종 있었다. 그렇기에 언젠가 만나는 날이 오면, 그런 꿈같은 날이 오면 반드시 듣고 싶었던 것이다. 비록 무녀의 몸일망정 그런 꿈같은 날이 왔는데도, 이날의 거문고는 행복하지가 않았다.

한 곡을 끝낸 훤이 고개를 들어 월의 표정을 살폈다. 애써 삼키고 있는 눈물이 보였다.

"아무도 내 거문고의 구슬픈 소리에 눈물 흘리는 자가 없구나. 이제껏 내 솜씨를 칭찬했던 이들 모두가 아첨이었단 말인가? 그래도 좋다. 왕의 거문고 소리에 울어 주는 것, 그 또한 충정이니라. 지금 이후로 흘리는 눈물은 내 거문고 선율에 의한 것이니 그 연유를 묻지 않을 것이다."

그제야 월의 왼쪽 눈에서 굵은 눈물 한 방울이 떨어져 내렸다. 아무 변화 없이 오직 눈물 한 방울만이 떨어져 훤의 마음에 파문을 일으켰다. 훤은 다행이라고 생각했다. 무표정한 표정보다는 차라리 떨어져 내리는 눈물이 덜 서글펐다. 그 마음을 담아 다시 거문고 줄을 뜯었다. 눈물은 월이 흘렸고, 울음소리는 거문고가 대신 내었고, 거문고의 울음소리는 훤이 만들었다. 그렇게 시간이 지나가는 듯하였다.

바깥의 조급한 움직임이 방 안까지 침범해 들어왔다. 내관들의 입과 귀를 통해 전달된 말이 차 내관을 거쳐 훤에게로 이어졌다.

"상감마마, 중전마마 납시었는데 어찌하오리까?"

훤의 눈은 제일 먼저 월을 찾았다. 제운도 마찬가지였다. 이내 왕에게로 눈을 돌렸다. 왕과 눈이 마주쳤다. 짧은 순간에 눈빛이 명령하는 뜻을 알아들은 제운이 미끄러지듯 걸어 월의 옆으로 자리를 옮겼다. 그리고 왕과 월 사이에 있는 사잇문을 닫았다. 닫히는 문 사이로 훤과 월의 눈빛이 만났다. 먼저 눈길을 돌린 건 훤이었다. 완전히 문이 닫히는 그 순간에도 월의 슬픈 눈빛은 훤을 떠나지 않았다.

제운은 재빨리 움직여 방 안에 있는 모든 촛불을 껐다. 그리고 월의 옆에 선 순간, 심장이 땅으로 툭 떨어졌다. 새하얀 방문 너머로 그림자가 보였기 때문이다. 앉아 있는 왕의 그림자도, 화려한 가체와 장신구로 치장하고 들어와 앉는 왕비의 그림자도 모두 보였다. 제운의 눈이 자연스럽게 월을 향해 돌아갔다. 움직임 없이 앉은 월이 저 그림자의 원래 주인이었어야 했다. 저렇게 당당히 들어와 왕과 마주 보고 앉을 수 있어야 했다. 이렇게 어둠 속에 숨어 있어야 하는 사람이 아니었다. 월이 연우라면 세자빈 간택 후 그림자의 여인이 지금 이 어둠 속에 몸을 숨긴 여인 앞에서 허리를 숙였으리라. 그렇게 두 사람은 만났으리라. 제운은 표정 없이 앉은 월의 옆얼굴에서 눈을 떼지 못한 채 주먹만 힘껏 쥐었다.

훤은 월을 가리고 있는 문 쪽을 쳐다볼 수가 없었다. 그래서 연신 떨떠름한 표정으로 앉아 왕비 쪽만 보았다. 보경은 평소와 달리 자신을 향해 앉은 왕이 의아했다. 언제나 몸을 돌리고 앉던 왕이었다. 하지만 목소리는 그대로였다.

"어쩐 일이오?"

보경은 잠시 멈칫하다가 떨리는 목소리로 말했다.

"내일부터 종묘대제에 들어가신다고 하여……."

보경은 이렇게 오고 싶지 않았다. 왕에게 와야 할 일이 생겨도 온갖 핑계를 대면서 안 오려고 하였는데, 오늘은 윤대형의 잔소리에 어쩔 수 없이 용기를 내었다. 그런데 자리에 앉기가 무섭게 나가라는 듯한 보이지 않는 종용을 당하자, 힘들게 생각해 둔 대화거리마저 머릿속에서 사라져 버렸다. 교태전에서뿐만이 아니라 왕의 눈동자에 비친 보경은 단 한순간도 왕비였던 적이 없었다. 마찬가지로 보경의 눈에 비친 왕 또한 단 한순간도 지아비였던 적이 없었다. 어찌할 바를 모르고 헤매던 눈에 거문고가 들어왔다.

"오다가 들었사옵니다. 상감마마께오서 친히 거문고를 켜는 줄은 몰랐……."

말을 끝내기도 전에 훤이 짜증스럽게 잘랐다.

"됐고, 대왕대비전에서 성수청과 함께 사독제를 준비하고 있소. 대비전에서는 외면할 듯하니 같은 일파인 중궁전에서라도 도와드려야 하지 않소?"

"서, 성수청이요? 소첩은 굿이라면 다 무섭사옵니다."

"신기한 일이군. 대왕대비전에서건 대비전에서건 못 해서 안달인 게 굿인데."

"소첩이 겪은 굿은 그러하였사옵니다. 매달아 놓은 커다란 인형들도 그렇고, 번쩍거리는 불빛들과 요란한 소리도 그렇고, 겹겹이 입은 대례복에 묻은 핏자국들도 그렇고, 모든 것이 갑갑하고 무서웠사옵니다. 오래되었는데도 아직까지 가위에 눌릴 정도다 보니 굿판 근처도 가기 싫어졌사옵니다."

"어렸을 때를 그렇게까지 기억하는 걸 보니 정말 무서웠나 보오."

"아주 어렸을 때는 아니었사옵니다."

이번에는 제법 길게 대화를 나눈 것 같아 보경은 안심이 되었다. 다음에 윤대형이 입궐하면 조금은 할 말이 생겼다.

"그러면 여탐굿도 못 하였겠소?"

한 번 더 이어지는 왕의 물음이 고맙기 그지없었다. 게다가 좀처럼 본 적 없는 미소까지 깃들어 있었기에 보경은 가슴의 두근거림을 참아 가며 정성껏 대답했다.

"그건 무당 없이도 가능하다 하여 하였사옵니다."

훤의 눈이 월을 가린 문 쪽으로 슬쩍 돌아갔다. 이에 따라 보경도 어두운 방 쪽을 쳐다보려고 했지만 훤이 얼른 시선을 불러들였다.

"무당 없이도 가능? 아차차, 그랬지! 처녀가 조상에게 혼인함을 알리는 간단한 굿이 여탐굿이랬지. 간택된 세자빈이나 왕비를 위해 별궁에서 치르는 굿이 아니라······."

훤의 목소리가 높았다. 앞의 보경이 아닌, 문 너머의 월에게 하는 말이었기에 그러하였다.

"소첩이 잘못 아뢴 거라도······."

"아니오. 그럼 대왕대비전을 돕는 건 중전 자율에 맡기겠소. 다른 볼일이 있소?"

어느새 왕에게서는 미소가 지워지고 없었다.

"네? 아, 아니, 없사옵니다."

대화가 끊겼다. 그리고 중전이 아닌, 파평부원군의 피붙이를 보는 것에 불과한 훤의 눈빛이 어서 나가라는 말을 대신하고 있었다. 보경은 당황하여 급하게 일어나 물러 나갔다. 등 뒤로 방의 문이 빈틈없이 닫혔다.

월을 가린 문이 열렸다. 다시 드러난 월은 어둠을 등지고 있어서인지 유난히 창백했다. 훤이 비아냥거리듯 말했다.

"여탐굿이 그런 거였다더군."

말을 마친 훤은 소리 없이 웃으며 오랫동안 월에게서 눈을 떼지 않았다.

종묘정전으로의 어가 행차 때문에 경복궁 일대와 한양이 일시에 시끌벅적했다. 왕의 침전도 마찬가지였다. 궁녀가 아닌 내관들이 왕에게 조심스럽게 구장복을 입히고 옷고름을 매어 주었다. 구장복은 하늘을 상징하는 검은색 대례복으로 양어깨에는 용의 문양이 있고, 등에는 산의 문양, 양쪽 소매 끝에는 여러 문양이 수놓아져 있는 옷이었다. 다른 내관이 대대와 폐슬을 받들어 왕의 가슴에 둘렀다. 그리고 차례로 패와 수를 장식한 뒤, 마지막으로 머리에 면류관을 씌웠다. 훤은 구슬을 꿰어 만든 치렁치렁한 류旒가 시야를 가로막는 것이 싫었지만 구장복 자체는 좋아했다.

문득 입가에 작은 미소가 떠올랐다. 일곱 살 때의 세자 책봉식이 떠올랐기 때문이다. 그때는 세자가 되는 첫 단계였기에 처음으로 칠장복을 입고 면류관을 썼었다. 그런데 책봉의례가 길다 보니 여러 문제들이 발생했다. 옷은 작은 몸이 감당하기엔 엄청나게 무거웠고, 면류관의 류는 눈앞에서 흔들거려 어지러운데, 거기다 오줌까지 마려웠다. 어린 나이였지만 즐비하게 모여 선 대신들의 모습에 책봉식의 중대함을 알았기에 의젓하게 행동하려고 노력했다. 하지만 아무리 애를 써도 몸은 비비 꼬이고 식은땀까지 났다. 이때 휜보다 더 많이 식은땀을 흘린 사람은 세자의 낌새를 알아챈 부왕이었다. 의례가 끝나자마자 부왕이 세자를 냅다 안아 올리고 뛰어가 쉬부터 뉘어 준 덕분에 대소 신료들이 지켜보는 앞에서 옷에다 오줌을 싸는 불상사는 막을 수 있었다.

그때의 부왕이 입고 있던 것과 똑같은 구장복을 현재는 휜이 입고 있었다. 차 내관이 받들어 건네는 청옥으로 된 규(圭)를 양손으로 모아 잡았다. 그러자 소매 끝의 문양이 앞으로 드러나 더욱더 화려해졌다. 모든 준비를 끝내고 강녕전을 나섰다. 휜은 월대를 내려서기 전에 먼 눈길로 성수청 쪽을 보았다. 제례 준비로 인해 이레 동안 월을 보지 못하는 보고픔이 추위보다 더 사무쳤다. 어두운 작은 방에 갇힌 듯 몸을 숨기고 있을 월이 가엾어 입술을 깨물었다.

휜은 근정전으로 나갔다. 그 뒤를 평상시와 달리 검은색 철제 갑옷을 입고 투구를 옆에 든 제운이 따랐다. 근정전에는 수많은 신하들이 모여 있었다. 그중에 붉은색 조복을 입은 양명군이 휜 앞으로 나와 허리를 숙였다. 오랜만에 만나는 형이 반가워 휜은 눈웃음으로 인사를 하였다. 이에 양명군도 눈웃음으로 받았다.

휜이 옆으로 팔을 뻗어 제운 앞에 손을 세웠다. 제운은 그 손 위에 평소 자신이 들고 있던 별운검을 올려 주었다. 별운검은 훤의 손을 거쳐 양명군의 손 위에 올려졌다. 공개적인 연회나 의례 행사 때는 운검이란 자리는 별운검이라 칭하고 반드시 종이품 이상이 맡아야 하기에, 평소 왕을 호위하던 실제 운검은 봉운검수문장捧雲劍守門將직을 맡아 왕의 뒤를 따르게 하였다. 훤은 그동안 모든 의례의 별운검직은 양명군에게만 맡겨 왔다. 이번도 예외가 아니었다. 하지만 종묘대제의 제주는 형인 양명군이 아니라 왕인 훤의 몫이었다.

왕이 홍련紅輦에 오르자 차 내관이 추위로부터 보호하기 위해 전후좌우로 가리개를 내리려고 하였다. 훤이 급하게 저지하였다.

"무얼 하는 것이냐? 궐 밖에 백성들이 모이지 않은 것이냐?"

"아니옵니다. 이런 추위에도 불구하고 수많은 신민이 상감마마를 뵈옵고자 몰려들어 북새통을 이루고 있다 하옵니다."

"그런데 가리개로 가리다니! 나는 그들을 볼 것이다. 백성들도 나를 보고자 뿌리친 추위가 아니냐."

"하오나 옥체를……."

차 내관은 왕의 고집이 느껴졌기에 조용히 입을 다물고 물러났다. 앞뒤로 수십 명의 가마꾼이 홍련을 들고 일어서는 것을 확인한 후, 제운은 검은색 바탕에 황금색 용 문양이 그려진 용문 투구를 머리에 썼다. 그리고 말에 올라타서 검은색 복면으로 코와 입을 가렸다. 용문 투구 앞에 차양 가리개가 있어 눈을 감추었기에 제운은 머리끝부터 발끝, 심지어 타고 있는 말까지 새까맣게만 보였다. 훤은 흑운마가 홍련의 바로 뒤에 자리를 잡고 서자 혼잣말처럼 중얼거렸다.

"아깝구나. 그 잘난 얼굴을 신민은 구경도 못 하니."

제운은 왕의 말을 못 들은 양 꼼짝도 하지 않았다. 어떠한 반응도 보이지 않는 건 건방진 흑운마도 마찬가지였다. 왕의 앞에 있는 말에는 별운검을 든 양명군이 올라탔다.

행렬이 시작되었다. 맨 앞에는 갑옷과 무기로 완전무장을 한 수백 명의 군사들이 정렬하여 왕의 위용을 백성들에게 전했다. 또한 화려한 깃발과 창검들이 그 뒤를 따르며 구경 나온 백성들에게서 왕에 대한, 또한 나라에 대한 경탄과 경외심을 거둬들였다. 그다음에는 홍련의 앞뒤로 군악대가 장중한 음악을 연주하며 왕을 호위했다. 그 뒤로 허염과 더불어 종친, 문무백관이 말을 타고 왕을 수행했고, 마지막으로 무장한 군사 수백 명이 따랐다.

오들오들 떨면서 길가에 구경 나온 백성들은 비록 왕이 가까이 오면 일제히 땅바닥에 엎드려야 했지만, 그 외의 행렬들은 일어나서 구경할 수 있었다. 그리고 1만 명에 달하는 웅장한 행렬의 규모를 통해 자신들의 나라, 즉 왕의 건재함을 확인하고 안심했다. 이렇게 눈에 보이는 행렬 이외에도 수많은 매복병들이 경복궁과 종묘정전 사이 곳곳에 숨어 왕을 호위했다.

왕이 경복궁을 벗어남과 동시에 경복궁과 한양 일대에는 비상계엄이 발령되었다. 왕이 경복궁에 있을 때는 모든 행정과 궁궐 수비는 왕 중심의 지배하에 놓였다. 하지만 이렇게 경복궁을 비우게 되면 궁궐 수비는 유도대신, 유도대장, 수궁대장, 이렇게 세 명의 책임하에 놓이게 된다. 유도대신은 한양의 행정적 총책을 맡고, 유도대장은 궁성 밖과 한양의 경비를 담당하며 각각 궁궐 밖에서 비상 숙직을 했다. 이 둘은 국왕과 대신들의 협의로 선정되었다.

수궁대장은 이들과는 달리 왕의 장인인 국구가 담당하는 것이 법규였다. 그리고 그 역할은 궐내에 숙직하면서 궁궐 안의 수비를 책임지는 것이다. 그러니 훤이 비운 경복궁은 온전히 파평부원군의 손 아래에 놓일 수밖에 없었다. 몇 달 전, 온양행궁에 행차했을 때도 마찬가지였었다. 이것이 훤이 가장 싫어하는 법이었고, 반대로 윤대형은 가장 좋아하는 법이었다.

훤은 축시丑時에 시작되는 제례를 기다리기 위해 종묘정전의 어숙실로 들어갔다. 그리고 마지막 목욕재계를 위해 어목욕청으로 들어가 물에 몸을 담갔다. 종묘정전! 죽은 왕들이 사는 궁궐이니 훤도 언젠가는 이곳에서 살게 될 날이 올 것이다. 그래서인지 이곳에만 오면 왕임에도 불구하고 한없이 미약한 자신의 존재를 절실하게 느끼게 되었다. 아마 세종도 그러했을 것이고, 성종도 그러했을 것이다. 그리고 부왕 또한 그러했을 것이다.

훤은 부왕이 살아생전 마지막으로 이곳에 함께 왔을 때를 떠올렸다. 그때는 그것이 마지막인지도 몰랐었다. 하지만 부왕은 죽음을 앞두고 있음을 무의식중에 느꼈기 때문인지, 아니면 세자와 가까이 있게 되었기 때문인지 처음으로 속마음을 보였다.

　어숙실 내에 있는 세자재실에 세자인 훤이 머물고, 어재실에 부왕이 머물렀다. 조용히 정좌하고 앉아 있던 훤은 기분이 묘해졌다. 평소 자선당과 강녕전은 멀리 있기 때문에 아버지란 존재를 느끼기가 힘들었다. 하지만 이곳 어숙실에선 몇 발짝만 가면 어재실에 들어갈 수 있다는 생각에 아버지가 왕이 아닌 혈육으로 무한정 가까워진 느낌이 들었다. 그래서 면류관은 벗어 두고 칠장복 차림으로 앞의 뜰로 나갔다. 그곳에는 부왕도 면류관을 쓰지 않은 구장복 차림으로 나와 하늘의 별을 보고 있었다.
　"아바마마, 추운데 이곳에서 무얼 그리 보시옵니까?"
　언제나 훤을 세자로서만 보던 부왕의 눈빛이 그날은 달랐다.
　"세자야말로 무엇하러 나왔느냐?"
　훤은 달리 할 말이 없어 하늘의 별을 보며 대답했다.
　"소자도 하늘의 별을 보러 나왔사옵니다."
　부왕이 쓸쓸하게 웃으며 중얼거리듯 말했다.
　"그래, 우리 세자는 내 앞에서 소자라 칭하는데, 양명은 꼬박꼬박 소신이라고만 칭하지. 언제부터 그랬을까……. 난 못난 아비야. 그것조차 모르고 있다니."
　아마도 훤의 키가 훌쩍 자란 탓도 있겠지만 그날의 부왕은 유독 작게 느껴졌었다.
　"우리 세자는 몇 살이 되었느냐?"

"올해로 열여덟 살이 되었사옵니다."

"열여덟……. 아직도 어리구나. 우리 세자가 스무 살이 될 때까지는 살아야 할 텐데……."

"아바마마는 강녕하시옵니다. 그리 말씀하시지 마옵소서."

부왕의 미소는 여전히 쓸쓸했다.

"내 아들 세자야. 왕도 사람이기에 언젠가는 죽을 것이다. 나도 그러할 것이다. 그것이 내일일지, 1년 뒤일지, 10년 뒤일지는 모르겠지만……. 너에게 꼭 하고 싶은 말이 있었다."

"그것이 무엇이옵니까? 소자, 새겨듣겠사옵니다."

부왕이 두 손으로 훤의 양어깨를 감싸 쥐었다. 다정했지만 아플 정도로 힘이 들어간 손이었다.

"미안하다는 이 말을 꼭 하고 싶었느니."

"무슨 뜻인지 소자 미진하여 알아듣지 못하겠사옵니다."

"우리 세자를 위해 살리고 싶었는데, 이 아비가 무능하여……. 미안하구나."

"무엇을 살리지 못하셨다는 말씀이시옵니까?"

부왕은 말하는 요점을 정확하게 받아들여 준 아들이 기뻤는지 환하게 웃었다. 그리고 젖어 드는 눈빛으로 속삭이듯 말했다.

"언젠가 네가 왕이 되어 모든 것을 알게 되는 날이 오면……, 내가 지키고자 했던 이들을 용서하고, 부디 지켜 다오. 정 아니 되겠거든 제일 먼저 이 아비를 용서하지 마라."

훤의 눈썹 사이가 심하게 구겨졌다. 그 당시는 무슨 뜻인지 모른 채로 넘어갔는데, 지금 이 상황이 되고 보니 세자빈 사건을 말했던 것일지도 모른다는 생각이 들었다. 그래서 기억을 악착같이 더듬어 토씨 하나, 표정 하나까지 떠올리려고 애를 썼다. 하지만 오래전 일이라 정확한 의미를 파악하기에는 군데군데 빠져 있는 기억들이 있었다.

휜은 생각에 빠져 물에 일렁거리는 자신의 물그림자를 보았다. 부왕이 서글픈 눈으로 자신을 보고 있었다. 순간 깜짝 놀라 벌떡 일어났다. 물이 요란하게 출렁이다가 차츰 차분해졌다. 찬찬히 다시 살펴보니 부왕의 눈빛과 같은 자신의 모습이었다. 물그림자의 부왕에게 마음속으로 물었다.

'아바마마가 소자를 위해 살리고 싶었던 이가 연우 낭자이옵니까? 미안하다는 건 그 억울한 죽음을 덮을 수밖에 없었기 때문이옵니까? 무엇을 감추려고 그렇게 하셨사옵니까?'

마음속으로 아무리 물어도 부왕의 눈빛은 답이 없었다. 물속에 있는 그 눈빛에 다시 물었다.

'기무장계가 가리킨 이가, 아바마마가 지키고자 했던 이가 할마마마였사옵니까? 그래서 저에게도 용서하고 지켜 달라고 하셨사옵니까?'

답이 없는 물속의 눈빛을 일렁이는 물결이 산산조각 내며 흩어 버리고 말았다. 그리고 다시 잠잠해진 물 위에 부왕과 겹쳐진 휜이 나타났다.

'내가 아바마마였다면……'

휜은 다시 물속에 몸을 담그고 눈을 감았다. 조기호는 어젯밤 보고서에서조차 기무장계 책임자를 찾지 못하였다고 하였다. 기무장계는 있었는데 그것을 작성한 인물이 없을 리가 없다. 그리고 형체가 있는 인간이 아무도 모르게 왕과 접촉할 수도 없을 것이다. 이렇게 되면 왕과 언제나 가까이에 있는 인물이 매개체였을 가능성을 생각하지 않을 수가 없다.

훤은 부왕이 되어 머릿속에 그려 보았다. 옆에 죽은 서 내관이 나타났다. 혜각 도사가 잠시 나타났다가 명나라에 갔었다는 차 내관의 말과 겹쳐지면서 말끔하게 사라졌다. 시커먼 형체의 운검들이 하나둘씩 나타났다. 순간 눈을 번쩍 뜨고 구석에서 어둠에 파묻혀 있는 제운을 쳐다보았다. 축시가 시작되는 종소리와 함께 머릿속에 운검대장 박효웅이 보였기 때문이다.

경복궁으로 돌아온 훤은 구장복을 벗어던지고 내내 초조한 듯 창밖을 살폈다. 날이 저물기를 기다리는 모양새였다. 차 내관이나 제운은 막연하게 그동안 보지 못한 월을 기다리는 것으로 여겼다. 그런데 해가 떨어지고 월이 올 시간에 즈음해서 느닷없이 미행을 나가겠다며 사복을 지시했다. 인원도 제운과 차 내관 외에 세 명의 무관만 골랐다. 그리고 미행이 목적이라는 핑계와는 어울리지 않게 말까지 준비시켰다.

얼굴을 완전히 가리는 검은색 삿갓과 어깨를 휘감은 검은 천으로 변복한 훤은 영문도 모른 채 따르는 사람들을 이끌고 제일 앞서 신무문으로 갔다. 이곳 수문장은 예전 세자익위사에 있었던 무관으로 연우 장례 때 훤과 함께 연우 집까지 가 주었던 인물이다. 그 인연으로 지금은 신무문을 지키며 훤의 밀명을 받고 있었다. 수문장이 즉각 임금 일행임을 알아차리고 신속하게 통과시켰다. 경복궁을 나선 훤의 말은 무엇에라도 쫓기는 듯 조급하게 북촌으로 달렸다. 조선에서 제일 빠르고 용감하다는 흑운마는 그 뒤를 절대 앞서지 않고 똑같은 간격을 유지하며 따랐다.

훤의 말이 목적지에 다다랐는지 멈춰 섰다. 어느 대갓집 앞이었다. 차 내관의 놀란 눈이 왕을 지나 제운에게로 옮겨졌다. 제운도 왕과 집을 번갈아 보았다. 이곳은 다름 아닌 자신의 본가였기 때문이다. 훤이 설명 없이 짧게 말했다.

"이 집 주인을 만나러 왔다."

삿갓과 검은 천, 그리고 어둠에 가려진 왕의 표정은 전혀 읽을 수가 없었다. 왕의 의도가 무엇이건 간에 제운은 재빨리 말에서 내려 문고리부터 두드렸다. 이내 응답하는 하인을 작은 틈으로 물리치고 집사를 불러냈다. 집사가 열어 주는 대문으로 말을 탄 채로 들어가 다시 대문이 닫히기까지, 마치 훈련이라도 된 듯 모든 움직임은 신속했다.

마당 가운데에 들어서서야 말에서 내린 훤은 입을 꾹 다물고 섰다. 그의 기다림에 응답하듯 집주인이 나왔다. 사랑채가 아닌 안채에서 나온 주인은 박씨 부인이었다. 그녀는 사내대장부 같은 기백으로 왕 앞에 엎드렸다.

"이 폐가까지 어인 일이시옵니까?"

"오랜만이오, 박씨 부인."

"위험한 걸음을 하셨사옵니다. 모험은 삼가시는 것이 좋사옵니다."

"춥소."

조용한 장소를 원한다는 왕의 뜻을 알아들은 박씨는 밤손님들을 안채로 안내했다.

따뜻한 안방에 들어가서도 훤은 한동안 침묵했다. 앞에서 허리를 숙인 박씨는 왕의 말을 재촉하지 않았다.

"모두들 말이오. 내가 아바마마와 닮았다고 하였소."

겨우 입이 떨어지기는 하였지만 뜻은 알 수 없는 말이었다. 하지만 박씨는 여유롭게 웃으며 맞장구를 쳤다.

"소신도 그리 생각하옵니다."

"박씨 부인, 그대를 이용하는 방법까지 같은 걸 보니 닮긴 닮았던가 보오."

방 안에 있는 박씨, 제운, 차 내관의 시선이 삿갓과 천에 가려져 보이지 않는 왕의 입으로 집중되었다.

"세자빈 간택……. 내외명부에서 모든 일이 진행되었소."

박씨를 찾아온 이유가 8년 전 사건 때문임을 차 내관도 그랬지만 제운 또한 전혀 짐작하지 못했기에 놀랄 수밖에 없었다. 제운은 충격을 감추느라 박씨에게 눈을 주지 않았다.

"내외명부 여인들 틈을 파고들어 가 조사하기에는 같은 여인만큼 적합한 인물은 없었을 터, 선대왕마마께 기무장계를 올린 이는 선대왕의 신하였던 박씨 부인, 그대밖에 없소. 그대였기에 책임자 흔적을 찾는 데 이토록 애를 먹은 거였소."

"결국 여기까지 오셨사옵니까?"

박씨가 몸을 세워 앉으면서 깊은 한숨을 내쉬었다. 하지만 입은 보다 굳게 다물었다.

"기무장계로 올렸던 내용을 알고 싶소."

"그 전에 상감마마 안전에 올릴 것이 있사옵니다."

박씨는 기품 있는 태도로 천천히 일어나 왕이 등지고 앉은 병풍 뒤로 들어갔다. 잠시 후, 작은 궤를 가지고 나와 훤 앞에 바치고는 이내 원래의 자리로 돌아가 앉았다.

"이것이 무엇이오?"

"선대왕마마께옵서 남기신 밀교密敎이옵니다."

궤를 잡으려던 훤의 손이 좋지 않은 예감을 느낀 듯 허공에서 멈춰 섰다. 내키지 않았지만 눈앞에 놓인 이상 안 볼 수도 없었다. 궤를 잡아 앞으로 끌어당겼다. 조심스레 뚜껑을 열었다. 안에는 다른 것 없이 단 하나의 봉서만 들어 있었다. 부왕이 생전에 훤에게 남긴 편지임을 증명하듯 단단히 봉해진 입구에는 빛바랜 옥새가 찍혀 있었다.

지금 이 시점에서 과거의 밀교가 모습을 드러낼 이유가 없었다. 8년 전 일을 좇지 않았다면 이것이 눈앞에 나타날 리가 없었기에 훤이 원하지 않는 내용일 가능성이 높았다. 박씨를 쳐다보았다. 그녀는 굳건하게 과거와 현재 사이를 가로막고 앉아 있었다. 훤이 봉서 입구를 뜯어 종이를 꺼냈다. 부왕의 필체가 나타났다.

아들아, 이 아비가 덮은 것을 다시 들추지 마라.

훤은 편지를 봉투에 다시 넣었다. 그리고 그것을 궤에 넣고 밀었다.

"나는 이것을 보지 않았소."

미처 덜 삼킨 분노가 목소리에서 묻어 나왔다. 분노는 꽉 쥔 주먹에서도 느껴졌다.

"밀교를 남겨 두면서까지 아바마마가 덮고자 하신 게 무엇이오?"

"소신이 입을 봉하는 것, 이 또한 선대왕마마께오서 남기신 밀교이옵니다. 그러니 기무장계는 없었고, 있었을지라도 허씨 처녀는 병으로 죽었다는 사실이 전부일 뿐이옵니다."

"박씨 부인!"

높아진 훤의 목소리를 박씨의 단호한 목소리가 뒤덮었다.

"이곳을 다녀가신 상감마마의 발자국은 소신이 지워 놓도록 하겠사옵니다."

대화를 매듭지은 박씨가 허리를 숙였다. 그러자 칠흑 같은 고요함이 방 안에 내려와 훤의 가슴을 짓눌렀다.

강녕전을 향해 가는 월의 발걸음은 무거웠다. 그래서 뒤따라가던 잔실이 수시로 월을 앞지르곤 하였다. 그림자도 앞서거니 뒤서거니 하면서 이들을 따랐다. 모퉁이를 돌았다. 땅에 있던 그림자가 담벼락으로 자리를 옮겼다. 그러자 월의 그림자가 꾸물꾸물 형태를 바꾸기 시작했다. 이윽고 지금보다는 작아진 연우와 상궁의 그림자로 갈라져 검은색으로 그려졌다. 그림자

끼리 대화를 주고받았다.

"여탐굿이 거행될 것이옵니다."

"굿이라면 저는 나가지 않을 것입니다."

"세자빈마마께오서는 여기 계셔도 되옵니다. 대신 궐에서 하사받은 대례복을 주셔야 하옵니다."

연우 그림자가 곱게 접은 대례복을 상궁 그림자의 손으로 넘겼다. 상궁 그림자가 사라지자 연우 그림자가 고개를 숙여 책장을 넘겼다. 밝은 불빛들이 도깨비불처럼 월을 앞질러 둥실둥실 떠돌았다. 그리고 요란한 징 소리와 꽹과리 소리들이 주위를 에워쌌다.

월이 또다시 모퉁이를 돌았다. 그러자 이번에는 그림자가 땅으로 자리를 옮겼다. 옮겨진 땅에서는 사람 형태의 그림자 두 개가 흔들리며 춤을 추었다. 책에서 고개를 든 연우 그림자는 다른 두 개의 그림자에 두려움을 느꼈다. 그래서 일어나 창문 쪽으로 걸어가 조심스럽게 문을 열었다. 춤을 추고 있는 것은 사람이 아니었다. 두 개의 제웅[3]이었다. 그중 한 개에는 연우가 내어 준 대례복을 입혀 놓았다. 그런데 그 옷에는 종류를 알 수 없는 검붉은 피가 뿌려져 있었다. 살을 저미는 바람이 불어왔다. 월이 걸음을 멈추고 두 손으로 얼굴을 막았다.

같은 시각, 보경이 장롱 깊숙이에 넣어 두었던 보자기를 꺼냈다. 주위를 살펴 가며 조심스럽게 풀어 내린 보자기 안에는

---

3. 제웅 짚으로 만든 인형. 주로 액막이나 병 치료, 무고술에 쓰임.

검붉은 피가 엉겨 붙은 연우의 대례복이 들어 있었다. 대례복에 엉겨 붙어 있던 핏자국이 수십 마리의 붉은 구더기로 변해 몸을 타고 올라갔다. 보경은 악몽 속을 헤매듯 몸을 움찔거리며 제 손으로 팔과 몸통, 머리 등 여기저기를 어지럽게 털어 냈다.

월이 얼굴을 막았던 손을 내렸다. 춤을 추던 두 개의 제웅 그림자가 숨을 죽인 듯 동작을 멈추었다. 멀리 서서 이쪽을 보고 있는 사람들이 있었다. 잔실이 얼른 월의 등 뒤로 숨었다가 낯익은 제운을 발견하고 다시 나와 섰다. 검은 삿갓을 눌러쓰고 있는 이는 얼굴은 보이지 않았지만 운검이 뒤에서 지키고 선 모양이 왕임을 말해 주고 있었다. 훤이 월을 향해 성큼성큼 걸어오면서 삿갓을 벗어던졌다. 그리고 어두워서 잘 보이지 않는 서로의 표정을 미처 살필 틈도 없이 월을 끌어안았다. 그 순간 발아래에서 숨을 죽이던 두 개의 제웅 그림자가 먼지처럼 흩어졌다.

"지치는구나. 모든 것을 내려놓으면 편안해지겠지. 이제는 그러고 싶다."

비록 외견상으로는 월을 안은 형상이었으나 실제로 몸을 기대어 안긴 건 훤이었다. 들이켰던 분노가 한숨이 되어 땅으로 내렸다. 그러자 먼지처럼 흩어졌던 두 개의 제웅 그림자가 월의 원래 그림자로 바뀌어 땅으로 돌아와 붙었다.

서안 위에 있는 봉서를 만지작거렸다. 서랍을 열었다가 다시 위에 올려놓기를 여러 번 하였지만 여전히 마음은 갈팡질팡

하였다. 안에 든 것은 훤의 뜻과는 반대로 조기호에게 지시했던 모든 조사를 중단하라는 내용이었다. 강녕전으로 조기호가 들어와 왕 앞에 무릎을 꿇었다. 마지막까지 갈등하던 훤은 결국 봉서를 서안 위로 올렸다.

"그때 이후로 직접 만나는 건 처음이구나."

"소신의 능력이 미흡하여 상감마마께 심려를 끼쳐 드린 듯하옵니다."

"아니다. 이미 모든 것이 지워졌을 8년 전 일을 이토록 차분하게 추적하고 있는 네가 흡족하였느니. 내가 널 이리 부른 이유는……."

가슴팍을 뒤적거리는 조기호로 인해 훤은 말을 중단하였다. 그가 꺼내 든 것은 언제나처럼 왕에게 올리기 위한 보고서였다. 조사를 중단시키기 위해 부른 걸 모르고 이번에도 가져온 모양이었다. 훤은 조기호의 성실함이 기뻐 잠시 하려던 말을 미루고 보고서부터 받아 들었다. 여전히 기무장계 책임자를 찾아내지 못했기에 오늘도 별 내용이 없으리라 생각하고 읽어 내려갔다. 갑자기 훤이 한 손을 뻗어 서안에 올려 두었던 봉서를 구겨 쥐었다.

조기호는 8년 전 별궁에서 있었던 굿을 여전히 어탑굿으로 알고 있었다. 그런데 이번에 조사해서 가져온 그 굿의 상황이 얼마 전에 왕비가 무서웠다고 말했던 굿과 흡사했다. 모든 굿에 시끄러운 소리는 필수라고 치더라도, 제웅들과 피 묻은 대례복이 겹쳐지는 건 간과할 수 없는 부분이었다. 왕비는 그저 피라고만 했지만 보고서에 따르면 초경이라고 보다 명확하게 기재되어 있었다. 또한 보고서에는 밤에 거행되었다고 쓰여 있었고, 왕비가 불빛을 요란스럽다고 한 건 밤에 이뤄졌다는 뜻일 터이니 이 부분도 같다고 봐야 할 것이다.

"아뢰옵기 송구하오나 소신이 여탐굿을 계속 조사한 것이 아니옵고, 앞선 발자취를 좇다 보니 자연스럽게 알게 된 것이옵니다. 어명을 어기지는 않았사옵니다. 통촉하여 주시옵소서."

"내가 원하던 내용이다. 그보다 제웅이 대동되는 굿이 흔한가?"

"소신도 그 부분을 알아보았는데 우리 조선에서는 굿에 그림은 써도 제웅을 쓰는 경우는 저주를 위한 무고술 외에는 거의 없다 하옵니다."

"그래? 역시 여탐굿이 아니었군."

"네? 소신이 잘못 조사하고 있었사옵니까?"

"넌 제대로 조사하고 있다. 단지 네가 조사하고 있는 그 굿이 여탐굿은 아니었다는 뜻이다."

훤이 구겨 쥔 봉서를 옆의 화로로 던져 넣었다. 한동안 똑같은 모양으로 있던 하얀색 종이는 차츰 검은색과 붉은색이 올라오다가 화르르 불꽃을 일으킨 뒤 회색의 재가 되어 화로 속으로 꼬꾸라져 들어갔다.

"그때 별궁에서 있었던 굿은 무고술이었다. 여탐굿을 가장한 무고술……."

훤은 보고서 뒷부분을 마저 읽었다. 여탐굿을 조사하던 앞선 발자취가 자취를 감춘 후 다시는 나타나지 않는다는 내용이었다. 그리고 조사하던 인물이 선머슴 같은 여자였으며, 사주한 윗사람이 있는 노비 같았다고 쓰여 있었다. 신기한 건 그때의 굿에 대해 오히려 질문자가 더 상세하게 알고 있었고, 질문의 요지는 그 굿의 용도였다는 것이다.

"굿의 여부가 아니라 용도라고? 이것이 핵심이라는 거군. 조기호!"

"네, 하명하시옵소서!"

"굿의 용도에 대해 집중해서 조사하고 그 당시 파평부원군 사가에서 비슷한 굿이 있었는지 알아보라."

"분부 받자와 조속히 알아보겠사옵니다."

훤은 한 번의 고개 끄덕임 뒤로는 아무 말도 하지 않은 채 깊은 생각에 잠겼다.

술잔이 돌아갔다. 몇 번을 돌았는지 셀 수 없을 정도였다. 술이 얼큰하게 취한 윤대형 앞에는 수많은 선물 꾸러미가 쌓였다. 크기도 천차만별이고 색깔도 제각각이지만, 관직을 청탁하는 뇌물임에는 다르지 않았다. 이토록 많은 뇌물 앞에서도 윤대형의 표정은 언짢기만 하였다. 술잔을 기울이는 동작도 거칠었다. 처음에는 기분 좋게 시작했던 술판이 이렇게 주저앉게 된 이유는 조금 전에 다녀간 측근의 귀띔이 윤대형의 심기를 건드렸기 때문이다.

의금부 도사 조기호의 움직임이 수상쩍다는 보고였다. 서 내관의 죽음에 대해 조사해야 할 그가 전혀 엉뚱한 곳을 들추고 다닌다고 하여 감시를 시켰었다. 그랬더니 조기호의 행적이 8년 전 별궁에서 있었던 굿에 맞춰져 있는 것 같다는 보고가 오늘에서야 들어온 것이다. 조기호의 단독 행동이 아니라는 건 삼척동자도 다 알 일이었다. 술잔을 든 윤대형의 손이 심하게 떨렸다. 술기운 탓이 아니었다.

문이 열리고 또다시 관직을 청탁하려는 자가 들어왔다. 윤대형이 눈을 둥그렇게 떴다. 여자였기 때문이다. 금세 눈을 게슴츠레 바꾸고 상대를 살폈다. 눈에 익은 여자였다.

"권지도무녀로군. 궐 밖으로 내쳐졌다는 소문은 들었다."

권지도무녀가 선물 꾸러미를 앞으로 내밀었다. 하지만 윤대형은 옆에 이미 놓여 있던 다른 선물 꾸러미를 손으로 툭 쳤다. 지리학교수가 보내온 것이다.

"관상감의 교수까지 재물에 눈이 어두워지면 더 이상 왕은 버텨 낼 수가 없지. 하지만 네년은 재물이 아니야. 내가 신기라는 게 없어도 그 정도는 알거든. 이봐, 다른 관직은 몰라도 도무녀는 내 마음대로 할 수 있는 자리가 아니다."

"쇤네가 그동안 바쳐 온 충성을 외면하시려는 것이옵니까? 파평부원군만을 믿고 상감마마의 옥체에 해를 가해 왔는데, 쇤네 몰래 장씨와 작당하여 액받이 무녀를 두시다니요."

"액받이 무녀는 대왕대비마마의 요청이었을 뿐, 나와는 상관없는 일이다."

"하오나 액받이 무녀에 대해 파평부원군께서도 알고 계셨지 않사옵니까! 쇤네한테 한마디 말도 없이!"

"널 위해서였다고 생각해라. 그것이 있는 한 네가 큰 실수를 해도 금상의 숨만큼은 절대 끊어지지 않을 테니까."

"결국은 쇤네의 실력을 믿지 않으셨단 말이군요."

"실력을 믿지 않았다면 쓰지도 않았다. 내가 손잡은 건 너였지 장씨가 아니야. 대왕대비마마도 네가 나를 위해 일한 건 모르시지 않느냐. 그러니 상관도 없는 원진살 타령이나 하고 계시지."

윤대형은 귀찮았는지 뒷말은 관두고 술 한 잔을 더 마셨다. 머릿속이 온통 8년 전과 조기호에 관한 일로 엉망진창이었기에 다른 생각을 할 여지가 없었다. 자신을 비롯하여 윤씨 일파의 목숨이 풍전등화와 같은데 다른 생각이 들어올 리가 없었다. 조기호가 어디까지 알아냈는지는 알 수 없지만, 조만간 왕이 자신의 목을 자르리라는 건 분명했다.

"권지도무녀, 조만간 우리 모두 죽느냐?"

"무슨 말씀이시옵니까?"

"모르는군. 멍청한……. 장씨라면 알 수 있을지도……."

"대왕대비마마도 그러하시고, 파평부원군께서도 장씨의 실력을 상당히 신뢰하시옵니다. 쇤네가 다른 건 몰라도 그자의 명줄이 다해 가는 선 아옵니다."

"명줄이 다해 가다니?"

"이미 신력은 바닥이 났지요. 그자가 도무녀 자리를 안 내놓기 위해 숨기고 있다는 걸 모르는 왕실이 걱정되옵니다."

대왕대비전에서도 그런 걱정이 없었던 것은 아니었다. 예언

이건 굿이건 오만 핑계를 대면서 빠져나간다며 아무래도 신기가 없어진 것 같다는 말이 돌았다. 이번 사독제도 장씨는 주관만 할뿐 직접 굿대를 잡지는 않는다고 하였다. 윤대형은 복잡한 머리를 털어 내느라 고개를 흔들었다. 권지도무녀가 웃으며 자신 있게 말했다.

"취기가 과하신 듯하니 오늘은 이대로 물러나겠사옵니다. 하나 다시 만나게 될 것이옵니다. 조만간 파평부원군께오서 먼저 쇤네를 찾게 될 터이니……."

흐릿한 시야 속에서 권지도무녀가 사라졌다. 하지만 그녀의 웃음은 다시 기울이는 술잔 사이에서도 지워지지 않았다.

왕의 서안 위로 올라오는 상소에 비하면 경복궁 밖에 운집한 유림의 숫자는 추위에도 불구하고 그 규모가 훨씬 컸다. 왕과 사림파 사이에 가로막혀 있던 둑에 성수청과 소격서가 빌미가 되어 구멍이 뚫린 것이다. 훤이 의도했던 상황이었지만 표정은 애써 당황과 분노로 치장하였다. 그리고 직접적인 대면은 미루고 차분하게 상소문부터 읽었다. 성수청과 소격서 철폐를 요구하는 내용이 격앙된 문장으로 가득했다.

긴 내용 중에 유독 눈에 걸리는 대목이 있었다. 도무녀 장씨의 비리를 고발하기 위해 첨가한 듯한데 그 내용이 이상했다. 원래 무당은 한 명의 신딸을 두는 것이 정상인데, 장씨는 녹봉을 착복하기 위해 두 명의 신딸을 만들었다는 것이다. 성수청에 지급되는 녹봉은 도무녀에게만 국한되었고, 그나마도 그간 지급된 것이 없었기에 유림 측의 잘못된 정보라고 넘길 수도 있었다. 하지만 신딸에 관련된 내용까지 그런 것 같지는 않았다.

갈 길이 급했던 훤은 우선 이 부분은 접어 두고 비답부터 간단하게 내렸다. 성수청과 소격서는 고래로부터 이어져 온 것이라 들어줄 수 없다는 결론이었다. 그리고 성수청과 소격서에서 자행되고 있는 의례에 국고가 들어가는 것에 대한 비판은 대부분이 내탕금과 내명부 자비가 들어가고 있으며, 아울러 국고는 성균관 의례에 더 많이 들어가고 있으니 문제될 게 없다는 것으로 정리했다.

반발은 더욱 거세졌다. 이쯤 되자 훈구파 쪽에서도 슬슬 걱정되기 시작했다. 우선 유림을 대충이라도 얼러서 진정시키는 편이 낫다는 생각이었다. 하지만 왕은 그렇지가 않은 듯하였다. 얼마 전에 심하게 앓고 난 탓인지 건강상의 이유로 불러들인 성수청과 소격서를 반대하는 유림에 대해 서운함을 느끼는 기색이 강했다.

결국 사정전 안으로 소두疏頭와 소색疏色을 불러들여 이야기를 들어 보는 것으로 가닥이 잡혔다. 이때까지는 훈구파도 큰 반대가 없었다. 문제는 이 이후에 벌어졌다. 막상 유림과 대면을 하게 되자 왕이 태도를 바꿔 성수청과 소격시는 철폐할 수가 없으니 대신 유림에서 천거하는 유일遺逸[4]을 등용하겠다는 조건을 제시한 것이다.

---

4. 유일(遺逸) 학행과 도덕이 높은 재야의 선비.

왕의 진심을 알 수 없었던 소두로서는 쉽게 받아들일 수가 없는 문제였다. 지금의 조정은 사림파에게 있어서 사지와 다름 없었기 때문이다. 그래서 잠시 물러나 무리에게로 가서 의논하고 돌아왔지만 여전히 강경한 입장을 고수했다. 왕도 자신의 건강을 고려해 주지 않는 유림을 향해 언성을 높였다.

하지만 이런 언쟁은 잠시였을 뿐이다. 곧장 앞서 제시한 조건 외에도 봄이 오면 성균관 문묘에 친히 나가 작헌례를 올리고 알성문과를 실시하겠다는 조건까지 제시했다. 아울러 영남의 대표 서원 두 곳에서도 그날 동시에 별시別試를 실시하겠다는 조건도 덧붙였다. 그러고는 왕의 독단으로 대화를 마무리하고 사정전을 나가 버렸다.

강녕전에 들어서자마자 훤은 소리부터 질렀다.

"기회만 엿보는 겁쟁이들 같으니!"

훈구파 못지않게 사림파도 마음에 드는 구석이 없었다. 차 내관이 벗어던지다시피 하는 익선관을 받아 들며 위로했다.

"상감마마, 고정하시옵소서."

"사림파 놈들은 몸 사리느라 멍석 깔 엄두도 못 내는 주제에 내가 깔아 주는 게 멍석인 줄도 모른다고. 멍청한……."

잠시 어지러운 기운을 느낀 훤이 제운의 팔을 움켜잡았다. 그러자 곡선으로 휘어지던 방 안이 직선으로 멈춰 섰다.

"어의를……."

훤이 손을 들어 차 내관의 걱정을 저지했다.

"됐다! 수선 떨 정도는 아니다."

훤은 안전하게 자리 잡고 앉을 때까지 제운이 빌려 주는 팔에 의지했다. 어지럼증은 다 가셨지만 분노의 기운은 그대로 남아 있었기에 제운의 배려를 거절하지 않았다. 앉은 채로 눈을 감고 남아 있던 분노까지 끌어내리고 나서야 상소문 중에 눈에 걸렸던 대목이 떠올랐다.

'두 명의 신딸……'

유림의 주장과는 달리 지금까지 녹봉을 지급한 적이 없으니 장씨가 두 명의 신딸을 세운 건 그것과는 상관없을 것이다.

훤의 머릿속은 어젯밤으로 돌아갔다. 그리고 연이어 그젯밤을 거쳐 월을 궐에서 처음 만났던 날까지 거슬러 올라갔다. 이번에 훤이 본 것은 언제나처럼 눈을 떼지 못했던 월이 아니었다. 그 옆에 숨어 있던 여아였다. 단 한 번도 눈여겨본 적 없었던 또 다른 무녀! 월의 정체를 알 수 있는 통로가 가까이에 있었다.

"두 눈 시퍼렇게 뜨고 당했어! 제기랄!"

사림파를 조정에 끌어들이려는 왕의 술수임을 파악했지만 이미 늦었다. 왕의 제안을 사림파 측에서 받아들였기 때문이다. 훈구파는 여기에 일언반구 대꾸할 기회조차 없었다. 오히려 그 사이에서 사림파를 왕의 턱 밑까지 데려다 주는 실수를 저지르고 말았다. 윤대형은 화를 이기지 못하고 빼곡하게 모여든 훈구파들을 향해 연거푸 고함을 지르고 있었다. 하지만 모두가 대책 없는 공허한 욕지거리일 뿐이었다.

모인 이들 중에 유독 도승지가 고개를 심하게 조아렸다. 소두와 소색을 사정전에 들어오도록 의견을 모아 준 장본인이었다.

"파평부원군, 걱정이 지나치시옵니다. 고작 관직 몇 개만 할당될 뿐이옵고, 그마저도 얼마든지……."

"그게 아니라니까! 지금 상황이 그리 녹록지 않다는데 왜 이렇게 말귀를 못 알아듣는 것이냐! 소격서의 제천의례는 사림파를 숲속에서 끌어내기 위한 미끼였단 말이다!"

미친 듯이 소리치는 윤대형의 목소리에는 공포가 서려 있었다. 왕이 8년 전 사건을 조사하고 다니는 걸 몰랐으면 윤대형도 쉽게 생각했을 것이다. 왕은 처음부터 꼭두각시가 아니었다. 지금까지 그런 척 연기하고 있었을 뿐이다. 중전과의 합방까지 거부하며 때를 기다렸던 왕이다. 그렇게 오랫동안 갈아 왔던 칼을 지금 빼어 들고 있었다.

"금상께옵서 우리 목을 쳐 내기 전에 우리가 먼저 금상을 쳐 내는 수밖에!"

혼잣말인 양 흘려 내보낸 윤대형의 말이 소란스럽던 사람들을 잠재웠다.

"파, 파평부원군, 그건 성급하시옵니다. 금상이 8년 전 사건을 알아낸다고 해도 선대왕조차 덮을 수밖에 없도록 대왕대비마마께옵서 파 놓은 함정이 있지 않사옵니까. 그것이 있는 한 금상도 선대왕과 똑같이 하실 수밖에 없사옵니다."

주위 사람들은 도승지의 말을 알아듣지 못했기에 어리둥절한 눈으로 서로를 쳐다보았다. 이곳에 모인 이들 중에서는 윤대형과 도승지를 비롯해 소수만 아는 이야기 같았다. 윤대형이 주먹으로 서안을 수차례에 걸쳐 세차게 내려친 후 도승지를 노려보았다.

"금상은 선대왕과는 달라. 누가 둘을 닮았다고 하였느냐? 아니야, 차라리 선대왕이 더 손쉬운 상대였다. 우리가 살 수 있는 방법은 단 하나뿐이다."

도승지도 이 말에는 고개를 끄덕였다. 가까이에서 지켜본 왕은 겉은 젊고 제멋대로지만 속은 종잡을 수 없을 만큼 능수능란했다. 게다가 집요하기까지 하였다. 강제로 건강을 빼앗지 않았다면 지금쯤 훈구파는 조정에서 숫자를 헤아리기 어려웠을지도 모른다. 왕이 즉위했을 당시에 재빨리 판단했던 윤대형이 결과적으로는 옳았던 것이다.

그런 왕이 소리 소문 없이 반격을 준비하고 있었다. 훈구파가 독점하다시피 하고 있는 부와 권력을 무너뜨리기 위해서. 이번에도 윤대형의 판단이 옳았다. 왕을 제거하지 않으면 8년 전 사건과 연결되어 모조리 숙청당하고 말 것이다. 빼곡하게 모여든 사람들 사이를 공포가 휩쓸고 지나갔다.

"금상의 목숨을 부지하기 위해 세워 둔 액받이 무녀, 그것부터 없애야겠다. 이제는 쓸모가 없어셨어."

"하오나 그 무녀는 도무녀 장씨의 신딸인데 쉽게 제거가 되겠사옵니까?"

잠시 고민에 빠졌던 윤대형이 싱긋이 웃었다. 얼마 전에 자신을 찾아왔던 권지도무녀를 떠올렸기 때문이다. 권지도무녀는 장씨를 제외하면 명실상부한 최고의 무당이다. 장씨의 신력이 점점 소멸해 가고 있는 것이 사실이라면 현존하는 조선 제일의 무당인 셈이다. 그리고 그 실력은 익히 알고 있었다.

"내가 곧 찾을 거라던 말이 옳았군. 그년도 아직은 쓸 만하겠어."

복도라고 해도 강녕전 안은 웬만한 집 아랫목보다 따뜻했다. 잔실은 하품을 참아 가며 앉았다. 방 안 불빛에 비춰 보이는 월의 그림자는 좀처럼 흐트러지는 법이 없었다. 다리를 쭉 뻗고 퍼져 앉아 있어도 수시로 모양을 바꿔 대는 잔실로서는 흉내조차 내기 힘든 자태였다. 정확하지는 않았지만 왕의 목소리도 간혹 들렸다. 이전에는 자주 그랬다. 그런데 최근 들어서는 왕의 목소리가 사라졌다. 월에 대한 흥미가 사라진 탓이라고 생각한 잔실은 괜히 서글퍼지는 기분이었다.

잔실이 길게 하품을 하였다. 그 순간 뒤에서 다가온 큰 손이 입을 틀어막았다. 발버둥을 치려고 하였지만 이조차 압박당하고 말았다. 몸이 붕 떠오르는 동시에 월의 그림자가 멀어지기 시작했다. 그리고 꺾어진 모퉁이를 돌자 세상이 컴컴하게 변했다.

몸이 바닥에 내려진 것을 느낀 건 얼마 가지 않아서였다. 같은 강녕전 안은 아니었지만 침전을 벗어나지 않은 것으로 봐서 연생전이나 경성전 중 한곳인 것 같았다. 무서움이 사라지자 어리둥절함이 찾아왔다. 이번엔 음식 냄새가 코를 자극했다. 잔실이 내려진 방 안에는 산해진미가 가득한 상이 덩그러니 놓여 있었다. 주위를 둘러보았다. 잔실을 데려온 건 왕의 주변에 있던 내관들이었다. 내관을 쳐다보는데도 잔실의 입에서는 침 삼키는 소리가 들렸다. 내관이 웃으며 말했다.

"먹어도 된단다, 애야."

잔실이 고개를 저었다. 하지만 고갯짓과는 다르게 손은 이미 커다란 닭다리 하나를 집어 들고 있었다.

"네가 밤마다 고생한다고 상감마마께옵서 친히 내린 음식이니까 마음껏 먹으렴."

월의 곁을 비우면 안 되는 줄 알면서도 잔실은 닭다리를 입에 넣었다. 먹을 걸 줄 거면서 왜 몰래 이곳까지 데리고 왔는지 생각할 겨를이 없었다. 딴생각을 할 수 없을 만큼 입에 들어간 음식이 맛있었다. 허겁지겁 먹다 보니 어느새 배가 불러 왔다. 그럼에도 불구하고 꾸역꾸역 쉴 새 없이 입으로 밀어 넣었다. 지금이 아니면 또다시 이런 것을 먹을 기회가 없으리란 걸 알았기 때문이다.

갑자기 방문이 열리고 누군가 들어왔다. 내관들이 일제히 허리를 숙였다. 잔실의 손에 있던 음식이 바닥에 툭 떨어졌다.

"음식이 입에는 맞더냐?"

그나마 입에 남아 있던 음식이 꿀꺽하고 모조리 목구멍으로 넘어갔다. 왕이 환하게 웃으며 상의 맞은편에 앉고 있었다. 그때였다. 보이지 않는 장씨의 손이 잔실의 입을 덮쳤다. 말을 하면 사지가 갈가리 찢어질 것이다! 장씨의 무시무시한 경고도 들렸다. 그래서 왕 앞에서는 허리를 숙여야 한다는 예의도 망각하고 말았다. 왕이 상에 남은 음식들을 훑어보았다.

"보기보다는 배가 무척 크구나. 대답을 듣지 않아도 입에 맞았음은 알겠다."

왕의 눈이 잔실을 향했다. 놀랍도록 잘생긴 데다 미소마저 상냥하여 잔실의 혼을 빼놓았다.

"말을 못 한다고 들었다."

잔실이 냉큼 고개를 끄덕였다. 훤은 장씨가 말을 못 하게 막아 둔 것임을 알아차렸지만 내색하지 않았다.

"그럼 내가 묻는 말에 고개를 끄덕이거나 가로젓는 것으로 대답해 다오."

왕의 뒤편으로 내관들이 방을 나가고 있었다. 잔실이 경계하는 눈으로 왕을 보았다.

"내가 월을 짝사랑하고 있는 건 너도 알지 않느냐."

왕에게서 엉뚱한 말이 나오자 잔실은 눈을 두어 번 껌뻑거렸다. 순식간에 안심이 되었다. 굳이 경계해야 할 질문이 아닌 것 같아서였다. 왕의 미소도 마음을 놓는 데 한몫 거들었다.

"월같이 어여쁜 여인이 도무녀 장씨의 신딸이라니, 하하하. 너도 장씨의 신딸이냐?"

잔실이 고개를 끄덕였다.

"월과 너, 둘 다?"

이번에도 고개를 끄덕였다. 하지만 이내 고개를 저었다. 잔실도 헷갈렸다. 정작 신내림을 받은 건 잔실이었지만 장씨에게서 수시로 무노비 취급을 당해 왔다. 신딸 대접을 받은 기억이 별로 없었기에 왕의 질문에 어떻게 대답해야 할지 갈피를 잡을 수가 없었던 것이다.

"장씨는 복도 많구나. 이렇게나 예쁜 너까지 신딸로 데리고 있으니."

"푸힛!"

잔실은 자신도 모르게 새어 나온 웃음소리를 제 손바닥으로 막았다. 하지만 손바닥 아래에서도 입은 빙그레 벌어졌다.

"장씨가 너를 뭐라고 부르느냐? 이름으로 부르느냐?"

뭘 물어보는지 알 수가 없었다. 잔실은 갸우뚱하며 왕을 보았다. 당연히 이름으로 부르지 뭘 부르느냐는 표정이었다.

"이름을 부른다는 뜻이로구나. 네 이름은 무엇이냐?"

이번에는 고갯짓으로 대답할 수 있는 질문이 아니었다. 그래서 경계심을 잃고 설렁 대답하고 말았다.

"잔실……. 앗!"

잔실이 손 두 개를 겹쳐 제 입을 틀어막았다. 왕을 바라보는 눈 안에는 공포가 가득했다. 훤은 한층 더 상냥하게 물었다.

"응? 말을 할 수 있었느냐? 한데 왜 거짓말을 하였느냐?"

"지가유, 말을 하면……, 하늘이 벌을……."

"여기는 임금이 잠을 자는 집이다. 노무녀 장씨 같은 이들 수십 명이 모여서 좋지 못한 기운은 접근조차 하지 못하도록 설계했단다. 네가 여기서 한 말은 하늘도 들을 수가 없느니."

잔실이 천장을 보았다. 튼튼하게 지어져 있어 왕의 말이 그럴듯하게 느껴졌다. 게다가 자신의 실수가 무서웠기에 왕의 말을 믿고 싶었다.

"잔실아, 조금 전에 왜 고개를 끄덕였다가 바로 저었느냐?"

"그게유……, 헷갈려서……."

들릴락 말락 겨우 내는 소리였다. 왕이 눈으로 의미를 물었다.

"지더러 신딸이랬다가 무노비랬다가 자꾸 헷갈리게 해서 그랬시유, 아니, 그랬사옵니다. 아가씨한테도 그렇고……."

"아가씨라니? 아가씨가 누구냐?"

잔실은 월이 있을 법한 방향을 찾느라 두리번거렸다. 훤이 알아차리고 물었다.

"월을 아가씨라고 부르느냐?"

잔실이 고개를 끄덕였다. 그러자 훤의 가슴이 두근거리기 시작했다.

"왜?"

"신모님이나 설 언니가 그렇게 불러서 지도 따라서……."

"신모라면 장씨 말이냐?"

잔실은 고개를 끄덕이다 말고 멈췄다. 왕의 표정이 차갑게 변했기 때문이다. 하지만 해서는 안 되는 말을 했다고는 생각하지 못하였다. 잔실이 생각하는 해서는 안 되는 말이란, 아가씨가 그림 속에서 나온 학일지도 모른다는 비밀이었다.

"신딸은 둘이라 하였는데 설 언니라는 이는 또 누구냐? 같은 무녀냐?"

잔실이 고개를 세차게 저은 후에 말했다.

"설 언니는 아가씨의 몸종이옵니다."

온양에 월과 함께 있던 여종이 생각났다. 그때 분명 월을 가리켜 아가씨라고 하였다. 훤이 조금 전의 상냥한 미소로 돌아와 잔실의 머리를 쓰다듬었다.

"걱정 마라. 넌 말을 한 적 없으니까. 정 불안하면 너와 나, 둘만의 비밀로 하자꾸나."

안심한 잔실이 크게 한숨을 내쉬었다.

"한 가지만 더 대답해 다오. 평소에 장씨가 월에게 존대하여 말하느냐?"

잔실의 고개가 멋모르고 조용히 끄덕여졌다.

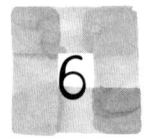

6

"허 참, 고년 고거 귀찮게도 하네."

앞니가 뭉텅 빠진 노파의 발음은 몹시도 부정확한 탓에 집중해서 귀를 기울여도 알아듣기 힘들었다. 설은 새끼를 꼬기 위해 손바닥에 침을 퉤 뱉는 노파 앞으로 떡 한 조각을 내밀었다. 노파는 침 묻은 손으로 얼른 떡을 쥐고 어금니로 한입 물었다.

"할매, 그러니까 제웅 두 개를 쓰는 굿은 도무녀가 잘한다는 거지요?"

"캬! 정말 그런 솜씨가 없지. 효험이 있을까 했는데 실제로 딱 들어맞았거든."

알아듣지 못했지만 눈치껏 넘겨짚어 물었다.

"어떤 효험이었는데요?"

설이 떡 한 조각을 더 내밀었다. 그리고 더 이상 가진 것이 없다는 뜻으로 치마를 털털 털어 보였다. 치맛자락 사이로 긴 환도가 보였지만 노파는 노련하게 못 본 척하며 떡을 다리 아래로 챙겨 넣었다.

"음……, 운명을 바꾸는 주술이었지."

"운명을 바꾸는 주술? 방금 이렇게 말씀하신 건가요?"

"그래. 대신 옷을 뺏긴 쪽……."

"옷을 빼앗긴 쪽? 아! 옷이라면 혹시 대례복을 말씀하시는 건가요?"

"대례, 뭐? 뭔 소린지는 모르겠지만 암튼 엄청 좋은 옷이었지. 옷을 빼앗기면 운명도 빼앗겨. 그리고 운명을 빼앗긴 쪽이 죽어! 빼앗는 쪽에서 첫 달거리를 뿌리면……."

"주, 죽어요? 어떻게요?"

"건너 건너 들었는데, 원인도 모르는 병으로 고통스럽게 죽었다지? 더 이상은 말 못 해. 굿판에서 있었던 일 나불거린 걸 들키면 나도 이 바닥에서 밥 벌어먹지 못한다고."

"할매, 조금만 더, 첫 달거……."

옷자락을 잡고 매달리는 설의 손을 노파가 짜증스럽게 쳐 냈다.

"아이고, 그만하라니까! 오래전부터 실력만큼이나 독하다고 소문났던 년이여, 장씨 그년이. 죽을 날 받아 놓고 신력이 날아갔는지는 모르지만 그래도 놀던 가락은 남아 있는 법이지. 행여나 장씨 귀에 들어갈까 봐 오금이 저려."

노파는 기어이 등을 돌려 앉아서 새끼 꼬던 일을 계속하였다. 그리고 떡을 한가득 입에 물어 말이 새어 나오는 길목을 막았다. 설은 포기하고 일어섰다. 오늘 얻은 정보는 월이 한동안 추적하는 일을 삼가라고 한 말을 어기면서까지 몰래 나온 보람이 있는 거였다. 하지만 그 정보가 설을 혼란스럽게 하였다. 장씨가 혼란의 원흉이었다. 밖을 나서는 설의 걸음이 차츰 빨라졌다. 월과 장씨, 이 두 사람만 두는 것에 대한 불안감이 주위를 살필 겨를을 주지 않았다.

뛰다시피 걸어가는 설의 옆으로 양반 차림새의 사내가 스쳐 지나갔다. 조기호였다.

"주인 있소?"

노파가 소리 나는 곳을 향해 고개를 돌렸다. 조기호가 집 주변을 두리번거리며 들어서고 있었다. 갓은 쓰지 않았지만 행색은 양반이라 노파는 원래도 굽어져 있던 허리를 더욱 숙였다.

"쇤네가 주인인데 무슨 일입니까요?"

"짚으로 뭐든지 만든다던데 정말이오?"

"물론입지요. 새끼줄부터 시작해서 못 만드는 게 없습지요."

"오래전부터 굿판에 들어가는 물건을 만들어 왔다고 들었소."

노파가 의심스런 눈초리로 쳐다보았다. 신분이 양반인 자가 직접 굿판 물건을 사러 오는 경우는 거의 없거니와 품 안에 단도를 숨겨 두는 경우는 더 없기 때문이다.

"굿판 물건이라면 어떤 걸 원하십니까요?"

"제웅을 실제 사람처럼 정교하게 만들 수 있……."

"쳇! 오늘 재수 옴 붙은 날인감? 어떻게 두 사람이 번갈아 난리야."

혼잣말에다가 빠진 이 사이로 새는 발음임에도 불구하고 조기호는 정확하게 알아들었다.

"제웅에 대해 물으러 온 자가 또 있었소?"

"방금 나간 그 젊은 계집한테 죄다 말해 줬습지요. 같이 온 일행이 아닙니까요?"

조기호는 조금 전에 집 앞에서 스쳐 지나갔던 여인을 기억해 냈다. 앞선 발자취다! 그의 다리가 인상착의를 다 떠올리기도 전에 노파를 버려두고 달리기 시작했다. 한참을 뛰었다. 이미 따라잡고도 남았을 것 같은데도 여인의 모습은 보이지 않았다. 혹시 못 보고 지나쳤나? 조기호가 걸음을 멈추려고 할 때였다. 앞에 찾던 여인이 보였다. 계집 주제에 웬만한 사내들보다 걸음이 빨랐던 것이다.

조기호의 걸음이 급속히 느려졌다. 그리고 어느 정도 거리를 확보한 뒤에 천천히 뒤따랐다. 거리에 사람들이 많아지면 그 틈 사이를 걷고, 사람이 뜸해지면 건물이나 나무 뒤에 숨어서 기척을 숨겼다. 오늘따라 허름한 옷을 입고 나온 게 다행이었다. 그런데 앞선 여인이 점점 사람이 없는 곳으로 가고 있었다. 그런 만큼 몸을 숨기기가 어려워 거리를 더 멀리 둘 수밖에 없었다. 까마득하게 먼 여인이 갑자기 뒤를 돌아보았다. 조기호도 본능적으로 바위 뒤에 몸을 숨기고 품 안에 넣어 둔 단도를 잡았다.

잠잠했다. 다가오는 기척도 느껴지지 않았다. 고개를 빼서 동정을 살폈다. 여인은 길을 벗어나 나무들 틈에서 뭔가를 뒤적거리는 듯하였다. 갑자기 벌떡 일어서는 바람에 조기호는 다시 몸을 숨겼다. 잠시 숨을 돌리고 고개를 빼서 여인이 있었던 곳을 보았다. 그곳엔 이미 아무도 없었다. 다급하게 여인이 사라진 곳까지 뛰었다. 주위를 둘러보아도 사람의 흔적은 없었다. 길을 따라 조금 더 뛰었다. 이곳저곳 다시 살펴보아도 여인은 없었다. 이 근처는 민가가 없기에 왔던 길을 돌아가지 않는 한에는 갈 곳이 없다. 귀신이 곡할 노릇이 아닌가.

순간 우왕좌왕하던 조기호의 동작이 멎었다. 그리고 두어 발짝 뒷걸음질을 하였다. 눈앞에 경복궁의 북문인 신무문이 나타났기 때문이다. 조기호는 제일 먼저 왕을 의심했다. 또 다른 조사자를 두었을 가능성을 생각하지 않을 수 없었다. 왕과 상관이 없다면 여인이 사라진 곳은 신무문이 될 수가 없다. 그곳은 아무나 함부로 드나들 수 있는 문이 아니다. 하지만 이내 고개를 저었다. 앞선 발자취는 왕이 더 경계하지 않았는가.

문득 조금 전에 여인이 뒤적거리던 장면이 떠올랐다. 즉각 그 지점으로 자리를 옮겼다. 단서가 될 만한 어떤 것이 있을 거라는 일념으로 여인이 뒤졌음직한 나무 넝쿨들을 뒤졌다. 손에 차가운 것이 잡혔다. 조기호의 손을 따라 긴 물체가 나왔다.

"환도? 이것이 왜 여기에?"

조기호의 시선이 나무에 가려져 보이지 않는 신무문을 향했다. 그랬다. 환도를 몸에 지니고 신무문을 통과할 수는 없는 법. 그렇기에 숨겨져 있는 이 환도는 여인이 간 방향이 신무문임을 증명했다.

조기호는 환도를 원래 자리에 넣어 두고 신무문으로 갔다. 그리고 문을 지키고 선 수문군들에게 물었다.

"조금 전에 여인이 지나가지 않았소?"

"뉘신데 그런 것을 물으시옵니까?"

조기호가 의금부 감찰패를 보여 주며 말했다.

"의금부 도사 조기호요."

"아, 네. 조금 전에 여인이 지나가긴 하였사옵니다."

"잠시 신무문 출입 명부를 보여 주시오. 상감마마의 어명을 받들어 전 상선내관의 사인을 조사하고 있소."

조기호는 그러면서 품에서 문서를 꺼내 그들 앞에 내밀었다. 모든 일에 협조하라는 왕의 공문이었다.

"죄송하지만 이건 우리가 판단할 수 있는 사안이 아니옵니다. 잠시만 기……."

"무슨 일이냐?"

때마침 뒤에서 수문장이 다가오고 있었다. 그는 조기호를 발견하고는 반갑게 인사했다.

"의금부 도사 아니십니까! 무슨 용무이십니까?"

조기호도 반갑게 인사하며 왕의 공문을 내밀었다. 수문장의 도움으로 어렵지 않게 조기호의 손으로 넘어온 출입 명부 제일 아래에는 여인의 정체가 적혀 있었다.

성수청 도무녀 장씨의 무노비, 설.

출입 명부의 종이가 앞으로 넘어갔다. 설이라는 이름이 한동안은 없다가 앞선 발자취가 빈번히 나타났던 시점에서 다시 여러 차례 등장했다.

월의 방 앞마루에 장씨가 걸터앉아 있었다. 설은 자신도 모르게 장씨 어깨 너머로 방문을 힐끔거렸다. 월의 기척을 느끼기 위해서였다.

"아가씨 곁을 비우면 안 된다고 그리 말해도, 흐흐흐."

"우리 아가씨께 무슨……."

채 말을 끝내기도 전에 문을 열고 월이 나왔다. 그녀는 평소와 다름없이 눈웃음을 보내왔다. 아무 일도 없어 보였다. 그런데 장씨의 태도는 달랐다. 마치 이곳에 앉아서도 눈은 줄곧 설을 따라다닌 것 같은 느낌이었다. 슬픈 눈……. 장씨가 달라 보이는 건 설을 쳐다보는 눈이 슬퍼 보였기 때문이다. 장씨의 붉게 충혈된 눈은 늙고 힘없는 여느 노인들과 다르지 않았다.

왔던 길을 되돌아가는 내내 조기호는 성수청의 무노비를 생각했다. 8년 전 사건은 성수청의 장씨도 관련됐음이 분명했다. 그러니 그 무노비가 뒷조사를 한다는 건 이치에 맞지 않았다. 답을 알 수 없는 이 한 가지 질문에서 헤어나지 못한 채로 다시 노파의 집에 도착했다.

"주인 있소?"

조용했다. 한 번 더 불렀지만 돌아온 대답은 없었다. 그사이에 집을 비운 모양이었다. 집 안쪽을 기웃거려 보아도 사람은 보이지 않았다. 집 뒤에 흐트러진 새끼줄이 있었지만 거기까지는 미처 눈이 닿지 않았다. 마지못해 발길을 돌렸다. 앞선 발자취가 이곳에서 정보를 알아 간 것이 확실하므로 나중에 다시 들를 심산이었다. 조기호의 등 뒤로 멀어진 집의 부엌 안에는 입에 떡을 한가득 문 노파가 장작더미 사이에 널브러져 있었다. 목에 새끼줄이 감겨져 있는 노파의 목숨은 이미 끊어진 상태였다.

조기호의 걸음이 멈췄다. 이상한 예감을 느낀 그는 다시 돌아가 집 안 여기저기를 둘러보기 시작했다. 땅에서 질질 끌린 자국과 짚신 한 짝, 떡 부스러기를 발견했다. 곧이어 집 뒤에 있던 흐트러진 새끼줄도 발견했다. 새끼줄을 따라가니 부엌 안으로 이어졌다. 무너져 내린 장작더미가 보였다. 그리고 그 사이에는 새끼줄 한 줄과 떡 조각, 그리고 나머지 짚신 한 짝이 떨어져 있었다.

의금부 도사 조기호 피살. 사체는 인적이 빈번한 길목에서 발견. 흉기는 사자가 지니고 있던 단도.

훤은 서안 위의 종이를 물끄러미 내려다보기만 하였다. 연거푸 읽어도 글자가 이야기하는 것이 무엇인지 해석이 되지 않았다. 바닥에 엎드린 차 내관의 어깨가 들썩거렸다.

"불빛을 치워라. 달빛조차 들이지 마라."

아무런 기력도 남아 있지 않은 목소리였다. 어느 때보다 더 신속하게 방 안에 있던 불빛들이 사라졌다. 하지만 왕의 명령에도 불구하고 달빛은 치울 수가 없었다.

"모두 나가라. 아무도 들이지 마라. 오늘은 월도 보고 싶지 않다."

방 안에 있던 사람들 중 차 내관과 제운만 남고 일제히 빠져나갔다.

"차 내관도 나가라. 운아, 너도……."

제운은 어명을 받아들이지 않고 그대로 방 한구석의 어둠 속으로 스며들어 기척을 감추었다. 이에 안심한 차 내관이 비로소 방에서 물러났다. 캄캄한 방에 우두커니 앉은 훤의 그림자가 긴 시간을 들여 천천히 자리를 옮겼다. 그렇게 앉은 채로 달을 보내고 해를 맞았다.

따뜻한 천추전을 거부하고 사정전으로 자리를 옮긴 훤은 평소와 같았다. 밤을 꼬박 새운 것이 믿기지 않을 정도로 일정을 소화해 나갔다. 경연을 지나 조회를 마쳤다. 그리고 조계를 무리 없이 끝낸 후, 여러 신료들과 윤대형의 접견이 시작되었다. 훤이 줄곧 기다려온 시간이었다.

훤은 입가에 경련이 이는 것을 겨우 참아 가며 거짓 웃음을 만들어 냈지만, 윤대형의 웃음은 한껏 여유로웠다.

"의금부 도사 조기호가 죽은 채로 발견되었다고 들었사옵니다."

윤대형의 목소리와 겹쳐져 훤의 머리에 글자가 떠올랐다.

'사체는 인적이 빈번한 길목에서 발견.'

사체를 은폐시키기는커녕 일부러 발견되기 쉬운 곳에 둔 이유, 그것은 왕을 향한 협박이었다. 조기호의 진짜 임무가 무엇인지 이미 알고 있음을 알려 온 것이다.

"사람이 줄줄이 죽어 나가니 민심도 흉흉하옵니다."

"단 두 명에 불과한 죽음에 '줄줄이'라는 과장은 삼가시오."

"송구하옵니다. 그나저나 조기호의 죽음도 조사해야 하지 않겠사옵니까."

훤은 사헌부 대사헌을 쳐다보았다. 눈이 마주치자 대사헌은 당황한 기색으로 고개를 숙였다.

"관원의 죽음이오. 이는 사헌부에서 맡아야 하지 않겠소?"

"아뢰옵기 송구하오나 조기호는 단순 강도 사건으로 보고되고 있사옵니다. 이런 일반 죽음은 형조에서 조사하는 것이 이치에 맞는 것으로 아옵니다. 통촉하여 주시옵소서."

윤대형의 말이 아니었다. 분명 대사헌의 말이었다. 사림파에 속하는 그가 몸을 사리고 있었다. 대사헌의 목소리와 겹쳐져 눈앞에 펼쳐져 있는 문서의 글자가 훤의 눈으로 들어왔다.

상감마마의 성은에 감읍하였사오나 마땅히 천거할 유일이 없어 이름을 올릴 수 없음을 통촉하여 주시옵소서.

왕의 비답에 대해 유림에서 올린 차자였다. 조기호의 죽음은 사림파의 은둔을 더욱 부추겼던 것이다. 훤은 목소리가 떨리지 않도록 안간힘을 써 가며 말했다.

"단순 강도 사건이라 하였소?"

왕의 질문을 형조판서가 받았다.

"그렇사옵니다. 이번 사건은 우리 형조에서 성심을 다해 범인을 색출할 것이옵니다. 만약에 단순 강도가 아니라 전 상선 내관을 쫓다가 발생된 것이라면, 앞선 자결 사건도 함께 조사하는 것이 옳은 줄로 아옵니다. 그러면 내수사에서도 필히 협조를 해 주셔야 하옵니다."

조기호의 죽음을 빌미로 내탕금의 흐름까지 캐내려는 속셈이었다. 지금 훤이 내탕금을 어디로 돌리고 있는지 들키지 않으려면 조기호의 죽음을 단순 강도로 결론지어야 한다는 의미이기도 하였다.

"여기 갇혀 있는 나보다야 단순 강도라는 신료들의 말이 옳지 않겠소? 형조에서 오늘 중으로 알아서 마무리하시오."

모두가 물러났다. 훤은 쉬고 싶다며 사관까지 모조리 내어보냈다. 사정전 안에는 제운과 내관 서너 명만이 남았다. 차 내관이 어젯밤처럼 앉은 왕이 걱정되어 간곡하게 말했다.

"상감마마, 여기는 춥사옵니다. 어서 천추전으로……."

"조기호의 몸은……, 더 춥다."

삼키는 눈물과 뒤엉킨 입김이 진하게 흘러나왔다. 고개 숙인 왕 앞에 제운이 한쪽 무릎을 낮춰 앉았다.

"상감마마, 포기하실 것이옵니까?"

힘없는 고개는 좌우로 움직였다.

"이대로 포기하지 않으실 거라면 쉬어서는 아니 되옵니다."

훤이 제운에게로 손을 뻗었다.

"손을 다오."

힘과 따뜻함을 나눠 받고 싶었지만, 막상 손을 잡으니 제운의 손이 더 차가웠다. 입에서 나오는 입김이 적어 더 따뜻하리라 여긴 것이 오판이었다. 자신을 벌주기 위해 앉은 사정전이었다. 그런데 그 벌을 제운이 함께 받고 있었다. 훤은 제운의 강인한 눈빛을 보며 기력을 되찾았다.

"그래, 천추전으로 가자. 차 내관, 기미관氣味官을 두어야겠다. 파평부원군 형제 중에 두 명을 뽑아 올려라."

훤이 일어섬과 동시에 차 내관이 가슴을 쓸어내렸다. 제운의 말처럼 쉴 틈도 없었다. 조기호가 사라졌으니 이제는 바깥과의 연결도 단절되었다. 지금까지 모아 놓은 정보들만 가지고 생각해야 한다. 사정전과 천추전 사이의 천랑을 걸어가던 훤이 키득거리며 웃기 시작했다. 모아 놓은 정보라는 게 없었기 때문이다. 그나마 굳이 꼽아 보자면 의문들뿐이었다.

허민규가 왜 딸에게 약을 먹였는지, 그 약이 독약이 맞는지, 윤씨 일파의 소행이라면 어떤 방법으로 허민규에게 약을 먹이게 만들었는지 의문이었고, 선대왕이 밀교를 남기면서까지 무엇을 덮고자 했는지도 아직까지 의문이었다. 그동안 진척된 것이 없었다. 지금껏 연우가 병사가 아니었다는 사실 위에 범인들을 윤씨 일파로 못 박아 두고 가담자와 그들의 증거를 찾기 위해 혈안이 되어 있었던 탓이다.

천추전 안은 온돌이 데워져 있어 따뜻했다. 자리에 앉으면서도 훤은 생각에 몰두했다. 그동안 모아 놓은 모든 정보를 차례차례 되새겼다. 훤이 서안 위로 손을 올리다 말고 멈칫했다. 중요한 무언가가 빠진 듯한 기분이었다. 서안 위로 가려던 손이 턱 밑에 자리를 잡았다. 잡힐 듯 잡히지 않는 그 무언가로 인해 다른 생각을 할 수가 없었다. 훤의 눈이 커졌다. 그 눈은 곧장 제운에게로 갔다가 차 내관에게로 옮겨졌다. 빠뜨린 정보, 그것은 바로 본인의 증언이었다. 지금까지 산적해 있던 의문 중에 가장 큰 덩어리는 연우의 장례였고, 그 장례는 훤이 직접 목격하지 않았던가.

훤이 눈을 감았다가 천천히 떴다. 주위가 온통 흑백으로 변해 있었다. 그리고 장소는 8년 전, 말을 타고 달려가서 본 연우의 집 앞이었다. 사람처럼 보이는 흐릿한 형체들이 움직였다. 상복도 제대로 갖춰 입지 않은 행렬, 갑작스럽게 장례가 진행되었다는 의미였다.

그중에 아주 또렷한 물체가 나타났다. 색깔도 드러났다. 갈색의 관이었다. 어렸던 훤조차 작다고 느꼈으니 지금 이렇듯 다 자란 훤에게는 더욱 작을 것이다. 관이 순식간에 작아졌다. 작은 관, 바로 연우의 관이었다. 죽은 지 하루도 지나지 않았는데 연우의 몸에 맞춰진 관이 나왔다는 건 연우가 죽기 전부터 준비되었다는 의미가 된다. 제대로 갖춰 입지 않은 상복과는 이율배반적이다.

허민규가 등장했다. 다른 사람과 마찬가지로 희미한 흑백이었다. 그의 말을 들으려는 순간 형체가 흩어졌다. 그 전에 훤이

했던 일이 있었다. 연우의 관을 덮친 일이었다. 어디 위에 있었는지는 흐릿한 배경으로 인해 파악하기 힘들었지만 훤이 덮쳤고, 이 실수로 인해 갈색의 작은 관이 땅으로 떨어졌다. 둔탁한 소리가 들렸지만 뚜껑은 열리지 않았다. 관을 붙잡았다. 그러자 흩어졌던 허민규의 형체가 다시 돌아왔다. 하지만 훤은 여전히 연우의 관을 붙잡고 있었다. 단단히 박힌 못으로 인해 아무리 애를 써도 뚜껑은 열리지 않았다.

관 뚜껑을 여는 데 몰두했다. 세자 훤이 아니었다. 지금의 훤이 미친 듯이 관을 열려고 하고 있었다. 관 앞에서는 의문도 정보도 모두 잊히었다. 그따위 것들은 필요가 없었다. 오직 연우를 보고 싶은 마음뿐이었다. 그때와 다름없이 죽은 얼굴이라도 좋으니 딱 한 번만이라도 보고 싶은 마음 때문에 다음 장면으로 넘어가지를 않았다.

"관을 열어 주시오."

'소인의 여식을 두 번 죽이실 것이옵니까!'

지금의 훤이 세자 훤이 했던 말과 똑같은 말을 되풀이했다.

"한 번만, 단 한 번만 연우 낭자의 얼굴을 보게 해 주시오."

'죄인의 관이옵니다!'

지금의 훤이 그때 하시 잃었던 말을 흐릿한 허민규의 형체를 향해 외쳤다.

"왜 죽였소! 왜 나를 연우 낭자가 없는 세상에서 살게 만들었소! 왜!"

흐릿한 허민규의 형체가 눈물처럼 쏟아지면서 사라졌다. 그 뒤로 천추전 내부가 뚜렷한 색깔로 나타났다.

"······마마!"

훤이 소리 나는 곳으로 고개를 돌렸다. 차 내관이었다.

"상감마마, 신무문 수문장이 잠시 알현을 청하옵니다."

"다음에 오라고 해라."

"소신도 그리 전하였는데, 그게······."

차 내관의 목소리가 바짝 낮아졌다.

"······조기호 일로 아뢸 것이 있다 하옵니다."

잠시 훤의 눈썹 사이가 일그러졌다가 다시 펴졌다. 그리고 이내 고개를 한번 끄덕였다. 수문장이 안으로 들어와 멀찌감치 앉았다.

"인사가 늦었다. 얼마 전 네 덕에 무사히 바깥을 다녀왔다."

"성은이 망극하옵니다."

"모두가 몸을 숨기려는 이때 조기호에 대해 말할 것이 있다니, 너도 참으로 별나구나. 8년 전 그때도 나와 함께 연우 낭자의 집으로 기꺼이 가 주었건만, 그 뒤에 겪은 고충을 내가 다 갚아 주기는커녕 계속 신무문만 지키게 하고 있으니······. 면목이 없구나."

"받잡기 민망하옵니다."

"신무문만큼은 내 사람이 필요해. 때가 될 때까지 반드시 살아 주어야 한다. 조기호처럼 가 버리면······."

울먹이는 목소리를 잠재우려 말을 끊었다. 그 틈으로 수문장이 말했다.

"상감마마, 피살된 이유와 큰 상관이 없을지도 모르지만 마음에 걸리는 것이 있어 알현을 청하였사옵니다. 소신이 조기호를 죽기 직전에 보았사옵니다."

"어디서?"

"신무문 앞이었사옵니다. 전 상선내관 사건 때문이라며 출입 명부를 보여 달라고 하였사옵니다. 수문군 말로는 그 전에 신무문으로 들어온 계집종을 쫓아온 것 같았다 하옵니다."

계집종이라는 말이 목에 턱 걸렸다. 앞선 발자취도 그렇다고 하지 않았던가. 수문장이 품 안에서 출입 명부를 꺼냈다.

"이리 가까이 가져오너라."

수문장의 손에 있던 출입 명부가 훤의 손으로 넘어왔다. 훤은 수문장이 펼쳐서 손가락으로 가리킨 글자를 읽었다.

성수청 도무녀 장씨의 무노비, 설.

훤은 출입 명부를 재빨리 앞으로 넘겼다. 그리고 앞선 발자취가 빈번히 나타났던 시점에서 다시 같은 글자들을 찾아냈다.

"조기호도 그랬사옵니다. 방금 전 상감마마와 똑같이 이 지점을 찾아 밑추었사옵니다."

"어째서……, 어째서 도무녀 장씨가……."

생각지도 못한 상황에서 장씨를 마주치게 된 훤은 그저 어리둥절할 따름이었다. 장씨는 8년 전 사건을 주도했던 인물 중에 한 명이라고 확신하고 있었기에 더욱 그랬다. 자신이 저지른 주술의 용도에 대해 자신이 조사하고 다녔다? 이 무슨 귀신 씨나락 까먹는 소리란 말인가. 휜의 눈동자가 출입 명부 위로 돌아왔다. 다시 찬찬히 글자를 읽었다. 그러자 장씨라는 글자 뒤에 가려져 채 눈에 들어오지 않았던 글자가 뚜렷하게 나타났다. 설! 눈에는 익숙하지 않으나 귀에는 익숙한 이름이었다. 어디서 분명 들은 적이 있었다. 그것도 최근에……

'설 언니가 아가씨라고 불러서…….'

어린 무녀 잔실의 목소리였다.

'설 언니는 아가씨의 몸종이옵니다.'

출입 명부를 덮은 것은 순식간이었다. 하지만 다시 펼쳐 그 부분을 뜯어냈다. 왜 자신이 이러는지 이해하기도 전에 설의 이름이 있는 쪽은 죄다 뜯어냈다. 그리고 옆에 있는 화로 속으로 집어넣었다. 당황한 수문장이 출입 명부와 왕을 번갈아 보았다. 완전한 재가 된 것을 확인한 휜은 그제야 놀란 표정을 드러냈다.

앞선 발자취, 그 정체는 바로 '월'이었다.

마치 귀신이라도 본 것 같았다. 왕의 표정은 딱 귀신을 만난 얼굴이었다. 혼비백산하여 천추전에서 달아나는 모습은 귀신에 홀린 모양 그대로였다. 월의 한양 말씨가 들려왔다. 『주역』을 이야기하고 『장자』를 이야기하던 목소리가 들렸다. 정표를 달라던 말에 서글프게 웃던 미소가 보였다. 선대왕과 휜을 닮았다고 하였던 실수와 당황하던 표정도 보였다. 장구령의 시를 읊던 목소리가 들렸다. 뒤이어 붙였던 말은 더욱 선명했다.

'멀리 있어 만나지 못하는 것보다, 가까이 있으면서도 멀리 있는 것만 못한 사이도 있다는 것을 예전엔 몰랐사옵니다.'

거문고를 청하던 월의 목소리를 끝으로 그리운 난향이 훤의 온몸을 휘감았다. 그 순간 월의 전생이 보였다.

휘청거리면서 간신히 도착한 곳은 강녕전이었다. 편전의 눈을 피해 침전인 이곳까지 왔지만 앉을 수가 없었다. 온몸을 휘감고 있는 난향을 떨칠 수가 없었기 때문이다.

"난 장례를 보았다. 내 눈으로 관도 보았다. 그럴 리가 없어. 그럴 리가……."

휘청거리던 움직임이 언제부터인가 차분해져 있었다. 놀랍도록 침착해진 훤이 또박또박 말했다.

"내가 본 것은 관밖에 없었다!"

훤의 눈이 제운을 급하게 찾았다. 여느 때와 다름없이 바로 옆에 서 있었다.

"운아, 연우 낭자의 무덤은 있다더냐?"

"네!"

물끄러미 쳐다보는 왕의 물음을 제운은 알아들었다.

"가 본 적은 없사오나 그곳을 찾을 수는 있을 것 같사옵니다. 청컨대 부디 관 속을 확인해 주시옵소서."

제운이 그토록 원하던 증거가 그곳에 있었다. 관 속을 확인하기 전에는 어떤 것도 확신할 수 없었다. 놀란 차 내관이 제운을 노려보았다. 왕에게 그런 청을 한다는 건 천지가 개벽한다고 해도 있을 수 없는 일이었다.
 "상감마마, 소신이 다녀오겠사옵니다. 그런 일은……."
 "신무문 수문장에게 전하라. 오늘 내가 그곳을 지나갈 거라고!"

第五章
비의 흔터

"신모님은 소녀를 죽인 자입니까, 살린 자입니까?"

월의 목소리에는 감정이 깃들어 있지 않았다. 마치 왕 앞에 앉은 것처럼 껍데기만 있었다. 사독제를 위해 짐을 꾸리던 장씨가 동작을 멈추고 월을 보았다. 갑작스런 질문에도 놀란 기색이라고는 없었다.

"쇤네의 대답이 필요한 질문이오?"

"제 귀로 들어야만 하는 대답입니다."

장씨의 한쪽 입가에 싸늘한 웃음이 담겨졌다. 그리고 8년 선, 세자빈이 간택된 그날에 대왕대비 윤씨의 입에서 흘러나왔던 말들이 바람처럼 장씨의 귓가에 속삭여졌다.

'방금 무어라 하시었사옵니까?'

'없애라고 하였다.'

'쇤네는 왕실의 구복을 위해 있는 몸이옵니다. 이미 세자빈

이 되시었으니 그분 또한 왕실의 분이시온데 어찌 감히…….'

'왕실의 구복이라 하였느냐? 성수청의 입지를 망각하고 있구나. 내가 비호해 주지 않는 성수청이 존재하리라 생각하는 건 아니겠지?'

'성수청의 존폐를 두고 협박하시는 것이옵니까?'

'아니, 명령이다!'

'세자빈이시옵니다.'

'괘념치 마라. 넌 세자빈을 죽이는 주술이 아니라 두 여인의 운명을 바꾸는 주술을 하는 것뿐이니. 운명을 빼앗긴 쪽이 죽는다는 건 잊으면 될 게 아니냐.'

'하오나 그 주술에 반드시 필요한 것을 당장 구하기에는…….'

'그때 불가능하다고 말했던 마지막 조건 말이냐? 간절한 소망이 담긴 여인의 초경이 묻은 개짐(생리대)! 그 조건이 채워졌다면?'

'그, 그럴 리가…….'

'허연우란 아이를 너의 주술로 죽여라!'

장씨는 평생 털어 내지 못한 그 말들을 뿌리치려고 그 당시에도 감아 버렸던 주름진 눈을 또다시 감았다. 월이 과거의 말을 떨치고 현재의 말을 귓속으로 밀어 넣었다.

"소녀가 다시 묻겠습니다. 저를 죽인 자이옵니까, 살린 자이옵니까?"

"……죽인 자……요."

"신모님이 아니었다면 소녀는 오래전 흙이 되었을 것입니다."

장씨가 웃으며 고개를 저었다.

"내가 아니었소. 내가 한 일은 아가씨의 목숨을 빼앗고 무녀로 만든 거였소."

"소녀를 무녀로 만든 건 집으로 돌아가는 걸 막기 위해서였습니다. 신기가 있는 몸은 가문에 누가 되기에 가지 못하리란 것을 아셨지요. 그렇게 위험에서 지켜 주셨습니다."

"순진하시기도 하지, 큭큭큭!"

장씨의 빈 웃음이 방 안을 가득 메웠다. 그 웃음은 서서히 스산하게 변해 갔다. 이윽고 천천히 눈을 뜬 장씨가 월을 보았다.

"내가 왜 신기도 없는 아가씨를 내 수명을 깎아 가면서까지 액받이 무녀로 만든 줄 아시오?"

다소곳한 월의 손끝은 장씨의 매서운 눈빛에도 변화가 없었다.

"액받이 무녀는 상감마마와 더없이 깊은 인연이어도 절대 만날 수 없는 사이. 하여 두 분을 영원히 만나지 못하게 하려고 그랬소. 그렇게 내 죄를 영원히 묻어 버리고 싶었던 거요."

"그런데 왜 이제는 만나게 해 주셨습니까?"

"그것도 내가 한 일이 아니었소."

"발길 불러들이는 주술을 하신다고 않으셨습니까?"

"흐흐흐, 술 처먹고 뭔 말인들 못 하것소."

"하지만 분명 상감마마께옵서 온양에 행차하신 그날, 그 집에 둘러져 있던 결계를 깨셨다고 말씀하셨습니다."

장씨는 다시 눈을 감고 한참을 있다가 무거운 입을 열었다.

"이 세상에서 가장 강한 주술이 무엇인지 아시오?"

장씨는 더 이상 웃지 않았다. 그저 평범한 노인처럼 힘이 없었다.

"사람의 간절한 마음, 이것만큼 강한 주술은 없소. 상감마마와 아가씨를 한곳에 묶은 주술은 서로를 그리워하는 마음이었소. 내가 아니었소."

월의 고운 눈이 일렁거렸다.

"아닙니다. 만나게 하셨습니다. 살리셨습니다. 제발 그렇다고 말씀해 주세요."

"죽인 자요. 내가 죽였소."

이때 바깥에서 설이 뛰어들어 왔다. 그녀는 치마 아래에 숨겨 두었던 환도를 꺼내 장씨의 목을 겨눴다. 하지만 장씨는 눈을 감은 채로 꿈쩍도 하지 않았다.

"아니라고 말하라시지 않습니까! 제가 본 건 그럼 무엇입니까? 그때 무덤을 파헤치고 관에서 아가씨를 꺼낸 건 도무녀님이 아니십니까!"

칼날이 목을 파고들어도 장씨의 말은 변함이 없었다.

"듣고 싶은 말을 못 해 줘서 미안하오. 나는 그때 죽은 걸 내 눈으로 확인하고 싶었던 거요. 시체를 보여 주려고 관상감 세 교수들까지 속여서 끌고 갔던 거요. 일꾼으로도 써먹을 겸……."

검을 쥔 손이 떨리자 검도 같이 떨렸다. 설의 목에서 눈물과 말이 섞여 나왔다.

"인간의 탈을 쓰고 어찌……."

"인간의 탈을 썼으니 그런 짓을 했지, 짐승이 어디 죄를 짓남?"

"거짓말인 거 알고 있습니다. 그러니 더 이상 스스로를 괴롭히지 마십시오."

연우의 진심에 장씨가 웃었다. 연우의 말처럼 거짓말이었다. 하지만 온전한 거짓말 또한 아니었다. 살아 있기를 바랐지만 다른 한편으로는 죽어 있기를 바라는 마음이 아주 없지는 않았기 때문이다.

"별궁에서 행했던 무고술로 열흘 만에 죽었어야 했소. 대개가 그랬소. 그런데 아가씨 명은 질기게도 붙어 있었소. 내 계획은 그래서 틀어지게 된 거요. 두 분의 인연이 이미 이어져 있었던 걸 몰랐기 때문에. 다른 방법이 없었소. 하여 독약까지 먹였소."

누워 있던 연우와 눈이 마주치지 않았어야 했다. 거기서 다시 한 번 계획이 틀어졌다. 장씨가 본 것은 연우가 아니라 세자빈이었기에 죽일 수가 없게 되고 만 것이다. 그래서 진짜 독약을 건넬 수가 없었다. 장씨가 월을 쳐다보았다. 그 앞에는 눈물을 흘리는 연우가 앉아 있었다. 다 자라 아름다워진 여인이었다. 그 여인에게 말했다.

"반나절만이라고 하였는데, 그 시간을 넘어가면 안 된다고 하였는데 내 말뜻을 알지 못했던 대제학이 이를 어겼소. 장례가 지체되었더랬소. 사람들은 모여들었고, 손쓸 방도가 없었소. 결국 포기하고 말았소. 그런데 기적처럼 딱 맞춘 시간에 아가씨의 시신에 충격을 줘서 깨운 자가 있었소. 그분이 바로 지금 옥좌에 계신 분이오. 그러니 살린 것도, 만나게 한 것도 모두 상감마마께옵서 하신 일이오. 애석하게도 내가 아니오."

장씨는 설의 칼날을 손끝으로 밀어내고 아무 일도 없었던 것처럼 짐을 마저 꾸리기 시작했다. 망연자실한 두 사람은 멍하니 그 모습을 지켜볼 수밖에 없었다. 내일로 예정된 사독제를 위한 짐임을 알면서도 그 동작이 불안했다. 이미 모든 무녀들이 경복궁 밖의 성수청으로 나간 터라 이곳은 텅 비어 있었다. 그래서 더 불안하게 느껴지는지도 몰랐다.

"잔실이는 두고 가겠소."

"도망가려는 것은 아니겠지요?"

설이 발끈하여 외치는 말에 장씨는 환한 웃음으로 대꾸했다.

"이년아, 도망을 하려고 들었으면 이미 오래전에 했다."

불안한 건 장씨가 아니었다. 죽인 자일지라도 멀어지는 걸 불안해하는 쪽은 월과 설이었다. 다 꾸린 짐이래 봐야 옷과 버선 등이 고작이었기에 보자기는 무척이나 작았다. 짐을 밀치고 옆에 먹으로 갈아 둔 벼루를 당겼다. 그런데 갑자기 장씨가 제 손끝을 물어뜯었다. 말릴 새도 없었다. 하지만 새어 나오는 피는 거의 없었다.

"염병할! 이젠 피도 다 말랐는갑다."

"괜찮으십니까?"

걱정 어린 월의 물음에도 장씨는 아무 반응 없이 제 팔을 쓸어내리며 두어 방울의 피를 뽑아냈다. 그 피는 벼루 위로 떨어졌다. 장씨가 먹으로 먹물과 피를 섞으면서 말했다.

"아가씨, 난 대제학에게 사실대로 말하지 않았소. 잠시 잠드는 약이라고 말해 줘도 되었는데 독약이라고 속였소. 왜 그랬는지 아시오?"

장씨는 뒷말은 않은 채 먹을 놓고 서수필을 들었다. 그리고 피를 섞은 먹물을 붓 끝에 묻히며 혼자 중얼거렸다.

"이렇듯 검은색은 모든 색을 다 삼키지."

이번에는 월의 손목을 잡아 앞으로 끌어당겼다. 그녀의 소맷자락을 올리고 새하얀 팔 안쪽에 동그란 결계가 느껴지는 기괴한 문자를 그렸다.

"이것이 무엇입니까?"

월의 물음에 대한 대답은 하지 않았다. 대신 앞에 자신이 뿌려 놓은 질문에 대한 답을 하였다.

"복수하고 싶었소. 우리 성수청을 없애려는 그자에게……."

"그, 그만하십시오."

뒤에 나올 말을 미리 들은 월이 사색이 되어 사정을 하였지만 장씨의 독한 말은 강도를 높였다.

"자신의 딸을 제 손으로 죽였다는 죄책감으로 그 짧은 1년여 동안 모든 지옥을 겪다가 죽어 갔을 거요."

"그만하라잖아요!"

설의 외침은 뒤이은 장씨의 말에 파묻혔다.

"그러니 아가씨 아비를 죽인 자도 나요."

장씨가 월의 팔을 놓자 힘없이 아래로 떨어졌다. 아래로 떨어지는 것은 월의 눈물도 마찬가지였다. 장씨는 더없이 담담했다. 말대로라면 복수가 성공한 것인데, 이에 따른 감격이나 후회 같은 감정도 느껴지지 않았다.

"하루에 열두 번 정도는 오고 갔을 거요. 아가씨는 내게 세자빈이었다가, 대제학 여식이었다가 그랬소. 살릴 수도 없었고 죽일 수도 없었소. 살리고도 싶었고 죽이고도 싶었소. 지금껏 계속……."

짐을 들었다. 그대로 방문을 열고 나가 마루에 걸터앉아 한숨을 한번 쉬었다. 그 한숨에 담긴 것이 어떤 종류의 것인지 구분이 되지 않았다. 장씨가 눈이 부신 듯 가늘게 뜬 눈으로 먼 하늘을 보았다.

"신기가 없어도, 무녀가 아니어도 아가씨는 집으로 돌아갈 수 없소. 아가씨의 심성으로는 절대 허연우란 이름으로 돌아가지 않을 거요."

"아직 우리가 모르는 것이 있다는 뜻입니까?"

"그냥 지랄 맞은 세상에 잘못 태어난 죄라 생각하시오."

무릎을 짚고 일어선 장씨에게는 작은 보자기도 힘겨워 보였다. 사람이 8년 동안 이렇게까지 순식간에 늙을 수 있다는 것이 믿기지 않았다. 한 걸음 내딛던 장씨가 돌아보며 말했다.

"아 참! 그 부적은 한동안 지우지 않는 게 좋을 거요."

월은 자신의 팔에 그려 놓은 자그마한 부적을 유심히 보았다. 보이지 않는 원을 가운데 두고 알 수 없는 문자 여덟 개가 둘러선 모양이었다. 별다른 설명이 없었기에 용도를 알 수 없었다. 하지만 과제처럼 마음에 남는 부적이었다.

제법 긴 시간 동안 산을 헤맸다. 숙정문 밖 인근 야산 중에 부마 댁 소유의 산을 찾는 데 대부분의 시간을 허비했다. 정작 산을 찾은 이후는 쉬웠다. 야트막한 작은 산이었기에 무덤은 몇 개 없었는데, 그나마도 잘 보이는 곳에 있었다. 그중에 비석 없이 상석만 덩그러니 있는 무덤은 단 하나뿐이었다. 그 무덤은 청지기가 말한 대로 모감주나무에 둘러싸여 있었다.

연우의 무덤 위에 월과 처음 만났던 온양의 집이 겹쳐졌다. 그 집이 있던 산과 무덤이 있는 산이 비슷했다. 비석 없이 상석만 있는 것은 낮은 담과 어울리지 않게 기와 처마까지 갖춘 높은 대문을 연상시켰다. 모감주나무는 붉은 천과 흰 천을 각각 매단 대나무와도 같았다.

훤은 무덤 옆에 기대앉았다. 쓰다듬어 보았지만 느껴지는 거라고는 차가운 흙과 얼어붙은 눈 덩어리와 메마른 풀뿐이었다. 이 안에 연우가 있을지도 모른다는 생각이 훤의 움직임을 막았다. 다시금 쓰다듬었다. 그렇게 셀 수 없을 만큼 쓰다듬고 난 뒤에 말했다.

"연우 낭자, 이제야 찾아와서 미안하오. 만약에 지금 이 안에 있다면 용서해 주시오. 나는 이 무덤을 파헤쳐 그대의 썩은 뼈라도 보기 위해 여기까지 왔소."

일어선 훤이 가져온 연장을 찾았다. 하지만 차 내관이 절뚝거리는 다리를 이끌고 먼저 곡괭이를 잡았다. 훤이 그 앞에 손을 내밀었다.

"아니 되옵니다! 소신이 하겠……."

"이 일은 나의 몫이다."

곡괭이가 훤의 손으로 넘어갔다. 이윽고 큰 원을 그리며 하늘로 올라갔던 곡괭이가 무덤 위에 내리꽂혔다. 꽝꽝 얼어붙은 흙이 곡괭이의 진입을 막았다. 또다시 곡괭이는 하늘로 올라갔다가 내려왔다. 이번에는 무덤의 살점을 뜯어냈다. 캄캄한 밤이 지나고 있었다. 그곳에서 훤과 제운, 차 내관이 차디차게 얼어붙은 무덤의 흙과 사투를 벌였다.

무덤 속 세상은 뜨거웠다. 심장도 타들어 가는 듯하였다. 수염 덥수룩한 낯선 사람들이 병을 살핀 뒤 고개를 젓는 것이 멀어지는 의식 속에 간간이 잡혔다. 망연자실한 아버지의 표정이 잡히기도 하였고, 누워 있는 연우보다 더 아파 보이는 어머니의 눈빛이 잡히기도 하였다. 너무 많은 눈물을 흘리는 어머니를 달래 주고 싶었지만 입술은 아무리 노력해도 떨어지지 않았다. 오라버니는 보이지 않았다. 찾아 달라 하고 싶었지만 이 말조차 힘이 없어 하지 못하였다.

며칠 동안 앓았는지 알 수 없었다. 의식을 잃었다가 잠시 깨어나기를 되풀이하는 동안 눈에 띄게 초췌해져 가는 부모님의 얼굴에서 시간이 흘러가는 걸 느낄 뿐이었다. 죄송한 마음에 일어나려고 애를 써 보아도 마음먹은 대로 되지 않았다. 또 어떤 사람이 병을 살피러 왔다. 어의라며 왔었던 사람들과는 달랐지만 관복을 입고 있었다.

옆에서 허민규와 홍윤국이 나누는 말소리가 의식만 겨우 있는 연우의 귀로 흘러들어 왔다.

"관상감에서 우리 여식의 병을 살피는 연유가 무엇이오?"

"어의께서 병명을 알 수 없다기에 온 것입니다."

"어의도 알 수 없는 병을 관상감에서 어떻게 알 수 있단 말이오?"

"대제학, ……아무래도 무병인 것 같습니다."

"뭐라고! 무병이라니, 어찌 그런 무서운 말씀을…….

"대제학…….

"무병이라면……, 이 아이에게 신이라도 내렸단 말씀이오?"

"죄송스럽지만, 개인적인 소견일 뿐입니다. 아직 정확한 건 없으니 비밀로 하여 드리겠습니다."

소름끼칠 만큼의 정적이 흘렀다. 연우는 아버지를 불러 말의 뜻을 묻고 싶었지만 눈과 입이 떠지지 않았다. 느껴지는 것은 보다 심각해진 아버지의 절망이었다. 어린 연우는 무병이 있는 여인을 처녀단자에 올리고, 세자빈으로 간택하게 만든 집안의 죄를 알지 못하였다. 그저 평범한 병보다 더 무거운 죄라는 것도 알지 못하였다.

며칠이 지나 이번에는 여인이 찾아왔다. 그 목소리의 주인이 장씨 도무녀였다.

"대제학 영감, 오랜만에 뵙습니다."

"왕실을 위해 있는 도무녀가 여기까지 어인 일이오?"

"제 신기가 이리로 인도하였습니다. 다른 사람들 눈은 피해 온 것이니 염려하지 마십시오."

"신기가 인도하였다니! 그 요망한 입을 놀리려거든 썩 물러나시오!"

민규의 호통에도 아랑곳하지 않고 장씨는 문을 열고 연우의 방으로 들어왔다. 연우가 사력을 다해 낯선 사람에 대한 예의로 웃어 보였다. 눈이 마주치자 장씨는 당황한 기색으로 바닥에 허리를 숙여 엎드렸다. 민규가 따라 들어와 소리를 질렀다.

"당장 나가시오! 여기가 어디라고 허락도 없이 들어온단 말이오!"

두 사람의 언쟁은 연우 옆에서도 계속되었다.

"명과학교수의 걱정대로 신기로 인한 병이 맞습니다."

"누구의 사주를 받고 그따위 망발을 하는 거요! 윤씨 일파요?"

"홍윤국, 그 명과학교수야말로 사림파의 사주를 받지 않았습니까! 그자도 무병이라 하였습니다!"

"사주 같은 건 한 적이 없소! 내가 명과학교수에게 부탁한 건……, 처녀단자에서 탈락시켜 달라는 거였소. 우리 여식은 간택에 올라가지 않도록 해 달라고……."

힘없이 고개를 떨구는 민규로 인해 연우는 나오지 않는 목소리를 대신해서 하염없이 눈물만 흘렸다. 한참 동안 침묵하고 앉아 있던 장씨의 입에서는 매서운 말만 나왔다.

"어찌하실 것입니까? 신내림을 받지 않으면 이대로 계속 고통을 받을 것이고, 신내림을 받는다면 무녀로 살아야 합니다.

그렇게 되면, 대제학 영감뿐만이 아니라 영윤까지 힘겨워지실 겁니다."

"이 아인 평범한 아이요. 게다가 일가친척 누구도 무병을 앓은 사람이 없소."

"신기란 것이 반드시 신분 고하를 가려 내리지는 않습니다. 영애는 큰 그릇이다 보니 큰 신이 내려오고 싶은 모양입니다. 아무래도 제 말을 믿지 못하는 듯하니 오늘은 이쯤에서 물러나지요. 곧 다시 오겠습니다."

장씨가 물러나고 난 뒤로 민규의 시름은 더욱 깊어졌다. 도저히 장씨의 말을 믿을 수 없었는지, 아니면 믿기 싫었는지 다른 의원에게도 연우의 병을 의뢰했다. 그 역시 원인을 알 수 없는 병이라고만 하고 돌아갔다. 차츰 민규의 절망도 굳어져 갔다. 가족을 위해, 가문을 위해, 세자를 위해, 왕을 위해, 그리고 종묘사직을 위해 연우는 살아서는 안 되는 몸이 되었다.

그 사이사이에 장씨가 몇 번 다녀간 것 같았지만 의식이 없었기에 어떤 이야기가 오갔는지 알 수는 없었다. 다만 민규의 결정은 벌써 내려진 듯하였다. 연우는 그 결정이 가문을 위한 것임을 어렴풋하게 느낄 수 있었다. 그것은 곧 자신의 죽음임을 예감했다. 장씨의 마지막 방문이었나.

"이것을 달여서 먹이면 됩니다. 고통 없이, 잠을 자는 듯이 죽을 것입니다. 이 약의 대가로 주시기로 한 영애의 몸종은 지금 데리고 가겠습니다."

눈을 뜰 힘조차 없었던 연우는 자는 듯이 대화만 들었다.

"내가 이것을 받아들이는 이유는 우리 연우에게 신기가 들었다는 말을 믿어서가 아니오. 사람의 귀는 우매하여 진실은 듣지 못하고 자신이 원하는 소문만 듣는 걸 알기 때문이오. 우리 연우가 너희들의 간사한 혀에 놀아나 이 땅에서 천하디천한 무당으로 살게 하느니, 이렇게 내 손으로 죽이는 편이……."

잠시였을 것 같았다. 두 사람 사이에 침묵이 오고 갔다. 그 침묵을 깬 건 장씨였다.

"장례는 미리 준비해 두십시오. 그리고 반드시 명심해야 하는 것은 절대로 반나절을 넘기시면 안 된다는 겁니다. 사람들이 시체가 이상한 걸 알게 되면 독살이 들통 나는 것도 시간문제입니다."

뒷말은 더 이상 이어지지 않았다.

평소와 다른 날이었다. 언제나 탕약을 달이던 사람은 어머니였다. 방 밖에 쪼그리고 앉아 몇 시간이고 약을 달이던 어머니의 그림자가 그날은 아버지의 그림자로 바뀌어져 있었다. 연우는 갑자기 정신이 들었다. 이제는 정말로 마지막이라는 생각, 영원히 세자저하를 못 보고 죽는다는 생각이 의식을 두들겨 깨웠다.

힘겹게 서안에 기대앉았다. 의식조차 없던 몸이었건만 거짓말처럼 일어나 앉을 수 있었다. 연적에 있던 물을 벼루에 붓고 먹을 갈려고 했지만 손에 힘이 들어가지 않았다. 주위의 설을 찾았다. 이미 설은 이 집에 없었다. 그래서 힘없는 손으로 먹을 갈 수밖에 없었다. 먹이 움직일 때마다 눈물이 흘러나왔다. 세자와 만난 적은 없건만 떠오르는 기억들은 많았다. 그 많은 이야기들이 먹과 함께 벼루 위를 떠돌았다.

세자와 함께했던 기억들은 모두 행복했다. 영원히 계속되리라 여겼던 행복이었건만 이제는 덧없는 상상처럼 사라져 가고 있었다. 서찰에서 주고받던 말보다 더 많은 말들을 아껴 두었다. 아껴 둔 말들은 만나서 나눌 수 있으리라 여겼었다. 그 꿈이 눈앞에 닿았었다. 하지만 지금 이 순간, 모든 것이 처참하게 사라져 가고 있었다.

연우는 마지막 서찰을 힘겹게 적었다. 끝끝내 얼굴도 보지 못하고 마지막 인사를 남겨야 하는 것에 슬픔이 실리지 않도록, 최대한 담담히 쓰려고 애를 썼다. 끝으로 서찰을 봉하여 서안 서랍에 넣었다. 염이 찾아낸다면 반드시 세자에게 전해 줄 거라는 실낱같은 희망이었다. 서랍 안에는 세자가 정표로 보내 준 봉잠이 있었다. 연우는 그것을 꺼내 저고리 안쪽 가슴에 숨겨 넣었다.

민규가 탕약을 가지고 들어왔을 때의 연우는 마음의 준비를 모두 마치고 다른 날과 다름없이 자리에 누워 있었다. 탕약을 서안 위에 올릴 때 언뜻 갈다 만 듯한 벼루가 보였지만, 슬픔에 덮인 눈은 그것을 넣어 주지 않았다. 민규는 잠에서 깨지 않기를 바라는 안타까운 손길로 딸을 깨웠다. 연우가 갓 잠에서 깨어나듯 눈을 떠 아버지를 보았다. 이미 많은 눈물을 흘린 듯 민규의 눈과 얼굴은 부어 있었다. 그럼에도 불구하고 딸과 눈이 마주치자 또다시 쉴 새 없이 눈물이 흘러나왔다. 연우는 태어나서 처음으로 아버지의 눈물을 보았고, 아버지도 눈물을 흘릴 수 있는 사람이란 것을 알게 되었다. 민규가 딸의 눈을 피해 탕약으로 시선을 돌리면서 말했다.

"약이 아직 뜨겁구나. 식혀서……."

떨리는 손이 숟가락을 잡아 탕약을 천천히 저었다. 연우는 누운 채로 오라버니와 닮은 아버지의 얼굴을 보았다. 오랜 세월이 지난 뒤, 저승에서 다시 만나게 되더라도 잊지 않도록 정성을 다해 기억하고자 노력했다. 민규의 울먹이는 목소리가 연우에게로 스며들었다.

"연우야, 그동안 많이 미안했다. 너에게 미안한 것밖에 기억나지 않는구나. ……이럴 줄 알았다면 그리 종아리를 때리지도 않았을 텐데……. 읽고 싶어 하던 책도 읽게 하고, 하고 싶어 하던 것도 다 하게 해 줄 것을……. 앞으로도 많은 세월이 남은 줄로만 알았단다, 어리석게도."

이미 다 식어 더 이상 김도 올라오지 않는 탕약을 민규는 계속해서 젓고만 있었다. 더 이상 식을 것이 없게 된 탕약을 하염없이 바라보고만 있다가 결국 연우를 안아 일으켰다. 그리고 자신의 몸에 기대게 한 뒤 숟가락을 들었다. 탕약을 한 숟가락 뜬 아버지의 떨리는 손은 딸의 입으로 다가가지 못하고 그 자리에 멈춰 있었다. 연우가 힘겹게 말했다.

"아버지, 어서 주세요. 병……, 낫고 싶어요."

민규의 눈물이 비 오듯 연우의 이마로, 볼로 떨어져 내렸다.

눈물을 흘리며 한 숟가락씩 딸의 입에 탕약을, 자신의 썩어서 떨어지는 심장을 떠 넣었다. 연우는 아버지가 속상하지 않도록 얼굴에 애써 미소를 지어 보였다. 그것이 민규를 더욱 괴롭히는 줄도 몰랐다.

"약이 쓴 게냐?"

"써요, 많이······."

아버지의 심장이 너무나도 썼고, 아버지의 눈물이 너무나도 짰다. 그래서 쓴맛과 짠맛 외에는 아무 맛도 느껴지지 않았다. 약을 다 마신 연우를 민규가 꼬옥 끌어안았다.

"우리 연우, 아버지가 안고 있자. 잠들 때까지······."

"네, ······아버지에게서는······, 오라버니 향이 나서 좋아요."

민규가 연우의 가슴에 딱딱한 것이 들어 있음을 알아차렸다. 얼른 품에서 떼어내 보니 생소한 봉잠이 삐죽하게 나와 있었다. 연우는 아버지께 들킨 것이 불안하여 두 손으로 봉잠을 숨겼다.

"이것을 품에 안고 자고 싶어요. ······그렇게 하게 해 주세요."

"여, 연우야······."

민규는 알게 되었다. 딸이 자신을 죽이는 약임을 알면서도 웃는 얼굴로 받아 마신 사실을. 뒤이어 민규의 찢어지는 절규가 방 안을 뒤덮었다.

"연우야, 연우야, 연우야, 연우야······."

끊임없이 자신의 이름을 부르는 아버지의 통곡 소리가 흐려져 가는 의식 속에서도 뚜렷하게 들려왔다. 아마도 평생 불러야 할 이름을 이날 다 불러 보려는 것이었는지 연우를 부르는 민규의 목소리는 어둠 속에 들어가는 그녀를 계속 따라왔고, 아버지의 품속이었기에 어둠이 두렵지 않았다. 그렇게 연우의 심장이 멈추는 순간 민규의 심장도 삶의 의지를 잃었다.

끊임없이 누군가가 몸을 흔들었다. 아득하게 먼 곳에서는 소란스런 소리가 들리는 것도 같았다.

"한 번만이라지 않소, 한 번만! 한 번만!"

깨어나라는 소리 같았다. 어둠 속에서 눈을 떴다. 내어 쉬는 숨소리조차 우렁차게 들렸다.

"죄인의 관이옵니다! ……허연우의 관이옵니다."

연우는 자신이 있는 곳이 어딘지를 깨달았다. 아버지의 품이 아닌, 어두운 관 속이었다. 죽음보다 더한 공포가 연우를 덮쳤다. 하지만 비명에 앞서 입술부터 깨물었다. 죽어야 되는 존재임을 알기에, 자신이 이곳에서 하는 작은 실수가 사랑하는 식구들을 사지로 내몰 수도 있음을 알기에 소리 지를 수도, 움직일 수도 없었다.

바깥의 소음이 약해졌다. 관을 흔든 이가 누구인지, 큰 소리를 지른 이가 누구인지는 알 수 없었다. 단지 또 다른 목소리가 아버지인 것을 알았지만 정확한 대화는 들리지 않았다.

관이 흔들거렸다. 이동하고 있었다. 무서웠다. 그럴수록 더욱 세게 입술을 깨물었다. 두려움을 견디지 못한 치아가 서로 부딪쳐 소리를 내려고 하였다. 연우는 눈물을 흘리던 아버지를 떠올렸다. 아파하던 어머니도 떠올렸다. 마지막까지 보지 못한 오라비도 떠올렸다. 그렇게 사랑하는 이들의 얼굴을 하나하나

악착같이 떠올리며 그들을 위해 마음으로 빌었다.

'두려움을 견디는 힘을 주세요. 숨을 거두는 마지막 순간까지 신음 소리조차 내지 않도록 용기를 주세요. 아버지의 슬픔이 헛되지 않도록……'

이동이 끝난 것 같았다. 다시 움직였다. 그리고 다시 또 멈추었다. 요란한 소리가 끼얹어졌다. 그 소리는 점점 둔탁하게 바뀌다가 서서히 아득해지면서 사라졌다. 소름끼치도록 적막했다. 숨소리가 너무 커서 다른 소리가 들리지 않는 것 같기도 하였다. 길지 않은 삶이었지만 관 속에 있는 시간은 지독하게도 흐르지 않았다. 그만큼 공포도 길었다. 서서히 숨을 쉬는 게 어려워져 갔다. 의식도 조금씩 사라지는 것 같았다.

그 순간 갑자기 소리가 들리기 시작했다. 바깥에서 나는 소리였다. 관이 다시 움직였다. 이윽고 요란한 소음과 함께 위에서 빛이 쏟아져 들어왔다.

관 뚜껑이 힘없이 열렸다. 분명 못으로 단단히 고정되었던 것을 아는데, 썩어 가는 나무 관이라서 그런 건지 그냥 닫아만 둔 듯이 열렸다. 열린 관 뚜껑 아래에 아무것도 없는 건 아니었다. 흙투성이가 된 훤이 캄캄한 어둠과 싸우면서 관 속을 확인했다. 손에 잡혀 나온 건 시커먼 덩어리였다. 힘을 주었다. 그러자 부스스 흩어졌다. 흙덩어리일 뿐이었다. 다른 것도 꺼냈다. 이번에는 돌멩이였다. 그 외에는 더 이상 꺼낼 게 없었다. 연우의 관은 텅 빈 관이었다.

2

훤은 어둠이 완전히 물러가기 전에 가까스로 경복궁으로 돌아왔다. 하지만 제운, 차 내관과 마찬가지로 머리부터 발끝까지 온통 흙으로 뒤덮여 있었다. 아울러 세 사람 모두 귀신에 홀린 것처럼 넋이 나가 있었다. 강녕전으로 들어가려던 훤이 걸음을 멈추고 욱신거리는 제 손을 물끄러미 내려다보았다. 손바닥으로 눈 한 송이가 내려와 앉았다.

"씻어야겠다."

아마도 훤은 자신이 무슨 말을 했는지도 모르는 듯하였다. 입이 열리니까 아무 말이나 나온 것 같았다. 차 내관이 재빠르게 믿을 만한 내관 서너 명을 모았다. 이 순간은 다리가 불편하다는 사실도 잊었다. 그동안 훤은 북수간으로 들어가 겉옷을 모조리 걷어 내고 함지박에 쓰러지듯 기대앉았다. 그러고 보니 이틀 밤을 꼬박 새웠다. 그런데도 잠은 오지 않았다. 뜨거운 물

한 통을 든 내관이 들어와 함지박 속에 부은 후 흙투성이 옷을 뭉쳐 들고 나갔다. 그 옷은 곧장 시뻘건 아궁이 속으로 들어갔다. 두 번째 뜨거운 물통이 들어왔다. 내부에 수증기가 조금씩 채워졌다.

제운은 우물가에 섰다. 두레박으로 물을 길어 올렸다. 그리고 얼음보다 차가운 물을 머리 위에서부터 쏟아 부었다. 다시 두레박을 우물 속에 내렸다. 길어 올린 물은 어김없이 제운의 머리 위에서 쏟아졌다. 눈이 두어 송이 내렸다. 하지만 제운이 연거푸 끼얹는 물에 비하면 따뜻했다. 뜨거운 물통을 옮기던 내관이 놀라서 달려왔다. 그는 두레박을 빼앗은 뒤, 물 온도를 맞춰 제운의 몸에 끼얹어 주었다.

"때가 어느 땐데 운검이 몸을 함부로 한답니까!"

새하얀 수증기가 검은색으로 둘러진 제운의 몸을 칭칭 감싸면서 하늘로 올라갔다. 얼굴을 타고 물이 떨어져 내렸다. 그것은 흡사 눈물과도 같았다. 월이 사라졌다. 제운이 사랑했던 여인은 애초부터 이 세상에 존재했던 사람이 아니었다.

뜨거운 물에 몸을 담근 훤이 젖은 머리카락을 쓸어 넘기며 말했다.

"월을 데리고 와라."

차 내관도 씻으러 가고 없는 터라 내관들은 어찌할 바를 모르고 서로 눈치만 살폈다.

"침수에 드셔야 하옵니다. 자그마치 이틀 밤을 새우셨사옵니다."

"그곳에 두어서는 안 돼. 데리고 와야 한다."

마치 잠에 취해 횡설수설하는 듯한 말이었다.

"이제 곧 날이 밝을 것이옵니다. 액받이 무녀는 이제껏 밤에만 이곳으로 왔사옵고, 게다가 오늘은 사독제가 있는 날인지라……."

액받이 무녀……. 어째서 연우가 액받이 무녀가 되어 제 곁에 나타났는지 생각할 수가 없었다. 생각하고 싶지가 않았다. 머리가 사력을 다해 생각을 거부하고 있었다.

"무슨 말이 이리도 긴 것이냐! 데리고 오라고 하였다, 내가!"

내어 지르는 고함은 통곡 소리에 가까웠다. 때마침 몸을 다 닦은 차 내관이 북수간으로 들어왔다. 그는 아직 영문을 모르는 내관들을 재촉했다.

"어명을 받들게들. 어서!"

굳이 설명은 하지 않았다. 아무리 믿을 만한 내관들이라고 해도 오늘 확인하고 온 장면은 입 밖에 발설할 수 있는 성질의 것이 아니었다.

훤은 몇 번이나 머리를 만졌다. 혹시라도 흐트러진 데가 있나 해서였다. 자리에 앉아 있을 수가 없었다. 무작정 서서 두 손을 모아 쥐고 서성거렸다. 월이 오고 있었다. 아니, 연우였다. 지금 이곳 강녕전으로 살아 있는 연우가 오고 있었다. 가슴이 두근거리고 숨이 차올랐다. 이대로 숨이 막혀 쓰러져도 전혀 이상할 게 없을 정도다. 창문 쪽을 보았다. 날이 밝아져 있었다. 더 이상 참을 수 없었던 훤은 밖으로 나가기 위해 방문을 활짝 열어젖혔다.

열리는 문 사이로 월이, 연우가 나타났다. 아뢰기도 전에 갑작스럽게 열린 문으로 인해 놀란 듯 눈을 동그랗게 뜬 연우였다. 구름에 가려진 해라고 할지라도 밝은 달빛은 비할 바가 아니었다. 언제나 어두운 촛불 아래에서만 보던 얼굴이 처음 마주하는 듯하였다. 낯이 익다는 생각을 줄곧 하였다. 그런데 지금에야 닮은 이가 누구인지 알 것 같았다. 얼굴도 모르는 연우와 서찰을 주고받으며 상상으로 수천 번도 더 깎고 다듬었던 머릿속의 바로 그 얼굴이었다.

어렵사리 뻗은 손이 월이 아닌 연우의 얼굴에 닿을 무렵이었다. 갑자기 숨도 쉴 수 없을 만큼 극심한 고통이 심장을 타격했다. 훤의 얼굴을 보고 있던 연우의 눈이 겁에 질려 가고 있었다. 연우가 본 것은 훤의 입술이었다. 새파랗게 핏기가 사라지고 있었다. 얼굴도 새하얗게 변해 갔다. 훤의 몸에 있는 모든 피가 빠져나가는 것처럼 보였다. 뻗었던 손이 연우의 어깨를 잡았다. 모두가 당겨서 안을 것이라 생각했지만 반대로 연우는 멀리 밀쳐졌다. 동시에 훤이 가슴을 쥐며 자리에 털썩 주저앉았다.

"사, 상감마마……."

겁에 질린 연우의 목소리를 접한 내관들이 왕에게로 다가왔다. 놀라거나 과로해서가 아니었다. 눈에 보이지 않는 살殺이 몸을 뚫고 지나간 느낌이었다. 연우가 내관들 사이를 뚫고 훤에게로 다가왔다. 훤은 바들바들 떨리는 손으로 남아 있는 마지막 힘을 짜내어 연우를 다시금 밀었다.

"내……, 내 옆에……, 오지 마라!"

하지만 훤의 말에도 연우는 언제나 물러나던 평소와 반대로 눈물을 흘리면서도 더욱 앞으로 다가서며 훤을 안으려고 하였다.

"무, 무엄하다! 놓아라. 내게서 멀어져……."

연우의 어깨가 가엾을 정도로 떨리고 있었다. 훤의 안색을 발견한 차 내관도 충격에 휩싸였다. 훤은 정신이 아득해지는 순간에도 연우만 보였다.

"부적이옵니다! 무녀의 팔에 이상한 부적이 있사옵니다!"

하지만 연우에게는 아무 소리도 들리지 않았다. 오직 훤만 보였다. 끌어안으려고 하는 순간, 누군가의 손에 팔이 붙들렸다.

"여기 보십시오!"

차 내관이 소리쳤다.

"손을 떼시오! 그 몸에 손을 대지 마시오!"

하지만 다른 내관들의 소란 속에 묻혔다.

"예전에도 그런 부적이 있지 않았소!"

"하지만 그동안은 쭉 없었습니다! 상궁, 대답해 보시오!"

"네, 그러하옵니다! 한동안 본 적 없었사옵니다."

"팔 안쪽에 숨겨 둔 것이 더 수상합니다."

연우도 소리쳤다.

"아니옵니다! 이것은 그런 게 아니옵니다. 상감마마, 정신 차리시옵소서! 마마!"

연우의 울부짖는 소리가 아득하게 들려왔다. 그 애달픈 소리에 이끌려 정신이 힘겹게 돌아오려 하였다. 어의가 뛰어들어왔다. 다급히 연우와 내관들을 밀쳐 내고 왕의 손목을 잡아 진맥했다. 그 뒤로 명과학교수와 다른 두 교수도 줄줄이 들어왔다. 있어야 하는 시간이 아닌, 아침에 이곳에 있는 액받이 무녀가 교수들을 놀라게 하였다.

"네가 왜 여기 있느냐?"

"명과학교수, 무녀의 팔에 수상한 부적이 있습니다! 이것이 화근일 수 있습니다!"

"도무녀 장씨는 어디 있소? 당장 찾아오시오! 혜각 도사도 모시고 오시오!"

"오늘은 성수청도 소격서도 모두 비었습니다!"

아득한 정신 가운데서도 훤은 대화를 주워들었다. 하지만 고통 때문에 무슨 의미인지 알 수가 없었다. 내관들이 연우를 붙잡으려고 하고 있었다. 훤이 마지막 힘을 모아 힘겹게 외쳤다.

"놓아주어라. 무녀를 이곳에서 데리고 나가……."

명과학교수가 소리쳤다.

"아니 되옵니다. 지금 상황에선 액받이 무녀라도 이곳에 두어야 하옵니다!"

천문학교수의 반대도 만만치 않았다.

"두다니요! 이 무녀가 진짜 화근이면 어쩌시려고요!"

이번에는 연우가 왕에게 매달렸다.

"마마, 있을 것이옵니다. 있으라 하시옵소서."

"운아……."

마치 다른 곳에 있다가 갑자기 나타난 듯 제운이 왕의 옆에 몸을 숙이고 입에 귀를 가져다 댔다.

"연……, 월을 내 몸에서 떨어진 곳으로……."

제운이 일어나 연우에게 다가갔다. 그는 옆에 있는 내관과 상궁을 모두 뿌리치고 한 손으로 연우의 쇄골 쪽을 잡아 힘을 주었다. 이윽고 정신을 잃고 힘없이 쓰러진 연우를 번쩍 안아 올렸다. 명과학교수가 팔을 펼쳐 제운의 앞을 막아섰다.

"운검, 지금 뭐하는 짓이오! 상감마마를 위하는 게 어느 쪽인지 운검이 더 잘 알지 않소! 당장 그 무녀를 내려놓으시오!"

"소인은 상감마마의 어명만을 받잡습니다!"

얼음보다 더 차가운 말이었다. 너무나도 차가운 말은 마치 주술처럼 명과학교수의 몸을 마비시켰다. 옴짝달싹못하는 명과학교수 옆을 운검이 스쳐 지나갔다. 처음으로 자신의 주군을 배신한 제운은 그렇게 월을 안고 훤의 눈에서 사라졌다. 왕의 명령에 의해서가 아니라 오직 월을 위해 한 행동이었기에 명백하게 주군을 배신한 것이었다. 훤은 어지러운 제운의 마음까지 읽고는 결국 정신을 잃었다.

제운은 월을 안고 강녕전을 나와서야 그토록 눈으로만 탐내던 여인이 자신의 품 안에 안겨 있음을 깨달았다. 차마 눈길을 아래로 내려 얼굴을 볼 수 없었기에 운신할 틈도 없이 하늘을 꽉 막은 구름을 보았다. 품 안에 있는 월에게서 숨결이 느껴졌다. 그 숨결을 훔치고 싶었다. 이대로 월을 안고 왕의 손이 미치지 않는 곳으로 숨고 싶었다. 하지만 그런 욕심이 생길수록 더욱 하늘만 보았다. 제운의 느린 걸음이 등 뒤의 강녕전을 천천히 밀어냈다. 그 강녕전 지붕이 눈에 띄지 않을 만큼 서서히 하얀색으로 변해 가고 있었다.

"아악!"

찢어지는 비명 소리에 놀란 설이 방에서 뛰어나왔다. 그리고 소리 나는 곳을 향해 뛰었다. 부엌이었다. 그곳에서 잔실이 제 머리를 쥐어뜯으며 뒹굴고 있었다.

"잔실아!"

잔실을 안아 일으켰다. 온몸이 땀으로 푹 젖어 있었다. 잔실의 산발적인 비명은 끊임없이 이어졌다.

"대체 무슨 일이야, 잔실아?"

미친 듯이 날뛰는 잔실의 몸을 강압적으로 끌어안으며 설은 두려움에 휩싸였다. 연우가 이곳에 없었다. 그 사실이 두려웠다. 잔실의 발작이 뚝 멈췄다. 그러자 땅으로 꺼지듯 정신을 잃었다. 설이 어깨에 잔실을 짊어지고 방으로 들어갔다. 그리고 수건으로 땀을 닦아 준 후에 두꺼운 이불을 덮어 주었다. 다시 밖으로 뛰쳐나간 설이 안절부절못하고 마낭을 왔다 갔다 했다. 당장이라도 연우에게 달려가고 싶었지만 그곳까지 가는 많은 문을 통과할 자격이 없었다.

한편으로는 잔실도 걱정되었다. 아무도 없는 이곳에 홀로 남겨 둘 수가 없었다. 아궁이 쪽으로 갔다. 잔실이 땀을 많이 흘렸기에 우선 방부터 데우기로 하였다. 아궁이에 불을 붙이고 장작을 넣었다. 몸은 여기 있어도 마음은 연우에게 있는 탓에 장작 하나를 넣고 바깥을 서성거리고, 다시 장작 하나를 넣고 바깥을 서성거렸다.

간간이 눈발이 날리는 성수청 뜰 안으로 제운이 들어섰다. 시커먼 품 안에는 새하얀 연우가 안겨 있었다.

"아, 아가씨……."

처음에는 놀라서 우두커니 멈춰 섰던 설이 퍼뜩 정신을 차렸다.

"무슨 일입니까? 대체 왜 이런 겁니까?"

설이 흥분하여 야단법석을 떠는 바람에 제운은 잠시 기절시켰다는 말을 할 틈을 찾지 못하였다. 한참을 소란 떨던 설이 차갑게 입을 다문 제운을 알아차리고 슬쩍 쳐다보았다. 염만을 마음에 품고 있던 설이기에 그 따뜻함과는 정반대인 제운의 차가움에 심장이 얼어붙는 것 같았다. 비로소 제운이 입을 열었다.

"눕혀야겠다. 안내해라."

"제가 안고 가겠사옵니다. 이리 주시옵소서."

제운이 입을 꾹 다물고 섰다. 단지 그것만으로도 방까지 안고 가겠다는 의사가 전해져 왔다. 머쓱해진 설이 앞장서서 방으로 안내했다. 누운 잔실 옆에 연우의 요를 깔았다. 제운은 방으로 들어와 요 위에 연우를 조심스럽게 눕히고 이불을 덮어 주었다. 제운의 행동거지를 보고 있던 설의 눈빛이 애잔하게 바뀌었다. 더없이 차가운 사내였지만 이불을 덮어 주는 손끝이 너무도 따뜻했기 때문이다. 제운이 옆에 누워 있는 잔실을 발견했다. 창백한 얼굴이 잠든 것으로 보이지는 않았다.

"이 무녀는 왜?"

손끝은 따뜻할지 모르겠지만 목소리는 설을 향해서인지 차갑기 그지없었다.

"조금 전에 갑자기 발작을······."

왕이 교태전에 들었던 날, 갑자기 날아온 살에 먼저 반응했던 어린 무녀의 모습이 생각났다. 제운의 인상이 굳어졌다. 왕에게 날아온 것이 살이 옳다면, 이는 주술을 아는 이의 소행일 것이다. 그런데 사독제라면 조선 팔도에서 무적에 올라 있는 이들은 모두 참석했다고 봐도 무방했다. 소격서의 도사나 도류도 원구단의 제천의례를 준비하기 위해 궐을 비운 상태였다. 누가 어떤 식으로 주술을 보냈는지를 찾아야 한다. 제운이 자리에서 일어나며 말했다.

"상감마마께 살이 날아들어 잠시 기절시킨 것뿐이다."

"네? 정말이옵니까? 그럼 상감마마께오선?"

"의식을 잃으셨다. 한데 무녀의 팔에 있는 부적으로 소란이 있었다. 무슨 용도냐?"

설의 놀란 표정으로 봐서 대답은 듣지 않아도 알 수 있있다. 용도를 아는 건 장씨뿐이다. 제운이 몸을 돌려 방문을 열려고 할 때였다.

"상감마마께오서 의식을 잃으셨다는데 운검이 이곳까지 오시다니······."

문을 열려던 손이 멈췄다. 설이 눈길을 월에게 옮기며 목소리를 낮췄다.

"구름은 달을 가리는 것일 뿐, 품는 것이 아니옵니다."

시커먼 뒷모습은 움찔하는 기척도 없었다. 대신 차가운 목소리가 응수했다.

"구름은 달을 가릴 뿐이지만, 비는 품을 수 있다."

비? 갑자기 비라는 단어가 나오자 정신을 차릴 수가 없었다.

"무, 무슨 뜻이옵니까?"

"의빈 대감께서 네 이름이 설이라고 하더군."

설이 치마 아래에 숨겨 둔 환도를 빼내기 위해 치마를 잡았다. 하지만 제운의 다음 말에 동작을 멈추었다.

"환도를 빼내기도 전에 너의 목은 떨어져 이 방에 뒹굴 것이다. 그리고 너의 환도가 달이 보슬비임을 증명한다."

설은 뒷모습이 던지는 매서움에 압도당해 환도를 빼내지 못하였다.

"누가 또 알고 있사옵니까? 혹여 의빈께옵서도……?"

"아직은. 달에게도 입 다물어라."

"무엇을 말이옵니까? 비를 알고 있는 구름을? 아니면 달을 품고 있는 구름을?"

제운은 둘 다를 뜻한다는 듯 아무런 대답 없이 방을 나갔다.

흐트러진 하얀 머리카락을 휘날리며 눈 속을 뚫고 허적허적 걸어오는 모습은 귀신 그 자체였다. 핏대가 선명한 놀란 눈은 기괴함을 더욱 높였다. 아직 낮임에도 불구하고 무서워진 설이 자신도 모르게 뒷걸음질을 하였다.

"도무녀님……."

"아, 아가씨……, 아가씨는……."

장씨는 설이 보이지 않는지 슥 지나쳐 연우가 있는 방으로 들어갔다. 연우는 어두운 방 안에 웅크리고 앉아 있었다. 장씨가 떨리는 손으로 연우의 어깨를 잡고 몸을 더듬거렸다. 정표로 받은 봉잠이 품속에 들어 있는 것을 제외하고는 별다른 이상한 점은 없었다. 그 후 궁궐 경비가 삼엄해졌다. 강녕전으로 가는 길목이 모두 막혀 아무것도 할 수 없었기에 연우는 지금껏 이것에만 의지했다.

"괘, 괜찮으시오?"

"상감마마께옵서 살을 맞으셨다 합니다."

"괜……, 응? 상감마마라 하셨소? 살을 맞은 이가 상감마마셨소?"

장씨가 옆에 누운 잔실을 확인했다. 아까는 기절한 것이었지만 지금은 이까지 갈면서 푹 자고 있었다. 의아해하는 장씨에게 연우가 귀띔했다.

"잔실이도 혼절했있습니다."

장씨가 힘을 놓고 털썩 앉았다. 조금은 정신이 차려지는 모양이었다. 흐트러진 하얀 머리카락을 손가락으로 정리하면서 말했다.

"잔실이는 다른 무녀들에 비해 살을 감지하는 능력이 뛰어난 아이요. 하여 아가씨 곁에 두었는데…….”

연우가 팔을 내밀었다.

"이 부적 때문이라는 자들이 있었습니다."

연우를 물끄러미 쳐다보던 장씨가 껄껄 소리 내어 웃었다.

"살을 옮기는 도구로 아가씨를 사용한다. 기발하지 않소?"

"또 거짓말이십니까? 신모님은 그러실 분이 아닙니다."

"나는 아가씨도, 아가씨 아비도 죽인 자요."

"소녀나 제 선친은 왕실 사람이 아니지 않습니까. 소녀는 신모님을 믿는 쪽을 택하겠습니다."

"흐흐흐, 공자 맹자를 공부한 아가씨가 이 무당 년을 믿겠다니, 세상천지에 이것만큼 웃긴 말이 또 어디 있겠소."

장씨의 한숨을 끝으로 대화가 잠시 끊겼다. 그 잠깐 사이에도 처참하리만큼 슬픈 눈동자를 하다가 입술에 핏기조차 버리고 쓰러져 주저앉던 훤이 지나갔다. 그 모습은 되풀이되고 또 되풀이되었다.

"차라리 공자 맹자를 몰랐더라면……."

"지금 상감마마의 용태는 모르오?"

평온한 표정을 가르고 굵은 눈물이 흘러 봉잠 위로 떨어졌다.

"네. ……신모님, 왜 소녀는 액받이 무녀조차 아닌 것입니까? 차라리 진짜였더라면 상감마마께옵서 그리도 고통스럽게…….”

액받이 무녀라도 좋았다. 어차피 훤과 만날 수 없었기에 보잘것없는 인연이라도 닿은 것이 좋았다. 훤이 영원히 자신의 존재조차 모르고 살아가더라도 괜찮았다. 그런데 이 모두가 가짜였다. 가짜였기에 훤이 위험해진 것이다. 이 사실을 견딜 수가 없었다. 연우가 더 많은 눈물을 흘리며 장씨의 무릎으로 무너져 내렸다.

"저번은 어떻게 하신 겁니까? 제가 진짜 액받이 무녀가 아니라면 어떻게 상감마마의 성후가 나아지신 겁니까?"

"두 분의 궁합과 아가씨 몸에 그렸던 부적 때문이었소. 그래서 나를 대신할 수 있는 신딸인 잔실이 부적을 배웠던 거요. 그 대신 그만큼 내 수명이 줄었소."

"그렇다면 차라리 소녀를 가짜가 아닌 진짜 무녀로 만들어 주세요. 상감마마를 위해 소녀가 무엇이든 할 수 있게 하여 주세요. 가장 강력한 주술은 인간의 마음이라 하지 않았습니까. 소녀의 마음이 간절하지 않은 것입니까?"

"무녀란 것이 하기 싫다 하여 그만둘 수 없는 것처럼, 하고 싶다 하여 할 수도 없는 것이오. 내 신력을 다 써도 그건 불가능하오."

또다시 눈앞에서 훤이 쓰러졌다. 고통스런 표정이 연우를 절박하게 하였다.

"그렇다면 어찌하면 상감마마를 살릴 수 있습니까? 어찌하면 고통스럽지 않게 해 드릴 수 있습니까? 소녀의 피가 필요하다면 뽑아 쓰십시오. 마지막 한 톨까지 기꺼이 바칠 것입니다. 소녀의 살점이 필요하다면 기꺼이 뜯어 드릴 것입니다. 소녀의 뼈를 조각조각 내어 갈아 드리겠습니다. 도와주십시오. 상감마마께 더 이상의 고통은 없도록, 부디…….”

장씨의 깊은 한숨이 숨결이 되어 연우를 감싸 안았다. 하지만 이 또한 자신이 저지른 죄였기에 어깨를 토닥여 줄 수는 없었다. 장씨는 어느덧 도무녀가 되어 혼잣말로 중얼중얼하였다.

"요상하지. 이번 일은 정말 요상해. 이제까지와는 또 달라서 요상해…….”

윤대형의 손이 떨리고 있었다. 예상치 못한 일이 벌어졌다. 조만간 닥칠 일이었지만 아직 준비가 되어 있지 않은 상황에서 발생한 것이다. 순서가 뒤틀렸다.

"아직 승하하신 건 아니지?”

"지금까지는 그런 것으로 아옵니다. 하나 당장 오늘 밤도 장담할 수가 없다 하옵니다.”

당황한 윤대형이 벌떡 일어섰다가 다시 숨을 삼키고 앉았다. 이럴 때일수록 차분해야 한다.

"우리가 노린 건 금상이 아닌데 어째서 이런 일이……. 권지도무녀가 실수한 건가? 아니면 뭔가 우리가 모르는…….”

돌아오는 대답은 없었다. 방 안에 모인 훈구파들 모두가 입을 다물었다. 하지만 각자 머릿속은 바쁘게 돌아갔다. 윤대형이 사람들을 둘러보며 다독였다.

"사람들이 동요하지 않도록 각별히 조심들 하시오.”

이번에는 대답이 돌아왔다.

"이미 동요는 일어나고 있사옵니다. 지금 양명군 자택인 흠관재에는 사람들이 미어터지고 있다 하옵니다."

양명군이란 말이 나오자 다독이던 윤대형이 더 당황했다.

"미치겠군! 그 멍청한 권지도무녀 년은 일을 이 지경으로 만들어 놓고 어디 있느냐?"

"아직 사독제가 끝나지 않아서 그곳에 있사옵니다."

"관상감 쪽은 어찌 되어 가고 있느냐? 지리학교수에게서는 그 뒤 연락이 없느냐?"

명과학교수가 액받이 무녀의 사주를 역산하고 있다는 정보를 지리학교수가 알려 왔다. 최근의 일이었다. 오늘 일이 이렇게 되다 보니 그 사주가 절실히 필요했다. 액받이 무녀의 사주를 손에 넣으면 무녀뿐만이 아니라 왕에게까지도 보다 정확한 무고술이 가능했기 때문이다.

"조만간 완성될 것 같다 하옵니다. 한데 오늘 일로 관상감도 정신이 없을 거라서……."

"명과학교수에게서 눈을 떼서는 안 된다. 아마도 글자로 있게 되는 건 찰나일 것이다."

바깥에서 심부름꾼이 서찰을 가지고 들어와 윤대형에게 전달했다. 기다리고 있던 지리학교수로부터 온 밀서였다. 내용은 짧았다. 금상이 쓰러지기 직전 액받이 무녀와 마주쳤는데 그 무녀의 팔에 정체 모를 부적이 있었다는 정보였다. 아마도 일이 잘못된 원인이 있다면 이것일 터이다. 다른 건 볼 필요도 없이 장씨의 장난을 의심해 보지 않을 수 없었다.

"장씨의 신력이 아직까지는 도무녀 자리를 지킬 수 있다는 건가? 도무녀 장씨……."

 휜은 책을 보고 있었다. 방으로 들어온 어린 여인이 옆에 나란히 엎드렸다. 언젠가 본 적 있는 장면이라고 생각했다. 어린 여인의 하얀 손이 책장을 넘겼다. 그러자 글자가 또렷하게 나타났다. 휜은 옆에 엎드려 함께 책을 읽고 있는 어린 여인이 연우라는 걸 알아차렸다. 연우가 다시 책장을 넘겼다. 그곳에도 글자가 또렷하게 보였다. 고개를 돌렸다. 글자는 또렷해졌건만 어린 연우의 옆얼굴은 빛으로 둘러싸여 흐릿하게만 보였다. 갑갑함! 이전에도 느꼈던 적이 있었다. 연우의 고개가 이쪽으로 돌고 있었다. 그러자 차츰 빛이 가셨다. 빛이 가시는 것만큼 연우의 얼굴은 점점 정면으로 바뀌고 있었고, 형체도 뚜렷해지고 있었다. 보이는 것 같다. 고운 입매가, 미소를 머금은 입매가 보이는 것 같다. 이번에는 정확하게 보였다. 월? 월이다!

 꿈속에 나타난 얼굴의 충격으로 휜이 눈을 번쩍 떴다. 강녕전에서 혼수상태에 빠져 있은 지 긴 시간이 흐른 후였다. 옆에서는 대비 한씨가 아들을 눈물로 지키고 있었다. 왕이 눈을 뜨자 방에 있던 사람들이 일제히 몰려들었다.
 "주상, 정신을 차리시오. 이 어미를 보아서라도, 주상!"
 휜은 힘겨운 듯 입술을 겨우 움직여 작은 소리를 뱉어 냈다.
 "의……금부 판……사를 불러오라. 지금……, 당장!"

정신이 들자마자 한 말치고는 이상하여 한씨는 아들의 어깨를 잡아 다시 물었다.

"주상, 방금 무어라 하시었습니까? 이 어미가 보이십니까?"

"어마마마……."

"네, 맞습니다. 제가 어미입니다. 정신이 돌아오셨군요."

"어마마마, 의금부 판……사를……."

한씨는 눈물로 범벅이 된 상태로 내관들에게 명했다.

"무얼 하시는 게요! 당장 의금부 판사를 대령토록 하시오!"

"하오나 지금은 비상이라 수조手詔 없이는 이동이 불가능하여……."

훤의 눈이 다시 힘없이 감겼다. 한씨는 아들이 의식까지 잃을까 봐, 물에 적신 수건으로 식은땀 가득한 얼굴을 정성스럽게 닦아 주며 계속 말을 걸었다.

"주상, 목소리가 들리시지요? 다시 정신을 잃으시면 아니 됩니다. 이 어미 목소리를 잘 듣고 이리로 깨어 나오셔야 합니다."

까마득하게 멀어지는 의식이 눈물 어린 한씨의 목소리에 이끌려 다시 돌아왔다. 훤은 힘겹게 입술을 움직였다.

"서안을……, 어서……."

한씨는 아들이 지금 헛소리를 하고 있는 건 아닌지 걱정되기 시작했다. 의식을 잃었다가 돌아온 사람이라고 볼 수 없을 정도로 이상했다. 갑자기 의금부 판사를 찾지 않나, 서안을 찾지 않나, 한씨는 걱정으로 더 큰 눈물을 쏟아 냈다. 하지만 정상임을 믿고 싶었다.

"주상께서 명하시었다. 서안을 가져오너라!"

내관들이 재빨리 서안을 가지고 들어왔다. 훤은 한씨의 부축을 받아 자리에서 겨우 일어나, 떨리는 손으로 먹을 들었다. 차 내관이 먹을 잡으려는 손을 막으며 말했다.

"상감마마, 소신이 먹을 갈아 드리겠사옵니다."

훤은 그 손을 힘겹게 뿌리쳤다. 그리고 모두를 물리친 뒤, 손수 연적에 담긴 물을 벼루에 붓고 먹을 갈기 시작했다. 한씨가 입술을 깨물며 눈물을 삼켰다. 힘없는 손으로 고집스레 먹을 갈고 있는 아들은 분명 정상이 아니었다. 바들바들 떨면서 먹을 갈던 훤의 눈에서 눈물이 흘러나왔다. 연우의 가녀린 모습이 눈앞에 그려졌기 때문이다. 마지막 봉서를 쓸 때 이렇게 숨이 끊어질 것 같은 고통 속에서 힘겹게 먹을 갈았을 연우가 안쓰러워 눈물이 나왔다. 지금 자신의 아픔보다 더 고통스러웠다.

먹 가는 걸 멈추었다. 평소보다 훨씬 오랫동안 간 먹물이었다. 붓으로 찍어 종이에 올렸다. 다 갈았다고 생각했던 먹이 물만 가득하게 종이에 번져 나갔다. 훤이 자신을 힐책하듯 입술을 깨물었다. 연우도 분명 지금처럼 이랬을 것이다. 이토록이나 힘겹게 쓴 봉서를 미처 다 읽어 주지 못했던 그때의 자신이 더없이 미웠다. 훤은 마지막 힘을 자아내어 의금부 판사에게 글을 썼다.

하나, 수상한 점이 많아 추궁할 것이 있으니 액받이 무녀를 이곳 침전에 감금하라. 둘, 혹여 병이 미칠까 염려되니 대왕대비를 온양행궁으로 모셔라.

 하나의 이유는 연우의 안전을 위해서였다. 왕의 침전은 궐 내에서 그나마 가장 안전한 곳이다. 성수청은 외지고 그 근처는 여자들만 있기에 가장 위험한 곳이었다. 둘의 이유도 연우의 안전을 위해서였다. 왕을 이렇게 죽음으로 몰려고 작정한 이들이 연우와 월이 동일 인물임을 알게 되면 그 위험이 두 배로 높아질 것이 분명했다. 그들은 어떤 수를 써서라도 한 번 더 연우를 죽이려 들 것이다. 그래서 가장 유력한 용의자인데다가 무엇보다 연우의 얼굴을 알고 있는 대왕대비부터 멀리 보내야 했다. 다행히 대왕대비가 가면 그 아래의 제조상궁 이하 대왕대비전 궁녀들도 따라서 가게 된다. 긴 세월이 흘렀고, 게다가 고개를 숙이고 있느라 윗사람인 연우를 똑바로 보지 못했을 다른 궁녀들은 얼굴을 기억할 확률이 적겠지만 그들은 달랐다.

 연우의 글보다 훨씬 짧은 글임에도 붓을 잡은 손끝이 획획 꺾어질 듯했고, 앉아 있는 숨은 끊어질 듯 고통스러웠다. 또다시 의식이 멀어지려는 듯 혼미해졌다. 생각하는 것조차 힘겨웠기에 제대로 된 글을 쓰고 있는지조차 의심스러웠다. 훤은 숨을 몰아쉬고 난 뒤, 의식이 없는 와중에도 수결을 직고 미지막으로 옥새까지 꾹 눌러 찍었다. 그리고 봉서에 넣어 봉합한 뒤 사령을 불렀다.

 "이것을 의금부 판사에게……, 전하라."

 사령이 받아 들고 물러나자 한씨가 다가와 훤을 안아 부축했다.

"주상, 도대체 얼마나 중대한 일이시기에 이런 상황에서……."

"어마마마, 걱정하지 마십시오."

훤은 목소리를 최대한 낮춰 한씨의 귀에만 들리게 말했다.

"어마마마, 연우 낭자를 기억하시옵니까?"

"누구?"

훤은 마른침을 고통스럽게 삼키고 다시 말했다.

"세, 세자빈 간택 때……, 어마마마께오선 보시지 않으셨습니까. 어여뻤지요? 짙은 속눈썹에……, 새하얀 피부, 윤기 나는 검은 머리카락, 양천도위와 꼭 닮은 선비 같은 말씨……."

한씨는 놀라서 벌어진 입을 손으로 가렸다. 한 번도 본 적 없는 아들이 연우를 본 것처럼 말하자 놀라지 않을 수 없었다. 아들은 심지어 이 와중에 웃고 있었다. 고통으로 일그러진 얼굴이었지만 분명히 미소였다. 이윽고 그동안 끊임없던 아들의 병이 연우의 원혼 탓이라는 생각으로까지 번졌다. 한씨는 두려운 마음으로 훤을 꼬옥 끌어안았다. 혹시나 자신의 가엾은 아들이 미쳤다고 할까 봐 옆의 어느 누구에게도 말할 수가 없었다.

훤은 연우가 침전으로 들어오는 것까지 확인하고 싶었지만 그사이를 참지 못하고 까무룩 정신을 잃었다.

명과학교수는 다급했다. 지리학교수의 눈에는 그렇게 보였다. 액받이 무녀의 팔에서 부적이 발견된 이후로 사경을 헤매는 왕의 곁에는 가지 않고 오직 관상감에 틀어박힌 모습이 역산에 몰두했음을 짐작케 하였다. 그것도 결과에 거의 도달했음 직한 표정이었다. 그런데 갑자기 낯선 표정으로 변했다. 오랜 시간 함께해 온 지리학교수의 눈에는 익숙하지 않은 태도였다. 새파랗게 질린 얼굴의 명과학교수가 순식간에 종이를 구겨서 입에 쑤셔 넣었기 때문이다.

 늦었다! 사주는 완성되었고, 그것은 지리학교수가 확인하기도 전에 명과학교수의 입으로 들어가고 말았다. 그런데 단지 사주를 완성한 모습치고는 괴이했다. 금세 없애 버릴 거라고 예상했지만 이렇게까지 이상한 방법으로 없앨지는 몰랐다. 명과학교수가 충격을 견디지 못한 듯 구토를 삼켜 가며 바깥으로 나갔다.

 다른 방에서 숨어서 보던 지리학교수가 냉큼 들어왔다. 그리고 바깥을 살펴 가면서 명과학교수의 책상 위를 확인했다. 셀 수 없이 많은 종이들 위에 새까맣게 변한 낙서들이 뒤엉켜 있었다. 그중에 먹물의 상태를 기준으로 하여 가장 최근에 사용했을 법한 종이를 추려 냈다. 지리학교수는 비록 지리학을 담당하고 있지만 훈도 시절 다른 이들처럼 천문학과 명과학도 기본까지는 배웠다. 그러니 역산까지는 못하더라도 어지러운 글자 중에서 핵심을 뽑아낼 수는 있었다. 바깥을 살펴 가며 글자를 확인하는 지리학교수는 극도의 긴장감 속에서 없던 능력까지 발휘해 나갔다. 추운 겨울이 무색하게도 이마에선 땀방울이 흘렀다. 누가 들어오기 전에 명과학교수가 본 걸 찾아내야 한다.

 관상감의 교수들은 실무를 담당하기 때문에 더 이상의 관직은 꿈도 꿀 수가 없었다. 그럼에도 불구하고 녹봉에만 의지할 수밖에 없는 수많은 제약 때문에 빈곤한 삶에서 벗어날 수가 없었다. 오히려 교수까지 오르지 못한 더 낮은 실력의 사람들이 관상감을 나가서 더 많은 재물을 모아들이는 상황이었다. 이번 일이 잘되면 재물은 물론이거니와 교수로서는 꿈도 꿀 수 없는 관직인 판관이나 첨정까지 손에 넣을 수 있다.

그런데 낙서가 이상했다. 아무리 봐도 한 사람의 것이 아니었다. 두 사람의 것이 점점 하나의 생년월일시로 바뀌어져 가고 있었다. 지리학교수의 얼굴이 조금 전 명과학교수에 못지않게 새파랗게 질렸다.

3

평소 발걸음 하지 않던 사람들이 흠관재로 삼삼오오 모여들었다. 이들의 당파는 소속을 가리지 않았다. 사랑방에 앉아 눈치만 살피는 사람들에게 양명군은 굳은 표정으로 단 한마디도 하지 않았다. 몇 시간을 그러고 있었는지 다들 발이 저려 엉덩이가 조금씩 들썩여질 때쯤에야 흠관재 주인의 목소리를 들을 수 있었다.

"추운 길을 헤치면서까지 이리 몰려온 연유가 무엇이오?"
"아니, 소인들은 새해 문안차……."

양명군은 한쪽 입꼬리가 저절로 뒤틀리는 것을 숨기고 웃음으로 말했다.

"고맙소. 금상께옵서 쓰러지셨단 소식보다 그대들의 방문이 먼저인 것을 보니 참으로 감동이오. 여기에 몰려든 숫자를 헤아려 보니 지금 금상께서 얼마나 위독하신지 알 것 같소."

"당연히 금상께옵서 강녕해지실 거라 믿어 의심치 않지만 소인들로서는 만에 하나인 경우를 생각 안 할 수가 없기에……."

양명군은 웃으며 과장되게 고개를 끄덕였다.

"하하하. 유비무환, 좋지. 아직 후사도 없는 왕이 사경을 헤맨다는데 어느 신하가 걱정이 안 되겠소. 당연히 금상의 성후보다 다음 왕좌를 걱정해야지. 안 그렇소?"

모인 사람들이 눈만 깜빡거리며 당황했다. 양명군의 인품은 옛날부터 종잡을 수 없는 위인으로 정평이 나 있었다. 지인들 사이에선 의리 있는 세상 제일의 사내란 평이 있는 반면에, 마음대로 살기 위해 재혼도 마다하는 기인으로, 대신들 앞에서는 망나니로 악명이 높았다. 어릴 때 부왕 앞에서 서책을 집어던진 사건은 악명에 힘을 실어 주었다.

모두가 양명군의 심사가 뒤틀린 것을 느꼈기에 모인 이들 중에 하나라도 자리를 뜨면 다들 적당히 따라서 일어나겠다는 생각이었다. 하지만 서로 일어나기만을 바라는 눈치라 먼저 일어서는 자는 없었다. 혹시라도 왕이 죽게 될 경우를 대비해 손해를 보고 싶지 않았기 때문이다. 그들의 생각을 빤히 들여다보고 있던 양명군이 얼굴에서 웃음을 지우고 옆에 있던 환도를 들었다.

"아직 분명히 살아 계시는 상감마마를 두고 굳이 왕 자리를 논하시겠다면……."

차분한 음색이었지만 소름이 돋았다. 사람들이 뜨끔할 사이, 양명군은 칼집에서 환도를 꺼내 날을 눈길로 한번 쓸어 보더니 서안 위에 나란히 놓았다. 사람들은 그가 무엇을 생각하는지 종잡을 수가 없었다. 양명군은 손끝으로 날을 따라 천천히 아래로 쓸면서 말했다.

"누구의 목부터 베어 줄까? 그 목들을 궐로 가져가 상감마마께 고해 드릴 테니. 어환에 계실 동안 역모를 생각한 이들의 목이라 아뢰면 커다란 재물을 주시지 않겠소? 목 하나당 비단 한 필이면 헐값이오?"

"여, 역모라니 어찌 그리 살벌한 말씀을 하시옵니까! 다들 일어나 가십시다. 허허, 참!"

한 사람이 떨치고 일어나자 비로소 하나둘씩 따라 나가 버렸다. 이윽고 사랑방에는 양명군만 홀로 남게 되었다.

"상감마마, 소신에게 욕심을 갖도록 하지 마옵소서."

한참을 서안 위에 이마를 괴고 있던 양명군이 자리에서 벌떡 일어났다. 그리고 말을 타고 경복궁으로 향했다.

양명군이 경복궁까지 달려온 보람은 없었다. 아직 왕의 의식이 없어서 강녕전으로 가는 길목이 모두 막혔기 때문이다. 그리고 궐 안에서의 이동도 자유롭지 못하였다. 그래도 협박과 회유를 거듭하며 침전 영역으로 들어가는 향오문 앞까지는 도달하였다. 거기까지였다. 더 이상은 왕자군이라고 해도 넘어갈 수가 없었다. 오히려 왕자군이기 때문에 더 견제를 받았다. 사정을 해 봐도 향오문은 열리지 않았다.

양명군에게 있어서 훤은 왕이기도 했지만 피를 나눈 형제이기도 했다. 그런데 다른 사람들에게는 그렇지 않은 듯하여 괜히 쓴웃음만 나왔다. 걱정한 발걸음이 허탈하기까지 하였다. 한편으로는 훤이 의식이 있었다면 양명군을 향오문 밖에 있도록 내버려두지 않았을 것이기에 지금의 심각성을 헤아릴 수 있었다. 그래서 진입을 거부당하고도 차마 발이 떨어지지 않아 애먼 군사만 붙들고 왕의 상태를 묻고 또 물었다. 그들 역시 모르기는 마찬가지였기에 돌아오는 답은 매번 같았다.

포기할 수밖에 없었다. 되돌아가던 양명군은 여러 사람들이 향오문을 향해 오고 있는 것을 발견했다. 자세히 보니 의금부 판사와 군사들이었다. 그 외에 유독 눈에 띄는 하얀색이 있었다. 밤이었기에 더 선명한 느낌이었다. 그런데 아니었다. 단지 색깔의 문제가 아니라 남자들 가운데에 있는 여인이었기에 눈에 띈 것이었다. 어둠의 방해로 얼굴까지 구분하기는 힘들었지만 궐내에서 소복을 입은 여인은 독특한 경우였기에 저절로 눈이 고정되었다.

일행들이 가까워지고 있었다. 그런데 그 여인에게서 눈을 뗄 수가 없었다. 처음에는 다소곳한 걸음걸이 때문이었다. 다음으로는 군사들이 들고 있는 횃불에 비친 미색이 사람 같지 않아서였다. 마지막으로는 어디서 본 듯한 얼굴이었기 때문이다. 양명군은 기억을 더듬는 데 골몰했다. 어둠 안에 잠자코 선 양명군을 발견하지 못한 일행이 향오문을 넘어갈 때쯤이었다. 문 앞에 있던 등불 불빛에 잡힌 여인의 얼굴이 마음으로 뚜렷이 들어왔다. 그 순간 서 있던 양명군의 다리가 휘청하고 꺾였다가 가까스로 제자리에 섰다. 하지만 마음은 여전히 제자리를 찾지 못하였다.

"설마……, 여, 연우 낭자?"

양명군은 머리를 세차게 저었다. 절대 있을 수 없는 일이었다. 8년이나 지난 세월 동안 기억이 흩어졌을 뿐이라고 생각했다. 하지만 연우를 잊었다는 것도 있을 수 없는 일이었다. 오히려 잊고 싶어 했던 얼굴이었다. 자신이 본 것이 귀신이 아님을 확인하기 위해 향오문을 지키는 수문군들에게 다가갔다.

"방금 들어간 여인이 누구냐?"

"잘 모르겠사옵니다."

"잘 모르는 여인을 어찌 향오문 안으로 출입시킨단 말이냐!"

"잘 모르겠사옵니다. 소인들은 이 말 외엔 할 수가 없사옵니다."

"산 사람이냐?"

"네?"

"살아 있는 인간이냐고 물었다!"

"물론이옵니다."

수문군들은 양명군의 질문이 여인의 미색에 놀란 것이라고만 생각하고 대수롭지 않게 여겼다. 그들도 성수청의 무녀라서 역시 다르다고 생각했기 때문이다. 양명군은 다시 한 번 안으로 들어가려다가 군사들의 저지로 돌아서야만 하였다. 어쩌지 못하고 우왕좌왕하던 그가 선택한 것은 결국 조급한 마음으로 염의 집을 향해 말을 모는 것 외에는 없었다.

양명군의 말은 의빈의 집 안으로까지 달려들어 갔다. 그리고 하인이 말고삐를 잡아 주기도 전에 말에서 훌쩍 뛰어내려

뒤도 돌아보지 않고 사랑채로 들이닥쳤다. 하인이 그가 온 소식을 염에게 먼저 알릴 경황도 없었다.

염은 왕이 쓰러졌다는 소식을 전해들은 이후로 하루 종일 아무것도 먹지 않고 정좌한 채로 있었다. 신하 된 도리로 어찌 입안에 물 한 모금이라도 댈 수 있느냐는 것이었다. 그가 이러고 있으니 민화도 오라비인 왕 때문이 아니라 서방인 염을 따라서 아무것도 안 먹고 안채에 앉아 있었다. 그녀 역시 진심으로 왕이 쾌차하길 빌었다. 그러기 전에는 신하의 도리를 따지는 염과의 합방은 꿈도 꿀 수 없기 때문이다. 이렇게 왕이 일어나기만을 빌고 있던 염이었기에 새파랗게 질린 양명군이 방에 들이닥쳤을 때는 심장이 멎는 줄 알았다.

"상감마마께옵서 어찌 되시었사옵니까?"

"나도 못 뵈었네. 그보다 자네, 연우 낭자……."

염이 놀란 눈으로 보았다. 양명군이 입을 다물고 자리에 앉다가 엉덩이가 방바닥에 닿기도 전에 다시 일어나 서성거리기 시작했다.

"대체 무슨 일이시옵니까? 정녕 큰일이 난 것이옵니까?"

양명군이 다시 방바닥에 앉으며 또다시 염이 원하는 대화와는 동떨어진 말을 하였다.

"연우 낭자 말일세."

연우라는 이름에 염의 표정이 서글프게 바뀌었지만, 양명군은 평소와는 달리 그런 표정에 신경 쓸 여유가 없었다. 양명군은 앉아서도 똥마려운 강아지인 양 좌불안석하며 귓불의 세환 귀고리만 만지작거렸다.

"연우 낭자, 연우 낭자 말일세. 그러니까 자네 누이……."

딴말 없이 연우란 이름만 되풀이해서 말해 대는 양명군 때문에 성격 느긋한 염마저 답답해지기 시작했다.

"우리 연우는 왜 자꾸 들먹이시옵니까?"

"그때 분명 장례를 치렀다고 하였네. 분명히 땅에 묻었다고……."

"갑작스럽게 그 일은 왜 들추시옵니까? 얼마 전에 제운도 느닷없이 달려와서 같은 말을 묻더니……."

"제운이 말인가? 그 운검이? 그럼 그때 눈 오던 날 다녀갔다던?"

"네, 그날이옵니다. 그런데 도대체 왜 자꾸 우리 연우 일은 물으시옵니까?"

"그러니까 그것이……."

양명군은 조금 전에 연우와 꼭 닮은 여인을 보았다는 말을 하려다가 입을 다물었다. 어떻게 설명을 해야 할지 몰라서였다. 무엇보다 스스로도 납득이 안 되는 일이었다. 연우는 분명히 땅속에 묻었다. 그것은 그도 잘 알고 있었다. 그런데 지금 살아 있는 상황을 설명할 근거는 아무것도 없다. 오히려 제대로 된 이성을 가진 인간이라면 단순히 닮은 여인으로 보는 편이 옳을 것이다.

하지만 제운, 그리고 석연찮았던 장례 절차가 마음에 걸렸다. 양명군은 더 확실한 증거인 장례 절차보다 제운이 연우를 입에 담은 것이 더 확실하게 가슴에 와 닿았다. 예전에도 그러지 않았던 제운이 지금에 와서 연우를 들먹일 일은 없기 때문이다. 우선 제운을 만나야 했다. 하지만 그는 현재 왕 곁을 지키고 있었다. 양명군은 스스로도 머리에 떠오른 의문들을 감당할 수가 없어서 간다는 인사도 없이 홀연히 사랑방을 나가 버렸다.

염은 회오리바람이 방 안을 휩쓸고 간 기분이었다. 후다닥 들어와서는 우왕좌왕하다가 휑하니 가 버린 양명군이 이상하기 그지없었다. 잠시 혼란에 빠졌으리라 생각해 보았지만 그것의 원인은 짐작할 수가 없었다. 단지 지금에 와서 연우를 말한 제운과 새파랗게 질린 양명군을 통해 누이와 관련한 어떠한 일이 벌어지고 있다는 느낌을 받았을 뿐이다. 그것은 너무도 어렴풋하여 느낌을 받은 본인조차 인식하지 못하는 정도였다.

대왕대비전 안에는 윤씨와 윤대형이 마주 보고 앉아 있었다. 모두 내물렸기에 주위에는 아무도 없었다.

"무엇 때문에 이리 찾아온 것이오, 부원군?"

"긴히 드릴 말씀이 있사옵니다. 성수청의 액받이 무녀 말이옵니다."

"나도 그것 때문에 화가 나 있소. 금상을 위해 두었는데 하등 쓸모가 없었소. 장씨의 신딸이라 기대가 컸더니."

윤대형의 얼굴에 싸늘한 미소가 머금어졌다.

"도무녀 장씨……. 정말 대단하긴 대단한 인물이옵니다."

윤씨가 주름진 눈을 껌벅였다.

"정말 모르셨사옵니까?"

"무엇을?"

"그러고 보면 액받이 무녀를 두자고 한 분이 대왕대비마마였사옵니다."

"그때는 주상과 중전에게서 원자를 보기 위한 최선의 방법이었소. 장씨가 그런 쓸모없는 것을 데려다 놓았을지 몰랐소. 지금이라도 주상이 자리를 털고 일어나셔야 하는데……."

"오히려 그 반대이옵니다. 강녕해지시면 우리 목이 일시에 달아날 것이옵니다."

조용히 윤대형의 표정을 살피던 윤씨의 안색이 점점 굳어졌다.

"내가 모르는 뭔가가 있소?"

"대부분을 모르시옵니다."

"무엇을 모른다는 말이오?"

"8년 전에는 우리가 한배를 탔지만 금상께오서 즉위하신 이후로는 다른 배를 타 왔다는 사실이라고 말씀드려야 하나……. 우선 감사부터 드리겠사옵니다. 8년 전 세자빈 간택 당시 대왕대비마마께 좋은 것을 배웠사옵니다. 그간 요긴하게 잘 사용했사옵니다."

"나는 지금 부원군이 무슨 말을 하는지 모르겠소. 설마……, 주상이 쓰러지신 게 부원군 소행이오?"

대답 없이 한 번의 고갯짓으로 긍정하는 윤대형에게로 윤씨의 분노가 터졌다.

"지금 제정신이오! 감히 주상의 성체에 살을 날리다니! 이것은 역모 중의 역모! 나부터 용서치 않을 것이오!"

두 사람의 입장은 달랐다. 윤씨에게는 왕과 윤씨 가문이 동시에 중요했지만, 윤대형에게는 자신의 영달과 이를 받쳐 줄 수 있는 윤씨 가문만이 중요했다.

"8년 전, 무고술을 주도하신 건 대왕대비마마시옵니다. 이를 발설하면 누가 더 불리하겠사옵니까? 우리 가문에서도 세상을 버리실 날이 내일일지 모레일지 알 수 없는 대왕대비마마를 더 두려워할지, 아니면 소인을 더 두려워할지는 모를 일이지요."

주먹을 쥔 윤씨의 손이 파르르 떨렸다. 그 당시 친정 가문을 위해 했던 일이 지금 손자의 목숨을 틀어쥐게 될 줄은 꿈에도 생각하지 못하였다.

"중전이 원자만 보게 되면 과거 일 따위는……."

윤대형이 답답한 듯 한숨을 크게 쉬었다.

"아직도 원진살 따위로 인해 원자가 없다고 생각하시옵니까?"

"설마 그동안의 주상의 성후도 전부 부원군 짓이었소? 왜? 원자만 있으면 부원군의 입지가 더 견고해질 터인데?"

"전부는 아니옵니다. 반은 금상의 자의였고, 나머지 반만 소인들의 소행이었사옵니다."

윤씨가 찌푸린 얼굴로 고개를 갸우뚱했다. 윤대형이 말을 계속 이었다.

"원자를 보지 않으려는 금상의 의지, 꾀병이었사옵니다. 소인들도 원자가 우선이기는 하였지만, 금상께오서 허튼짓을 벌이려고 할 때는 어쩔 수 없는 노릇이었지요."

"허튼짓이라니?"

"가령 예를 들면, 우리가 막아 놓은 대궐 담 너머를 살피기 위해 온양 같은 곳으로 행차를 하시거나, 사림파를 자극하기 위해 양천도위를 영남 일대로 보내시거나 하는 그런 거?"

윤대형이 얼굴에 싸늘한 미소를 띠며 품속에 있던 봉서를 꺼내 윤씨 앞으로 내밀었다. 윤씨가 봉서를 들고 뜯어 보려고 할 때였다. 강녕전 왕의 궁녀들이 방 안으로 들이닥쳤다. 윤씨가 급히 당의 소매 속에 봉서를 감추면서 소리쳤다.

"이 무슨 무례한 짓들이냐! 강녕전 궁녀들이 감히 먼저 아뢰지도 않고 대왕대비전으로 들어오다니!"

윤씨의 호통에도 궁녀들은 일사불란하게 짐을 꾸렸다.

"멈추지 못할까! 어느 안전이라고 함부로 물건에 손을 대는 것이냐! 밖에 아무도 없느냐!"

하지만 바깥은 조용했다. 이윽고 대강의 짐을 다 꾸린 궁녀들이 나가고 다른 두 궁녀가 들어와 윤씨의 양쪽 팔을 각각 잡아 일으켰다.

"놔라! 무엄하다!"

윤씨는 궁녀들의 손에 이끌려 바깥으로 나갔다. 오싹하리만큼 매서운 추위 속에 의금부 판사를 위시해서 군사들이 서 있었다. 그리고 대왕대비전 궁녀들과 가마가 있었다.

"판사, 네가 목숨이 아깝지 아니한 것이냐!"

"대왕대비마마를 윗자와 상감마마께옵서 친히 어명을 내리신 것이옵니다. 이제부터 온양행궁으로 모실 것이옵니다. 긴 여행이 되실 것이니 성심껏 모시겠사옵니다."

"난 안 간다, 이것들아!"

궁녀들은 고함을 지르는 윤씨를 강제로 가마에 태우고 덮개를 덮었다. 그와 동시에 가마꾼들이 일어나 어두운 밤을 달리기 시작했다. 윤씨의 고함 소리가 차츰 멀어지자 윤대형이 대왕대비전 뜰에 나와 섰다. 그는 야비한 웃음을 흘리며 기분 좋게 중얼거렸다.

"상감마마께옵서 처음으로 내 마음에 쏙 드는 일을 해 주셨군. 이제 쓸모없어진 늙은이를 스스로 치워 주시다니. 오히려 있으면 방해만 되었을 터……."

흔들리는 가마에 갇힌 채 고함을 지르다 지친 윤씨는 당의 안에 윤대형이 준 봉서가 있음을 알아차렸다. 어두운 가마 안이었지만 바깥에서 따르는 일행들이 들고 뛰는 불빛들에 의지해 힘겹게 내용을 확인했다. 내용에는 허연우의 생년월일시와 액받이 무녀의 생년월일시가 각각 적혀 있었는데 한 글자도 다른 것 없이 똑같았다. 우연치고는 너무 기가 막혀 눈길을 아래로 하여 끝까지 마저 읽었다. 둘은 동일 인물이라는 마지막 구절까지 읽은 윤씨가 분노로 눈을 뒤집으며 봉서를 갈기갈기 찢어발겼다.

"감히! 감히 파평부원군이 배신한 것으로도 모자라 장씨까지 나를 배신하다니!"

 윤씨가 미쳐 날뛰는 것에 아랑곳하지 않고 그녀를 태운 가마는 궁궐과 더욱더 멀어지고 있었다.

 "어……, 어디 있느냐?"

 사경을 헤매던 훤이 눈을 뜨자마자 힘겹게 입 밖으로 뱉은 말이었다. 근 하루를 꼬박 정신을 잃은 상태였다. 무슨 말인지 잘 들리지 않자 차 내관이 왕의 입 근처로 귀를 가져갔다. 힘겨운 말이 다시금 들려왔다.

 "연. 아니, 월은 어디에 있느냐?"

 거칠고 뜨거운 입김에 차 내관의 귀까지 타들어 가는 것 같았다. 힘들게 애타는 심정을 숨기고 평온하게 말했다.

 "연생전에 있사옵니다."

 "여……기는?"

 "지리학교수의 의견에 따라 경성전으로 옮겼사옵니다."

 "멀리 있구나……."

 강녕전을 가운데 두고 양옆에 마주 보고 있는 연생전과 경성전, 이 두 거리조차 훤에게는 멀게만 느껴졌다. 그래서 혹시라도 다시 연우를 잃을까 불안했다.

 "월의 몸은 괜찮더냐?"

 "네."

 "다행이다. ……혹여 추운 곳에 두었느냐? 그 여인의 열을 내가 다 가져온 건 아닌지, 난 이렇게 뜨거운데……."

"상감마마의 성체가 뜨거운 것이옵니다."
"지금 무얼 하고 있는지 아느냐?"
"언제나처럼 가만히 앉아 계시옵니다."
"혹여 눈은 좀 붙였다더냐?"
"가엾게도 꼬박 앉아만 계시옵니다. 어서 쾌차하시옵소서. 저러시다간 또다시……."

연우를 걱정하는 마음 때문인지 몸의 병 때문인지, 훤의 얼굴이 고통스럽게 일그러졌다.

"이리 데리고 오면……, 혹여 나의 병이……."

가까이 데리고 오라고 말하려는데 연우의 몸에 영향이 가지는 않을까 하는 두려움이 먼저 앞섰다. 지금 자신이 느끼는 고통 중의 극히 일부라 하더라도 연우에게 가는 건 막고 싶었다. 하지만 가슴이 미어지도록 연우가 보고 싶었다. 훤의 눈가에 맺힌 눈물을 발견한 차 내관의 가슴도 아릿해져 자신도 모르게 말했다.

"이리 모시고 오겠사옵니다."
"아니다. 아, 아니, 혹여 모르니 데리고 오되 이 방으로는 들이지 마라."

차 내관이 물러나자 어의가 다가와 왕을 진맥했다. 하지만 끊어질 듯 약한 맥만 잡혔기에 얼굴을 차마 들 수가 없었고, 주위에 있던 모든 이들의 표정도 어두워졌다. 이런 맥으로 의식을 차리고 힘겹게나마 말을 하고 있는 것 자체가 기적이었다.

왕이 있는 경성전으로 연우도 건너왔다. 그녀는 방문 하나를 사이에 두고 옆방에 앉았다. 훤은 누워서 기척이 느껴지는 방 쪽을 보았다. 이윽고 자리에 앉았는지 기척조차 잠잠해졌다. 막상 방문 너머에서 기척이 사라지자 훤의 심장은 더욱 고통스러워졌다. 이번에는 그리움 때문이었다.

어떻게 해서든 연우를 느껴 보리라 애를 써도 이 방 저 방 골고루 애정을 쏟는 달빛의 방해로, 그리고 이 방만을 밝힌 촛불의 방해로 힘들었다. 문 하나만 열면 연우를 볼 수 있었다. 옛날 촉촉하게 가슴에 젖어 들어 봄밤을 설레게 했던 그 여인이 문 너머에 있었다. 죽어서나 만날 수 있을 거라고 생각했던 그 연우였다. 너무나 보고 싶었다. 그래서 차 내관을 찾았다.

"어떻더냐?"

"아프지는 않으시다 하옵니다. 하지만 가엾어서 차마 볼 수가 없사옵니다. 그러니 상감마마께옵서 어서 성체를 일으키시옵소서."

"……나의 이 모습을 본다면……, 저 여인의 마음은 더 아프겠지?"

욕심을 거둘 수밖에 없었다. 연우의 마음을 아프게 하는 것보다는 스스로 그리움을 삼키는 편이 나았다.

"차 내관, 이 방의 모든 불빛을 없애라. ……그리고 저 방에만 촛불을 켜라."

차 내관이 왕의 말에 따라 궁녀들에게 지시했다. 왕의 방에 불이 꺼지자 순간 세상에 어둠만이 있는 듯하더니, 궁녀가 불 한 자락을 건너편 방에 밝히자 가로막은 방문에 연우의 서글픈 그림자가 나타났다. 곱디고운 붓으로 그린 듯한 한 폭의 그림이었다. 연우를 그림자로나마 보고 싶었던 것이다. 그 그림자가 아프게 눈에 들어온 또 한 사람이 있었다. 제운이었다. 그는 어두운 구석에 앉아 고개를 달을 향해 두고 말았다. 멀어지는 의식 속에 훤만이 그 그림자를 눈 안에 잡고 있었다.

'그림자 자태조차 곱구나……. 저 자태의 주인이 정녕, 정녕…….'

초췌해진 얼굴을 타고 눈물이 흘러내렸다. 벌떡 일어나 방문을 열어젖히고 연우를 확인하고 싶었다. 힘껏 끌어안고 얼마나 그리워했는지 힘찬 목소리로 말해 주고 싶었다. 그런데 아무리 힘을 줘도 다리가 세워지지 않았다. 이따금씩 방 안을 돌던 공기가 촛불을 농락하고 지나갔다. 그러면 촛불이 소름이라도 돋은 듯 떨었고, 그 촛불 떨림에 연우의 그림자마저 흐느껴 울듯 떨었다. 훤의 심장도 그대로 촛농처럼 녹아서 떨어졌다.

그림자나마 쓰다듬어 보고 싶었다. 손끝이 병으로 인해 자신의 것이 아닌 듯 어명을 듣지 않았다. 하지만 병보다 그리움이 한층 짙었다. 결국 손이 들려져 허공에 뻗어졌다. 비록 손끝에 닿는 것은 아무것도 없었지만 훤의 눈에는 연우의 그림자를 쓰다듬는 자신의 손끝이 보였다.

'그날, 널 처음 만났던 비 오던 그 밤, 그 방에서 네가 이런 자태로 앉아 있었던 연유가……. 그랬구나. 그래서 달을 보았구나. 이런 찢어지는 마음으로 달을 그리도 구슬피 보았구나. 그것도 모르고 난 네게 답하지 않는다 힐책만 하였구나. 이름을 물을 때마다 네가 삼키던 것이 연우란 이름만이 아니었구나. 지금 내 가슴속에 있는 고통보다 더한 고통을 이름과 함께 삼켰었구나.'

훤은 연우가 그동안 어떤 심정으로 옆에 머물러 있었는지 그 고통의 깊이를 가늠할 수조차 없었다. 떠올리면 떠올릴수록 그동안 보아 왔던 연우의 모든 표정들이 가슴을 난도질하였다. 연우의 그림자가 약간 움직였다. 그리고 방문의 창호지에 손바닥이 찍혔다. 문 건너에서 어두움만을 보아야 하는 연우도 훤의 기척을 느끼고 싶어 문이나마 짚었던 것이다. 연우의 손바닥을 본 훤의 턱에서 경련이 일었다.

'너도 지금 내가 보고 싶은 것이냐? 너에게 죄만 지은 나약한 나 같은 놈을 보고파 해 주는 것이냐?'

훤은 힘이 들어가지 않는 주먹을 쥐었다. 그리고 핏기조차 없는 입술을 깨물었다.

'반드시 일어날 것이다! 두 번 다시 널 잃지 않을 것이다. 아프게도 하지 않을 것이다. 너의 코끝에 있는 솜털 하나라도 아프지 않도록……, 이 손으로 지켜 낼 것이다.'

아주 잠시 동안 다시 의식을 잃었다. 하지만 연우를 잃을지도 모른다는 불안함이 흔들어 깨웠다. 다행스럽게도 단아한 그림자는 사라지지 않았다. 하지만 이내 다행스럽다는 생각이 사라졌다. 그림자를 편안하게 눕혀 잠들게 해 주고 싶었다. 눈으로 차 내관을 불렀다. 그러자 입술 가까이에 차 내관의 귀가 다가왔다.

"저 여인에게……, 조금이라도 자라고 일러라."

여전히 잦아들지 않은 거친 호흡이었다.

"소신 또한 그리 아뢰었는데……, 잠이 오시지 않는다 하옵니다."

잠이 오지 않는 것이 아니라 지금 자신의 마음과 똑같이, 혹시라도 두 번 다시 못 보게 되면 어쩌나 겁이 나 잠을 이룰 수 없는 것이리라. 훤은 자신의 마음이 가여운 것과 똑같이 연우의 마음도 가여웠다.

"차 내관, 저 여인에게 예전에 내가 마신 국화차를……. 잠에 들 수 있도록."

한참 만에 궁녀가 차를 가져다주었다. 연우는 차를 들고 향기를 먼저 마시며 어두운 방 저편을 보았다. 국화 향에서 보고픈 훤의 향기가 느껴졌고, 그 향기는 찻잔을 잡은 단정한 손끝을 떨리게 만들었다. 향기만 마시고 있는 연우에게 궁녀가 재촉했다.

"이상한 것이 아니다. 상감마마께옵서 내리신 것이니 마셔라."

이상한 것이라고 해도 상관없었다. 그것이 독물이든 양잿물이든 훤이 마시라고 한 것이라면 무엇이든 달게 마실 수 있었다. 단지 마시지 않고 있었던 이유는 아무것도 보이지 않는 건너편 방의 느낌을 차향으로 대신하고 싶었기 때문이다. 궁녀의 재촉이 계속되자 연우는 하는 수 없이 차를 마셨다. 하지만 그 뒤에도 한참을 다소곳하게 앉아 있다가 겨우 옆으로 누워 잠들었다.

건너편 방에서 힘겹게 의식을 잡고 있던 훤이 옆으로 기울어져 잠드는 연우의 그림자를 지켜보았다. 깊은 잠에 빠진 그녀를 느낄 수가 있었다. 문을 열라고 말하기 위해 차 내관을 다시 불렀다. 하지만 입을 열기도 전에 보고픈 마음이 더 먼저 울컥하고 올라왔다. 차 내관은 말도 못 하고 눈물부터 삼키는 왕의 마음을 알아차리고 닫힌 문을 천천히 열었다.

서서히 달이 떠오르듯 머리끝이 보이고, 이내 이마가 보이고, 감은 눈과 입술이 보였다. 그리고 문 쪽에 붙어 훤을 보며 잠든 연우가 보였다. 조금이라도 가까이 있고 싶어 하는 마음이 보였다. 긴 세월 그리도 애타게 보고팠던 연우는 그렇게 설움의 모습으로 나타났다. 훤이 손을 뻗었다. 이젠 그림자가 아닌 잠든 연우를 쓰다듬어 주고 싶었다. 아쉽게도 거리가 너무 멀어 닿지가 않았다.

어느새인가 연우가 쑤욱 다가왔다. 훤의 손끝에 얼굴이 닿았다. 옆에서 잠자코 지켜보던 내관들이 더 안타까워 왕의 요를 연우에게로 당겨 주었던 것이다. 손끝에 닿은 연우는 차가웠다. 훤의 손이 뜨거웠기 때문이지만 연우의 싸늘함만이 느껴졌다. 가슴에 사나운 회오리바람이 휘몰아쳐 지나갔다. 움직이기 힘들었던 손은 연우의 얼굴 위에서는 힘든 것도 모르고 움직여졌다. 연우를 느끼기 바빴기에 가쁜 숨이나 고통스런 통증도 느낄 새가 없었다.

얼굴을 쓰다듬던 훤이 손을 멈췄다. 분명 깊이 잠든 연우였는데 두 눈에서 눈물이 흘러나오고 있었다. 아마도 연우는 눈물을 흘리는 줄도 모르고 잠들어 있을 것이다. 어쩌면 자신도 모르게 이렇게 눈물을 흘린 날이 헤아릴 수 없이 많았을 것이다. 다음 날 일어나 자신이 적신 베갯잇을 발견하고는 스스로를 위로해 주지 못할망정 꾸짖기만 했을 것이다. 어쩌면 자신이 아픈 눈물을 흘렸던 것도 모르고 지나쳐 버렸을 것이다. 또 어쩌면 눈물을 흘린 날이 더 흔하고 흔해 오히려 눈물 흘리지 않고 잠에서 깬 날을 신기하게 여겼을 것이다.

연우가 죽은 나이 겨우 열세 살이었다. 그 어린 나이에 부모와, 또 그리도 사이좋던 오라비와 생이별하고, 머나먼 타지에서 죽은 사람으로 살아야 했다. 훤은 그 긴 세월 동안 단 한 번도 연우를 위로해 준 적이 없었음이 괴로웠다.

영영 일으켜질 것 같지 않았던 상체가 일으켜졌다. 훤은 힘겹게 다가가 자신의 이마를 연우의 관자놀이에 올렸다. 훤의 눈에서도 눈물이 떨어졌다. 떨어진 눈물은 연우의 속눈썹에 스며들어 마치 연우의 눈물인 듯 그녀의 눈물 줄기를 따라 떨어져 내렸다. 마치 연우의 슬픈 사연을 따라 읽어 가듯 눈물 줄기는 하나가 되었다.

며칠이 지나도록 훤의 몸은 나아지지 않았다. 오직 연우를 지키겠다는 일념 하나로 몸을 일으켜 아주 잠시 동안만 앉아 있는 것이 고작이었다. 이런 상황인데도 누구 하나 이 사태를 속 시원하게 해결해 주는 사람이 없었다. 관상감에서도, 그리고 소격서와 성수청에서조차 원인을 모르겠다며 고개만 젓고 있었다. 그러니 바쁜 것은 내의원의 어의들이었다.

대비 한씨도 더 이상 울며 지낼 수만은 없었다. 아들을 위해 한씨가 할 수 있는 일은 자신의 의심을 푸는 길밖에 없었다. 그래서 성수청으로 친히 가서 도무녀를 찾았다. 대비는 성수청 내부까지 들어갈 수가 없었기에 장씨가 뜰로 나와 한씨를 맞았다.

"여긴 어인 일이시옵니까?"

"잠시 자네와 의논할 일이 있네."

핼쑥한 얼굴의 한씨가 주위에 있는 이들을 멀리로 내물렸다. 하지만 단둘이 되어서도 망설이며 선뜻 말을 꺼내지 못하였다. 장씨가 낯설기도 하고 무섭기도 하였다. 믿을 만한 사람인지도 파악하기 힘들었다. 그래도 현재 한씨의 고민을 해결해 줄 수 있는 사람은 장씨 외에 달리 아는 사람이 없었다.

"긴히 부탁하고 싶은 일이 있어서 이리 왔네."

"하명하시옵소서."

"자네의 명성은 대왕대비마마를 통해 익히 알고 있었네."

"영광이옵니다. 쇤네를 찾은 연유가 무엇이옵니까?"

"어환의 원인을 알 것 같기도 해서……."

장씨가 반가움 반 놀라움 반으로 쳐다보았다. 한씨의 얼굴에는 수심이 가득했다. 한참을 망설이던 그녀가 한숨을 섞어가며 말했다.

"아무래도 옛날에 세자빈으로 간택되었다가 죽은 양천도위의 누이가 원귀가 되어 주상을 괴롭히고 있는 모양일세."

"네?"

장씨는 알 수 없는 두려움에 온몸이 떨렸다. 그래서 한씨의 다음 말만 숨죽이며 기다릴 수밖에 없었다.

"주상께오서 의식이 없는 와중에도 자꾸 그 아이를 말씀하시는 것이……. 그런데 본 적도 없는 그 아이를 마치 본 것처럼 말씀하시는 것이 더 요상해서. 충분히 가능성이 있지 않은가? 세자빈으로 간택된 후 가례도 못 올리고 죽은 것만도 원통한데, 처녀귀로 만들어 버렸으니 어찌 원귀가 되지 않겠는가? 그러니 자네가 그 원귀를 위로해 주게나."

장씨의 표정이 흐트러지고 있었다. 핑계를 대는 목소리마저 떨리고 있었다.

"그, 그렇사옵니까? 쇤네가 미흡하여 거기까지는 잘 모르겠사옵니다. 상감마마께옵서 분명 보신 것처럼……."

"그렇다니까. 그러니 내 생각이 옳을 것이네. 자네가 굿을 하면 주상께서 쾌차하시지 않겠는가."

"쇤네가 긴밀히 알아보겠사옵니다. 하니 지금은 돌아가 계시옵소서. 아! 그 말씀은 아무 데도 하시면 아니 되옵니다."

한씨의 입부터 단속하는 장씨가 믿음이 갔다. 그래서 마음을 놓으며 고개를 끄덕였다. 한씨를 배웅하고 난 장씨는 떨리는 다리로 어떻게 성수청으로 들어가 앉았는지 기억나지 않았다. 왕이 연우를 알아본 것이 틀림없다는 생각이 계속해서 넋을 빼앗고 있었다.

4

 왕이 몸을 일으켜 미음을 들었다는 다행스런 소식이 의빈의 집에도 날아들었다. 덕분에 염도 미음을 들었고, 민화도 덩달아 같이 앉아 미음을 들었다. 염이 한 숟가락 뜨면 민화도 한 숟가락을 입에 넣었다. 민화는 염이 크게 건강을 해치기 전에 오라비가 살아나 준 것이 고마웠다. 같이 굶었지만 민화는 자신의 입보다 염의 입으로 들어가는 미음이 더 신경 쓰였다.
 사이좋게 미음을 나누고 있던 그들에게 대비전에서 글월비자가 나왔다는 청지기의 보고가 들어왔다. 민화는 어머니가 자신에게 보낸 편지라 생각하고 사랑방을 나갔다. 염도 깊은 생각으로 나갔으나 비자는 보이지 않았다. 청지기가 말했다.
 "정경부인께 전할 서찰이라 하여 안채로 갔사옵니다."
 신씨와 한씨는 가끔 서찰을 주고받는 사이이기는 하였다. 하지만 어환으로 정신없는 이때 비자를 보내는 것은 이상한 일이었다. 염이 마당에 내려서서 비자가 돌아간 것을 확인하고는 급히 안채로 들어갔다.

"어머니, 소자입니다."

그런데 방 안에선 대답은 없고 소리 죽인 울음소리만 들렸다. 놀란 염이 헐레벌떡 방으로 들어갔다.

"어머니, 무슨 일입니까? 궐에서 비보라도?"

신씨는 손수건으로 입을 틀어박고 울고 있었다. 염이 다그쳐 묻자 겨우 울음을 죽이며 말했다.

"우리 연우가……, 우리 연우가 상감마마를 괴롭힌단다. 세상에, 욱욱!"

"대체 무슨 말씀입니까?"

염은 앞에 놓인 서찰을 읽었다. 기가 막힌 글이 적혀 있었다. 왕이 연우를 본 것처럼 말하는 것으로 보아 원귀가 왕을 괴롭히고 있는 것 같으니, 합심하여 굿을 하자는 내용이었다. 염의 억장도 무너졌다. 신씨가 울음소리를 높이며 말했다.

"우리 착한 연우가 행여 상감마마께 해코지를 하려고. 처녀귀로 죽은 것만으로도 원통한데, 말도 안 되는 누명을 씌워 두 번 죽이려 들다니. 우리 연우가 왜 자신이 사모한 분을 괴롭혀! 원귀라는 것이 있다면 내가 한번 보자. 우리 연우 나도 한번 보자! 귀신이라도 좋으니 얼굴이라도 한번 보았음……. 가엾은 것."

"누가 듣습니다. 고정하십시오."

염은 무너지는 가슴으로 사랑채로 돌아왔다. 민화가 무슨 일인지 눈으로 묻고 있었지만 답하지 않고 하늘만 보았다. 원망스러워도 원망스럽다고 말할 수 없는 대비는 민화의 어머니이기 때문이다. 민화가 조심스럽게 염의 눈치만 보았다.

민화가 허탈한 마음으로 안채로 돌아가고 나자, 청지기가 머뭇거리며 염에게 다가왔다.

"저……, 말씀드리기가 송구스럽사오나, 아무래도 이건 알려드려야 할 것 같아서……."

"무슨 일이냐?"

"노비 각섬이가 말한 것이온데, 얼마 전에 누가 연우아기씨 장례에 대해 물었다 하옵니다."

염의 눈이 또 한 차례 슬픔으로 무너졌다. 청지기가 더욱 머뭇거리며 힘들게 말했다.

"그게……, 관료쯤은 되어 보이더랍니다. 처음에는 별스럽다며 지나쳤다는데, 먼젓번에 저잣거리에서 있었던 피살 사건 말입니다요, 그게……."

"뭔 뜸을 그리 들이느냐? 소상히 말해 보거라!"

"그때 피살당한 관료가 연우아기씨 죽음에 대해 묻던 그 관료인 것 같다 하옵니다."

더 이상 염도 슬픔 속에 있지 않았다. 연우와 연관되어 있다면 의금부 도사의 피살은 단순한 사건이 아니었다. 청지기의 말은 계속되었다.

"얼마 전에 운검께서도 연우아기씨에 대해 묻더니, 요즘 부쩍 이상하옵니다."

"제운이 자네에게까지 우리 연우에 대해 물었단 말이냐?"

"네, 주인어른과 말씀 나누셨다기에 쇤네도 아무 생각 없이 술술 말해 버렸사옵니다. 혹여 실수한 건 아닌지 영 꺼림칙해서……. 아무래도 해서는 안 되는 말을 한 것 같사옵니다."

염은 곰곰이 생각에 잠겼다. 순간 방금 서찰의 내용 중에 왕이 연우를 본 것같이 말하더라는 문구가 뇌리에 깊숙하게 스쳤다.

"제운에게 뭐라고 말해 주었기에 그러느냐?"

"저기, 가슴 아프실까 봐 쇤네가 집안 어른들께는 말씀드리지 않은 것을……."

"우리에게 말하지 않은 것이 있단 말이냐?"

"장례가 끝나고 상석이 늦게 도착해서 그것 때문에 다시 쇤네가 묘로 갔었는데, 연우아기씨의 봉묘를 들짐승인지 모르겠지만 파헤치다 말았던 일이 있었사옵니다. 하지만 분명 깊이 파헤친 것이 아니었고, 바로 쇤네가 다시 손을 보았사옵니다. 그러니 슬퍼하시지 마십시오."

염은 복잡한 머리와 무너지는 억장을 동시에 느끼며 사랑방으로 들어가 털썩 주저앉았다. 그동안 주위에서 일어난 이상한 일들이 머리를 덮쳤고, 어쩐지 연우가 살아 있을지도 모른다는 말도 안 되는 생각으로 점점 치우쳐졌다. 연우가 살아 있다면 오라비에게 오지 않았을 리가 없다. 그런데도 세자빈 간택이 있은 이후부터 지금까지 이상했던 일들이 염의 머리에서 상세하게 펼쳐지고 있었다.

오랫동안 힘겹게 머릿속에서 싸우던 염이 자리를 떨치고 일어났다. 그리고 창고로 가서 곡괭이와 삽을 가지고 나왔다. 깜짝 놀란 청지기가 뒤를 따랐다.

"그건 어디에 쓰시려고 하시옵니까?"

염은 무서운 눈빛으로 아무런 대답 없이 마구간으로 가서 말안장에 연장을 싣고 올라탔다. 청지기도 당나귀를 끌어내어 뒤따라 뛸 수밖에 없었다. 염의 말을 뒤따르던 청지기의 표정이 차츰 두려움으로 뒤덮였다. 염이 가고 있는 곳, 그곳은 바로 연우의 무덤이었다. 청지기의 표정이 더욱 두려웠던 이유는 말안장에 묶인 곡괭이가 쓰일 용도였다.

'우雨'라고 적힌 화각함이 앞에 있었다. 그것을 물끄러미 보고 있던 훤이 뜬금없이 홍룡포를 가져오라고 하였다. 해가 떨어져 어두운 저녁에, 그것도 아직 몸을 가누기 힘든 상태인데 옷을 갖춰 입겠다고 하니 모두가 만류하느라 여념이 없었다. 하지만 왕의 고집이 막강하여 어쩔 수 없이 옥체를 닦고 옷을 입혔다. 훤은 익선관까지 갖춰 쓰고는 화각함을 열어 연우의 서찰이 아닌, 안에 있는 작은 상자를 꺼냈다. 그리고 그 상자 안에 붉은 비단으로 감싼 물건을 꺼내 소맷자락에 넣었다.

"부축을 해 다오. 밖으로 나갈 것이다. 그러니 월도 밖으로 나오라 일러라."

"상감마마, 아직은 아니 되옵니다. 일어설 수도 없지 않사옵니까."

"그러니 부축을 하라지 않느냐!"

건너편 방에 있던 연우에게도 이 대화가 들렸다. 연우는 이제는 훤을 볼 수 있다는 기대감에 이미 일어나 있었다. 훤이 양옆에 내관들의 부축을 받고 강녕전을 나왔을 때는 먼저 월대 아래에 서서 기다리고 있었다. 연우는 훤의 초췌한 몰골에 가슴이 먹먹해졌지만 표정만은 깨끗이 비우고 앞에 섰다. 훤이 말했다.

"월아, 오랜만이다."

"소녀가 미진하여 몸 둘 바를 모르겠사옵니다."

"……가까이 와서 날 부축해라."

훤이 다가선 연우에게 몸을 기대듯 한 팔로 힘껏 끌어안았다. 한동안 왕이 몸을 기댄 것인지, 아니면 안고 있는 것인지 알 수 없는 시간이 흘렀다. 서서히 발이 떨어졌다. 내관 두 명이 부축해도 힘겨웠던 몸이었는데, 어떤 기적이 온 것인지 연우 혼자 부축했지만 신기하게도 걸어지고 있었다. 아마도 연우가 힘들지 않도록 애쓰고 있기 때문이란 생각이 들었다.

훤은 침전을 벗어나 편전으로 들어갔다. 그곳에서 모두를 밖에서 기다리라고 해 놓고 연우에게만 의지하여 천추전 안으로 들어갔다. 그 뒷모습을 바라보던 차 내관의 눈에서는 눈물이 흘러나왔다. 제운도 뒤따르지 않고 내관들 앞에 섰다.

천추전 안엔 아무도 없었다. 오직 촛불들만 가득했다. 천추전으로 들어서서부터 훤은 신기하게도 혼자 두 다리로 설 수 있었다.

"이상하다. 너와 단둘이 있으니 몸이 절로 좋아지나 보구나."

"정말 괜찮으시옵니까?"

훤은 대답 대신 연우를 보다 힘주어 끌어안았다. 그러고는 엉뚱한 말을 시작했다.

"내가 여기 온 이유를 아느냐?"

"모르옵니다."

"저곳이 보이느냐?"

연우는 훤이 가리키는 곳을 보았다. 거기에는 왕의 서안과 용이 조각된 용평상이 있었다. 훤이 왕으로서 위엄을 갖춰 앉는 곳이다.

"아니, 내가 보란 것은 용평상이 아니라 그 뒤의 '일월오악도'가 그려진 병풍이다."

연우는 훤이 시키는 대로 일월오악도를 보았다. 왕이 다스리는 국토를 상징하는 다섯 개의 큰 산 위에, 왕을 상징하는 붉은 해와 왕비를 상징하는 하얀 달이 같은 하늘에 그려져 있었다. 훤이 연우를 뒤에서 끌어안으며 말했다.

"예전 내가 세자였을 때, 저 병풍에 담긴 뜻을 여인의 비녀로 만들어 달라고 조각장에게 명했던 적이 있었다. 내가 마음에 품고 있던 여인에게 나의 달이 되어 달라는 청혼의 정표로……."

훤의 품에 안겨 있던 연우의 몸이 두려움으로 경직되었다. 뒤에 있는 훤의 표정을 살필 수 없는 것이 더 두려웠다. 훤은 소맷자락에 넣어 두었던 물건을 천천히 꺼냈다. 황금 봉황이 물고 있는 하얀 달이 나타나고, 그 아래로 가슴에 품고 있는 붉은 해가 나타났다. 이윽고 연우가 가지고 있는 봉잠과 똑같은 것이 완전한 모습을 드러냈다. 성수청 깊숙이 숨겨 둔 것이 왜 이곳에 있는지 언뜻 파악이 되지 않았다. 혼란스런 연우의 귓가에 훤이 나지막하게 속삭였다.

"이것과 똑같은 것을 본 적 있소?"

어투까지 달라진 것에 놀란 연우가 훤을 밀쳐 내고 돌아섰다.

"이것은 가례 시에 적의와 함께 착용하는 쌍봉잠이오. 몰랐소? 하나는 내가 가지고, 하나는 내 마음속에 있던 여인에게 보냈소."

연우가 자신도 모르게 뒷걸음질을 하였다.

"가, 갑자기 무슨 뜻이온지, 소녀 알아듣지 못하겠사옵니다. 그리고 하대를 하시옵소서. 비천한 이 몸에게 어, 어찌하여 공대를 하시옵니까?"

연우은 더욱더 뒷걸음질을 하였다. 자꾸만 멀어져 가는 연우를 안타까이 보던 훤이 눈물을 쏟으며 말했다.

"멀리 있어 만나지 못하는 것보다, 가까이 있으면서도 멀리 있는 것만 못한 사이도 있다는 것을 예전에는 몰랐다 하지 않았소."

연우가 뒷걸음을 멈췄다. 훤이 다시 말했다.

"나와 같은 이 마음을 아는 월이라면 전생은 딱 하나밖에 없소. 그것은 연우 낭자요."

연우는 이 말을 이해하기까지 너무 오랜 시간이 걸렸다. 그리고 이해하고 나서도 더 이상의 생각은 할 수가 없었다. 오직 눈에 들어오는 것은 훤의 애끊는 눈빛뿐이었다. 그 눈빛이 슬프게 누군가를 불렀다.

"연우 낭자······."

그가 부른 이가 누군지 몰라야 한다는 것 이외에는 생각나는 것이 없었다. 우선 눈을 보아서는 안 된다는 것을 깨달았다. 그러지 않으면 그 눈빛에 빨려 들듯 자꾸만 달려가 안기고픈 두 다리를 막을 방도가 없었다. 그래서 다가가는 마음과는 반대로 두어 발 더 뒷걸음을 하였다. 심지어 몸을 돌려 옆으로 섰다.

"연우란 여인이 누구시온데, 이리 천한 몸뚱이에 걸친단 말씀이옵니까?"

감아 버린 연우의 눈에 처참하게 일그러진 훤의 표정은 더 이상 들어갈 수가 없었다. 하지만 슬픔에 짓이겨진 목소리까지 막을 수는 없었다.

"그렇잖아도 숨쉬기조차 힘든 이 심장을 갈기갈기 찢어 버릴 참이오?"

훤의 힘든 걸음이 연우를 향해 내딛어졌다. 하지만 다가서는 거리만큼 연우는 물러났다. 그렇게 물러만 나니 더 이상 발 디딜 곳이 없어졌다. 왕의 용상에 오르는 계단까지 다다른 것이다. 그곳은 왕 이외에는 오를 수가 없는 곳. 물러설 수 없는 상황이 되자 훤도 더 이상 다가서지 않고 그 자리에 멈췄다.

"나의 눈은 천한 것은 담지 않으니, 지금 내 눈에 있는 그 몸은 천한 것이 아니오. 바로 연우 낭자의 몸이오."

"어환이 깊으시어 혼미하신 듯하옵니다."

"아니라 하지 마시오! 연우 낭자면 연우 낭자라 하고, 아니라 하여도 연우 낭자라 하시오!"

연우는 훤의 눈물에 젖어 눅눅해진 자신의 심장을 두 손으로 눌렀다. 그 심장은 연우가 아니라는 말을 못 하게 막았다. 이미 알아 버린 그에게 어설픈 거짓말로 둘러대는 건 그를 더 괴롭게 만드는 것이다.

"난 하고픈 말이 너무나 많았소. 그 말을 하지 못한 심장이 망가져 버리고 만 것이니, 들어주시오. 연우 낭자가 아니어도 연우 낭자가 되어 들어주시오."

듣고 싶었다. 이제까지 죽지 못하고 살아온 이유가 바로 지금 훤의 입에서 나올 말들을 듣고 싶어서였다. 그 지극한 마음이 연우의 의지를 배반하고 발걸음을 이끌고 말았다. 가까이 다가서서 마주한 그들 사이로 세상의 시간조차 숨을 죽이고 멈춘 듯하였다. 서로가 서로의 눈에서 자신의 눈부처를 보았다. 훤의 눈 속을 가득 메운 여인의 눈부처는 더 이상 무녀의 신분이 아니었다. 왕의 눈을 들여다볼 수 있는 연우가 되어 있었다. 순간 훤의 눈동자에서 연우가 사라졌다. 눈에서 사라진 연우는 훤의 품속으로 들어갔다. 훤도 연우의 품으로 들어갔다.

"연우 낭자……."

훤은 자꾸만 흘러내리는 눈물을 삼키느라 말을 할 수가 없었다. 사실 막상 말을 하려니 머릿속에 떠오르는 말도 없었다.

"……하고픈 말이 많았는데, 너무 많아서 무슨 말을 해야 할지 모르겠소."

말 못 하는 그를 대신해서 연우는 자신이 하고 싶었던 말을 물었다.

"혹여 보고 싶었다 말씀하려 하셨사옵니까?"

"그렇소. 하지만 그렇게 부족한 말이 아니오. 보고 싶었단 말로는 내 마음을 다 전할 수 없기에, 세자 시절 그대와 만나면 해 줄 많은 말들을 생각해 뒀었소. 그런데 그대가 너무 늦게 내 앞에 나타나 지금은 잊어버리고 말았소. 많은 말들이 있었는데……, 그대는 없었소."

"마음으로 이미 들었사옵니다."

"왜 내게 오지 않았소?"

"경복궁이 광한궁(廣寒宮)5보다 더 멀었기 때문이옵니다."

"왜 그동안 나에게 연우라고 말해 주지 않았소? 알았더라면……, 알았더라면……."

"언제나 꾸어 오던 꿈과 같아서 지금도 꿈속이라 여겼기 때문이옵니다. 덧없이 깨어나면 서러울까 겁이 났기 때문이옵니다."

훤은 품에서 연우를 떨어뜨려 다시 눈을 들여다보았다. 눈물 가득한 여인의 눈 속에 똑같이 눈물 흘리는 사내가 있었다.

"나는 아무것도 몰랐소. 정말 아무것도……. 나를 많이 원망하였소?"

"소녀의 마음이 좁디좁아 그리움만으로도 차고 넘쳤으니, 어찌 원망이 자리할 곳이 있었겠사옵니까?"

---

5. **광한궁(廣寒宮)** 달나라에 있다는 전설의 궁전.

"그럼 난 마음이 넓은 사내인가 보오. 그동안 그리움만으로도 부족하여, 너무 많은 원망도 하였으니."

"무엇이 그리도 원망스럽더이까?"

"세상 가득 설렘으로만 채워 놓고는 한순간에 빼앗아 가 버려 원망하였소. 세상을 떠나고도 내 마음에선 떠나지 않아서 원망하였소. 이젠 볼 수 없는데, 보고픈 마음은 더하여졌기에 원망하였소. 많은 말들을 전하지도 못한 채 나 홀로 삭이게 하여 원망하였소. 짝 잃은 쌍봉잠 한 짝을 쓸모없어지게 하여 원망하였소."

"원망하시오소서. 그런 원망이라면……."

"지금도 원망스럽소. 멋진 모습을 보여 주기 위해 그리도 많은 연습을 하였는데, 지금은 울보가 된 모습밖에 보여 주지 못하니."

연우는 감히 왕의 얼굴을 두 손으로 감쌌다. 손끝으로 눈물을 닦아 주며 쓰다듬어 보았다.

"이리도 멋진 분이신 줄 소녀 미처 알지 못했나이다."

"난 알고 있었소. 이리도 아름다울 거라 이미 알고 있었기에 보고 싶었소."

훤의 입술이 연우의 입술 위로 사뿐히 내려앉았다. 그리고 숨 쉬는 것이 힘들다는 것이 거짓말인 양 아주 긴 호흡으로 연우의 심장에 고여 썩어 있는 응어리들을 빨아들였다. 다리에 힘이 풀려 휘청거린 쪽은 연우였다. 훤은 두 다리로 버티고 서서 허리를 안아 부축했다. 하지만 입술은 놓아주지 않았다.

연우가 몽롱해진 정신을 차렸다. 살며시 훤을 밀어내었다. 훤은 다시 다가가려고 하였으나 연우가 눈빛으로 보내는 저지에 어깨를 축 내렸다. 연우가 밀어낸 이유는 훤의 상태가 조금 전 침전에서와 큰 차이가 있었기 때문이다.

"어의를 들이시어 어환을 살피시옵소서."

"싫소! 그대에게 하고픈 말은 아직 시작도 하지 않았단 말이오. 조금만 더 단둘이 있으면 안 되겠소?"

"상감마마, 지금 안으로 불러들이셔야 하옵니다."

훤은 연우가 왜 조급하게 사람들을 불러들이라는지 헤아릴 정신이 없었다. 오직 조금이라도 더 함께 있고 싶다는 생각밖에 할 수 없었기 때문이다. 그래서 아직 눈에서 눈물이 그치지 않은 자신과는 다른 연우의 태도가 못내 서운하고 속상했다. 자신도 모르게 아랫입술이 쭉 나왔다가 들어갔다.

"이러니까 꼭 내가 생떼 부리는 못난이 같잖소."

훤이 투덜거리며 용평상으로 올라가 앉았다. 부축받지 않아도 조금 비틀거리기만 했을 뿐 힘들지 않은 걸음이었다.

"난 말이오, 세자 때 꿈이 있었소. 세상에서 가장 훌륭한 왕과 가장 멋진 사내가 되는 거였소. 그래서 연우 낭자를 이 세상에서 가장 행복한 왕비와 여인으로 만들어 주고 싶었소. 이건 내가 생각한 거와 많이 다른……."

훤도 그제야 몸의 변화가 심상찮음을 깨달았다. 연우로 인해 기적이 일어난 것으로만 치부하기에는 변화가 확실했다.

"그대는 괜찮소? 혹여 나 대신……."

"소녀, 아무렇지도 않사옵니다. 어의부터 부르시옵소서."

훤은 봉잠을 소맷자락에 넣고 외쳤다.

"모두들 안으로 들라!"

바깥에 대기하고 있던 사람들이 기다렸다는 듯 우르르 들어왔다. 제운은 들어서자마자 용평상 아래에 서 있는 연우부터 확인했다. 그리고 그 옆에 섰다. 훤이 어의를 보며 팔을 내밀었다.

"어서 나의 병을 살펴보아라."

어의가 조심스럽게 왕의 손목을 잡았다. 하지만 맥을 짚어 내는 데 그리 오래 걸리지 않았다. 침전을 나오기 바로 직전까지만 해도 쉽게 잡히지 않던 맥이 지금은 되살아나 있었다. 훤은 어의가 말하지 않아도 이미 그의 환한 표정에서 건강이 돌아오고 있음을 알 수 있었다. 연우는 아직까지 지워지지 않은 팔의 부적을 보았다. 역시 장씨가 일으킨 일은 아니었던 셈이다. 훤은 연우의 행동을 지켜보았다.

'연우 낭자는 어째서 무녀가 된 것일까? 전 대제학이 자신의 손으로 약을 먹일 수밖에 없었던 이유가 설마 무병? 아니다, 그때 별궁에서 있었던 무고술, 그것이 병의 원인일 터인데. 도무녀 장씨가 했던……..'

아직 녹지 않은 눈이 산을 덮고 있었다. 그래서 멀리서 보았을 때는 무덤도 아무 이상 없는 것처럼 보였다. 점점 가까워졌다. 형체도 점점 뚜렷해졌다. 눈 아래에 숨겨져 있던 무덤은 예전과는 다른 모습이었다. 청지기가 기겁을 하며 먼저 달려갔다.

"이런! 이런 천인공노할 일이!"

급한 마음에 연장은 던져 놓고 손을 가지고 눈을 쓸어 내기 시작했다. 점점 사라져 가는 눈 속에 흙더미도 함께 쓸려 나왔다. 무덤을 파헤쳤다가 새로 덮은 흔적이 역력했다. 염이 무덤 앞에 섰다. 눈을 털어 내려던 청지기는 어느새 반대로 떨어진 흙을 쓸어 올리며 통곡을 하였다.

"아이고, 세상에. 쇤네가 얼마 전에 왔을 때만 해도 멀쩡했는데. 이 지경이었으면 나무하러 왔던 하인들이 먼저 알려 왔을 텐데, 눈에 덮여 몰랐나 보옵니다."

넋을 놓고 있던 염이 곡괭이를 집어 들었다. 머리 위로 높이 치켜들었다. 이를 본 청지기가 기겁을 하며 무덤을 몸으로 막았다.

"어찌 이러시옵니까? 아무리 이 상태여도 그렇지······."

"비켜라!"

염의 표정에는 아무것도 담겨 있지 않았다. 왠지 사람의 껍데기만 있는 듯하여 청지기의 마음은 더 안타까웠다. 그래서 막무가내로 무덤을 향해 덤벼드는 염을 말릴 수가 없었다. 곡괭이가 무덤을 찍었다. 한 번 파헤쳐졌던 흙더미였기에 쉽게 부너져 내렸다. 그래서 왕의 일행과는 다르게 힘들지 않게 안으로 파고들어 갈 수 있었다.

계속된 삽질 끝에 드디어 관이 보이기 시작했다. 염이 허겁지겁 손으로 흙을 치웠다.

"주인어른, 관이 있는 건 확인했으니 이젠 그만하시옵소서."

염은 이에 아랑곳하지 않고 관 뚜껑을 잡았다. 뚜껑이 손쉽게 덜컹 움직였다.

"왜 뚜껑이 열려……, 자, 잠깐, 시, 시신까지 확인하실 것이옵니까? 그건 정말 안……."

뚜껑이 열림과 동시에 청지기는 눈을 질끈 감고 고개를 돌렸다. 천지가 조용했다. 간혹 밤에 우는 새소리만 을씨년스럽게 들렸다. 흙이 굴러떨어지는 소리가 두어 번 들렸다. 너무도 조용했던 탓에 염이 사라진 것만 같았다. 눈을 뜨고 고개를 돌렸다. 염이 관 속에서 무릎을 꿇은 채 고개를 푹 숙이고 있었다. 염을 따라 관 속을 본 청지기의 얼굴이 새파랗게 질렸다. 그 속에는 흙 몇 덩어리 외에는 아무것도 없었다.

"세, 세상에……, 시, 시신 도둑도 있사옵니까? 감히 세자빈으로 간택되셨던 분의 시신을! 대체 누가 이런 벼락 맞을 짓을……."

청지기는 재빨리 정신을 추스르고 염부터 묘에서 꺼냈다. 염은 시체처럼 힘없이 끌려 나왔다. 그나마 기절하지 않고 버티는 것이 용할 지경이었다. 뚜껑을 덮기 전 다시 한 번 관을 살펴보았다. 비록 땅속에서 어느 정도 썩어 가던 나무 관이었지만, 그 안에 시신이 있었던 흔적이 없었다. 처음에는 어두워서 그런가 싶었지만 자세히 살펴도 나무 관은 애초부터 홀로 썩어 가고 있었던 모양새였다. 그러니 이번에 훼손된 무덤은 시신이 없는 걸 확인하는 용도였을 가능성이 높았다.

"연우아기씨의 시신은 대체 어디에……. 설마 살아……."

청지기는 행여 내뱉은 말이 바람결에라도 흘러갈까 두려워 손으로 얼른 입을 막았다. 마치 살아 있는 것과 같아서 묻지 말고 더 있어야 한다며 허민규에게 울면서 호소했던 그였다. 그가 본 연우의 시신은 결코 죽은 것이 아니었다. 그것이 지금까지 마음에 걸려 있었다. 그는 얼이 빠진 염보다 먼저 정신을 차렸다. 그리고 훔쳐보는 이가 없나 주위를 경계해 가며 급하게 무덤을 덮기 시작했다.

 "정말로 만약에 지금 살아 계신 거라면……, 그렇다면 지금 어디 계신 걸까요?"

 '어디? 우리 연우가 있는 곳이 무덤 안이 아니라면…….'

 염은 초점 잃은 눈을 들어 경복궁이 있는 방향을 보았다. 제운이 보고, 양명군이 보고, 왕이 볼 수 있는 곳, 그곳은 경복궁밖에 없었다.

 '예전에 무슨 일이 벌어졌었고, 지금은 무슨 일이 벌어지고 있는 것인가!'

 강녕전으로 돌아온 훤은 또다시 심장이 뒤틀리는 느낌을 받았다. 그래서 급하게 경복궁을 벗어나 장소를 옮겨야 한다는 의견이 나왔지만 훤은 모두의 반대를 뿌리치며 계속 있겠다고 고집을 피웠다. 결국 처음처럼 심한 발작은 없었기에 추이를 지켜보기로 하였다.

 연우는 성수청에 다녀오기로 하였다. 물론 훤의 반대가 없었던 것은 아니다. 연우가 눈에서 멀어지는 것을 두려워한 탓이다. 하지만 연우는 장씨를 만나야 할 이유가 있었다. 왕에게 정체를 들킨 사실과 팔에 있는 부적 때문이었지만 훤에게는 몸을 씻고 싶다고만 하였다.

성수청에 도착했을 때였다. 뜰에서 서성거리고 있던 설이 반갑게 맞았다. 무사한 연우를 보고 마음을 놓은 듯하였다. 하지만 안심은 아주 잠시였다. 설의 표정이 금세 긴장으로 변해 갔다. 연우의 뒤로 검은 물체가 움직였기 때문이다. 가까워진 물체는 자객들로 모습을 드러냈다. 연우의 표정도 긴장으로 변했다. 설의 뒤에도 검은 자객이 접근하고 있었다. 둘은 눈 깜짝할 사이 검은 무리에 둘러싸이고 말았다.

설이 얼른 연우의 팔을 잡아 자객들의 틈을 비집고 담장으로 밀쳐 세웠다. 사방이 터진 공간보다는 담장에 기대게 하는 것이 훨씬 호위하기 좋기 때문이었다. 눈으로 훑어보니 자객은 모두 다섯 명이었다. 이들의 목적까지 헤아릴 필요는 없었다. 상대가 검을 들고 있으니 검을 꺼내야 했다.

설이 조심스럽게 치맛자락을 들어 올리자 자객들은 영문을 몰라 다가오던 걸음을 주춤했다. 그들의 시선은 자연스럽게 여인의 치맛자락 아래로 향했다. 그들이 눈을 뗐을 때는 이미 치마 아래에 감춰 두었던 환도가 모습을 드러낸 후였다. 자객들은 환도를 잡은 여인은 계산에 없었는지 서로를 쳐다보며 눈빛을 교환했다. 이내 설이 여자임을 대수롭지 않게 여기고 겁을 주려는 듯 검을 휘두르며 다가왔다. 설이 환도를 칼집에서 빼내어 자세를 갖추며 화가 난 듯 중얼거렸다.

"젠장맞을 땡무당 같으니. 이런 예언도 못 하는 무당이 무슨 무당이라고 도무녀씩이나 차지하고 있냐고!"

연우가 설의 어깨 너머로 자객들에게 물었다.

"누구를 해치려 이런 외진 곳까지 오셨습니까? 우리는 가진 것 하나 없는 무녀들입니다. 이렇게 자객들이 노릴 만한 것이 못 되지요. 혹여 이유라도 듣고 죽을 수는 없습니까?"

칼날을 눈앞에 둔 여인이라고는 느껴지지 않는 목소리였다. 차분하고 위엄 있는 목소리가 빨리 돌던 공기의 흐름조차 멈추게 만든 듯하였다. 오히려 자객들이 긴장하여 검을 고쳐 잡았다.

"죽이라는 명령만 따를 뿐이다!"

모든 검이 일제히 연우를 향해 날아왔다. 자객들의 검날과 설의 검날이 맞부딪치는 소리가 조용한 밤하늘 위로 잘게 부서져 올라갔다. 다섯 개의 검을 죄다 받아친 여인 때문에 그들은 적잖이 놀란 모양이었다. 그들의 검이 계획을 변경해 연우가 아닌 설에게로 집중되었다. 훈련된 힘 있는 장정 다섯을 상대하기엔 설 혼자서는 역부족이었다. 뒤에 있는 연우 쪽으로 밀려나지 않도록 안간힘을 쓰는 것도 한계에 다다랐다. 설이 그들의 검을 다 방어하지 못하게 되자, 그들은 서서히 처음 목적대로 연우에게로 검날을 돌렸다. 설의 눈앞에 염의 슬픈 눈물이 지나갔다. 설은 이를 악물고 모든 검을 막아 내려고 노력했지만, 검에 팔을 베이는 바람에 결국 연우에게로 가는 검 하나를 놓치고 말았다.

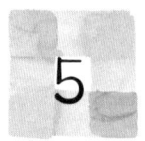

5

연우에게로 가던 검이 순간 튕기듯이 하늘로 올라갔다가 휘리릭 돌면서 땅으로 내려와 꽂혔다. 동시에 하늘에서 내려왔는지 땅에서 솟았는지 알 수 없는 시커먼 것이 눈 깜짝할 사이에 여인들을 가렸다. 자객들은 눈앞에 나타난 것이 무엇인지 파악할 사이도 없었다. 그보다 앞서 동료 한 명이 비명조차 없이 쓰러져 죽는 것을 발견했다. 자객들이 두려운 눈으로 다시 시커먼 것의 정체를 파악했을 때는 누가 먼저랄 것도 없이 뒷걸음질을 쳤다. 긴 검은 머리를 휘날리며 자신들을 노려보고 있는 이는 분명 운검이었다.

"으악! 우, 운검이 여긴 어떻게?"

내어 지르는 소리가 이미 죽음의 문턱을 넘어서 있었다. 눈으로 확인은 못 했지만, 아마도 방금 쓰러져 죽은 동료를 벤 검이리라 추정되는 검은색 별운검이 제운의 왼손에 쥐어져 있었다. 설은 제운의 등을 확인하고 나자 비로소 안심하여 다리에 힘을 풀고 주저앉았다. 베인 팔을 의식조차 못 했는데, 정신을 차리고 보니 그 상처를 연우가 감싸 쥐고 있었다. 입술을 깨물고 소리 죽여 눈물을 흘리고 있었지만 다친 곳이 없었다. 연우가 무사하다는 건 설에게는 염이 무사하다는 것과 같은 의미였다.

자객들이 느닷없는 운검의 출현에 놀라 두려워하고 있을 때, 제운은 등에 짊어지고 있는 붉은색 운검을 오른손으로 서서히 빼내었다. 칼집에서 나오면서 검날이 우는 소리가 마치 용의 울음소리인 양 자객들을 호령했다. 그들의 목덜미가 죽음을 예감하고 머리털을 바짝 세웠다. 달빛과 하나가 된 운검은 제운의 오른손에 잡혀 연우를 가로막았다. 그리고 오직 왼손의 별운검만으로 남아 있는 네 명의 자객들을 겨누었다.

오직 왕을 호위하기 위해 존재하는 운검! 이 검의 날이 나왔다는 건 왕명에 의해서 움직이고 있다는 뜻이다. 제운은 가볍게 춤사위를 펼치듯 순식간에 그들 쪽으로 파고들어 별운검을 세 번 휘둘렀다. 한 번의 큰 휘두름에 두 명의 목이 동시에 베어졌고, 잇따른 휘두름에 나머지 두 명의 가슴이 차례로 베어졌다. 그들의 검은 별운검과 한번 닿아 볼 영광도 누리지 못하고 처참하게 쓰러졌다. 제운은 한 번도 휘두르지 않은 운검을 등의 칼집에 다시 넣었다.

"오호! 자만심이 대단하시옵니다. 자객 다섯 명 정도는 왼팔만으로도 충분하다, 그 뜻이옵니까?"

감사하다는 뜻과 대단한 실력에 대한 경외감을 표현하고 싶었지만 말투가 워낙 퉁명스럽다 보니 시비조로 건네졌다. 자신이 내뱉은 말에 뜨끔해진 설이 말을 정정하고 싶었지만 정작 제운은 신경도 쓰지 않았다. 왼팔만 사용한 이유, 그것은 왕의 것인 오른팔은 두고 자신만의 것으로 연우를 지키고픈 마음이 었기 때문이다. 설이 연우가 치맛자락을 찢어 묶어 준 붕대를 툭툭 털면서 일어섰다. 그런데 정작 다친 설은 끄떡없는데 멀쩡한 연우와 제운의 안색이 좋지 않았다.

"설아, 미안하구나. 나 때문에⋯⋯."

"에이, 울지 마십시오. 제가 요리한답시고 식칼로 제 손가락 잘랐을 때보다 훨씬 피도 적게 나는구면, 뭘."

설은 자신이 다친 것이 다행이라 생각했다. 연우가 다쳤다면, 염을 대신해 자신의 마음이 더 고통스러웠을 것이다. 그래서 피가 흘러내리는 상처가 오히려 고마웠다. 순찰을 돌던 군사들이 운검에 새겨진 용의 울음소리를 들어서인지 뒤늦게 달려왔다. 그들은 먼저 제운을 향해 인사를 하였다.

"대체 무슨 일입니까?"

제운은 군사들조차 믿을 수가 없었다.

"암호를 대라!"

"네? 장長호!"

"일日호!"

장과 일, 두 자가 합쳐져 완성이 된 오늘의 암호는 '영원한 태양'이었다. 훤이 아픈 몸으로 정해 준 암호였다. 제운이 별운검의 끝으로 가슴을 베인 두 놈을 각각 가리켰다. 군사들이 확인해 보니 그 둘만 숨이 붙어 있었다. 별운검도 칼집으로 마저 들어갔다.

"신문을 위해 남겨 둔 자들이다. 의금부로 넘겨라!"

군사들이 시신을 정리하는 사이, 설은 연우의 부축을 받으며 성수청으로 들어갔다. 경복궁으로 들어오는 길목이 여전히 막혀 있어 성수청이 텅 비어 있었다. 도무녀를 제외한 다른 무녀는 입궐 허락이 떨어지지 않았기 때문이다. 제당 쪽에 불빛이 있어 그쪽으로 향했다. 그런데 문을 열기도 전에 먼저 열렸다. 안에서 문을 연 이는 장씨였다.

"앗! 잘 만났습니다. 저 다친 것 좀 보십시오! 순 사기꾼, 땡무당 같으니! 악!"

장씨가 상처 부위를 사정도 없이 때렸던 것이다. 설이 잔뜩 열난 얼굴로 노려보았지만 장씨는 태연자약했다.

"된장 한 덩어리 붙이면 낫는 상처 갖고 엄살은, 쯧쯧. 네깟 년한테 예언은 아깝게 뭐하러 해? 어디서 뒈져도 하등 아까울 거 없는 무지렁이 목숨 주제에."

"어떻게 사람이 듣기 싫은 말만 그렇게 골라서 할 수 있지? 진짜 정 안 간다니까."

"이년아, 예서 꼴값 떨지 말고 들어와라. 지혈할 거 준비해 뒀으니까."

"어? 미리 준비해 둔 걸 보면 역시……."

"밖이 시끄러워서 봤더니 네년이 나자빠지더군. 환도 갖다 버려라. 쓸모도 없더만."

"와! 아가씨와 제가 그러고 있는 걸 봤으면서 나오지도 않았단 겁니까?"

"늙어서 기력도 없는데 숨어 있어야지 미쳤다고 칼 받으러 나가남?"

독이 잔뜩 오른 설이 아픈 것도 잊고 발을 쿵쿵 굴러 가며 안으로 먼저 들어갔다. 어찌나 날뛰는지 여태 부축하고 있던 연우가 무색해졌을 정도였다. 장씨마저 안으로 들어가고, 마지막으로 들어가려는 연우의 팔을 제운이 잡았다. 쳐다보는 눈에는 아직까지 덜 마른 눈물이 있었다. 무슨 일인지 묻는 눈이었지만 제운은 말을 할 수가 없었다. 팔을 잡아 세운 이유가 없었기 때문이다.

연우를 걱정하는 마음이 앞서 무의식중에 그만 팔부터 잡아버렸지만 한번 잡은 팔을 놓아주고 싶지가 않았다. 그렇다고 눈물 흘리며 떨고 있는 연우를 안아 줄 수는 더더욱 없었다. 아주 조금의 힘만 주어 팔을 잡아당기면 눈앞의 여인을 품에 안을 수 있었지만, 그 욕구를 참느라 제운의 손에는 자꾸만 힘이 들어갔다. 그런데 너무 세게 움켜쥔 바람에 고통을 느낀 연우의 콧잔등이 찡긋하였다. 이에 놀란 제운이 얼른 팔을 놓았다.

"옷을 갈아입어야겠소."

"그러고 보니 여기까지 어떻게……."

"상감마마께옵서 걱정되시어 나를 보내시었소."

"아! 감사드리옵니다. 경황이 없어 인사가 늦었사옵니다."

"그런 말……, 들을 자격이 없소."

"잠시만 기다리시옵소서. 금세 들어갔다가 나오겠사옵니다."

연우는 급했다. 운검이 여기 있다는 건 왕의 곁이 비었다는 의미였다. 안에 들어가니 장씨는 설과 말싸움을 해 가며 상처에 약을 발라 주고 있었다. 장씨가 곁눈으로 연우를 보며 물었다.

"상감마마 곁을 비우고 여긴 왜 오셨소?"

"조금 전에 침전을 잠시 벗어났었는데 바로 성후가 나아지셨습니다. 하여 침전에 뭔가가 있을 것 같아서요."

약을 떨어뜨린 장씨가 잠시 당황한 듯 손을 휘휘 젓더니 힘없이 툭 내려놓았다.

"그럼 다른 곳으로 옮기면 되것네."

"한데 상감마마께옵서 경복궁을 비울 수 없다 하시며 계속 침전에 머무르시겠답니다. 강녕전에 들어섰을 때 다시 나빠지셨는데도……."

"쓰잘데기 없는 똥고집. 쯧쯧. 하여간 유학쟁이들은 못 말린다니까. 저주 따위는 이기고 싶으신 그 마음을 어찌 말리겠소. 그런데 다시 나빠졌다? 사라지는 종류를 사용한 것이 아니로군."

"네?"

"혼잣말이오."

"그리고 또……."

연우의 말을 장씨가 손을 들어 막았다.

"뭔 말인지 아니까 그 이야기는 하지 마오. 운검까지 여기

왔으면 더 말할 필요도 없지. 그것보다 아가씨, 상감마마께 침전 아궁이를 보라고 아뢰어 주시오. 사람들을 시켜 아궁이 밑을 파 보라고. 만약에 그 속에서 발견되는 것이 있다면……."

제운은 불안한 마음 때문인지 한참 동안 연우를 기다린 기분이 들었다. 그리고 다시 나타난 연우는 언제나처럼 단아한 모습 그대로였다.

"괜찮소?"

한마디라도 나누고픈 마음에 기껏 생각해 낸 말이었다. 그런데 연우는 자신이 아니라 다친 설의 안부를 묻는 것으로 받아들였다.

"네, 덕분에 괜찮사옵니다. 피도 멎었고……. 정말 다행이옵니다."

다행이라는 말은 제운이 하고 싶었다. 이날까지 손에 잡은 검에 감정을 실어 본 적이 없었다. 그런데 자객들에 둘러싸인 연우를 본 순간, 그가 잡은 검에는 분노가 실려 있었다. 또한 자신의 검에 죽은 시신을 보면서도 두려움에 떨었다. 왕이 보내지 않았다면 연우를 잃었을지도 모른다는 두려움이었다. 아마도 그래서였을 것이다. 눈앞에서 동문서답을 하고 있는 연우가 감사한 나머지, 자신도 모르게 입가에 미소를 담은 것은. 연우는 제운의 미소가 얼마나 구경하기 힘든 것인지 까맣게 모른 채 그 미소를 받았다.

제운이 발걸음을 옮기자 연우도 그 뒤를 따라 걷기 시작했다. 몇 걸음 걸어가던 제운이 걸음을 멈추고 돌아보았다.

"뒤따르면 위험하오."

연우의 위치가 제운과 나란해졌다. 연우의 머리 위로 달도 따라 걸었지만 제운의 눈에는 그녀보다 눈부시지 않았다. 옆에 와 닿은 연우의 달빛이 심장을 두근거리게 만들었고, 조금만 더 같이 있고픈 마음에 의해 긴 다리의 제운이 연우의 걸음보다 더 느려졌다.

성수청은 경복궁 중에서도 북쪽의 외진 곳에 있었다. 때문에 가운데에 위치한 강녕전과의 거리는 상당히 멀었다. 하지만 연우와 단둘이 걷고 있는 길이 제운에겐 너무나 짧게 느껴졌다. 지금쯤 강녕전에서는 연우를 해치려던 자객들의 소식에 훤의 분노가 하늘을 뒤덮고 있을 것이고, 어디에선가는 연우와 왕을 해치려는 음모가 오가고 있을 것이다. 이 급박한 시간 속에서도 제운은 연우의 그림자가 닿은 자신의 어깨가 화끈거림을 느끼며 나란히 걷는 이 길이 끝나지 않기를 바랐다.

두 사람이 나란히 강녕전으로 들어가는 향오문을 넘어설 때였다. 훤이 내관들과 더불어 뜰에서 조급하게 서성거리고 있었다. 연우에 대한 걱정으로 자신의 몸 상태까지 잊은 듯하였다. 훤은 강녕전으로 들어오는 두 사람을 발견한 순간, 가슴에서 뜨거운 불기둥 하나가 솟아오름을 느꼈다. 이제껏 본 적 없는 제운의 표정을 보고 말았기 때문이다. 달빛에 비친 얼굴은 밝은 빛 아래에서보다 훨씬 차갑게 보임에도 불구하고 지금의 부드러운 표정은 차이가 확연했다.

의식을 잃기 직전에 연우를 품에 안고 나가던 제운의 뒷모습이 기억났다. 그동안 간간이 보이던 슬픈 표정들도 떠올랐다. 원인을 알 수 없었던 혼란의 정체를 훤은 눈치 채고 말았다. 가까이 다가와 인사를 올리는 연우를 보란 듯이 끌어안은 것은 제운에 대한 질투였다. 아파서 골골대는 못난 모습만 보이고 있는 것도 화가 나는데, 보지 않아도 분명 멋진 모습으로 연우를 구해 냈을 그에게 질투가 안 날 수가 없었다.

제운은 고개를 돌렸다. 왕이 여자를 안았기에 신하로서 돌린 고개가 아니었다. 자신의 마음에 담긴 여인이 다른 사내의 품에 안긴 것을 차마 볼 수 없었기에 돌린 고개였다. 고작 그림자 하나가 어깨에 닿은 것만으로도 행복했던 조금 전의 길이 초라하게 무너져 내리고 있었다. 그래서 슬픈 질투를 감추며 홀로 선 자신의 그림자만을 보았다. 왕의 분노 어린 목소리가 들렸다.

"아무리 성수청이 경복궁의 외진 곳에 있다고는 하나 엄연히 궐내다! 그런데 어찌 허락받지 않은 자객들이 궐내에 들어올 수가 있단 말이냐? 더군다나 지금은 비상 사태였다."

"검술로 단련된 자들이었사옵니다."

"모두 다섯이라 들었다. 그런데 모두가 훈련된 자들이었단 말이냐?"

"송구하옵게도 그러하옵니다."

훤은 품 안에서 연우를 놓았다. 그리고 경직된 표정으로 제운을 보았다.

"혹여 누군가의 돈을 받은 저잣거리의 왈자더냐, 아니면……."

"왈자들의 검은 아니었사옵니다. 그리고 소신이 운검임을 단번에 알아보았사옵니다."

제운은 분노로 얼어붙은 왕을 보았다. 눈이 마주쳤다.

"사병을 가진 자가 있을 수도 있다는 뜻이냐?"

사병을 가지고 훈련시키는 것은 역모로 간주하여 국법으로 금지되어 있었다. 제운이 쉽게 대답할 수 없는 민감한 문제였다. 그럴 가능성이 짙었지만, 다섯 명의 자객만 가지고 해석하기에는 망상이 될 가능성이 더 높았다. 망상이 사실이 된다면 윤씨 일파의 힘은 예상보다 훨씬 광범위할 수도 있다. 입을 다문 그에게 왕이 다시 말했다.

"다섯 개의 검으로 월을 노렸다. 그들도 정체를 알게 되었다는 의미겠지……."

이번의 짐작은 망상이 아닐 가능성이 훨씬 높았다. 이에 제운은 긍정의 뜻으로 고개를 숙였다.

왕 앞에 놓인 건 커다란 식칼이었다. 뜨거운 열에 의한 마모가 심했지만 형체는 그대로였다. 장씨는 그 앞에 숙인 허리를 들지 않았다.

"묻겠다. 도무녀는 답하라. 내가 너에게 상을 내려야 하는 것이냐, 아니면 벌을 내려야 하는 것이냐?"

엄숙하긴 했지만 차가운 기색은 없는 왕의 목소리였다. 식칼에 대한 추궁이 아니었다. 그래서 장씨는 답하지 못하였다.

"둘 다 해당하는 것이냐?"

이번에도 답하지 못하였다. 이미 모든 것을 파악하고 묻는 왕이었다. 그래서 죄 많은 몸을 숙이고 있을 수밖에 없었다.

"별궁에서 네가 저질렀던 무고술은 어떤 용도였느냐?"

"짐작하고 계신 그대로이옵니다."

"그 말이 진정 사실이라면, 죽여도 곱게 죽일 수는 없다."

"이 몸을 갈기갈기 찢어 조선 팔도에 뿔뿔이 흩어 버리시어도 이젠 더 이상 한이 없사옵니다."

입에서 나오는 말만 그런 것이 아니었다. 장씨의 태도도 죽음을 두려워하는 기색이 전혀 없었다.

"죽음 앞에 태연한 자가 어이하여 그 당시에는 대비전의 말에 굴복하였느냐?"

"죽음보다 조선의 하늘에 더 이상 음악과 춤을 바칠 수 없게 되는 것이 더 두려웠사옵니다. 유학의 중심 앞에 언제 어느 때 철폐될지 모르는 성수청이옵니다. 그 칼바람이 소신의 대에서 휘둘려지지 않기를 바라는 욕심이었사옵니다."

"관상감의 세 교수는 왜 죽었느냐? 너와 한통속이었느냐?"

"상감마마, 이 몸을 찢어 죽여도 소신은 할 말이 없사옵니다. 하오나 그들까지 더러운 한통속으로 몰아넣지는 마옵소서."

이번 장씨의 말은 완강했다. 무병이라고 속이고 빼돌리는 방법을 고안해 낸 것은 그들이었다. 하지만 장씨는 제안을 받고 나서도, 또 제안을 받아들이고 나서도 끊임없이 갈등했다.

"그들로서도 방법이 없었던 거로구나. 무고술 이후에 병이 발발하고서야 그들은 알게 되었고, 알게 되었을 때는 이미 늦은 뒤였어. 외척들이 장악한 세상에서는 돌이킬 수 없었거든. 그러면 세자빈의 목숨은 더욱 위험해졌을 테니까. 어떻게든 살려서 숨겨 두는 것이 급선무였기에 너와 손을 잡을 수밖에 없었다. 그렇지 않느냐?"

장씨는 아무 대답도 하지 않았다. 그렇게 연우를 살려낸 후, 장씨에게 모든 것을 맡기고 되돌아간 그들이 선택한 것은 죽음이었다. 그것은 장씨에게도 충격이었다. 아울러 장씨에게 가한 가장 강력한 협박이기도 하였다. 그들 세 사람의 눈이 죽어서 지켜보겠다는!

"그들은 처녀단자에 대한 실수를 책임지고 죽음을 택했다. 왕이 승하할 때 어의가 죽음을 택하는 것처럼. 그렇게 자결하지 않았어도 사약을 피하기는 어려웠겠지만, 안타깝구나."

사림파의 편에 섰던 그들이기에 죽음을 먼저 청해 죽지 않았어도 훈구파로부터 죽임을 당했을 것이다. 그것이 어떤 형태일지는 아무도 알 수 없었을 뿐만 아니라, 그 과정에서 무슨 말이 불거져 나올지 장담할 수도 없었다.

"아울러 비밀이라는 것은 단 한 명이라도 덜 알아야 하기에 했던 선택일 것이며, 또한 신대왕마마를 속이는 불충에 대한 죗값이라 여겼기 때문일 것이옵니다."

비록 선대왕에 대한 깊은 충심은 있었으나 애석하게도 그 충심은 믿음과는 별개였다. 선대왕이 연우가 살아 있음으로 하여 누구의 편을 들어줄 것인지 그들은 판단할 수 없었다. 그리고 그들이 택한 죽음은 연우의 회생이 지금껏 철저하게 비밀에 붙여질 수 있었던 기둥이었다.

"조선의 충신은 청요직淸要職의 기록에 있는 인물들만이 아니라, 보이지 않는 곳에 소리 없이도 있구나. 그것을 왕이 모르고, 백성이 모르고, 후세가 모를 뿐이다."

훤은 눈을 감고 진심으로 홍윤국, 김호웅, 원기승 세 교수의 명복을 빌었다. 비밀을 묻기 위한 선택, 종묘사직을 위한 일이 왕을 위하는 일이 아님을 알게 되었을 때 그들이 고민 끝에 하였을 선택, 그리고 결국 왕은 알지 못하는 불충한 죄를 스스로에게 내린 그들의 충심 어린 선택에 감사하여 고개를 숙였다.

눈을 뜬 훤이 턱을 괴었다. 장씨의 말대로라면 선대왕은 연우를 살려 낸 사실을 모른다는 뜻이다. 그렇다면 기무장계에도 그 내용까지는 없었을 가능성이 높았다. 선대왕의 기무장계에 있는 연우의 사인은 별궁에서의 무고술일 터이다. 그리고 무고술에 가담한 사람들도 있었을 것이다. 모든 것을 덮길 원했던 선대왕이 어디까지 알고 있었을지 궁금했다. 그것을 알면 선대왕이 왜 밀교까지 남겨 두었는지도 알 수 있을 것 같았다. 눈앞의 장씨조차 이것만큼은 모르리라.

"네 말대로 이 식칼을 찾아냈다. 이것이 나에게 온 살이냐?"

"식칼에 있던 글자가 이미 불에 지워지고 없어서 정확히는 모르지만, 아닐 것이옵니다."

"그러면?"

"상감마마께 날아간 살은 액받이 무녀의 팔에 있던 부적이옵니다."

청천벽력과도 같은 말에 놀란 훤이 눈을 치켜떴다. 어둠 속에 있던 제운과 방문을 사이에 두고 앉은 연우도 마찬가지였다. 연우는 아직까지 남아 있는 부적을 보았다.

"뭐라고! 이걸 앞에 두고 뭔 헛소리냐!"

장씨가 별 대수롭지 않은 투로 심드렁하게 대답했다.

"그 식칼은 음의 성질을 가진 쇠로 만든 것. 하여 액받이 무녀를 해치려던 살이옵니다."

훤이 머리가 헷갈려 연신 짜증스런 표정을 하였다.

"알아듣게 좀 말해라."

"원래 아궁이에서 뜨겁게 달궈진 식칼은 액받이 무녀를 향해 갔을 것이옵니다. 한번 움직이기 시작한 식칼은 돌아가는 걸 모르옵니다. 진짜 액받이 무녀를 찾지 못한 상황에서 부적과 만난 살이 갈 곳을 잃고 상감마마를 향해 갔사옵니다. 세상에서 가장 강력한 주술인 사람의 마음, 연우 아가씨를 지키고자 했던 상감마마의 지극하신 성심이 스스로에게 불러들인 것이옵니다."

만약에 연우가 눈앞에서 쓰러졌다면, 자신이 그랬던 것처럼 고통스럽게 쓰러졌다면 두 번 다시 살아갈 수 없었을 것이나.

"네가 두 사람의 목숨을 구했구나."

"아니옵니다. 소신이 아니라 상감마마께옵서 구하셨사옵니다. 만약에 상감마마의 성심이 살을 불러들이지 않았다면 어찌 되었을지는 알 수 없는 일이옵니다."

훤은 가로막힌 문 쪽을 보았다. 그 너머에 있는 연우가 자신을 책망하며 울고 있으리라는 것을 알기에 위로하듯 말을 건넸다.

"나를 살린 거요. 아니었다면 나는……, 한 번은 살아도 두 번은 그렇게 살아갈 수 없소."

훤은 어서 다른 문제로 넘어가고 싶었다. 그래서 눈을 다시 장씨에게로 가져왔다.

"아울러 오래전부터 상감마마의 성체에 병을 불러들인 건 식칼과 달라서 이미 형체가 없을 것이옵니다."

"어떤 것인지는 아느냐?"

"짐작만 할 뿐이옵니다. 불에 타는 제웅이나 인지人紙를 사용했을 가능성이 높사옵니다."

모든 증거가 사라지고 그나마 눈앞의 식칼만 남은 셈이다. 훤은 이것으로는 주술을 사용한 자를 찾아내는 건 무리일 거라고 생각했다. 마치 왕의 생각을 읽은 듯 장씨가 싱긋이 웃으며 말했다.

"필요 없으시다면 이 식칼을 소신에게 주시옵소서. 잘 갈아서 음식 장만할 때 쓰겠사옵니다."

훤이 고개를 끄덕였다. 영문은 몰랐지만 장씨에게도 생각이 있으리라는 느낌이 들었다. 반드시 그렇지 않더라도 식칼 본래의 목적으로 돌아가는 것도 나쁘지 않겠다는 생각도 있었다. 훤은 오랫동안 생각했다. 그리고 자신의 머릿속에 정리된 것을 말하지 않을 수 없었다.

"액받이 무녀를 해치려고 했던 건 더 이상 필요 없어졌다, 이것은 곧 왕이 필요 없어졌다……, 이 이유로군."

어둠 속에 여전히 의문이 숨겨져 있는 상황에서도 아침은 오고 또한 날은 밝았다. 밤사이 한숨도 이루지 못하고 뜬눈으로 밤을 지새운 이들은 비단 강녕전에 모여 있던 사람들만이 아니었다. 염도 마찬가지로 뜬눈으로 새웠다. 청지기가 만류하지 않았다면 야밤에 흙투성이가 된 옷차림을 하고 그대로 강녕전으로 달려왔을 것이다.

하룻밤을 백 년처럼 보내고, 날이 밝을 즈음에 눈이 퀭한 염이 강녕전에 나타나 알현을 요청했다. 마침 눈을 붙이기 위해 누우려던 훤은 어리둥절한 채로 일어났다. 그의 입궐은 느닷없는 것이었다. 훤의 시선이 저절로 연우가 있는 방문으로 향했다. 좋지 않은 예감이 지나갔다. 차 내관이 물었다.

"어찌하면 좋겠사옵니까?"

훤은 대답 대신 방문을 향해 말했다.

"혹여 잠이 든 것이오?"

"상감마마께옵시 아직 들지 않은 곳에 소녀가 어찌 먼저 들어 있으오리까?"

훤의 눈가에 미소가 스며들었다. 이제 더 이상 액받이 무녀가 아니기에 같은 시간에 잠들 수 있게 되었다. 아직 교태전을 내어 줄 수는 없지만, 옆에 무녀가 아닌 한 여인으로 둘 수 있게 된 것만으로도 조금이나마 마음이 놓였다.

"방문을 열겠소."

왕의 말이 끝나자 방 앞을 지키던 궁녀들에 의해 방문이 스르르 소리 없이 열렸다. 흐트러짐 없이 정갈하게 앉은 연우가 나타났다. 제운은 연우 쪽을 애써 외면했다. 차가운 심장은 더 이상의 슬픔조차 느낄 수가 없었다. 그의 고통은 연우에게로 가지 않고 훤에게로만 전달되었다. 제운도 왕이 자신의 감정을 느끼고 있음을 알았다. 그렇기에 그의 속눈썹이 그늘졌다. 이런 흐트러진 마음으로는 왕의 옆에 있을 수가 없었다. 훤은 제운의 마음을 외면하며 연우에게 말했다.

"그대의 오라비인 양천도위가 왔소. 만나 보고 싶지 않소?"

연우의 손이 화들짝 놀라 잠시 흐트러졌다. 세자가 보고 싶었던 것만큼 보고팠던 이가 오라버니였다. 그리고 이 둘을 합한 것보다 더 보고팠던 이가 어머니였다. 자신의 마음을 털어 내려는 듯 연우의 고개가 세차게 저어졌다. 내어 젓는 고개를 따라 눈물도 갈팡질팡하며 흘러내렸다.

"만나선 아니 되옵니다."

"만나고 싶었을 것 아니오? 그리도 사이좋던 남매였는데. 석강이 끝나면 어김없이 그대에게 달려가던 양천도위를 지금도 기억하고 있는데……."

장씨의 말이 마음에 걸렸다. 집으로 돌아갈 수 없다, 연우라는 이름으로도 돌아갈 수 없다……. 그 이유가 무엇인지 아직 알지 못하였다. 미약하게 진행되고 있는 짐작은 집에서 더욱 멀어지게 하는 거였다.

"오라버니의 물음이 건너온다면 아직은 답할 말이 없기 때문이옵니다. 오라버니가 슬프지 않도록 부디 도와주시옵소서."

훤은 위로의 말을 이으려다 입을 다물었다. 그리고 망설임 끝에 방문을 닫으라는 손짓을 하였다. 방문 뒤로 연우의 모습이 사라지자 자세를 가다듬고 염을 불러들이라는 신호를 보냈다. 방 안에 들어와 큰절을 올리는 염의 불안한 표정은 이미 연우를 찾으러 왔음을 훤히 내보이고 있었다. 그는 절을 마치고 앉아서도 계속해서 주위를 두리번거리며 살피느라 여념이 없었다. 훤은 오누이의 사이에 앉아 무거운 마음으로 입을 열었다.

"이른 아침에 양천도위가 어쩐 일로 나를 찾아오셨소?"

"아, 그것이……, 성후 미령하신 것은 어떠하시옵니까?"

염의 아름다운 목소리가 훤을 지나 방문을 뚫고 연우의 귀로 들어갔다. 그 목소리에 삼키다 넘쳐흐른 연우의 소리 없는 울음이 훤의 등 뒤로 비수처럼 꽂혀 들었다.

"좋아졌소. 정경부인의 건강은 어떻소?"

연우가 궁금해할 것을 대신 물어주고 있었다. 하지만 염은 누이의 느낌을 찾느라 분주하여 말의 뜻을 헤아리지 못하고 건성으로 답했다.

"네, 건강하옵니다. 무엇보다 상감마마께옵서 강녕하시니 안심이 되옵니다."

염은 대충 성의 없는 말을 하고서는 앞에 있는 왕의 존재는 무시하고 더욱 심하게 두리번거렸다. 하지만 아무리 신경을 곤

두세워도 방문 뒤에 숨어 있는 연우의 흔적을 느끼기에는 역부족이었다. 이성 없이 계속되는 그의 불충에도 훤은 가만히 기다렸다. 염은 왕의 침묵에 퍼뜩 정신을 차렸다.

"송구하옵니다. 저……, 혹여 소신에게 숨기는 것이 계시옵니까?"

자신이 파헤쳐 놓은 무덤이 눈앞에 지나감과 동시에 염도 연우에 관한 일을 알게 되었다는 확신이 들었다.

"양천도위가 궁금해하는 것이 무엇인지를 말해 주시오."

"……궁금한 것은 없사온데……."

"나 또한 숨기는 것은 없소."

훤의 확신은 연우의 확신이기도 하였다. 연우는 스스로 입을 틀어막았다. 오라비의 지금 심정을 생각하면 견딜 수가 없었다. 오라비가 어떻게 변했는지, 아름다운 미소는 그대로인지 방문 틈을 만들어 조금이나마 훔쳐보고 싶었지만 그 욕구조차 잘라 내었다. 방바닥으로 떨어져 내리는 눈물 줄기가 너무나 굵어 소리가 나는 것만 같아서 두 손으로 얼굴을 감싸 쥐었다. 훤은 염의 간절한 눈빛이 마치 연우의 눈빛으로 보여 고개를 돌릴 수밖에 없었다.

"이리 걸음 하기 힘들었을 것이오만, 지금 몸이 좋지 못해 누워야겠으니 그만 물러나도록 하시오. 양천도위가 와 주어 기뻤소."

"저……."

훤은 몸을 돌려 자리에 누웠다. 서로를 보고파 하는 오누이를 만나게 해 줄 수 없는 자신에게 화가 나 이불마저 머리끝까지 덮어썼다. 사랑하는 연우가 울고 있었다. 그리고 존경하는 염의 심장에는 피가 흘러내리고 있었다. 그것을 알기에 연우의 이름을 돌려주지 못하는 지금은 둘을 만나게 해 줄 수가 없었다. 연우가 그의 질문에 답할 수 없는 것처럼 훤도 답할 말이 없었다. 지금 이대로라면 연우의 시신을 무덤에 넣었던 그 고통의 몇 배가 다시 염을 덮치고 말 것이다. 염은 도움을 구하는 눈으로 제운을 보았다. 염의 눈빛은 누이가 있는 곳을 집요하게 묻고 있었다. 하지만 제운조차 그 어떤 답의 눈빛도 되돌려 주지 않았다.

염이 내쫓기듯 강녕전을 나가고 난 후, 훤은 자리에서 벌떡 일어나 연우가 있는 방으로 건너갔다. 그리고 얼굴을 감싸 쥐고 눈물을 참고 있는 그녀를 힘껏 끌어안았다.

"곧 만나게 해 드리리다. 그대의 어머니도 만나게 해 드리리다. 곧! 곧!"

훤은 자신의 위로에 안도하기는커녕 더욱더 두려워하는 연우를 느낄 수가 있었다.

"두렵소? 무엇이 그리도 두렵게 하는 것이오? 무엇이 두려워 그대의 오라비조차 아니 만난다 하는 것이오?"

"버티고 선 미래가 두렵고, 운명을 안은 현재가 두렵고……, 소녀를 할퀴고 가 버린 과거가 두렵사옵니다."

"그대를 할퀸 과거 중에 내가 아직 모르는 것이 있소?"

"모르옵니다. 소녀도 모르기에 두렵사옵니다."

훤의 품속에 있었다. 이것만으로도 욕심은 채워지고도 남았다.

"상감마마를 한 번만 뵈옵고자 하는 욕심 이외엔 아무것도 없었사옵니다. 소녀, 상감마마께오서 어쩌다 한번 찾으시는 작은방에 있어도 과하다 감읍할 것이옵니다."

"세상의 그 어떤 사내가 사랑하는 여인을 안고프지 않겠소만, 나보다 더 간절한 사내는 없을 것이오. 나는 그대를 안고 싶소. 그리고 그대와의 사이에서만 원자를 보고 싶소. 그러니 나의 중전이 반드시 되어 주셔야겠소!"

흔들림 없는 목소리건만 연우의 두려움은 한층 더 깊어졌다. 어쩌면 하늘늦대별에 덮인 어둠의 원인이 자신의 존재일지도 모른다는 두려움이었다. 영원히 무덤 속에서 나와서는 안 되는데, 무덤 속에서 나왔어도 죽은 사람으로 살아야 하는데, 이렇게 버젓이 살아 경복궁으로 걸어 들어왔기에 벌어지고 있는 혼란이 모두 자신의 탓이라 생각되었다. 훤은 거대한 품으로 연우의 두려움까지 안았다.

모든 것은 정리되었다. 빠뜨린 것은 없을 것이다. 외척을 몰아내는 건 연우의 일이 아니었어도 앞으로 할 일이었다. 단지 빌미가 없었을 뿐이다. 세자빈을 죽이려고 한 건 그 죄가 높았다. 그러니 앞으로는 그 죄를 물어, 윤씨 일파를 중심으로 하는 외척 세력을 축출하는 일만 남았다. 선대왕이 사건을 묻으라는 밀교를 남긴 이유는 아마도 대왕대비를 지켜 주고 싶은 효심이었을 것이다. 하지만 훤은 그 뜻을 받아 줄 수가 없었다. 어차피 밀교와 연우의 일과는 상관없이 대왕대비는 외척들과 묶어 멀리 보낼 예정이었기 때문이다.

　내쫓기듯 나온 염은 월대 아래에 서서 자신을 내려다보고 서 있는 강녕전의 위용을 보고 있었다. 바쁘게 지나다니는 사람들 틈에서 그는 홀로 정지된 시간 속에 있는 듯했다. 다시 안으로 들어가지도 못하고, 그렇다고 집으로 돌아가지도 못한 채 추위 속에 하염없이 있었다. 얼어붙은 마음은 연우가 살아 있다는 기쁨도, 만나지 못하는 슬픔도 전혀 느껴지지 않았다. 염에게 있어서는 마치 지금이 꿈속과 같았기 때문이다.

　흙과 함께 불에 달궈졌다가 식어서인지 녹슬고 많이 무뎌진 듯했으나, 물에 씻어서 돌에 갈아 보니 좋은 식칼이었다.
　"이런 식칼로 주술 부릴 수 있는 년은 흔하지 않지, 흐흐흐."
　날을 날카롭게 만든 장씨는 귀신같은 웃음을 멈추고 서수필을 들었다. 그리고 날 위에 괴상한 문자를 그려 나갔다.
　"어차피 살을 날린 년이 누군지 몰라도 돼. 암, 몰라도 되지. 그년이 주술로 쓴 물건이 여기 버젓이 남아 있는 한, 자신을 보낸 주인을 잊지 못하는 살도 남아 있으니까, 큭큭."
　잠시 입김을 불어 말린 뒤, 날 위에 새하얀 한지를 칭칭 감았다. 장씨의 입에서 알아듣지 못할 중얼거림이 흘러나왔다. 언뜻 들으면 말소리인 듯도 하고, 또 언뜻 들으면 노랫소리 같기도 하였다. 그것을 쌀이 가득 든 독 안에 깊숙이 찔러 넣었다.
　"이 땅의 임금께 무고술을 보낸 자에게로, 이 식칼의 주인에게로 그 고통 그대로 돌아가라."

쌀독 안이 잠잠했다. 아무 변화도 일어나지 않는 듯하였다. 하지만 잠시 후 칼을 찔러 넣은 곳 중심부터 시작해서 주위가 시커멓게 변해 갔다. 마치 타들어 가는 듯한 형상이었다.

같은 시각, 윤대형 앞에 있던 권지도무녀가 가슴을 움켜쥐었다. 그리고 미친 듯이 날뛰기 시작했다. 서서히 피가 사라져 가는 것처럼 얼굴과 입술이 시퍼렇게 변하는 모양이 괴기스러워 주위에 있던 이들 모두 겁에 질려 도망쳤다. 윤대형도 공포에 사로잡혔다. 결국 권지도무녀는 제 가슴을 움켜쥔 채로 쓰러져 그 자리에서 숨을 거두었다.

쌀독을 들여다보던 장씨가 현기증이 일었는지 휘청거리며 땅에 주저앉았다. 그리고 쌀독에 겨우 몸을 지탱했다.

"가짜 액받이를 만들어 두느라 다 쓴 신력인데, 그나마도 얼마 남지 않은 걸 웬 잡스런 년 때문에 낭비했군, 염병할."

6

양명군은 어디로 가는지도 알지 못한 채, 오직 말의 발굽에만 길을 물었다. 훤과 연우, 염, 그리고 제운이 혼란하다면 양명군 또한 이들에 못지않게 혼란했다. 오랜 시간 한양 일대를 아무 생각 없이 돌아다니고 나서야 말이 지나가던 길이 눈에 들어왔다. 낯익은, 그리고 가슴이 먼저 쓰린 감정을 잡아채는 곳, 정업원淨業院이었다. 이곳은 지난 왕들의 살아 있는 후궁들이 생매장되어 있는 곳이다. 왕의 정비가 궁궐에 남아 대비나 대왕대비가 되어 전을 하사받는 것과는 달리, 일개 후궁들은 반 강제로 비구니가 되어 정업원에 갇혀 수절을 감시당하는 처지기 되었고, 이런 곳에 양명군의 모친인 희빈 박씨도 있었다.

 양명군이 온 것을 전해들은 희빈 박씨가 작은 탑 앞에 서 있던 아들에게로 다가왔다. 회색의 저고리와 바지를 입고, 단정하게 쪽 찐 머리를 한 어머니를 보자 양명군은 더욱 어두워졌다. 그나마 희빈 박씨의 머리가 아직 삭발이 아닌 이유는 양명군이 차기 왕의 서열에 있기 때문이었다. 선대왕이 살아 있을 때의 차림새와 지금의 초라한 모습이 가슴에 겹쳐졌다. 이것은 선대왕에게 버림받은 설움을 새롭게 해 주었다. 박씨가 두 손을 모아 인사했다.

"어찌 기별도 없이 오시었습니까, 양명군?"

"지나던 길이라 기별할 수 없었습니다."

희빈 박씨의 애처로운 손길이 뒤로 젖혀진 아들의 갓을 바로잡아 주며 끈을 매어 주었다. 그러면서 온화한 부처와도 같은 표정으로 말했다.

"사람들에게 일부러 흐트러진 모습만 보여 주기도 힘드시지요? 이 어미가 그런 양명군을 얼마나 자랑스러워하는지 알아주시길……."

"욕을 듣는 것이 그리도 자랑스럽습니까?"

오늘따라 묘하게 서슬이 서 있는 말투였다. 희빈 박씨의 놀란 손길이 갓끈에서 떨어졌다가 다시 양명군의 옷깃을 여며 주었다. 목소리는 여전히 온화했다.

"이 어미가 왜 이곳에 미련 없이 걸어 들어왔는지 똑똑하니까 잘 알고 있으리라고 생각해요. 저는 일찍이 궐 밖에서 홀로 늙어 가야 했을 목숨이었지만, 선대왕마마의 은덕으로 양명군을 보았습니다. 그 이상의 욕심은 죄입니다. 이 어미는 금상의 강녕을 위해 기도하고 있답니다. 양명군, 욕심은 아니 됩니다."

"어머니는 아십니까? 제가 무엇을 욕심내었는지? 모르시지 않습니까!"

"……무엇을 욕심내었습니까?"

"과거에 내어 보았던 욕심이 있었습니다. 저에게도……."

희빈 박씨는 슬픈 눈동자로 호소하는 아들에 대해 아는 것이 없었다. 그가 무엇에 웃고, 무엇에 행복하고, 무엇에 가슴 아파했는지, 지난 과거에 대해 아는 것이 아무것도 없었다. 그리고 지금 현재도 아는 것이 없었다. 아무리 아들을 사랑한다고 해도 마음까지 다 알 수는 없었다. 희빈 박씨는 지금도 아들의 슬픈 눈동자가 무엇을 호소하고 있는지 헤아리지 못하였다.

내일이면 사가로 나가는 날이었다. 궁궐 안에서 출산을 할 수 있는 건 중전밖에 없었다. 후궁들은 모두 산달이 되면 궐 밖으로 나가야 했다. 희빈 박씨도 예외가 아니었다. 부왕이 배웅을 위해 희빈 박씨를 찾았다. 언제나 빈번히 왔던 걸음이었기에 익숙하게 선낙재의 안방을 차지하고 앉았다. 산달을 앞두고 있던 희빈 박씨의 배는 둥그런 표시가 났다. 그 배를 기쁜 얼굴의 부왕이 쓰다듬었다.

"무사히 다녀와야 하오."

애정 어린 부탁이었다. 진정으로 걱정하는 마음도 짧은 말 속에 가득히 드러났다.

"소첩, 청이 하나 있사옵니다."

언제나 온화했던 여인이었다. 삭막한 궁궐 안에서 유일하게 안정을 주던 여인이었다. 이제껏 단 한 번도 청을 한 적이 없는 여인이 올린 말에 부왕은 미소로 대답했다.

"무엇이오?"

"중전마마의 친정 세력이 많이 약해졌사옵니다. 한데 소첩은 그나마도 없는 한미한 가문이옵니다. 태어나는 핏줄을 지켜 줄 힘이 없사옵니다."

자신의 핏줄이 들어 있는 배에서 떨어졌다. 다시 희빈 박씨를 보았다. 그제야 슬픈 얼굴이 보였다.

"궐 밖에서 들어온 소식을 듣게 되시겠지요. 옹주라 하면 다행일 것이옵니다. 한데 만약에 왕자군이라는 소식이 들어온다면, 소첩을 다시는 궐 안으로 부르지 마옵소서."

"그, 그럴 수는 없소. 대체 지금 무슨 청을 하고 있는 거요!"

"소첩, 살고 싶사옵니다. 이 뱃속에 있는 상감마마의 핏줄을 지키고 싶사옵니다. 상감마마의 총애를 받고 있다는 세상 사람들의 시선이 소첩과 이 핏줄에게는 독이옵니다."

사랑하는 여인이었다. 그런데 이 여인이 간절하게 하고 있는 말은 사실이었다. 이 여인을 지켜 줄 힘이 없는 것도 사실이었다. 자신이 없었던 부왕은 거절할 수가 없었다.

"궐 밖은 싫소."

절반의 승낙이었다. 여기에 상처를 받은 이는 부왕과 박씨, 둘 다였다.

"하면 다시 돌아와도 다시는 소첩의 처소는 찾지 마옵소서."

"그대를 찾지 못하면 내 마음은 어디에 적을 두어야 하오?"

박씨가 웃었다. 언제나처럼 평온한 미소였다. 지켜 줄 자신이 없어서 사랑마저 포기하는 부왕을 미소로 위로했다. 그 미소에 눈물을 흘리고 있는 건 부왕이었다.

"욕심을 가지지 않으면 그만큼 목숨도 길어질 것이옵니다. 이 핏줄을 지키겠사옵니다."

이날이 부왕이 선낙재를 찾은 마지막 밤이 되었다.

희빈 박씨가 장성한 아들에게 선대왕과의 약속을 속삭였다.
"과거일지언정 욕심은 아니 됩니다. 그것이 무엇이든."
"선대왕께오서는 소인에게 양명陽明 땅을 봉작으로 내리셨습니다. 양명, 즉 밝은 햇볕에 불과하지요. 아무리 따뜻해도 햇볕은 그저 해의 일부일 뿐 엄연히 다른 것입니다. 선대왕께오서 정하신 것입니다."

양명군은 허탈하게 큰 소리로 웃으며 어머니에게서 몸을 돌렸다. 뜰을 지나 정업원의 대문을 나설 때까지 허한 웃음은 그치지 않았다. 자신을 이곳으로 데리고 온 말의 등에 올라타고서야 웃음은 서서히 사라졌다. 양명군은 젖어 드는 눈으로 먼 북쪽 하늘을 보았다. 그곳은 오직 훤의 아버지이기만 했던, 그리고 단 한순간도 자신에게는 아버지였던 적이 없었던 선대왕이 죽어서 간 북망산천이었다.

말에 올라탄 채로 하염없이 북망산천을 보고 있던 양명군은 그 당시 내어 지르지 못했던 울분을 또다시 삼켰다. 잡아 주시길 원했다. 마지막만큼은 그래 주시기를 원했다. 운명하기 바로 직전, 그래도 아버지라고 손을 내밀었다. 손은 두 개였건만 눈을 감는 그 순간까지 부왕은 세자의 손만 꽉 쥐고 있었다. 양명군은 또다시 말의 발굽에만 길을 물으며 씁쓸한 웃음으로 중얼거렸다.

"아바마마! 금상에게서 중전이 되지 못한 연우 낭자를 빼앗고, 용상마저 빼앗아 궁원제향의 제주가 되어 아바마마의 신주 앞에 술을 올리게 되면……, 소자도 아들이 될 수 있는 것이옵니까?"

"신, 소격서 도사 혜각, 뒤늦은 문안드리옵니다."

제운이 살려 둔 자객들이 의금부 옥사에서 신문을 시작하기도 전에 자결했다는 소식이 강녕전에 날아온 직후였다. 그래서 혜각 도사를 맞는 훤의 기분은 썩 좋지 않았다.

"제천의례는 무사히 치렀다 들었소."

"성은이 망극하옵니다. 이 모든 것이 상감마마의 성택으로……."

"성택이라……. 그때 나는 살을 맞아 사경을 헤매었소."

왕의 말은 날카롭게 서 있었다. 뭔가 빠져 있는 한 귀퉁이 때문이었다. 대왕대비를 온양으로 내려보냈는데도 눈 하나 깜짝하지 않는 외척들이 눈에 거슬렸다. 박씨를 통해 밀교까지 남겨 둔 것치고는 대왕대비는 너무 약한 느낌이었다. 외척 세력을 일시에 털어 낼 기회를 포착하고도 선대왕이 힘없이 접게 만들 수 있는 것이라면 보다 큰 약점이어야 했다. 이러한 생각이 훤을 괴롭혔다. 선대왕의 친신이었던 혜각 도사를 불러들인 것도 이런 이유 때문이었다.

"이제는 말할 때도 되지 않았소?"

"무엇을 하문하시옵니까?"

"장씨가 이미 입을 열었소."

훤이 손짓으로 등 뒤에 있는 방문을 열게 하였다. 강녕전 뒤로 교태전이 있는 것처럼 왕의 뒤로 연우가 나타났다. 여전히 하얀 소복 차림이건만 혜각 도사는 벌떡 일어나 그 앞에 절을 올렸다. 모두가 놀라는 와중에 절을 마친 혜각 도사가 깊숙이 허리를 숙이며 말했다.

"교태전의 주인이시여, 오래전부터 기다리고 있었사옵니다. 이 몸이 죄인이라 그간 예를 갖추지 못하였음을 용서하여 주시옵소서."

혜각 도사가 숙인 허리를 연우에게서 훤으로 바꾸며 다시 말했다.

"상감마마, 소신도 아뢸 죄가 있사옵니다."

"무엇이오?"

"교태전에서 맞으신 살은 소신의 소행이었사옵니다. 죽여 주시옵소서."

훤은 깜짝 놀라서 말문이 막혔다. 하지만 서서히 고개가 끄덕여졌다.

"월과 재회를 한 날이었소. 덕분인 걸 몰랐소."

"그것이 어떤 이유였건, 성체에 살을 날린 죄는 받아야 마땅하옵니다. 통촉하여 주시옵소서."

"용서를 하고 말고는 내가 판단할 일이오. 그것보다 먼저 답해 줘야 할 것이 있소. 언제부터 알고 있었소? 아바마마도 아셨소?"

혜각 도사가 허리를 들었다. 그러자 슬픈 눈이 올라왔다. 선대왕을 기억하는 신하의 눈이었다.

아직은 흰 머리카락보다 검은 머리카락이 더 많은 혜각 도사가 숙였던 허리를 들었다.

"상감마마, 급히 천신을 부르신 연유가 무엇이옵니까?"

부왕은 아무런 대답도 없었다. 하지만 눈으로 보지 않아도 강녕전을 가득 뒤덮고 있는 고뇌가 느껴졌다. 곧 있을 세자빈 간택 문제로 속을 끓이고 있는 듯하였다. 앞에 놓인 서찰 꾸러미를 발견했다.

"상감마마, 이것이 다 무엇이옵니까?"

"내가 세자의 품에서 잠시 훔쳐 낸 것이라네, 허허허."

부왕의 웃음이 기쁜 듯하면서도 슬프도록 공허하게 울려왔다. 서 내관이 서찰들을 혜각 도사 앞으로 가져다 놓고 물러났다. 그래서 이유도 모른 채 서찰 중 하나를 펼쳐 보았다. 정갈하고 아름다운 필체가 눈에 먼저 들어왔고, 뒤이어 귀한 신분이 될 이름 석 자, '허연우'가 보였다.

"이것은……."

"우리 세자가 언제나 품에 안고 다니는 것이라네. 심지어 잠을 잘 때도 여인이 아닌, 그 서찰 꾸러미를 안고 잔다더군. 세자의 그러한 행동들이 아직은 이성에 눈을 뜨지 못한 탓이라 여겼더니만……. 그것들을 읽어 보니 세자의 심정을 알 것 같네."

혜각 도사는 부왕의 머릿속을 괴롭히는 것이 무엇인지 완전히 이해할 수가 없었다.

"혜각 도사, 처녀단자는 보고 왔는가?"

"어명을 받자와 그리하였사옵니다."

"정녕 허연우란 아이가 미래 교태전의 주인이란 말인가?"

"천운이나 사주 따위는 이 서찰에 비할 바가 아니옵니다. 이것이 이미 미래를 이야기하고 있는데 다른 것들이 무슨 소용이 있겠사옵니까. 혹여 외척과의 싸움을 걱정하고 계시옵니까?"

왕의 고개가 천천히 저어졌다. 이윽고 슬픔이 가득한 목소리로 말했다.

"양명군이 처음으로 아들로서 이 아비에게 청한 것이 허연우란 아이일세. 난 양명군의 청을 들어주고 싶다네. 어쩌면 처음이자 마지막이 될지도 모르는 가엾은 내 아들의 그 청을……."

왕의 슬픈 눈이 다시금 훔쳐 온 서찰에 고정되었다. 그리고 그 속에 새겨진 연우의 심성을 되새겼다. 양명군의 가슴에 있는 여인은 이미 세자에게 닿아 있었고, 세자의 마음 또한 이미 깊어져 있었다. 하지만 이제껏 상처받으며 살아온 양명군을 위해서라도 연우는 양명군과 이어 주고 싶었다.

"그것은 아니 되옵니다. 상감마마께오서는 양명군이 왕이 되길 바라시는 것이옵니까?"

세자의 사주에는 여인이 단 한 명뿐이었다. 이미 서찰로 이어져 그 한 명의 여인이 되어 있는 허연우를 양명군과 이어 주면, 세자의 후사는 끊어지고 결국 양명군이 왕이 될 위험이 있었다.

"그럼 나는 마지막까지 양명군에게 죄를 지어야 한단 말인가!"

부왕이 고민에 빠져 있는 사이, 세자의 목욕이 끝나 간다는 보고가 들어왔다. 내관들이 훔쳐 온 서찰 꾸러미를 챙겨 급하게 나갔다. 그 후로도 한참을 고민하던 부왕이 결심을 내렸는지 힘겹게 중얼거렸다.

"차라리 서찰을 훔쳐보지 말 것을. 가엾은 내 아들 양명군……."

부왕의 한탄을 들으며 혜각 도사는 명나라로 떠났다. 이미 약속이 되어 있었기에 무거운 걸음을 돌릴 수가 없었다. 그 후 혜각 도사가 명나라에서 돌아왔을 때는 마침 허민규가 세상을 뜬 그날이었다. 미래의 왕인 세자를 위해 오랫동안 준비해 왔던 모든 것을 잃고, 그나마 마지막 희망이었던 허민규마저 잃은 부왕은 너무도 달라져 있었다. 왕이 달라진 만큼 돌아와서 본 조선도 달라져 있었다.

"상감마마, 천신 돌아왔사옵니다."

"상감? 내가 임금이었소? 그렇군. 세간에선 우매한 자를 일컬어 임금이라 하나 보군. 아니면 무능한 사내를 일컬어 임금이라 하나 보군."

부왕의 목소리에 눈물이 고여 있었다. 1년 전보다 훨씬 깊어진 한탄에 혜각 도사의 마음도 울컥 북받쳐 올라왔다.

"상감마마……."

"왕을 왕이라 생각하지 않는 신하들 위에 어찌 왕이 존재하겠소? 마지막 신하를 잃었으니, 난 더 이상 임금도 아니오."

부왕의 통곡 소리가 들렸다. 밖으로 새어 나가지 않게 소리 죽인 통곡 소리였다.

"내가 죽였소. 내 신하를 내 손으로 죽였소! 대제학의 두 눈에 피눈물을 흘리게 한 자가 바로 나요!"

혜각 도사의 눈에도 부왕과 같은 눈물이 흘러내렸다. 하지만 어떤 말로도 위로할 수가 없었다. 오랫동안 그렇게 부왕은 스스로를 책망하며 사건의 진실에 대해 혜각 도사 앞에서도 입을 다물었다. 혜각 도사도 더 이상 묻지 않았다. 허연우가 죽었다, 이 사실만으로도 충분히 의심되는 내용들이 있었기 때문이다.

관상감의 세 교수가 죽고 성수청의 장씨가 사라진 걸 알아차렸다. 허연우가 살아 있을지도 모른다는 심증은 잡았지만 증거는 잡지 못한 채로 시간은 흘렀다. 얼마나 괴로워할지 알기에 부왕에게 의논조차 하지 못하고 홀로 고심했던 세월이었다. 장씨를 찾아냈다. 그리고 장씨가 데리고 있는 신딸도 확인했다. 혜각 도사는 부왕에게 이 사실을 알리기 위해 강녕전으로 달려갔다. 하지만 너무 늦은 뒤였다. 이미 부왕은 숨이 끊어져 가고 있었기 때문이다.

임종을 지키기 위해 많은 사람들이 있었다. 그들의 눈을 피해 아뢸 수 있는 방법이 없었다. 세자와 양명군, 그리고 신하들이 지켜보는 가운데 눈을 감던 그 순간, 부왕은 죽어 가는 손을 뻗었다. 한 손은 세자, 또 다른 한 손은 가엾은 아들 양명군에게로 향했다. 하지만 결국 지켜보는 수많은 신하들의 눈이 두려워, 서장자에게로 가던 손을 거두어 세자의 손을 잡은 손에 겹칠 수밖에 없었다.

아비를 보는 양명군의 원망 어린 눈빛을 가슴에 묻고, 차마 잡아 주지 못해 더 아린 가슴을 죽음에 묻고, 수많은 비밀과 더불어 그렇게 눈을 감았다. 언제나 왕권을 유린당한 그였지만, 눈을 감는 그 순간까지 그는 아비가 아닌 왕으로서 눈을 감았다. 그리고 아뢰지 못한 사실들이 혜각 도사에게 그대로 과제가 되어 남고 말았다.

"언제부터 알고 있었소? 아바마마도 아셨소?"

부왕이 가고 없는 자리에서 이제는 세자가 왕이 되어 묻고 있었다.

"모르셨사옵니다. 아셨다면 지금 현재가 달라졌을 것 같사옵니까?"

이것은 끝내 아뢰지 못했던 혜각 도사의 회환이 과거의 왕에게 하는 질문이었다. 이에 대한 답은 돌아오지 않았다.

"혜각 도사는 기무장계가 있었다는 사실을 아시오?"

혜각 도사는 대답하지 않았다. 대신 처음 듣는 말이라는 눈빛을 보내왔다.

"그렇다 해도 무고술에 가담했던 인물들은 알고 있을 것이 아니오."

"소신이 알아낸 것은 세자빈을 도무녀 장씨와 죽은 세 교수가 빼돌렸다는 사실이옵니다. 다시 경복궁으로 모시고 오는 방법에 집중하느라 다른 부분은 생각할 여지가 없었사옵니다."

고개를 끄덕였다. 기무장계에 있던 내용은 연우의 죽음은 병사가 아니라 별궁에서 있었던 무고술에 의해서다. 거기에 가담한 인물들은 누구누구다. 여기까지였을 것이다. 그러니 부왕이 죽기 전까지 알고 있던 사실도 여기까지일 것이다.

"아바마마의 약점이 무엇인지 알고 있소?"

"약점?"

"이 조정이 외척들의 소굴로 변할 걸 알면서도 포기할 수밖에 없도록 만든 약점……."

"모르기는 해도, 아마도 왕이 아닌, 인간이 가지는 약점일 것이옵니다. 나약한 인간이라면 누구나 가질 수 있는……."

훤이 고개를 푹 숙였다. 아버지를 추억하는 아들의 어깨가 떨렸다.

"혜각 도사가 나에게 너무 큰 숙제를 주는구려. 어렸을 때, 왜 나는 세자일 수밖에 없냐며 아바마마께 대들었소. 한데 정작 나는 단 한 번도 아바마마를 왕이 아닌, 한 인간으로 생각해 본 적이 없었소. 인간이라면 사랑도 했을 터인데, 아바마마께는 그런 감정이 없다고만 생각하였소. 너무도 당연한 그 감정조차 아바마마와 이어 보지를 못했소."

혜각 도사가 물러나고 나서도 훤은 침통하게 고개를 숙인 채였다. 그러다가 고개를 들어 제운을 보았다. 선대왕이 연우가 살아 있는 걸 몰랐다면, 기무장계에도 죽은 것까지만 기록되었다는 뜻이다. 이것은 박씨 부인도 몰랐을 가능성이 높았다. 살아 있는 연우를 선대왕에게 보고하지 않았을 박씨가 아니었다.

"운아!"

제운이 왕 앞에 귀를 기울였다.

"잠시 본가에 다녀와라."

강녕전 뜰로 지친 혜각 도사가 내려섰다. 자신의 역할은 모두 끝났다. 이것이 선대왕의 뜻과 위배되는 것인지 알 수는 없어도 홀가분했다. 뜰 안을 가득 메운 차가운 바람이 하얗게 샌 머리카락을 움직였지만, 혜각 도사는 바람의 손길을 느끼지 못하는 듯 하늘을 보았다.

"달이라……. 헛으로 붙이는 이름조차 우연인 것은 없는 법이지. 운명이 이끈 인연의 작은 길이 우연일 뿐……."

약하던 바람이 순간 세차게 일어 혜각 도사를 가득 감싸 안다가 어디론가 사라졌다. 언제나 입버릇처럼 말하던 선대왕의 말이 들렸다.

'나는 죽어서도 죽지 못하고 바람처럼 떠돌겠지. 이 한 많은 이승을 떠나지 못해서…….'

끝내 듣지 못한 유언이었기에 혜각 도사에게는 이 말이 마지막 유언으로 남았다.

"선대왕전하, 혹여 떠돌고 있는 이 바람이 마마이시옵니까? 조선 팔도 굽이굽이 떠돌다 지쳐도, 지친 마음 하나 눕지 못하는…….”

혜각 도사의 눈앞에는 어느새 선대왕이 슬픈 모습으로 등을 돌려 서고 있었다.

"혹여 소신이 잘못한 것이옵니까?"

양명군이 한양 일대를 방황하다가 집에 도착하자 하인이 안절부절못하며 다가왔다. 양명군은 이상함을 느끼고 집 안으로 차가운 눈길을 던졌다.

"무슨 일이냐? 누가 집 안에 들어 있는 것이냐?"

하인은 그의 손에서 말고삐를 받아 들며 기어들어 가는 목소리로 말했다.

"송구하오나, 파평부원군이 계속 기다리고 계시옵니다."

"네놈이 진정 실성을 한 게냐? 그따위 놈을 흠관재에 들이다니!"

"쇤네가 안 된다고 하는데도 부득부득 집 안으로 들어오는지라 말릴 수가 없었사옵니다."

양명군은 화난 손길로 주던 말고삐를 다시 빼앗아 들었다.

"나갔다가 다시 들어올 때까지 그자를 내쫓지 않는다면 네놈 목이 성하지 못할 것이다!"

하인의 눈이 도와 달라는 눈빛을 하였다. 일개 하인인 주제에 국구를 내쫓는다는 것은 양명군에게 목이 달아나는 것이나 마찬가지이기 때문이다. 그 눈빛에 아랑곳하지 않고 양명군은 말에 훌쩍 올라탄 뒤 사라져 갔다. 파평부원군이 자신을 찾는 것! 그것은 다른 소인배들이 찾는 것과는 전혀 다른 의미였다. 양명군은 비명과도 같은 소리를 지르며 목적도 없는 곳을 향해 말을 몰았다.

"왔느냐? 기다리고 있었다."
제운이 무엇 때문에 왔는지 박씨 부인은 이미 알고 있는 듯하였다. 하지만 그보다 먼저 제운의 안색부터 살폈다.
"혹여 힘든 일이 있느냐?"
"아니옵니다."
"하루 이틀 잠을 자지 않았다고 해서 나올 수 있는 안색이 아니다. 무슨 일이냐?"
제운은 박씨의 걱정 어린 시선 앞에 홀로 조이던 마음을 내려놓았다.
"소인이 상감마마께 씻을 수 없는 죄를 지었사옵니다."
"우리 운이는 죄를 지을 놈이 아니다. 단지 대쪽과도 같은 마음이 틈을 주지 않았을 뿐일 테지. 상감마마께옵서 너의 죄를 탓하시더냐?"
"아니옵니다."
"너를 알아보고 옆에 두었던 분이다. 그분께서 죄를 묻지 않는다면 네 스스로도 죄를 묻지 마라."
제운이 가만히 고개만 숙였다. 상처 입은 곳이 아물고 강해지는 느낌이었다.

"아깝구나, 우리 운……."

제운이 고개를 들어 박씨를 보았다. 옛날부터 박씨가 중얼거리던 말의 의미를 이제야 이해하기 시작했다. 단지 제운이 묶여 있는 서자의 처지를 말한 것이 아니라, 자신이 제운을 낳지 못해 아깝다는 한 맺힌 말이었다. 이분의 아들이었다면, 8년 전 연우를 알게 되었을 때부터 관심을 가졌을지도 모른다. 그러면 왕보다 먼저 연우를 알게 되고, 좀 더 먼 옛날부터 연우를 생각하고, 어쩌면 연우를 향해 당당한 미소를 보냈을지도 모를 일이었다. 이렇게 혼자만의 감정으로 숨기고 또 숨기지 않아도 되었을지도 모를 일이었다.

박씨의 눈에 제운의 상처가 보였다. 덜어 줄 수 있으리라 여겼던 옛날의 마음은 내방에 박힌 여인의 아집에 불과한 것이었음을 알게 되었다. 제운의 상처만큼 박씨에게도 상처가 새겨졌다.

"널 세상으로부터 지켜 주고 싶었는데, 세상의 시름이 나를 속이고 내 눈 뒤로 돌아 널 눈물짓게 하고 있는 줄 몰랐구나."

박씨가 지켜 주지 않았다면 지금의 제운은 없었다. 제운은 자신을 만들어 준 여인 앞에 고개를 숙였다. 그렇게 한층 더 강해졌다.

"상감마마의 하문을 가져왔사옵니다."

"소식 들었다."

박씨가 서안 아래에서 궤를 꺼냈다. 그리고 그 안에 있던 종이를 꺼내 제운의 눈앞에서 찢었다.

"허씨 처녀가 살아 있다면 이 밀교는 더 이상 존재할 가치가 없다."

이어서 미리 적어 둔 봉서를 서안 위로 올렸다.

"상감마마의 하문이라면 아마도 이 안에 있는 내용일 것이다."

제운이 봉서를 받아 가슴 깊숙이 넣었다. 박씨가 걱정스럽게 아들을 보면서 말했다.

"그것은 상감마마께 해답이 아니라 고통이 될 것이다. 밀교를 파기하면서까지 금상께 전하는 것이 선대왕의 뜻인지, 아니면 살아 돌아온 허씨 처녀를 다시 한 번 매장하더라도 밀교를 지키는 게 선대왕의 뜻인지……. 나도 모르겠구나, 어떤 것이 옳은지는. 죽은 자는 대답이 없으니까."

눈을 깜빡거렸다. 몇 번을 연거푸 깜빡거려도 내용은 달라지지 않았다. 고개를 저었다. 몇 번을 연거푸 저어도 머릿속은 움직이지 않았다. 연우를 보았다. 어리둥절한 눈으로 훤을 보고 있었다. 연우의 표정이 고통스럽게 변하고 있었다. 훤의 표정을 따라갔기 때문이었다.

"그대도 알고 있었소? 그래서 그대 오라비를 만날 수 없다고 한 것이오?"

연우의 눈에서 눈물이 흘러내렸다. 자신의 짐작이 맞은 데에 대한 슬픔이었다. 선대왕에게 있어서 인간으로서의 약점, 그리고 연우가 사라지길 바라는 강력한 마음, 무고술을 구성하고 있는 초경, 이 모든 것의 주인은 민화공주였다.

"아니야, 그럴 리가 없어. 왜 민화가 세자빈을……. 연우 낭자를 죽일 이유가 없……."

순간 훤의 머릿속에 하늘이 찢어지는 굉음이 들려왔다. 옛날 염에게서 수업을 받고 있을 때 생각시 옷을 훔쳐 입고 비현각에 난입하여 소리치며 울던 민화의 모습이 훤의 심장을 산산조각 내며 떠올랐다. 목적이 허염이었다. 민화는 허염을 가지기 위해 연우를 죽이는 데 동조한 것이다.

그리고 보니 이상했다. 연우의 죽음으로 인해 죄인으로 몰렸던 집안이었는데 허염이 부마로 간택되었다. 비록 의빈은 관직에 나갈 수 없지만 의빈의 부친은 관직을 허락받았고, 부원군 못지않은 권력을 가질 수도 있었다. 그런 위험에도 불구하고 이 일이 성사되도록 적극 협력한 이가 대왕대비였다. 민화와 대왕대비 사이에 계약이 있었다고밖에 볼 수가 없었다.

훤의 머릿속에서는 또 다른 의문이 생겨났다. 어쩌면 허민규도 권력을 나누고 싶지 않았던 그들 손에 죽었을지도 모른다는 거였다. 연우의 얼굴을 볼 수가 없었다.

이때 바깥에서부터 말이 전달되어 들어왔다. 귀로 전해들은 차 내관이 안절부절못하면서 아뢰었다.

"공주 민화께오시 강녕전 밖에서 성후를 여쭙사옵니다."

훤은 왜 민화가 입궐했는지까지는 생각해 볼 겨를이 없었다. 어서 누이 입에서 사실을 확인하고 싶었다. 등 뒤의 문을 닫아 연우를 감추었다. 그 순간 훤의 몸이 심장의 고통을 이기지 못하고 휘청하였다. 간발의 차이로 제운이 몸을 받쳤다.

고운 당의 차림의 민화가 환한 얼굴로 들어왔다. 연방 헤벌쭉거리는 표정이 오라비의 건상이 걱정되어 온 것은 아니었다. 무엇에 신이 났는지는 알 수 없어도 몸가짐을 조심스럽게 하여 앞에 앉았다. 훤은 감정을 마음속에 깊숙하게 깔고 인사부터 건넸다.

"오랜만이구나! 양천도위는 어찌 지내느냐?"

"음……, 잘 지내고 있다고 아뢰어야 할지……. 얼마 전부터 안색이 안 좋아 보여서 걱정하고 있기는 하오나 겉으로는 무탈하니……."

누이의 생존을 알게 되었는데 염의 정신이 제대로일 리가 없었다. 민화는 훤이 제운에게 기대듯 앉은 것이 이상했는지, 눈을 똘망거리며 쳐다보았다.

"앉아 계시는 것도 힘드시옵니까? 조금은 강녕해지시었다 들었사온데……."

"넌 그런 질문을 하면서도 입은 여전히 헤벌쭉하구나. 나를 걱정해서 온 게 맞느냐?"

"오라버니마마도 참! 걱정이 안 될 리가 없지 않사옵니까? 어마마마 밑에 오라버니마마와 저 단둘뿐인데. 앗! 전 그만 서방님께 돌아가야 되겠사옵니다."

훤은 씁쓸하게 웃으며 말했다.

"엉덩이가 바닥에 닿기 무섭게 양천도위에게로 가고 싶어 하다니. 그리도 그가 좋으냐?"

양천도위란 말에 민화의 입이 헤벌쭉 벌어져 귀에 걸렸다.

표정만으로 답을 들은 셈이다.

"어디가 그리도 좋으냐?"

"오라버니마마, 또 저를 놀리시는 것이옵니까? 미워요!"

"민화공주, 그를 마음에 둔 건 언제부터였느냐?"

질문에 이상함을 느낀 민화가 눈동자만 굴리며 가만히 있었다. 그녀를 대신해서 훤이 답했다.

"옛날 네가 생각시 옷을 훔쳐 입고 비현각에 나타났을 때부터였느냐?"

민화도 두려운 예감에 사로잡혔다. 그래서 더욱더 입을 다물었다.

"말하라! 그때 이미 마음에 두고 있었느냐고 물었다!"

훤의 분노 가득한 목소리가 강녕전을 뒤흔들었다. 왕의 큰 소리에 놀란 민화는 커다란 눈에 눈물을 그렁그렁 맺어 내더니 떨리는 목소리로 겨우 입을 열었다.

"왜 물으시옵니까? 그리고 왜 진노하셨사옵니까? 저, 무서워서……."

"그때 넌 양천도위를 마음에 두고 있었다. 그래서 그런 짓을 하였느냐?"

"무엇을 말씀이옵니까? 상감마마께옵서 하시는 말씀을 전혀 알아듣지 못하겠사옵니다!"

"양천도위의 누이!"

순간 민화의 심장이 지옥 아래로 떨어져 내리는 소리가 들렸다. 놀라서 더 커진 눈을 향한 훤의 추궁이 이어졌다.

"그래도 모른다 할 것이냐!"

민화의 고개가 거의 무의식적으로 세차게 도리질 쳤다. 하지만 이미 눈은 진실을 드러내고 있었다.

"모르옵니다! 몰라요! 전 아무것도 모르옵니다!"

"민화공주, 어서 사실대로 말하지 못하겠느냐!"

겁에 질린 표정으로 도리질만 치던 민화는 결국 바닥에 엎드려 울기 시작했다. 훤도 겁에 질려 소리 없이 통곡할 수밖에 없었다.

"아니지? 넌 아무 상관없는 것이지? 아니라고 말하라. 부디 넌 끝까지 모른다고 말하라!"

"서방님에게는 비밀로 하여 주시옵소서. 오라버니께서 저를 벌하시어도 좋사옵니다. 염라대왕한테 일러도 좋사옵니다. 하지만 서방님에게만은 제발……, 제발!"

훤의 몸에서 순식간에 힘이 빠져나갔다. 옆에서 제운이 부축하지 않았다면 그대로 쓰러져 버렸을 것이다. 머릿속이 새하얗게 변해 버린 귀에는 아무 소리도 들리지 않았다. 오직 민화가 대성통곡하는 소리만 들렸다. 그리고 그보다 더 큰 소리로 등 뒤에서 연우가 눈물을 참는 소리가 울려왔다. 훤이 넋이 나간 채로 입만 움직여 말을 뽑아냈다.

"왜……, 왜 그랬느냐? 왜 네가 세자빈 무고술에 관여하였느냐?"

"서방님을……, 가질 수 있는 방법이 달리 없었기에……."

"연우 낭자가 세자빈으로 간택되어도 아바마마께 간청하였다면 양천도위와도……."

"아니 된다 하시었사옵니다! 아바마마께오서 서방님은 간세지재이니 절대 의빈이 되어선 아니 된다 하시었사옵니다! 며칠 동안 곡기마저 끊고 간청하였사온데, 그래도 아니 된다고만 하시었기에, 엉엉!"

"할마마마께서 널 꼬드긴 것이냐?"

바닥에 엎드린 채 통곡하고 있는 민화의 고개가 크게 끄덕여졌다.

"마침 제가 초경을 시작하였사온데……, 저의 소원이 담긴 개짐만 있으면 서방님의 누이를 죽일 수 있고, 그러면 아바마마는 서방님을 구하기 위해서라도 저와 혼례를 올려 주실 수밖에 없을 거라 하시었기에, 반드시 그렇게 해 주시겠다고 약속하시었기에……."

민화는 알지 못하였다. 자신이 저지른 짓으로 인해 더 이상 염의 환한 웃음을 보지 못하리라는 것도, 몇 년이 흐른 지금까지 그의 슬픈 눈동자만 보게 되리라는 것도 알지 못하였다.

머릿속에서 넋이 나간 상태에서도 훤은 그때의 상황이 무서울 정도로 이해가 되고 있었다. 선대왕에게 있어서 염은 아들을 위해 아껴 둔 인재였다. 훗날 훤이 왕이 되었을 때 그 옆을 보좌해 주길 바라는 마음으로 무리해서까지 세자시강원으로 보냈고, 미래의 왕과 미래의 신하가 우정을 쌓을 수 있도록 미리 터를 마련했다. 염의 뒤에 버티고 있던 허민규와 사림 세력은 외척 세력에 밀린 힘의 균형을 이뤄 줄 것이라고 생각했다.

그렇기에 외척들에게 있어서 염이라는 나이 어린 사내는 미래를 위협하는 존재일 수밖에 없었다.

훤은 종묘정전에서 보았던 마지막의 부왕을 떠올렸다. 외척에게 왕권을 유린당하고 거죽만 남아 있던 선대왕의 모습을 떠올렸다. 그리고 아들에게 자신을 용서하지 말라고 당부하던 선대왕의 비탄을 떠올렸다.

"네가……, 네가 무슨 짓을 한 것인지는 아느냐?"

민화가 비탄에 잠긴 목소리로 묻는 훤을 쳐다보았다. 민화의 울음소리는 잦아들어 있었지만 눈물은 더욱 굵어져서 얼굴을 타고 떨어지고 있었다. 오라비의 절망스런 눈빛을 보며 말했다.

"똑같은 눈빛과 똑같은 목소리로, 똑같은 말씀을 아바마마도 제게 하시었사옵니다. 그때의 저는 모른다고만 답하였지요. 왜냐하면 정말로 몰랐으니까……. 그 후 서방님의 눈물을 보았사옵니다. 누이가 가고 없는 별당에 홀로 앉아 피 같은 눈물을 삼키는 서방님을 보고서야 제가 무슨 짓을 하였는지 알게 되었사옵니다. 제 손으로 서방님의 인생을 처참하게 부수어 버렸다는 사실을, 그리고 서방님께 씻을 수 없는 죄를 지었다는 것을요."

"이 바보 같은 것아! 아바마마껜 더한 죄를 지었다! 전 대제학에게도 죽을죄를 지었다! 내게도! 연우 낭자에게도!"

"그때 생각하였던 것이 있었사옵니다. 천당에서 몇억 년의 세월을 보내기 위해 다른 사내의 품에서 몇십 년을 사는 것이 좋은가, 아니면 지옥불 속에서 몇억 년의 세월을 보내더라도 서방님의 품속에서 단 며칠을 사는 것이 좋은가! 저는 후자를 택했고, 그때의 선택을 지금도 후회하지는 않사옵니다. 또다시 저에게 선택을 하라시면 주저 없이 서방님을 택할 것이기에……. 저의 지옥불 속의 몇억 년이, 다른 이들의 천당에서의 몇억 년보다 훨씬 행복할 것이옵니다."

민화의 확고부동한 태도에 훤의 어깨가 힘없이 떨어졌다. 연우의 어깨도 체념과 더불어 힘없이 떨어졌다. 연우의 눈에서는 눈물도 말랐다. 입가에는 덧없는 미소만 떠올랐다. 하지만 훤은 아직 체념하지 않았다.

"너를 벌할 것이다! 아무리 누이라 하더라도, 너를 벌하지 않으면 그 일에 가담한 외척들의 죄도 물을 수 없기에!"

민화가 눈물과 함께 고개도 떨구었다.

"저를 벌하시는 건 받겠사옵니다. 하지만 제 뱃속에 있는 양천도위의 씨를 같이 벌하지는 마시오소서."

"뭐? 방금 무어라 한 것이냐?"

"오늘 입궐은 오라버니를 뵈옵는 것과 겸사로 내의원에 다니러 온 것이옵니다. 있어야 할 환경環經이 없어 민 상궁이 혹여 모른다 하여……. 진맥을 받았사온데, 태기가 있는 것이 확실하다 하옵니다."

훤의 표정에는 아무것도 담겨진 것이 없었다. 지금 상황이 어떻게 돌아가고 있는지 헤아릴 머리도 남아 있지 않았다.

민화가 씩씩하게 눈물을 닦았다. 갑자기 염이 보고 싶어졌다. 그리고 그를 잃을 것만 같아 불안했다. 어서 곁으로 돌아가고 싶었다. 그래서 불안한 눈을 두리번거리며 인사를 하는 둥마는 둥 하고는 자리에서 일어났다. 급하게 가고 없는 민화의 자리에는 울분을 토해 내는 훤의 비명만이 가득했다. 그리고 제운의 가슴 아픈 눈이 연우가 있는 방문을 향했다.

7

"상감마마……."

 훤을 찾는 연우의 애끓는 소리가 방문 너머로부터 들어와 비명 속에 파묻혔다. 또다시 연우의 목소리가 훤을 붙들었다.

"소녀, 그리 들어도 되옵니까? 들게 하여 주시옵소서."

 비명인지 울음인지 분간할 수 없는 목소리가 열리려는 방문을 향해 애원했다.

"아니 되오! 난……, 그대를 볼 수가 없소."

"마마……."

"그대를 그리 만든 자를 잡아 도륙을 낼 것이라 맹세하였소. 그런데 그대를 그리 만든 자들이 나의……, 피붙이였소. 그대의 죽음을 사주하고, 그대를 죽이고, 그대의 억울한 죽음을 덮은 이가 모두 나의 피붙이였소. 내가 무슨 낯으로 그대를 볼 수 있겠소!"

바닥에 두 팔을 겨우 지탱하고 앉은 훤이었다. 그 얼굴에서 떨어진 눈물이 바닥에 쌓일 듯 내렸다.

"소녀를 영원히 아니 보실 것이옵니까? 그렇게 또 한 번 소녀를 죽이시려는 것이옵니까?"

말속에 섞인 연우의 눈물이 훤의 심장을 더욱 괴롭혔다. 하지만 여전히 연우의 얼굴을 마주할 수 없었다. 스스로를 용납할 수가 없어서였다. 망설이는 훤을 견디지 못한 것은 이번에는 연우였다. 어명을 어기고 방문을 열었다. 그리고 무너지지 않으려고 힘들게 지탱하고 앉은 훤의 등 뒤로 달려가 부축하듯 안았다. 등에 와 닿은 연우의 체온이 절망도 같이 끌어안았다.

"두려운 것이 무엇이냐고 하문하시었사옵니까? 소녀가 두려웠던 것은 이것이었사옵니다. 상감마마께옵서 상심하시고, 소녀를 아니 보실까 봐 두려웠사옵니다."

"그대가 이리된 것이 나 때문이나 마찬가지요."

"그리 말씀하시면, 소녀가 살아 있음을 스스로 원망하오리다."

"난 그대에게 가장 멋진 사내이고 싶었소. 그런데 가장 못난 사내였소."

훤은 자신의 허리를 힘주어 끌어안은 연우의 팔을 쓰다듬으며 고개를 들어 천장을 보았다. 부왕의 말이 심장으로 들려왔다.

'내가 지키고자 했던 이들을 용서하고, 부디 지켜 다오. 정 아니 되겠거든 제일 먼저 이 아비를 용서하지 마라.'

"아바마마……, 아바마마!"

훤의 애타는 부름은 하늘이 아닌 연우의 심장에 울려 퍼졌다. 연우는 부왕이 남긴 목소리와 자신의 눈물 사이에 있는 사랑하는 사람의 슬픔과 고뇌를 덜어 주고 싶었다.

"소녀, 상감마마의 곁이라면 그곳이 어디든 무슨 상관이 있으오리까. 어떤 옷을 입든, 어떤 신분이든, 작은 방에 숨어 살지언정 기쁠 것이옵니다. 이름도 상관없사옵니다. 소녀에게는 상감마마께옵서 이름 하신 월이 있지 않사옵니까. 월이라 하여 주시옵소서. 그러니 부디 상감마마의 누이를, 핏줄을 마마의 손으로 벌하지 마옵소서."

연우가 다시 무덤으로 들어가려고 하고 있었다. 훤이 연우의 팔을 사납게 풀며 몸을 돌려 마주 보았다. 다시금 놓치지 않으려는 듯 두 손으로 연우의 양쪽 어깨를 아프도록 잡았다.

"나는 그대를 사랑하는 한 사내이기도 하지만 이 나라의 왕이기도 하오. 비록 태어나던 날까지 기억하지는 못해도, 내 기억에 있는 어린 나는 지금의 나를 위해 학문을 익혔소. 내가 익혀 온 것은 오직 왕으로서의 도리만 있었고, 그 가운데에는 언제나 백성이 있었소. 왕으로서의 횡포는 배우질 못하였소. 처음 온양에서 만났던 그 밤, 그대가 나에게 조선의 백성이라 하였소. 백성은 억울한 죽음을 당하고도 숨어 살고, 단지 나의 핏줄이라 하여 죄를 지은 이는 행복하게 사는 세상, 그런 조선의 왕을 만들고자 그 많은 스승이 나를 가르치진 않았소. 그런데 그대는 나에게 그런 조선의 왕이 되라는 것이오!"

연우의 눈에 비친 훤은 왕이었다. 인간으로서의 갈등과 왕으로서의 갈등을 동시에 해야만 하는 불쌍한 사내였다. 그 가엾은 사내에게 애원했다.

"그러면 우리 오라버니는 어찌하란 말씀이옵니까? 아무것도 모르는 우리 오라버니……, 가엾어서 어찌하옵니까? 이 일을 알게 되면 오라버니는 견딜 수 없을 것이옵니다."

"그대는 오라비만 가엾고 나는 가엾지 않은 것이오? 그대가 중전이 아니면 다른 여인을 안아야만 하는데, 그런 나는 가엾지 않은 것이오? 그런 그대는 가엾지 않은 것이오!"

"가엾사옵니다. 하지만 누이를 벌하시는 상감마마는 더 가엾사옵니다."

"난 아무것도 모르는 그대 오라비의 행복이 가엾소. 자신의 누이를 죽인 여인을 은혜로 여기며 부부로 살고 있는, 앞으로도 살아갈 나의 스승이 가엾소."

"그렇기에 간청 드리는 것이옵니다. 우리 오라버니, 이대로 모르고 살아가게 하여 주시옵소서."

"내가 불행할 것이오."

"소녀의 욕심은 이미 다 채워졌사옵니다. 더 이상 소망할 것이 없사옵니다."

"그대의 숨어 산 긴 세월은 억울하지 않소? 얼마나 괴로운 삶이었을지 나는 다 헤아리지도 못하오. 단지 뭇사람들이 그대를 사람이 아니라 한다던 스쳐 지나는 말조차 지금껏 내 가슴에 밟혀……."

훤은 올라오는 울음소리를 목구멍 안으로 삼켰다. 훤의 고통과 똑같이 연우의 얼굴도 고통으로 일그러졌다.

"괴로웠기에 그 고통을 오라버니와 나누고 싶지 않은 것이옵니다. 연우란 여인이 어떻게 죽었는지, 그리고 어떻게 살아났는지, 그것이 얼마나 공포스러웠는지······."

민화는 달리듯이 걷는 가마꾼의 걸음도 느리게만 느껴져 조급하게 재촉했다.

"지금 비탈을 올라가는 것이냐? 어찌 이리도 걸음이 느린 것이냐?"

바깥에서 가마꾼과 함께 헐레벌떡 뛰고 있던 민 상궁이 헉헉거리며 말했다.

"지금도 많이 흔들려 위험하옵니다. 특히 조심하셔야 함을 모르시옵니까?"

그러더니 가마꾼을 향해 호통했다.

"흔들리지 않게 하라지 않았느냐! 잘못했다간 다들 경을 칠 것이다!"

가마꾼들은 누구 말에 장단을 맞춰야 할지 몰라서 뛰다 걷다 하며 안절부절못하였다. 가마 속의 민화는 불안하기 그지없었다. 염이 홀연히 자신의 손에서 달아나 버릴 것만 같은 두려움 때문이었다. 그날의 무서웠던 무고술이 끝난 후 모든 것이 끝났다고만 생각했었다. 이제는 영원히 염과 함께 행복하게 살아가는 것만이 전부라고 믿어 의심치 않았다. 그런데 갑자기 오라비인 왕이 이 사실을 알게 되었다. 훤은 민화에게 있어서 아버지보다 더 무서운 사람이었다. 그래서 마치 왕이 염을 빼앗아 가기라도 하는 듯 숨이 가쁘고 입안이 타들어 갔다. 당장 염을 눈으로 확인하지 않으면 미칠 것만 같았다.

집에 도착하자마자 민화는 민 상궁의 만류에도 불구하고 사랑방으로 뛰어 들어갔다. 바깥에서 미리 기척할 사이도 없었다. 그런데 사랑방에 앉아 책을 읽던 염은 요란스러운 민화의 등장에도 전혀 눈치 채지 못하였다. 민화가 입궐하기 전에 인사하려고 들었을 때 그 모습 그대로 앉아 있었다. 마치 껍데기만 있고, 넋은 빼앗긴 사람이 된 것처럼 누가 들어온 것도 못 느꼈다. 민화가 염에게 바짝 붙어 팔을 끌어안았다. 그제야 놀란 눈으로 민화를 보았다.

"아, 다녀오셨사옵니까?"

"뭣을 그리도 골똘히 생각하시는 것이어요?"

"아무것도……. 상감마마께오선 강녕하시옵니까?"

"네, 많이……."

"……혹여 다른 말씀은 없으시었는지……."

망설이는 듯한 염의 물음에 민화의 몸이 경직되었다. 염이 다른 때와 달라 보여서도 무서웠고, 눈동자가 너무 슬퍼 보여서도 무서웠다. 그래서 팔을 더욱 힘주어 끌어안으며 말했다.

"왜 그, 그런 질문을 하시어요?"

"아, 아니옵니다. 오랜만의 입궐이신데, 대비마마 곁에 좀 더 계시다 오시지 않고요."

"서방님이 너무 보고 싶어서 그럴 수가 없었사와요. 너무

너무 보고파서……. 아 참! 소첩, 내의원에 들렀다 오는 길이어요."

염의 표정은 변함이 없었다. 몸은 민화의 옆에 붙들려 있는데 마음은 저 멀리 북풍과 더불어 떠돌고 있는 듯 힘없이 말했다.

"내의원엔 어인 일로? 의원을 집에 부르시지 그러셨사옵니까?"

민화는 대답 대신 방그레 웃어 보였다. 염이 좀 더 관심을 가져 주었으면 하는 마음이었지만, 더 이상의 집중은 하지 않았다. 그래서 자진해서 신경을 끌어 모았다.

"소첩……, 서방님의 아이를 뱃속에 가지었다 하여요."

민화를 보고 있던 염의 눈동자가 짙은 색을 찾았다. 기쁜 표정을 눈에 담는가 싶더니 이내 다시 어두워졌다.

"죄송하옵니다, 공주. 제가 먼저 알아차렸어야 하는데, 전혀 몰랐으니."

"아니어요! 소첩도 몰랐사와요. 그리고 잉태한 지 얼마 지나지 않아서 표도 없었고, 입덧도 앞으로 차차 할 것이라 하였고, 또……."

민화는 염의 미소에 입을 다물었다. 잔잔한 그 미소가 몸에 닿자 부끄러움에 몸이 비비 꼬였다. 하지만 염에게서 눈을 떼지는 않았다.

"공주, 감사하다는 말로 전하기에는 그 뜻이 부족하옵니다. 그리고 언제나 은혜만 입고, 돌려 드리지 못해서 죄송하옵니다. 공주의 은혜로 말미암아 저도 이제 아버지를 뵐 면목이 생겼사옵니다. 장하시옵니다."

"안아 주시어요."

염은 깨어질 그릇이라도 품는 듯 조심스럽게 민화를 안았다. 하지만 마음속에 품고 있는 생각은 살아 있는 누이에 대한 것이었다. 민화의 어깨너머에는 연우의 시신을 안고 있는 아버지의 모습이 보였다. 그 옛날, 염이 집으로 돌아와 연우의 방으로 달려갔을 때 보았던 그 모습이었다. 주위에서는 시신을 그만 놓으라며 애원하는데도, 아버지는 연우를 안은 채 '아직 따뜻하다. 아직 살아 있다.'는 말만 되풀이해서 중얼거리고 있었다. 지금 염의 눈에도 이미 세상을 떠난 작았던 누이와 세상을 버린 아버지의 마음이 웅크리고 있었다. 그렇게 아버지의 마음을 죽이고 떠났던 가엾은 누이가 살아 있었다.

염은 누이를 안아 줄 수 없는 품으로 민화를 끌어안았다. 민화도 그의 품에서 같이 힘껏 끌어안았다. 아무도 이 사람을 빼앗아 가지 못하리라 생각하면서도 눈물은 모르는 사이에 흘러나왔다. 염의 청렴한, 너무나도 깨끗한 향기가 민화를 안았지만, 그녀의 몸은 영릉향으로 인해 그 향기에 물들어지지 않았다. 독과 악기를 없앤다는 영릉향, 그것이 아무리 짙은 향기를 내뿜어도 민화의 죄를 전부 가릴 수는 없었기에…….

훤은 간간이 고개를 돌려 연우가 있는 방문에 눈을 둬 보기도 하였지만, 이내 죄인이 된 마음으로 거두어 왔다. 그리고 골똘히 옆에 앉은 제운을 쳐다보았다. 그는 왕을 보지 않고 눈을 감고 있었다. 감은 눈 속에 담긴 번민을 헤아리고도 남았다. 훤은 더 이상 고민할 사이가 없었다. 보이지 않는 적들은 왕에게 고민할 시간 따윈 주지 않은 채 이미 움직이고 있었다.

뜬눈으로 밤을 새운 훤은 파루의 북이 울리기도 전에 자리에서 일어나 몸을 씻었다. 어젯밤과는 달리 기운이 넘치는 듯해서 차 내관의 마음은 조금 가벼워졌다. 그런데 많이 좋아진 몸임에도 불구하고 홍룡포를 물리친 뒤, 야장의 차림 그대로 있었다. 여느 때였다면 아직 편전에 납시면 안 된다는 내관들과 빨리 편전에 나가야 한다며 호통 치는 왕 사이에 실랑이가 있었을 것이다. 그런데 오늘은 나아진 건강에도 불구하고 편전에 나갈 기미가 보이지 않았다.

그리잖아도 불안한 상황이라 건강해진 모습을 대신들 눈에 보여서 하루라도 빨리 민심을 다스려야 하는데도 왕은 무슨 생각에서인지 움직이지를 않았다. 입을 연 것은 아침 식사를 끝냈을 무렵이었다. 제운을 향해서였다.

"운아, 한 번만 더 본가에 다녀와야겠다."

제운의 몸이 멈칫했다. 그사이 훤은 종이에 무언가를 쓰더니 봉투에 넣어 봉했다. 그리고 또 다른 서찰도 써서 봉했다. 그렇게 두 개의 봉서를 제운에게 내밀며 귓속말을 하였나.

"이쪽의 봉서는 정경부인 박씨에게 전하고, 나머지는……, 양명군에게 전하고 오너라. 눈에 띄지 않게 극비리에 다녀와야 할 것이야."

제운이 봉서를 품속에 넣은 뒤 물러 나갔다. 제운이 사라지자 훤은 서안을 밀치며 연우를 찾았다. 건넛방에서 나온 연우는 표정을 잃었다. 마치 이전의 월로 돌아간 것 같았다. 왕 앞에 절을 하려는 연우를 번쩍 안아 들었다.

"꺅!"

들릴 듯 말 듯한 외마디 비명 소리가 입에서 나오자, 훤은 의아한 듯 놀란 눈으로 보았다.

"그대도 그런 사람의 소리를 낼 줄 아는 것이오?"

"갑자기 놀라게 하시니……."

훤은 붉어진 볼을 보며 큰 소리로 웃었다. 그리고 연우를 안은 채로 방 안을 걸어 다니기 시작했다. 내관들과 연우는 그 행동을 이해할 수가 없어서 눈만 둥그레졌다.

"상감마마, 편전에는 아니 나가시옵니까?"

연우의 조심스런 물음에 훤은 부드러운 눈빛으로 말했다.

"그대가 없는 편전에는 나가기 싫소. 아프다 하며 그대를 안고 이곳에 계속 있을 것이오."

"아니 되옵니다. 내려 주……."

말이 채 끝나기도 전에 연우의 아랫입술은 훤의 이에 물려 버렸다. 비록 살짝 문 것이라고는 해도 입술이란 곳이 워낙에 여린 곳이라 제법 아팠다. 무엇보다 갑작스런 일이라 눈동자는 놀라서 커질 대로 커졌다.

"어찌 된 입술이 내가 싫어하는 말만 내뱉는단 말이오. 참으로 미운 입이 아닐 수 없소. 아니 된단 말은 이제 지겨우니 하지 마시오."

이번에는 입술이 아니라 귓불을 깨물었다. 연우가 당황하여 말했다.

"귀란 것은 아무 말도 하지 않았사옵니다."

"내 말을 죽어라고 듣지 않잖소. 미워도 이렇게까지 미운 귀는 없소."

괜한 핑계에 불과했다. 안아 들어 얼굴을 가까이하고 보니 눈앞에 어른거리는 연우의 입술을 참을 수 없어서 자신도 모르게 일을 저질렀고, 하얀 솜털 박힌 귓불도 그래서 깨물었다. 훤은 스스로도 민망했는지 연우를 안은 채로 쪼그려 앉았다가 힘껏 일어났다.

"어차피 지금 편전에 나가 보았자 그대가 보고 싶어 월대를 내려서기도 전에 가던 길 돌아올 것이 분명한데, 홍룡포 갖춰 입는 것이 더 귀찮소. 숫자나 헤아리시오."

뜬금없는 말에 연우는 또다시 의아해졌다.

"숫자라 하셨사옵니까?"

"내가 방금 한 번 앉았다 일어서지 않았소. 그러니 하나란 수를 세란 말이오."

훤은 다시 앉았다가 일어섰다. 그러면서 둘을 헤아렸다. 연우도 얼떨결에 둘을 세었다. 그리고 그 세는 수는 점점 불어 갔다. 내관들은 왕이 땀까지 뻘뻘 흘리면서 하는 행동이 불안하여 급하게 어의를 대기시켰다. 언제나 그렇지만 의중을 알 수가 없는 왕이었다. 편전에 나가지 않는 것도, 저리 여인을 안고 힘들게 움직이는 것도 아무 생각이 없어서는 아닐 것이다. 차 내관이 보다 못해 입을 열었다.

"상감마마, 아직은 옥체를 조심하셔야 하옵니다! 얼마 전까지만 해도 병상에 계셨사온데, 그리 힘들게 움직이시오면……."

"그러니 어서 힘을 길러야 하지 않겠느냐! 난 앞으로도 계속 아픈 몸이다. 다들 그리 알려라. 그들이 스스로 야욕을 드러낼 때까지! 영차!"

왕은 지금 자신의 체력을 조금이라도 빨리 원상 복귀 시키기 위해, 그것도 바깥사람들이 모르게 하기 위해 방 안에서 할 수 있는 운동을 하고 있었다. 연우는 훤이 힘들지 않게 그의 목을 두 팔로 끌어안았다. 원래도 뜨거웠던 몸이 더욱 뜨거워져 가고 있었다. 그런 만큼 지쳐 가고 있기도 하였다. 훤은 덜덜 떨리는 두 다리로 한 번 더 앉았다 일어섰다. 이대로 다시 앉았다가는 엉덩이가 무너질 것 같아서 잠시 선 채로 말했다.

"그대에게 궁금한 것이 있소. 어렸을 때, 무덤 속에 들어가기 전까지 혹여 큰 소리로 웃어 본 적은 있소?"

"소녀의 웃음소리가 너무 커지면 어머니가 손바닥으로 조용히 방바닥을 치시고는 하셨사옵니다."

"방바닥을?"

"네. 여인의 웃음소리는 방바닥에 나지막하게 깔려야 한다며……."

"난 그대의 웃음소리가 듣고 싶소. 큰 웃음소리라면 더더욱이나. 울기도 많이 하였을 거요. 툭하면 종아리를 맞았다고 들었소."

"부끄럽게 오라버니가 그런 말도 전했더이까?"

"설마 그뿐이겠소? 더한 것도 있소."

"많이 맞았사옵니다. 그러고도 눈물이 맺힌 채로 이내 웃으며 뛰어다니곤 하였지요."

그때는 울면 속으로 삼키지 않았다. 굵은 눈물 덩어리를 바로 쏟아 내었다. 소리도 내어 울었다. 종아리 맞을 일이 전혀 없었던 염도 간혹 맞은 적이 있었는데, 그 모든 원인이 연우 때문이었다. 그러면 연우는 자신이 맞을 때보다 더 많은 눈물을 흘리며 더 큰 소리로 울었다. 연우가 오라비의 몫까지 울어 버리면, 염은 '네가 그리 울면 이 오라비가 아플 수가 없지 않느냐.'라며 웃어 버리곤 하였다. 그래서 염은 회초리로 부은 종아리를 하고도 단 한 번도 울어 본 적이 없었다.

"소녀도 궁금한 것이 있사옵니다."

훤은 지쳤는지 숨을 고르며 서서 눈으로 물었다.

"저……, 왜 소녀가 시를 보낸 뒤에 서찰이 없었사옵니까?"

훤이 놀라서 눈이 둥그레졌다.

"기다렸소?"

훤은 연우가 서찰을 기다렸다는 새로운 사실이 기뻤다. 이미 오래전에 만나서 나누었어야 할 말들을 지금에서야 하고 있는 상황이 서글프기는 하였지만, 이렇게 다시 살아서 눈앞에 나타나지 않았다면 전혀 몰랐을 일이다.

"기다리는 줄 알았다면 서체 연습 따윈 하지 않고 바로 보냈을 것이오. 양천도위가 의외로 의뭉스럽소. 그런 귀띔도 않은 것을 보면."

"소녀는 오라버니가 알게 될까 노심초사하였는지라……."

"그대를 만나면 그대 오라비 험담을 많이 하려 하였소. 그댄 모를 것이오. 내가 봉서를 전해 달라고만 하면 보지도 않고 달아나려는 것을 협박까지 해 가며 보냈더랬소."

어린 시절 그때가 생각나 연우는 비로소 웃음 띤 말을 하였다.

"하루는 퇴궐하여 온 오라버니가 세상 시름을 다 짊어진 듯 보였사옵니다. 한참 만에 내어 놓은 것이 세자저하의 봉서였더이다."

훤은 사랑스러운 미소에 가슴이 설레어, 그리고 마치 그 장면이 눈앞에 선명하게 그려지는 것 같아 큰 소리로 웃었다. 염 또한 어린 나이였었다. 세자가 강제로 떠맡긴 봉서를 가져가서는 아무에게도 의논하지 못한 채 그가 하였을 고민을 생각하니 불쌍하기도 하고 귀엽기도 하였다. 하지만 크게 웃던 웃음은 차차 사라졌다. 연우의 얼굴에서도 미소가 사라졌다. 두 사람의 머리에서 현재의 염의 모습과 겹쳐졌기 때문이다. 연우는 오라비가 걱정되어 애원하는 눈빛으로 말했다.

"소녀는 이미 넘치는 행복을 가졌사오니……."

더 이상 뒤의 말을 하게 훤이 내버려두지 않았다. 듣기 싫은 말이 나오는 그녀의 입술을 자신의 입술로 가로막았다. 짧게 겹쳐졌던 입술이 떨어졌다.

"방금까지의 행복한 마음을 싹 없애는 데에 그대 입술이 가장 큰 역할을 하였으니, 이 정도의 벌로도 모자란 감이 있소."

훤의 팔과 다리가 서서히 무너져 내렸다. 그리고 기어이 연우를 안은 채로 엉덩방아를 찧고 말았다. 민망해진 훤이 변명을 늘어놓았다.

"조금 전까지 수를 서른 가까이 세지 않았소? 방금 병상에서 일어난 몸으로 이 정도를 한다는 것은 보통 힘으론 불가능한 것이오."

서른까지는 지나친 과장이었다. 연우의 셈으로는 대략 열다섯도 안 되었다.

이런 상황에서는 우선 자신을 거들 사람부터 만들고 보는 어릴 때의 버릇이 나왔다.

"차 내관, 그렇지 않느냐?"

"네, 그러하옵니다. 건강한 사내도 불가능하옵니다."

차 내관의 도움말이 기분을 으쓱하게 하지는 못하였다. 상대를 잘못 골랐다는 판단 때문이었다. 사내의 힘을 말하는데, 내관인 그의 말은 신빙성에 무리가 있었다. 하지만 한편으로는 제운이 옆에 없어서 천만다행이란 생각도 들었다. 그에게는 서른까지의 수는 기뿐하고도 남았을 터이다. 훤은 거칠게 헐떡이는 숨을 연우에게 숨기느라 진땀을 빼고 있었다. 눈앞에 보이는 연우의 옆얼굴, 숙인 고개에 반쯤 내리깐 짙은 속눈썹이 슬퍼 보였다. 부끄러운 듯한 표정까지 슬퍼 보였다. 이 슬픈 옆모습은 언제나 제운이 보고 있었다.

"앞으로는 절대 그대 혼자 무덤 속에 들어가게 하지 않겠소.

한날한시에 죽어 같은 관 속에 들어가 무섭지 않게 하리다."

고개 돌린 연우의 얼굴이 미소를 보였다. 그것조차 슬퍼 보였다. 과거를 회상하던 조금 전의 미소를 보았기에 지금의 미소는 더욱 슬펐다. 연우는 자신이 보인 미소에 눈동자를 일그러뜨리는 훤을 보았다. 조금 전의 큰 웃음소리를 들었기에 가슴에 비수처럼 꽂혔다. 훤과 함께 있는 무덤 속이라면 무서울 리가 없었다. 오히려 그가 먼저 죽고 난 세상이 더 무서울 것 같았다. 만약에 훤이 먼저 무덤 속에 들어가게 된다면 그의 시신을 안고 기꺼이 무덤 속에 생매장되리라 맹세했다.

"한날한시에……, 부디 한날한시에……."

담담히 내뱉으려던 목소리가 눈물과 뒤엉켜 민망할 정도로 떨리며 나왔다. 그 목소리가 안되어 보여 훤은 두 손으로 연우의 양 볼을 감싸 쥐고, 목소리가 나온 곳에 따뜻한 숨결을 불어넣었다. 그렇게 입을 통해 들어간 따뜻한 기운이 시린 가슴에 스며들어 조금이라도 녹기를 기원했다. 하지만 미처 다 데우기도 전에 방해하는 사람이 있었다. 방문 밖에 있던 내관이 작은 소리로 알려 온 말이었다.

"상감마마, 대비마마 드셨사옵니다."

연우와 훤이 동시에 떨어졌다. 순식간에 각자의 자리로 돌아갔다. 연우를 뒷방에 숨기고 훤이 찾은 제자리는 이불 속이었다. 그렇게 준비를 끝내자마자 아들을 걱정하느라 핼쑥해진 얼굴로 한씨가 들어왔다. 조금 전까지 연우를 안고 힘든 운동을 한 훤이었다. 얼굴은 땀에 젖어 있었고, 볼은 붉어져 있었고, 숨은 가쁘게 뛰고 있었다. 그런 사정을 모르는 한씨의 눈에는 영락없이 아픈 아들로 보여 그만 눈물을 쏟았다. 누워 있는 아들의 옆에 앉아 손을 잡았다. 그런데 아들의 손은 너무도 뜨거웠고, 바들바들 떨기까지 하였다.

"어째서……, 나아지기는커녕 더욱 나빠져 가십니까, 주상?"
"그, 그것이……. 죄송합니다, 어마마마."
어머니의 아픈 마음은 알지만 바른대로 말하지 못하는 훤의 마음도 불편했다.
"숨 쉬는 것조차 힘드십니까?"
훤은 아파서 죽겠다는 듯한 힘없는 미소를 보여 주었다. 그러자 한씨는 더욱 힘주어 손을 잡으며 울먹이는 목소리로 말했다.
"주상, 그 아이입니까? 세자빈으로 간택되었다가 억울하게 처녀귀로 눈 감은, 양천도위의 누이가 주상을 괴롭히는 것입니까?"
언뜻 말을 이해 못 한 훤이 연우의 존재를 대비에게까지 들켰나 하여 지레 깜짝 놀랐다.
"무슨……."
"그 아이의 원귀가 주상을 괴롭히는 것이지요?"
연우와 처음 만났던 날에 나누었던 대화가 겹쳐졌다.

"귀신이냐……, 사람이냐?"
"뭇사람들은 소녀를 일컬어 사람이 아니라 하더이다."
"정녕 귀신이란 말이냐?"

"한 맺힌 넋이 바로 소녀이옵니다."

진짜 원귀인 것 같았다. 그림자가 있는 귀신도 있느냐고 물었던 것은 그 마음을 몰아내고자 했기 때문이다. 그래서 정혼자를 기다리다 재가 되어 버린 원귀처럼 손이 닿으면 여인도 재로 변해 버릴 것만 같아서, 마지막까지 몸에 손끝 한번 스치지 못하고 일어나야 했다. 정혼자의 손이 닿아야만 재가 되는 원귀, 월을 건드리면 재가 될 것 같은 느낌, 그것은 월의 정혼자는 훤이란 뜻이었다. 그렇기에 어쩌면 처음 만났던 모르는 그때에도 월이 연우임을 무의식은 알고 있었던 것 같았다. 그곳에서 오지 않을 정혼자를 원귀처럼 기다렸을 연우의 넋이 눈물을 만들었다. 그 눈물은 연우가 아니라 한씨가 보았다.

"제 짐작이 옳았군요! 주상, 우리 굿을 합시다. 도무녀 장씨에게 명해서, 네?"

"⋯⋯굿이라니요?"

갑자기 전개된 상황에 어리둥절해진 훤은 지금 꾀병 중인 것도 망각했다. 하지만 흥분한 한씨는 눈치 채지 못하였다.

"그 아이를 좋은 곳으로 보내는 굿 말입니다."

"좋은 곳으로? 굿?"

무슨 생각에 빠졌는지는 알 수 없지만 훤의 눈빛이 급하게 돌아가기 시작했다. 그 눈빛은 훤의 얼굴을 순식간에 심각한 표정으로 바꿔 놓았다. 아들이 무서워진 한씨가 우물거리며 설득했다.

"주상이 저승 문턱을 밟다가 돌아왔으니, 궐내에서 굿을 한다 하여도 유생들의 반발은 그다지 크지 않을 것입니다."

"궐내라고요?"

마치 책망하는 것 같은 말투여서 바짝 긴장했다. 그래도 조르기는 계속되었다.

"모든 준비는 대비전에서 하겠습니다. 제발 허락하여 주십시오. 주상, 이 어미에게 효도한다 생각하시고. 굿을 해야 제 마음이 편안할 것 같습니다."

"하십시오!"

한씨가 깜짝 놀랐다. 귀로 듣고도 믿기지 않았다. 허락하는 목소리가 대단히 반가운 듯 힘이 있었기에 놀라움은 더욱 컸다. 얼마나 원귀에 시달렸으면 이렇게 쉽게 허락하나 싶어 안쓰러웠다.

"대신에 양천도위 쪽에는 굿 하는 사연은 비밀로 하였으면……."

"앗! 이미 같이 굿을 하자는 서찰을 보내었는데……."

"어떤 내용으로요?"

"아무래도 주상이 그 아이를 본 듯 말씀하시는 것이 원귀가 옆에서 괴롭히는 것 같다는……."

점점 화가 치미는 아들의 표정 때문에 한씨의 말은 꼬리가 슬그머니 없어져 갔다. 훤은 화가 치밀어 오른 것을 억지로 내리눌렀다. 그 서찰을 받고 오열하였을 신씨에게 죄송한 마음이었다. 아마도 염이 그 일로 인해 결정적으로 연우의 생존을 알게 되었으리라는 짐작을 하였다. 생각 없이 일을 저지르는 민화가 누굴 닮았나 했더니 바로 한씨였던 모양이다.

"어마마마, 굿을 준비하십시오. 굿을 하는 이유는 원귀를 쫓는 것이 아닙니다. 저의 강녕을 위한 것이라 하여 두십시오. 전 잠시 누워야겠습니다."

훤은 즉시 눈을 감았다. 그래서 한씨는 아들의 손을 한 번 더 쓰다듬고는 자리에서 일어나 나갔다. 한씨가 물러나자마자 훤이 눈을 번쩍 뜨고 이불을 확 밀치며 자리에서 일어났다.

"속히 도무녀를 대령토록 하라! 속히! 어마마마보다 먼저 가서 데리고 오라!"

화급한 왕의 어명은 내관과 선전관을 거쳐 곧장 성수청으로 들어갔다.

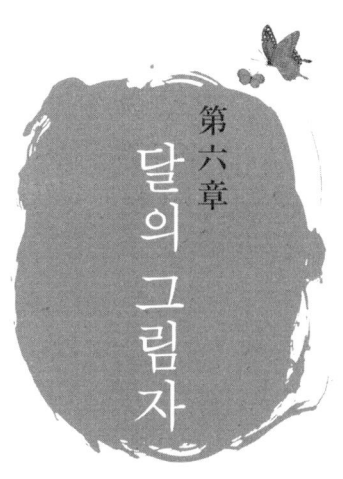

第六章 달의 그림자

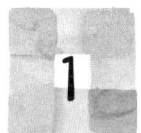

한양 일대를 돌아다니던 양명군이 지친 몸을 이끌고 흠관재로 돌아왔다. 그리고 서안 앞에 앉을 때까지 별다른 내색이 없었다. 눈동자만 돌려 바깥 기척을 살폈다. 아무도 없는 것을 확인한 양명군이 자리에 앉은 채로 입을 열었다.

"제운, 자네 들어 있는가?"

등 뒤에 있던 병풍 너머에서 싸늘한 목소리가 답했다.

"송구하옵게도 허락도 없이 숨어들어 있었사옵니다."

"어명이라도 받자와 온 게로군."

목소리 속에 서운함이 담겼다. 언제나 얼굴을 마주하고 정을 나누던 벗도 이제는 어명이 가운데 끼어들지 않고서는 만나기 힘들어졌다. 그렇게 그 벗은 완전한 왕의 사람이 되어 있었다. 직책이 운검이기에 어쩔 수 없음을 알면서도 뜸함이 서운함이 되고, 그것은 왕에 대한 질투로 변질되었다.

"아직은 출타하시기에 이른 아침이옵니다."

제운이 왕의 사람으로서 질문을 하고 있었다. 새삼스러울 것도 없었지만 양명군의 입가에는 씁쓸한 미소가 잡혔다.

"내가 생각 없이 쏘다닌 것이 어제오늘 일도 아닌데, 그 말은 서운하네그려."

"걱정되기에 무례한 말씀을 올렸사옵니다. 죄송하옵니다."

"자네가 걱정하는 거라고는 기껏 상감마마뿐이지 않은가?"

"현재 소인이 걱정하는 건 양명군이시옵니다."

양명군은 입술 끝에 잡은 씁쓸한 미소를 버리고 서안 끝을 힘껏 잡았다. 숨어 있는 제운의 손을 대신한 것이다.

"숨어든 연유가 무엇인가?"

"서안 서랍에 이미 두었사옵니다."

양명군이 서랍을 열었다. 그곳에는 왕이 보낸 봉서가 숨겨져 있었다. 긴 한숨을 내쉬었다. 쉽게 봉서를 뜯을 수가 없어 물끄러미 쳐다만 보았다. 잠시 깊은 상념을 떨쳐내지 못하는 손으로 귓불의 세환 귀고리만 만지작거렸다.

"시름을 달래시려다 귀고리가 먼저 닳겠사옵니다."

눈길이 닿아 있지 않아도 마음은 닿아 있기에, 보지 않고도 그의 버릇을 보고 있는 제운이었다. 이에 위로받은 양명군이 펼치기 괴로운 봉서를 뜯어 천천히 펼쳤다. 글을 읽어 나가는 그의 눈동자가 어둠으로 변한 것은 아주 순식간의 일이었다. 끝까지 다 읽은 서찰을 서안 위에 무겁게 내려놓은 그는 더 이상 한숨으로 감정을 뱉어 내지 않았다. 그리고 마지막까지 눈길은 글자를 좇아 의미를 되새겼다.

"상감마마께오선 기어코 나를 사지로 밀어 넣겠단 것인가?"

양명군의 목소리에는 절망이 있었다. 슬픔도 있었다. 그 슬픔을 짓이기듯 서찰을 힘껏 손안에 구겨 쥐었다. 구겨 잡은 손이 자신의 힘을 감당하지 못하고 파르르 떨렸다.

"제운! 살아 곁에 있는가? 양천도위의……."

연우를 묻고 있는 것을 알았다. 하지만 제운의 입은 아무 말을 하지 않았다.

"살아 있었어. 그 여인이 연우 낭자가 맞았구나! 상감마마의 곁에……."

입술이 뒤틀렸다. 첫사랑이 살아 있는 것에 대한 기쁨보다 그 여인이 왕의 곁에 있다는 사실을 더 감당하기 어려웠다. 그렇기에 더 이상 과장된 웃음소리는 나오지 않고 뒤틀린 감정만 목소리에 담겼다.

"훗! 세상의 모든 것은 언제나 상감마마의 것이지. 그리움조차 그렇지. 나 또한 같은 그리움을 품었다네. 배는 다르나 한 아비 아래에 태어났음에도 어찌 세상의 모든 것은 상감마마만의 것인가? 어찌하여 작은 비의 한줄기조차 내게 나누어 주지 않는 것인가?"

병풍의 어둠에 파묻힌 제운의 마음도 어두워졌다. 제운은 비를 그리워한 적이 없었다. 양명군이 들떠 설쳐 댔기 때문인지, 직접 얼굴을 마주한 적이 없었기 때문인지, 아니면 애당초 다른 신분이라 마음을 닫아 버렸던 탓인지 알 수는 없었지만,

연우란 여인은 그저 벗의 누이에 불과했다. 가끔 전해 들었던 소식에 가슴이 설렌 적이 있었는지도 기억나지 않았다. 제운이 그리워한 것은 아주 작은 달빛 한 조각에 불과했다. 그 달빛이 빗물이 되어 버렸을 뿐이다.

"제운, 자네는 나에게 검을 겨눌 수 있는가?"

양명군의 물음에 구름은 말없이 하늘 위를 흘러만 갔다. 병풍 뒤 제운의 기척은 어느 사이엔가 사라지고 없었다.

방 안에 넋을 잃은 채 우두커니 앉아만 있는 염의 책은 오랫동안 한곳만 펼쳐져 있었다. 며칠째 계속 그 쪽이었다. 그의 사라진 넋은 어둑해져 책 위의 글자가 잘 보이지 않는 것도 알지 못하였다. 어린 사내종이 조심스럽게 들어와 촛불을 밝히고 나갔다. 그럼에도 아무런 기척을 깨닫지 못하였다. 염은 책에 열중해 있으면 누가 방 안에 들었다 나가는 것을 못 느끼기에 사내종은 그가 평소와 같다고만 생각할 뿐이었다.

아이가 나간 뒤, 염은 초점 없는 눈을 들어 흔들리는 촛불을 보았다. 그 불꽃 속에는 죽은 연우를 안고 있는 아버지의 등이 있었고, 힘없이 떨어져 있던 누이의 작은 손이 있었다. 그리고 염의 뒤에는 임종 직전 허공을 향해 손을 휘젓다 연우를 부르며 죽어 간 아버지가 있었다. 맺힌 한이 사무쳐 감지도 못하고 죽어 간 아버지의 두 눈을 덮었던 자신의 손이 있었다. 염은 아버지의 한이 닿았던 손바닥을 물끄러미 들여다보았다.

'아버지, 연우가 살아 있습니다. 이 오라비에게 오지도 않고

살아 있습니다.'

 염은 아버지의 두 눈을 감겨 드렸던 손바닥에 자신의 눈을 대고 눈물을 흘렸다. 연우가 살아 있는 것을 알고, 어디 있는지도 아는데 볼 수는 없는 마음이 그를 황폐하게 만들고 있었다. 어느 누구에게도 털어놓을 수 없는 상황이었다. 그래서 입술만이에 짓눌려 멍들어 갔다.

 "작은 불꽃이라도 타올라야 어둠을 조금이나마 밝힐 수 있는데, 세상에는 타오르지 못하는 불꽃도 있사옵니다."

 문득 들려오는 이 목소리는 설의 것이다. 염이 고개를 들었다. 언제 어느 틈에 들어왔는지 먼발치의 어둠에 몸을 숨기고 앉아 있었다. 자객의 칼에 다친 팔을 묶어 옷 아래에 숨기기는 하였지만, 아직은 움직이면 안 되는 몸임에도 불구하고 염을 훔쳐보러 나온 것이다. 연우에게서 집으로 돌아올 수 없는 이유를 들었기에 더욱 가만히 있을 수가 없었다.

 "도련님의 상심이 깊어 보여 그냥 지나칠 수가 없었사옵니다. 무엇이 그리도 슬프시옵니까?"

 "설, 너로구나. 고집스럽게도 계속 도련님이라고 부르는 걸 보니. 참! 너는 갑자기 나타났다가 갑자기 사라졌지. 외람된 질문일지 모르겠지만 이전에도 간혹 이곳에 왔있느냐?"

 설은 의심 섞인 눈빛을 보았다. 염의 의심이 무엇인지 알 수 없었기에 답 없이 아름다운 얼굴을 보았다. 그리워한 거리보다 염의 얼굴은 더 멀리 있었다.

 "이리 가까이 오너라."

염의 조용한 음색이 묘하게 들뜨게 했다. 천천히 곁으로 다가갔다. 가까이 다가가 앉은 설에게로 난향이 덮쳐 정신을 혼미하게 하였다. 이윽고 들려온 말은 더욱 혼미하게 만들었다.

"네가 지금 모시고 있는 주인이 예전의 주인이냐?"

"……그 물음을 위해 가까이 오라 하셨사옵니까?"

"말해 다오. 어떻게 된 것이냐?"

"쉰네가 무얼 알겠사옵니까. 돌아가신 주인어른께서 쉰네를 팔았고, 쉰네는 팔려 간 것 외에는 아는 것이 없사옵니다."

"어디로 팔려 갔던 것이냐? 우리 연우가 간 곳과 같은 곳이 아니겠느냐."

설은 염이 느끼는 슬픔을 고스란히 가슴에 담았다. 가엾은 그에게 아무 말도 해 줄 수가 없었다.

"어디에 있었느냐? 언제부터 경복궁 안에 있었느냐? 너와 같이 있었느냐?"

"같이 있었사옵니다. 그 이상은 묻지 마옵소서."

완강한 목소리였다. 그래서 더 이상 다그쳐 묻지 못하고 가만히 설을 훑어보았다. 자신의 눈으로 확인 못 하는 연우를 그동안 같이 있었다는 설을 통해 대신 보고자 하였다. 향기 없는 눈꽃은 연우의 난향을 묻혀서 전하고 있었다. 설은 염의 의도를 뻔히 알고 있음에도 그의 섬세한 눈길에 몸이 달아올랐다.

"우리 연우가 널 보냈느냐? 내 소식을 듣고파서?"

울먹이는 목소리였다. 설은 물기 어린 눈동자를 보며 자신의 목소리를 내었다.

"쇤네의 의지였사옵니다. 제가 보고파서였사옵니다."

염의 슬픈 눈이 멈추었다. 그 말이 무슨 뜻인지 묻는 눈으로 바뀌었다. 연우가 아닌 설을 보는 눈은 서운하리만큼 감정이 깃들어 있지 않았다. 설의 눈길이 염의 눈동자를 외면하며 입술로 흘러들었다. 마치 염의 입술을 처음 보는 듯한 착각에 빠졌다. 설은 사내의 입술도 색기를 머금을 수 있음을 알았다. 단정하고 청렴하기에 더욱 짙은 향기가 느껴졌다.

"무엇을 보고 있느냐?"

염의 입술이 움직이자 설은 화들짝 놀라 눈길을 떨어뜨렸다. 음탕한 생각이 부끄러워 고개를 들 수가 없었다.

"쇤네가 감히 주제도 모르고……. 죄송하옵니다."

"사람이 사람 얼굴을 보는데 뭐가 그리 죄송하다고."

가슴 한구석이 시큰거렸다. 그래서 이마를 구기며 말했다.

"참으로 야속하신 분이시옵니다. 쇤네더러 사람이라니……."

염의 눈이 둥그레졌다. 설의 퉁명스런 목소리가 또다시 이해가 되지 않았기 때문이다.

"넌 언제나 알 수 없는 말만 던지는구나. 내가 널 사람이라 하여 야속하다니."

설이 고개를 들어 원망스럽게 보았다. 차라리 그가 야비한 사내였다면, 인품이 조금이라도 낮았다면, 하녀조차 인격으로 대하지 않았다면 일찌감치 마음을 접었을지도 몰랐다. 자신의 마음을 움켜잡고 놓아주지 않는 염이 너무나도 원망스러웠다.

"왜 그런 눈으로 보느냐? 내가 혹여 네게 잘못이라도 하였느냐?"

 미안한 듯 조심스러운 목소리가 도리어 설을 화나게 하였다.

 "의빈이시옵니다! 그러니 하찮은 저 같은 것에는 그 어떤 짓을 하더라도 잘못일 수가 없사옵니다. 감히 의빈의 얼굴을 보았사옵니다. 그러면 매질도 당연한 것이옵니다. 그런데 왜 잘못하였느냐 물으시옵니까? 왜 옛날부터 지금까지 변함없이……, 변함없이……."

 자꾸만 튀어나오는 염을 향한 마음이 설을 슬프게 하였다. 불빛조차 어두운 방 안에 단둘만 앉아 있기에 더욱 마음을 감출 수가 없었다. 조금만 용기 내어 향기로운 품에 뛰어들고 싶었다. 나중에 죽임을 당하더라도 옷고름을 잡아당겨 그를 범할 수만 있다면 그 어떤 처참한 죽음도 아름다울 것 같았다. 하지만 설은 자신의 아름답지 못한 몸을 떠올렸다. 옷깃 아래로 떨어져 들어간 염의 고운 목덜미가 아름다우면 아름다울수록, 상처로 흉측해진 몸을 드러낼 수가 없었다.

 설이 원망스런 눈을 촛불로 옮겼다. 어두운 빛일망정 촛불이 꺼진다면 상처로 얼룩진 몸이 보이지 않으리라는 생각이었다. 그래서 급한 욕정이 입으로 하여금 바람을 일으켜 불을 끄게 만들었다. 갑자기 꺼진 촛불에 염이 당황했다. 그리고 스스로 옷고름을 잡아당기는 설의 손동작에 깜짝 놀라 말했다.

 "잠깐! 무얼 하려는 것이냐?"
 "도련님, 부디 쇤네를 내치지 말아 주시옵소서."
 "가, 갑자기 왜 이러는지 말해 다오."

"오랫동안 도련님의 숨결을 탐하였사옵니다. 하여 단 하룻밤이라도 숨결을 나누어 받고 싶사옵니다."

염이 차분하게 당황을 가라앉혔다. 그리고 어두운 달빛 아래에 가엾은 눈빛을 보내왔다. 그 눈빛의 청아함에 설의 몸은 부끄러움으로 뒤덮였다. 그래서 더 이상 옷을 풀어헤칠 수가 없었다.

"나는 대의도 명분도 없는 헛사내다. 어찌하여 이 나를 품었느냐?"

목소리가 슬펐다. 설을 감싸 안는 배려가 더 슬펐다. 그래서 설의 목소리는 더욱 퉁명스러워졌다.

"전 천하고 무지하여 대의가 무엇이고 명분이 무엇인지 모르옵니다."

"마음을 거두어라. 네가 마음에 품을 이유도, 필요도, 가치도 없는 사내다."

"이유도 제 마음이 만든 것이옵고, 필요도 제 마음이 원한 것이옵고, 가치도 제 마음이 매기는 것이옵니다. 차라리 쇤네의 목숨을 거두라 하옵소서."

한번 드러낸 마음은 더 이상 물러날 곳이 없었다. 드러낸 설의 사랑에 염의 눈빛은 애정이 아닌 연민만을 보였다. 그리고 이 순간에도 감히 의빈을 마음에 품은 여종을 탓하지 않고 그 마음을 몰라 준 자신을 탓하고 있었다. 나누어 받고자 했던 염의 숨결은 한숨이 되어 조용히 방바닥에 떨어져 내렸다.

"하룻밤만이옵니다. 쇤네를 가엾게 여기신다면……."

"그렇기에 더욱 안 되느니라. 마음 없는 사내의 몸은 네 마음을 저버리는 것이다."

"숨어살겠사옵니다. 영원히 도련님의 눈앞에 나타나지도 않겠사옵니다. 한번만 안아 주시옵소서. 마음이 없다 해도……."

설의 애원이 방 안의 어둠과 뒤엉켰다. 하지만 염의 태도는 단정하기 이를 데가 없었다. 그가 타이르듯 말했다.

"나에겐 친한 벗이 둘 있다. 그들은 모두 서자로 태어나 살아가고 있지. 그들의 슬픔을 아는데, 벗 된 도리로 어찌 그와 같은 슬픔을 또 만들겠느냐."

그의 단정한 태도는 설을 불안하게 만들었다. 캄캄한 어둠 속에서 속마음을 물었다.

"단지……, 그뿐이옵니까?"

"난 한 여인의 지아비다."

"제가 무슨 야망이 있어서 대감마나님 자리를 탐하겠사옵니까? 쇤네는 소실 자리를 원하는 것도, 천첩 자리를 원하는 것도 아니옵니다. 단 하룻밤이옵니다."

"여인에게만 정절이 있는 것은 아니다. 사내에게도 마음이 이끄는 정절이란 것이 있다."

설이 주먹을 쥐었다. 자신의 불안함을 구체화시키기 위해 어렵사리 물었다.

"마음이 이끄는 정절이라 함은……, 공주자가를 일컫는 것이옵니까?"

염이 잠시의 망설임도 없이 곧은 눈으로 말했다.

"공주의 지아비에게 강요되는 정절로 인한 것이 아니다. 비록 나라에서 정해 준 연이지만, 오랫동안 부부의 인연을 맺었고, 그 인연이 정이 되고 또한 사랑도 되었구나. 그리고 대의도 명분도 잃은 나를 살게 하여 주었다. 그러니 나의 정절은 나라의 법도가 아닌 내 마음의 법도다. 너도 마음을 접고 좋은 인연을 만나도록 하려무나."

설의 눈에서 눈물이 넘쳐흘렀다. 염에게 거절당한 마음이 슬퍼서가 아니었다. 공주를 사랑하고 있다 말하는 그의 마음이 가엾어 견딜 수가 없었다. 많고 많은 여인들 중에 자신의 대의와 명분을 앗아 가 버린 여인을 사랑하고 있는, 그리고 그 사실을 모르고 있는 염의 사랑이 불쌍했고, 부질없는 정절이 불쌍했다.

연우가 살아 있음을 알게 된 염이 머지않은 미래에 느껴야 할 절망이 설을 더욱 고통스럽게 하였다. 그래서 설이 흐느끼는 소리는 점점 높아져 갔다. 염은 설의 절망을 온전히 이해하지 못하였다. 단지 사랑을 거절당한 슬픔이라고만 생각했다. 그래서 미안한 마음에 울음을 멈추라고 하지 않았다.

"돌아왔구나."

제운이 고개 숙인 그대로 기운으로만 반갑게 인사를 받았다. 하룻밤 사이 놀라울 정도로 건강해진 왕의 모습이 더없이 반가웠다.

"어명을 받잡았사옵니다. 상감마마께옵서 쓰러지셨을 때부터 이미 대기하고 있었다 하옵니다."

"역시 박씨 부인이구나. 너 같은 신하를 만들어 낸 여인이라면 그 어떤 신하보다 믿을 만하지. 이 세상에서 박씨를 움직일 수 있는 사람은 단 하나다. 그것은 내가 아니야."

제운이 고개를 들어 왕을 보았다. 하얀 야장의를 입은 왕이 벗의 눈을 하고 웃었다. 왕 또한 외로운 사람이었다. 그런 훤에게 제운은 단순한 신하가 아니었다. 그 마음이 미소에서 느껴졌다.

"운아, 나는 남녀 간에만 운명이 있다고 생각하지 않는다. 벗 간에도, 그리고 군신 간에도 운명이 있지. 널 처음 만났던 날, 벗으로 신하로 운명을 느꼈다."

연우의 죽음 한복판에서 만났던 제운이었다. 그 후 내삼청 훈련 도중에 갑자기 행차하여 재회했던 두 사람이었다. 수 백 명이나 되는 군사들 틈에서 휘날리는 붉은 깃발 아래에 있었던 제운, 그 앞에서 말없이 걸음을 멈추었다. 그렇게 제운은 훤의 운검이 되었다. 말없는 사내의 심지 깊은 눈동자에 매료되었던 그때의 마음이 새롭게 떠올랐다.

"운…… 구름……."

훤이 낮게 읊조리며 닫힌 창문 너머에 흘러가는 구름을 보듯이, 구름 너머의 더 먼 곳을 보듯이 창 쪽으로 먼 시선을 두었다.

"너는 무슨 연유로 왕의 측근 무사를 운검이라 하는지 아느냐?"

"모르옵니다."

"환웅……."

훤은 빙그레 웃으며 다시 제운을 보았다. 제운은 무표정하게 왕을 보았다.

"환웅이 하늘에서 조선 땅으로 내려오실 때 풍백, 우사, 운사 등을 거느리고 오셨지. 하지만 풍백과 우사는 먼저 하늘로 돌아가고, 마지막까지 조선 땅에 남아 환웅을 지킨 신하가 바로 운사. 그렇기에 왕을 보필하는 것은 대대로 구름이 아니겠느냐? 나의 구름은 너뿐이다."

제운은 진심으로 고개를 숙였다. 훤에게 구름이 유일하게 제운뿐인 것처럼, 제운에게 있어서 태양도 유일하게 훤뿐이었다. 그것은 앞으로도 변하지 않을 것이다. 그 마음이 사랑으로 생긴 상처를 치유하고 있었다.

윤대형이 찾아왔다는 하인의 목소리가 행여나 담장을 넘어 다른 이들의 귀로 흘러들어 갈세라 조심스러웠다. 하지만 양명군은 어떤 말도 없이 입안으로 술잔만 털어 넣었다. 물러 나간 하인을 통해 전달되어진 건 만나기를 거절하더란 말이었다. 그렇게 또다시 윤대형을 보내고, 그다음 날도, 그리고 또 그다음 날도 찾아오는 유혹의 발길을 돌려보냈다.

며칠의 헛걸음 뒤에 윤대형은 기어이 흠관재에 발을 들여놓을 수 있었다. 양명군은 그간의 시간 동안 술만 들이켰는지 흐트러진 옷맵시를 하고 옆으로 비스듬히 누운 자세로 맞았다. 양명군 앞에는 술상과 비워진 술병 몇 개가 나뒹굴었다.

"어찌하여 나요?"

취기로 흐트러진 양명군의 목소리가 절을 올리는 윤대형을 공격했다. 이에 아랑곳하지 않고 절을 마친 윤대형이 자리에 앉아서야 입을 열었다.

"어찌하여 나리시라니요? 무슨 뜻으로 하시는 말씀이옵니까?"

"그대가 찾은 이가 왜 나인가 말이오!"

"무슨 뜻인지……. 혹여 양명군 나리를 찾은 소인의 이유를 물으시는 거라면 이렇게 답해드리지요. 상감마마의 성후가 걱정되어 의논코자 함이라고……."

"언제 날 찾은 이유를 물었소? 어이하여 다른 왕자들을 두고 나를 찾았는가를 물었소!"

양명군의 화난 목소리가 사랑채를 뒤흔들었다. 하지만 윤대형은 여전히 왕권을 농락하듯, 양명군을 농락하듯 차분한 어조로 말을 이었다.

"상감마마의 성후를 의논하기에는 형님이신 양명군 나리 외에 누가 더 적격이겠사옵니까? 하긴 소인이 상감마마의 숙부들을 찾아갔다면 참으로 큰 환대를 받았을 터인데……."

양명군의 아랫니가 윗니에 짓눌러졌다. 분명 그랬을 것이다. 윤대형과 마주 보고 앉은 이유도 이 때문이었다. 양명군이 경멸하는 표정을 여과 없이 드러내며 말했다.

"그런데 그리 큰 환대를 마다하고 어이하여 나요?"

양명군의 흐트러진 자세를 살펴보았다. 취기로 흐트러진 듯 보이나 결코 빈틈은 없는 왕자였다. 언제나 속내를 보이지 않는 현재의 왕과 너무도 닮아서 이용하기에는 위험부담이 컸다. 하지만 그런 그이기에 왕으로 추대한다면 그를 중심으로 많은 사람이 뭉칠 것이다. 욕심만 많고 멍청한 왕자들을 생각하면 양명군보다 더 적격인 사람은 없었다.

"환대보다 더 중요한 것은 동기와 자질이라 알고 있사옵니다."

"나에게 어떤 동기가 있고, 어떤 자질이 있단 말이오?"

"왕이 되고자 하는 동기와 왕으로 받들어질 자질!"

"나도 모르는 나를 알고 있다 말할 참이오! 난 갑갑한 왕 자리도 싫고, 나를 받드는 자들도 귀찮소. 한량으로 사는 재미만 아는 나를 가당찮은 역모에 끌어들이지 마시오!"

"선대왕전하께옵서 양명군 나리를 어찌 대하셨는지 기억하지 못하시옵니까?"

양명군이 입을 꾹 다물었다. 그리고 슬픈 눈동자를 가리려는 듯 눈꺼풀을 덮었다. 하지만 감정을 다 삭이지 못하고 목소리에 한을 담아 말했다.

"왕이라면……, 그리하셔야 하오. 비록 세자가 정통성을 지닌 적자라 하더라도, 애정과 힘을 형인 서장자에게 나누어 주면 어린 나이에 보위를 잇는 세자에게는 더없이 위험한 법이니까. 왕권을 위해서라도 마땅히 그리하셔야 하오."

마치 자신의 마음을 다독이기 위한 말처럼 들렸다. 영특한 머리로는 이해하되, 치유되지 못한 마음으로는 이해하지 못하는 번뇌가 느껴졌다. 윤대형의 가슴에 작은 희망이 일렁였다. 한 잔의 술을 더 마시고 난 양명군이 적막한 주위 공기에 보조를 맞춰 말했다.

"그대 사위의 병이 걱정된다면 내의원을 찾으시오."

"이번의 어환은 쉽지가 않사옵니다. 만약에 승하라도 하시는 날에는 양명군께 왕좌를 빼앗길지도 모른다는 생각을 다른 왕자들도 하실 것이옵니다. 그러면 그전에 미리 거사하지 않으리라는 장담을 할 수 없사옵니다."

"파평부원군! 어쭙잖은 충신 흉내는 그만 내고 이제 시커먼 속내를 드러내는 것이 어떻겠소?"

윤대형이 말을 삼킨 채 양명군의 입안으로 흘러들어 가는 술만 보았다. 그에게는 권하지도 않고 오직 자작만 하는 속내를 알아내기 위해 굴리는 눈동자 소리만 요란했다. 그리고 아직까지 서안 위에 꺼내 놓지 않은 그의 환도도 궁금했다. 다른 때 같았으면 이미 칼집에서 날을 꺼내 들고도 남았다. 어떠한 저의가 있는 것인지, 아니면 왕좌에 대한 욕심을 비로소 드러내는 것인지, 그것도 아니면 단순히 취기 때문인지 도무지 분간이 가지 않았다.

윤대형의 눈이 양명군의 손에 멈췄다. 옆으로 비스듬히 앉은 자세를 유지하고 있었지만, 술을 따르는 술병의 끝은 잔을 조금씩 비켜나고 있었다. 양명군이 자신에게 말하듯 중얼거렸다.

"금상을 죽이는 일은 용납할 수가 없소! 나는 가지고 싶을 뿐이오. 그가 가진 모든 것을 단 하나도 빠짐없이 고스란히……."

"소인이라면 가능하게 하여 드릴 수 있사옵니다."

"의식불명인 금상을 지키기 위해서 난……, 숙부들보다 먼저 왕권을 잡아야만 하겠군, 젠장!"

"훌륭하신 명분이시옵니다!"

윤대형은 더 이상의 말은 꺼낼 수가 없었다. 그동안의 양명군치고는 지나치리만큼 쉽게 일이 풀리는 것이 의아스러웠다. 취기를 원인으로 돌리기에도 이상했다. 아직까지 술 한 잔 권하지 않는 것도 이상했다. 지나가는 나그네라 하더라도 물 한 잔이나마 건네는 것이 미덕인데, 윤대형 앞에는 아무것도 없었다. 그래서 이번에는 윤대형이 경계하기 시작했다.

"너무 쉽게 일이 풀리고 있는 것이 영 꺼림칙하군. 난 파평부원군을 믿을 수가 없소!"

자신의 속마음을 그대로 옮겨 놓은 듯한 말이었다. 윤대형이 흠칫 놀랐다. 하지만 양명군은 그가 놀란 것을 알아차리지 못한 듯 혀 꼬인 소리로 웅얼거렸다.

"나의 한량 자리를 내어 놓는 것은 그리 어려운 일은 아니나, 그대의 국구 자리를 내어 놓는 건 결코 쉬운 일이 아닐 터인데……. 나보다 그대가 잃는 것이 더 많을 것이오."

윤대형의 망설임은 더욱 깊어졌다. 양명군을 믿고 안 믿고의 문제는 이미 떠났다. 더 큰 문제는 양병군이 자신의 수중에 들어오는 것이 아니라, 자신이 양명군의 휘하에 묶일 가능성이었다. 양명군을 이용하려다가 자칫 그에게 이용만 당하고 버려질지도 모른다는 두려움이 뇌리를 스쳤다.

윤대형은 많은 대신들이 다음 보위를 떠올릴 때, 왜 제일 먼저 양명군을 이야기하는지를 깨달았다. 그리고 왜 선대왕조차 아들인 양명군을 그리도 배척했는지도 깨달았다. 취기로 흐트러진 상황에서도 결국 주도권을 잡아 가는 양명군의 위력이었다. 이때 갑자기 울려 퍼지는 양명군의 웃음소리가 윤대형의 정신을 퍼뜩 들게 하였다.

"하하하! 나를 우습게 알고 그 발로 쉽게도 걸어 들어왔는데, 이젠 두려워진 게요? 나를 이용하려다 도리어 나에게 당할 것 같소? 자, 그럼 이제 어떡하나? 이미 뱉은 말 주워 먹을 수도 없는데, 하하하!"

이 방에 들어서서부터 양명군은 단 한 번도 윤대형에게 눈길을 던진 적이 없었다. 그럼에도 불구하고 상대의 속생각을 그대로 읊어 대는 그가 두려웠다. 하지만 이 이상 당황하면 영영 주도권을 빼앗겨 버릴지도 모른다는 생각이 들었다.

"소인은 국구 자리를 절대 내어놓을 생각이 없사옵니다."

"그대 여식의 나이가 열두어 살 정도랬던가? 지금의 중전을 버리고 새로운 중전을 만들어 또다시 국구가 되시겠단 속셈이겠지. 가엾은 여인들. 아비를 잘못 만나서, 쯧쯧."

윤대형의 목구멍을 타고 마른침이 넘어갔다. 그리고 여전히 술잔만 보고 있는 양명군에게서 눈을 뗄 수가 없었다. 양명군의 말 한마디 한마디가 몸과 머리를 마비시키고 있었다.

"소인을 시험코자 하시는 것이옵니까, 아니면……."

윤대형의 물음에 이번에는 양명군의 답이 없었다. 단지 알 수 없는 미소만 보인 채 끝도 없이 술만 들이켤 뿐이었다. 결국 참을 수 없는 불안으로 인해 소리를 높였다.

"소인을 시험코자 하시는 것이옵니까!"

"소리가 높소!"

양명군이 목소리를 높이며 드디어 눈을 똑바로 쳐다보았다. 섬뜩하리만큼 냉기를 뿜어내는 눈빛에서는 조금의 취기도 느껴지지 않았다. 그동안 보아 온 양명군이 아니었다. 멀리 앉은 거리였지만 그의 눈빛만큼은 윤대형의 숨통을 움켜쥔 채 너무도 가까이 있었다.

"그대가 먼저 나를 시험코자 하였으니 나 또한 그대를 시험하고 있는 것이고, 그대가 나를 믿지 못하니 나 또한 그대를 믿지 않는 것이오. 서로의 목숨을 내어놓고 이야기를 나누어도 모자랄 판에, 목숨 대신 속셈만 훤히 드러내 놓고 말하는 그대를 어찌 믿을 수 있겠소."

"소인이 믿지 못하는 이유는……."

"이제껏 내가 소인배들을 검으로 위협하여 내쫓았기 때문이겠지."

"그런데 왜 갑자기 돌변하신 것이옵니까?"

"돌변? 그것이 아니지. 내 야욕이 검 하나에 놀라 일어서 나가는 그런 보잘것없는 것들에게까지 내비칠 정도로 값어치 없는 게 아니었을 뿐이지. 내가 그 정도의 신중함도 없을 것 같소?"

"처음에는 소인도 되돌려보내셨사옵니다."

"그야……, 상감마마께옵서 그대와 짜고 왕권을 위협하는 나를 함정에 빠뜨리는 거라 의심했으니까. 이 목숨을 부지하려면 끊임없는 의심이 필요하거든."

윤대형은 이제껏 마신 술이 어디로 갔는지를 먼저 묻고 싶었다. 마시는 걸 두 눈으로 보고 있었다. 그런데도 믿기지가 않았다. 윤대형은 가까스로 정신을 차리고 양명군의 목을 쥘 힘을 끌어내었다.

"왕권 하나만을 욕심내는 것이옵니까?"

"난 왕권 따위에는 관심 없다니까 그러네. 그대의 나이 어린 여식은 더더욱이나 관심 없고."

또다시 무언가가 뒤틀려져 가는 것 같았다. 끝을 모르는 주량만큼이나 그의 속내도 그 끝을 알 수 없었다. 하지만 노골적으로 왕권에만 욕심을 드러냈다면 양명군을 더 믿지 못했으리라는 생각이 들었다. 그래서 잠자코 뒷말을 기다렸다.

"내가 욕심내는 것은 종묘제례에서의 제주 자리와……, 양천도위의 누이……."

윤대형의 손등에 힘줄이 불끈 돋아졌다. 손아귀에 양명군이 잡혔다. 오래전부터 궐내 여인들 사이에 헛소문처럼 들려왔던 그의 사랑 이야기가 기억났다. 그 상대가 세자빈으로 간택된 허씨 처녀였던 것도 궁녀들 사이에서는 아주 재미난 이야깃거리였다. 그리고 선대왕에게 아내로 삼게 해 달라 청했다가 거절당했던 슬픈 사연도 궐내에서 비밀처럼, 소설처럼 떠돌았던 적이 있었다. 그런데 그 모든 것이 사실이었다. 윤대형의 눈에 보이는 양명군의 슬픈 표정도 사실이었다.

"살아……, 있는 것도 아시옵니까?"

"그렇기에 욕심내는 것이 아니겠소? 얼마 전 상감마마의 성후를 묻고자 갔을 때 우연히 강녕전 앞에서 보았더랬소. 살아 있는 것을……. 이젠 놓치지 않을 것이오. 선대왕께옵서 또다시 내게서 빼앗아 가지는 못할 것이오."

얼마 전이라면 갑자기 양명군이 이상해졌다는 보고를 받은 즈음이었다. 원래 이상한 사람이지만, 요즈음의 방황은 사람들 입 사이로 유난히 자주 오르내리고 있었다. 그 원인이 드러났기에, 어쩐지 그의 돌변이 납득되었다. 그렇다고 완전히 신뢰하는 건 아니었다.

"소인의 여식이 중전 자리에 앉는 것에 변함이 없다면, 양천도위의 누이를 어찌하시든 상관없사옵니다. 단, 이미 한 번 죽었던 여인을 다시 되살리는 것은 할 수 없사옵니다. 여기에 대해서는 반드시 약조해 주셔야 하옵니다."

연우를 후궁으로 삼아서도 안 된다는 것이다. 지금까지처럼 죽은 사람으로 숨어 살게 하라는 뜻이었기에 양명군의 얼굴에 망설이는 기색이 드러났다. 어느 때보다 오랜 고민 끝에 어려운 입이 열렸다.

"그 방법밖에 없다면……."

"그럼 뜻을 같이하는 것으로 믿겠사옵니다. 그렇다면 이젠 가장 큰 걸림돌부터 의논하는 것이 순서겠지요?"

주도권은 다시 윤대형 쪽으로 넘어가고 있었다. 이젠 양명군보다 그의 목소리에 더 큰 힘이 실렸다. 더 이상 마시지 않은 채 술잔만 잡은 양명군을 보면서 천천히 말했다.

"왕의 가장 측근인 운검과 양천도위를 제거해야 하옵니다. 그 정도는 알고 계시지요?"

양명군의 윗니와 아랫니 사이의 마찰음이 소름끼칠 정도로 큰 소리를 내었다. 그와 동시에 술잔을 쥔 손이 자신의 손아귀 힘을 참지 못하고 파르르 떨렸다. 떨리는 심정을 가리려는 듯 술병을 기울였지만 그나마 비어 있었다. 그래서 떨리는 손으로 빈 잔을 마셨다.

"그들은……, 나의 벗이오."

"하지만 양명군 나리의 신하가 되어 줄 자들은 결코 아니지요."

윤대형의 말은 틀리지 않았다. 그들은 양명군이 왕이 된다면 제일 먼저 그의 목에 칼을 겨누어 줄 의로운 벗들이었다.

"나의 욕심은 그들보다 다른 곳으로 기울었소, 이미."

"그럼 오늘은 이만하고 소인은 물러나겠사옵니다. 참! 약소하게나마 선물로 하인 세 명을 바치옵니다. 값이 꽤나 나가는 장정들이옵니다."

장정 셋이라면 훈련된 사병을 말하고, 이것은 곧 양명군을 감시하겠다는 뜻이다. 의기양양한 태도로 윤대형이 나가자 양명군은 머리를 두 손으로 싸매고 술상에 엎어졌다.

2

"오늘도 파평부원군에게서 어떠한 소식도 없으셨느냐?"

"네, 중전마마. 송구하옵게도……."

보경이 어지럽게 흔들리는 눈동자를 궁녀들에게 들키지 않으려고 급하게 고개를 숙였다. 숙인 고개로 인해 무거운 가체가 더욱 힘들었지만, 무엇보다 더 힘든 것은 마치 자신을 버리기라도 한 듯 발길을 끊은 윤대형이었다. 중전이란 신분을 가지고도 교태전은 고사하고 함원전에서조차 겨우 엉덩이를 걸치고 앉는 보경이었다. 그런 그녀에게 그나마 유일하게 의지가 되었던 건 아버지였다. 그런데 이제 그에게서조차 버림을 받은 것만 같아 불안은 극도로 심해졌다.

이따금씩 환청을 듣기도 하였다. 그 환청은 언제나 '감히 중전도 아닌 것이 중전을 죽이고 앉아 있느냐!'는 꾸짖는 목소리였다. 스스로 만들어 낸 것임을 아는데도 마음은 어느새 그 소리를 듣고 있었다. 보경은 짓누르는 마음의 무게를 조금이나마 덜어 보고 싶었다. 하지만 달리 방법을 찾지 못하고 무거운 가체를 벗는 것으로 대체했다.

궁녀들의 눈치를 살피면서 경대를 꺼내 거울을 펼쳤다. 그런데 펼쳐진 경대의 거울은 보경의 얼굴이 아닌, 등 뒤에 고고하게 떠 있는 달을 먼저 담았다. 물끄러미 넋 나간 사람처럼 거울에 담긴 달을 보았다. 그렇게 하염없이 앉아 있었다. 궁녀들이 다가와 얼른 가체를 벗겼다. 하지만 보경은 여전히 정신 나간 상태로 달을, 그리고 달이 의미하는 진정한 중전을 보았다. 기억 속에 자리하고 있는 허씨 처녀, 연우를 보았다.

비슷한 또래였음에도 간택으로 모인 여인들 중 단연 눈에 띄었다. 어느 누구보다 세자빈다워 얼굴조차 감히 볼 수 없을 만큼 황송했던 기분이 아직까지 선명했다. 그리고 재간택이 끝나고 내정자로 확정되어 육인교를 타고 차지내궁의 호위를 받으며 가던 그때, 단촐한 가마에 오르던 연우와 비교되어 더 송구스러웠던 기억도 선명했다.

어느 것 하나 버릴 데가 없는 외모에 우아한 행동, 건강한 미소, 현명한 말주변과 멋진 말씨까지, 모든 게 부러웠다. 누군가 속삭였다. 이 모든 것을 가질 수가 있다고 하였다. 허씨 처녀의 모든 것이 자신의 것이 될 수 있다고 하였다. 대비 윤씨의 지시에 따라 별궁에 연우 모르게 숨어들어 가 무고술이 끝난 후 피 묻은 대례복을 가지고 나왔다. 그렇게 운명을 훔쳐 냈다. 지금 왕비 당의를 입고 있어야 하는 그 연우의 것이었다. 상궁이 나지막하게 아뢰었다.

"춥사옵니다. 그만 창문을 닫겠사옵니다."

창문이 닫혔다. 보경의 눈 초점은 그제야 경대 거울에 맞춰졌다.

"모두 잠시 물러나 있거라."

평소와 다름없는 힘없는 목소리였다. 상궁과 궁녀들이 일제히 물러나 나갔다. 방문이 닫히고 홀로 남겨지자 보경의 눈에서 눈물이 떨어져 내렸다.

"아버지, 저를 버리실 것이옵니까? 그렇다는 것은 상감마마를 기어이……."

한 번도 지아비라 생각해 본 적 없는 왕이었지만, 형용할 수 없는 슬픔이 밀려왔다. 아버지가 왕을, 그리고 자신을 죽이려 하는 걸 알면서도 아무것도 할 수가 없었다.

"아버지, 어이하여 모르시옵니까? 저는 단지 거울에 불과하다는 것을. 달이 잠시 거울에 비쳐 빛을 낸다 하여도 거울이 달일 수는 없듯, 저도 진짜 중전일 수는 없는데……."

귓가에 또다시 호통이 들리기 시작했다. 움찔거리던 움직임이 서서히 커졌다. 실성한 듯 품속에 숨겨 두었던 은장도를 꺼내 입고 있던 옷을 찢기 시작했다. 왕비의 당의가 은장도에 갈기갈기 찢어지면서 몸에도 여기저기 상처 자국이 생기고 있었다. 하지만 아무런 고통도 느껴지지 않았다. 순간 정신이 번쩍 돌아왔다. 그리고 자신이 저지른 짓을 발견하고 깜짝 놀랐다. 보경은 정신을 차린 그 순간에도 몸에 난 상처보다 이 장면을 보게 될 궁녀들의 눈초리가 더 걱정되었다.

 아파할 겨를이 없었다. 얼른 넝마가 되어 있는 당의를 벗어 숨기기에 바빴다. 보경은 우왕좌왕하다가 달리 숨길 데가 없어 깔고 앉은 요 아래에 급히 두었다. 이제 곧 들어올 궁녀들에게 금방 들키리란 걸 알고는 있지만, 다른 방법이 없었다. 상처에서 나온 붉은 핏자국이 하얀 비단 소복 곳곳에 번져 나왔다. 입가에 창백한 미소가 나타났다.

 "어찌하다 이리되었을꼬. 나에게도 평범한 아낙의 꿈이 있었거늘. 이곳 구중궁궐 안에는 내 꿈을 담을 수가 없구나. 내가 중전일 수 없으니, 차라리 상감마마께오서 왕이 아니었더라면 좋았을 것을……."

 뒷짐을 진 장씨가 허리를 꼿꼿하게 세우고 강녕전과 마주 보고 섰다. 고개를 돌려 좌우로 연생전과 경성전을 번갈아 보았다. 차가운 칼바람이 얇고 해진 옷 속을 파고들었다.

 "이 바람 속에는 넋이 섞여 있군. 여전히 이승에 묶여 있으면 어찌하옵니까? 휘익!"

 긴 휘파람 소리가 바람 소리와 함께 강녕전 곳곳을 뒤졌다. 장씨를 바라보고 있는 대비 한씨의 눈에는 신뢰가 가득했다. 훤이 기은제를 허락했다. 장씨도 군말 없이 이를 받아들였다. 신력이 다했다는 오해를 받으면서도 대왕대비전의 명령에는 움직이지 않던 장씨가 드디어 자신의 명령에 의해 움직여 준 것이다. 내명부 여인들에게는 이것이야 말로 대왕대비 윤씨의 시대는 가고 대비 한씨의 시대가 왔음을 인정케 하는 일이었다. 앞으로 내명부의 여인들은 모두 대비전 앞에 머리를 가장 깊게 숙이리라. 한씨의 목에 저절로 힘이 들어갔다.

장씨의 걸음이 미끄러지듯 움직였다. 세찬 바람 소리에 묻혀서인지 발짝 소리는 들리지 않았다. 한씨를 비롯하여 궁녀들이 뒤를 따랐다. 도착한 곳은 강녕전 앞에 있는 사정전이었다. 장씨가 다시 한 번 휘파람을 뿌렸다. 사정전으로 파고들던 휘파람이 좌우에 있는 만춘전과 천추전을 뒤지다가 바람 속으로 들어갔다.

이번에는 근정전으로 나왔다. 거대한 건물이 모여 있는 사람들을 축소시켰다. 장씨가 무례하게도 봉황이 새겨진 답도 옆을 걸어 기단 위로 올랐다. 뒷짐 진 늙은 여인은 계단을 하나씩 오를 때마다 그만큼 작아져 갔다. 이윽고 근정전 앞에서 멈추었다. 팔을 벌렸다. 휘파람 소리가 길게 이어져 품계석 사이를 비집고 다녔다.

"기은제 장소는 이곳이다. 그리고 그때 성문이 열리리라."

바람이 요란한 소리를 내며 솟구쳐 어디론가 날아갔다.

차갑게 인 바람이 흠관재에 부딪쳐 왔다. 하지만 방 안에 앉은 양명군에게는 와 닿지 못하고 어디론가 휩쓸려 가 버렸다. 방에 모인 이들 중에 바람 소리에 소름이 끼친 건 양명군을 제외한 모든 역모 가담자들이었다.

"바, 바람 소리가 참으로 을씨년스럽사옵니다."

"지금 바람 소리에 귀를 열어 둘 시간이 있느냐?"

양명군의 조용한 목소리는 방 안 가득 울려 어느덧 바람 소리를 완전히 몰아내었다. 윤대형의 권력 아래에 모여든 이들이지만, 이젠 그의 말소리에 귀를 기울이고, 그의 움직임에 눈을 모으고 있었다.

"언제 일어나 앉으실지 모르는 왕이다. 동시에 언제 승하하실지 모르는 왕이다. 시간이 촉박함을 모르는가!"

"그동안 줄곧 지켜봐 온 결과, 금상께는 궁궐 안을 수비하는 내삼청 이외에는 마땅한 군사력이 없었사옵니다. 그 내삼청도 제대로 훈련하지 못해 허술하기 짝이 없지요."

"비상 전투력이 없지는 않을 것이다."

"사대문 밖의 군대까지 불러들이기에는 시간상으로 무리이옵니다."

양명군이 알 수 없는 미소를 머금었다. 미소 끝에 방 안에 앉은 이들을 둘러보며 차분히 말했다.

"착각을 하고 있군. 금상께오서 열여덟 어린 나이에 왕권을 잡으실 때, 가장 먼저 무엇을 잡으셨는지 잊었느냐? 그것은 병마지권兵馬之權이었다. 그리고 지금까지 단 한 번도 금상의 손에서 떠난 적이 없었다. 상감마마 이외에 군사력의 실체를 아는 자가 있느냐? 마땅한 군사력이 없다는 것, 난 그것이 더 두렵다."

모두 숨을 죽였다. 양명군의 말처럼 왕은 언제나 호락호락하지 않았던 상대였다. 쉽게 생각해 온 결과가 지금 이렇게 궁지에 몰려 양명군의 뒤로 숨은 꼴이 되었다. 그래서 눈들은 저절로 양명군의 입술에 고정되었다. 하지만 그의 입은 단단히 닫힌 채 틈을 보이지 않았다. 침묵만이 자리한 곳에 윤대형의 목소리가 떠돌았다.

"존재하지 않기에 두려운 것뿐이옵니다. 상감마마께서 궐을 비우실 때, 수궁대장의 자리에 있는 자가 바로 저, 국구입니다. 그때 면면히 살펴본 바, 그 어떤 흔적도 없었사옵니다. 그리고 만에 하나 숨겨 놓은 군사력이 있다면 자금의 흐름 또한 있을 터인데, 그 또한 흔적조차 없사옵니다."

모두의 얼굴에 안심한 표정이 넘쳐 났다. 하지만 곧이어 나온 양명군의 말에 다시 어두워졌다.

"국고의 자금이야 그렇겠지만, 상감마마의 막대한 내탕금은 사정이 다르지. 그 흐름을 어찌 알겠소?"

"제아무리 내탕금이라 하여도 윤곽은 드러나는 법이옵니다. 내탕금 운송 중에 산적 떼들의 습격으로 강탈당한 것도 여러 차례 포착하였고, 때로는 흉작으로 거둬들이지 못한 것만도 여러 차례 확인되었사옵니다. 하지만 들어왔던 내탕금이 수상한 곳으로 흘러 나간 정황은 발견하지 못하였사옵니다."

심각하게 고민하던 양명군의 입가에 환한 미소가 나타났다. 그와 더불어 다른 이들의 입가에도 미소가 번졌다. 하지만 순간 바깥에서 또다시 바람 소리가 요란하게 일더니, 하인의 다급한 목소리가 들렸다.

"양명군 나리, 아뢰옵니다! 지금 정업원에서 심부름을 나온 자가 급히 상자를 전해 달라 하였사옵니다."

정업원이라면 희빈 박씨가 보낸 심부름이었다. 평소 없던 기별을 야심한 시각에 보낸 것이었기에 양명군의 표정이 두려움으로 뒤덮였다.

"가지고 와라!"

하인이 두 손으로 공손하게 받든 상자를 가지고 들어와 서안에 올려 두고 나갔다. 양명군이 조심스런 손길로 상자를 열었다. 그 순간, 손끝과 표정이 차갑게 얼어붙었다. 상자 안에 담겨 있는 건 단정하게 땋은 여인의 머리카락이었다. 그리고 그 머리카락의 주인은 희빈 박씨임을 알 수 있었다. 그녀는 머리카락을 잘라 내고, 세상의 인연을 잘라 내고, 아들 양명군을 잘라 내고 비구니가 되어 버렸다. 오직 금상의 성후만을 기원하며, 아들의 목을 쥐어틀기 위해서 잘라 낸 머리카락! 그 의미는 아들을 향해 왕권에 대한 욕심을 버리라는 협박과도 같은 것이었다.

양명군이 떨리는 손으로 머리카락을 들어 올렸다. 그 머리카락에 얼굴을 묻어 눈물을 감추었다. 방 안에 모인 사람들의 가슴도 싸늘한 아픔에 물들었다. 처절하리만큼 선대왕의 냉대 속에 살아온 모자의 슬픔에 동화되었고, 그것은 바로 그에 대한 신뢰로 이어졌다. 이윽고 양명군이 고개를 들었다. 그리고 손에 들고 있던 머리카락을 옆에 있던 화로에 집어넣었다. 갑작스런 행동에 사람들의 눈이 놀라 허둥대기 시작했다. 하지만 그의 슬픔에 눌려서 소리는 낼 수조차 없었다.

처음에는 머리카락의 무게에 화로의 불길도 꺼질 듯하더

니, 시간이 흐르자 차차 머리카락 타는 냄새가 방 안을 메우기 시작했다. 그 냄새는 바로 양명군의 심장이 타들어 가는 냄새였다. 그렇기에 누구도 코를 막지 못하고 핏대가 선명한 양명군의 눈시울만 바라보았다. 그의 이 사이로 말이 갈려 나왔다.

"이제 희빈 박씨는 죽었다. 나의 어미도, 선대왕의 첩도 죽고 없다. 한낱 비구니 따위가 나를 막을 수 있겠는가!"

양명군은 서안 서랍을 뒤져 작은 서책 하나를 꺼냈다. 일반 서책의 절반 크기로 하얀 백지만 있는 공책이었다. 표지를 젖히고 제일 첫 장의 오른쪽에 '陽明君양명군'이라 적고 그 아래에 수결을 적었다. 그런 후, 제일 가까이에 앉아 있는 윤대형에게 서책을 건넸다.

"나와 진심으로 함께할 자, 나와 더불어 자신의 이름도 함께하라. 비록 지금은 그 서책의 표지에 제목이 비어 있으나, 내가 즉위하자마자 그곳에는 공신록功臣錄이란 제목이 들어갈 것이다."

그 말은 모든 이들의 마음을 하나로 묶었다. 그리고 지금 이곳에 모이지 못한 가담자들도 하나로 이을 수 있는 매개체가 되었다. 그렇게 방 안에 뒤덮인 연기와 양명군의 심장이 타들어 가는 매캐한 냄새 속에서 정성껏 자신들의 이름을 하나하나 이어 갔고, 방 안에 들어오지 못한 바람은 용의 비명과도 같은 소리를 내며 바깥을 서성거리고 있었다.

"서방님! 소첩, 안으로 들어도 되어요?"

민화의 애교 어린 목소리가 복잡한 염의 머릿속을 깨웠다. 책에서 고개를 들어 그녀의 느낌이 배어든 방문을 보았지만, 뒤이어 청지기의 목소리도 들렸다.

"주인어른, 누가 서찰을 건네주고 갔다고 하옵니다. 올릴까요?"

자리에서 일어나 방문을 열고 바깥으로 나갔다. 누가 보냈는지 알 수 없는 서찰이라고 해도 그 또한 보낸 이가 있을 것이기에 신분의 고하를 막론하고 나가서 받는 것이 법도였다. 방문 밖으로 나간 염은 섬돌 아래로 내려서서 먼저 민화를 향해 허리를 숙였다. 그리고 청지기를 보았다.

"누가 보낸 서찰이라 하더냐?"

"그건 모르겠사옵니다. 처음 보는 자였다는데, 아마도 또 주인어른과 시문을 나누고픈 이의 소행인 것 같사옵니다."

시문 한 줄조차 자유롭게 쓸 수 없는 염이었기에, 그를 동경하는 이들은 이런 식으로 자신의 글을 보내오는 경우가 종종 있었다. 하지만 염은 답시를 쓴 적이 단 한 번도 없었다. 아무 의미 없는 글일지라도 의미를 붙이기 나름이라, 필요에 의한 자들에 의해 해석되는 것을 경계하기 위해서였다. 서찰을 받아든 염이 쓸쓸하게 웃었다.

"공주께선 어인 일로 사랑채로 오셨사옵니까?"

언제 보아도 가슴 떨리는 미소였다. 비록 어린 날의 환한 미소는 아니었지만, 애수 어린 미소는 지금의 정갈한 외모와 더불어 민화를 더욱 안달하게 하였다.

"서방님의 글 읽는 목소리가 듣고 싶어서……. 제가, 아니, 소첩의 뱃속에 있는 아기가…….."

염의 미소가 심장을 힘껏 쥐었다가 놓았다. 좀처럼 보기 드문 미소였다. 한동안 어지럽게만 느껴졌던 미소가 오늘은 어제, 그리고 그제와 달리 안정되어 있었다. 여전히 누이의 죽음에 대한 수수께끼가 이해되지 않았지만, 어느덧 살아 있는 연우가 민화의 뱃속에 자리한 태아와 함께 기쁨이 되어 가고 있었다. 언젠가는 연우와 온 가족이 상봉할 날이 오리라는 기대가 염을 미소 짓게 하였다.

"공주, 어젯밤 바람 소리가 무섭지는 않으셨사옵니까?"
"걱정되셨으면 안채로 건너왔어도 되었잖아요!"

살풋 눈을 흘긴 민화가 품에 안기듯 기대었다. 순간 당황한 청지기가 못 본 척하며 물러났다. 당황한 것은 염도 마찬가지였다.

"허허, 공주! 사람의 눈을 두려워하실 줄도 알아야 하옵니다."

그러고는 서찰을 뜯어 펼쳤다. 처음에는 단순히 당황한 눈을 두는 것에 불과했다. 이윽고 종이 위의 글자들이 차차 염의 눈동자로 빨려 들어갔고, 그렇게 눈동자로 흡수된 글자들은 마음속으로 들어갔다. 민화의 눈은 염의 얼굴에 머물러 있었다. 분세수를 즐기는 사대부가의 청년들보다 새하얀 염의 얼굴이 서서히 하얗다 못해 청색의 빛을 띠어 가고 있었다. 담백한 입술 또한 창백하게 떨렸다. 불길한 예감이 민화를 덮쳤다. 그래서 손에서 서찰을 빼앗듯이 하여 내용을 확인했다.

누이의 죽음은 아직 끝나지 않았다. 옛날의 죽음은 병사가 아니었으며, 그 원인은 주술이다. 주술을 행한 자는 허염을 가질 욕심에 눈이 먼 민화공주요, 그 죽음을 덮은 이는 선대왕이다. 지금의 누이는 금상의 액받이 무녀가 되었으니, 이를 모르는 허염만 가련하다.

민화의 얼굴이 염의 얼굴보다 더 창백하게 얼룩졌다. 그리고 서찰을 쥔 손과 땅을 버티고 선 다리가 후들거리며 온몸을 흔들었다. 아니라고, 서찰의 내용은 거짓이라고 말하고 싶었지만 혀가 목 안으로 말려들어 갔는지 그 어떤 소리도 나오지 않았다. 세차게 고개를 저었지만 염의 눈동자는 아무것도 담지 않은 채 땅을 향해 멈춰 있었다. 차차 아무것도 담겨 있지 않은 그의 눈동자에 희망이 채워졌다. 서찰의 내용을 믿지 않는, 믿고 싶지 않은 마음의 움직임이었다. 그동안 보아 왔던 민화의 귀여운 모습들이 서찰의 내용을 거짓으로 만들며 밀어냈다.

민화는 염의 얼굴을 자신에게로 돌려 도리질을 치는 모습을 보여 주고 싶었다. 그의 희망에 쐐기를 박아 주고 싶었다. 그래서 그의 얼굴로 손을 뻗어 자기 쪽으로 향하게 했다. 염이 자그마한 미소와 더불어 민화를 보았다. 염의 눈이 애원하고 있었다. 서찰의 내용을 믿지 않으니 제발 거짓말이라고 말해 달라는 바람이 담겨 있었다. 민화가 세차게 도리질을 하였다. 그런데 도리질을 하면 할수록 염의 눈동자는 서서히 빛을 잃어 갔다. 도리질은 민화가 서찰 내용이 무엇인지 알고 있음을 의미했고, 그것은 그 내용이 진실임을 드러내는 것이기도 하였다. 실낱같은 희망을 가지고 민화를 본 염의 눈에는 서찰의 진실에 놀라 안절부절못하는 민화의 눈동자가 보였다.

민화의 손에서 서찰이 떨어져 내렸다. 이윽고 민화의 심장을 끌어안은 채 서찰이 떨어져 내렸던 것과 똑같이, 염의 연분홍색 도포 자락이 힘없이 펄럭이며 차가운 땅바닥으로 떨어져 내렸다. 그렇게 주저앉은 그에게 남아 있는 것은 아무것도 없었다. 그 어떤 감정도, 그 어떤 의식도 없이 껍데기만 덩그러니 앉아 있었다. 민화의 찢어질 듯 차가운 비명 소리가 염을 뒤덮었다. 하지만 염의 눈동자는 비어져 땅으로 땅으로 떨어져 내렸다.

"서방님! 서방님!"

염은 자신을 서방님이라 부르는 여자가 울면서 끌어안는 것도 느끼지 못하였다. 그리고 그 품이 누이를 죽인 자의 품이라는 것도 느끼지 못하였다. 단지 입에서는 스스로도 느끼지 못하는 사이에 말이 흘러나왔다.

"왜……, 왜…….."

"아니어요! 거짓이어요!"

"……저를 가지고자 하셨사옵니까?"

염의 목소리는 너무도 담담했다. 감정이 들어 있지 않으니, 그도 들어 있지 않은 말이었다. 민화의 품에 으스러질 듯 안겨 있는 사내의 몸은 텅 비어 있었다. 민화의 눈물과 비명 소리가 멎었다. 그녀는 공포에 질려 행여나 놓칠세라 그의 몸을 더듬어 계속해서 고쳐 안았다. 그 어떻게 안아도 염이 자꾸만 빠져

나가는 것 같아 손끝으로 얼굴을 더듬어 눈동자와 마주했다. 아무것도 담겨 있지 않은 염의 눈동자 속에는 그만을 담고 있는 눈동자를 가진 민화가 들어 있었다.

"아니어요, 제발⋯⋯."

염의 무의식이 민화의 눈동자에게 물었다.

"저의 무엇을 가지고자 하셨사옵니까? 그리하여 지금은 저의 무엇을 가지셨사옵니까?"

민화는 답할 수가 없었다. 지금 눈앞에 있는 사내를 가지고 싶었던 것이 아니라 자신이 그의 것이 되고 싶었다. 그의 것이 되고 싶었기에 그를 가지고 싶었다. 하지만 분명한 것은 모든 것을 비워 버린 지금의 그를 가지고 싶었던 것은 아니었다는 것이다. 그리고 모든 것을 비워 버린 염을 마주한 지금 이 순간, 바로 조금 전까지의 염은 아주 조금의 민화를 가지고 있었음을 알 수 있었고, 그 감정이 염의 가슴을 더욱더 죽이고 있는 것도 알 수 있었다. 염의 죽어 가는 마음이 민화를 그 어떤 생지옥보다 더 고통스러운 불구덩이 속으로 밀어 넣었다.

"왜 지금에서야 마음을 보이시는 것이어요? 이렇게 소첩의 죄를 아시게 될 일이었더라면 차라리⋯⋯, 차라리 소첩을 사랑하지 마시지⋯⋯. 그냥 몸만 머물러 계시지⋯⋯. 몸만으로도 소첩에게는 과한 것이었는데⋯⋯. 소첩을 벌하시기 위해 마음을 보이시는 것이어요?"

너무나도 가지고 싶었던 염의 마음이었다. 그런데 그의 마음이 자신을 향한 벌이 되었다. 그 마음에 기대어 마지막까지 그에게 매달렸다.

"소첩의 뱃속에 있는 서방님의 아이를 잊지 마시어요. 부디."

염의 입가에 감정 없는 미소가 잡혔다. 스스로도 의미를 알 수 없는 말이 흘러나왔다.

"나의 누이를 액받이 무녀로 둔 금상의 외조카겠지. 나의 누이의 죽음을 가린 선대왕의 외손자겠지. 나의 누이를 죽인 공주의 아이겠지."

의식 없는 미소와 의식 없는 말과 더불어 염의 의식 없는 왼쪽 눈이 눈물을 토해 냈다.

강녕전의 밤은 어김없이 숨죽여 찾아왔다. 방문 너머에 훤을 두고 잠자리에 누운 연우는 방 안에 찾아든 달빛을 얼굴 가리개 삼아 잠을 청했다. 하지만 오늘 낮에 귓속말로 비밀 보고를 받고 연우를 바라보던 왕의 표정이 슬펐던 것이 못내 마음에 걸려 잠들 수가 없었다. 그 보고가 오라비와 관계된 일인 것만 같아 더욱 그랬다.

힘들게 잠에 든 아주 잠깐의 순간, 자그마한 기척이 느껴져 눈을 떴다. 그런데 잠에 먼저 든 줄로만 알았던 훤이 어느새 연우가 원망하던 방문을 없애고 옆에 앉아 내려다보고 있었다. 순간으로 들어온 그의 눈빛은 무서울 만큼 슬퍼 보였다. 깜짝 놀라 몸을 일으키려는 연우의 어깨를 훤이 잡아 다시 눕혔다. 연우가 조용히 물었다.

"상감마마, 어인 일로……."

"그대 곁에 누운 어둠을 시기하여 쫓아내고자 무례를 범하였소."

"성은이 망극하옵니다. 소녀 또한 곁에 누운 어둠이 싫었더이다."

훤은 연우의 말에 감동하여 가슴 위에 있는 그녀의 손등에 손을 얹었다. 연우의 손등을 뚫고 심장 뛰는 소리가 올라와 훤의 손바닥에 부딪혔다.

"잠든 그대 곁에서 바라만 보다가 이 손을 쓰다듬어 보고 싶은 슬픔에 문득 궁금하였소. 그대도 그러하였는지. 그대가 곁에 있는지도 모르고 바보같이 잠만 자던 나를 보고 슬펐는지가……."

"달빛이 대신하여 상감마마의 곁에 누워 있었기에, 달빛을 투기하느라 슬플 겨를이 없었사옵니다."

훤이 씁쓸한 미소로 연우의 손을 꽉 쥐며 말했다.

"그대는 이런 식으로 꾸짖는구려. 그대를 알아보지 못하고 월이라 이름 했던 나의 어리석음을……."

"아니옵니다. 칠거지악에 속하는 소녀의 죄를 아뢰는 것이옵니다."

"그 칠거지악의 죄는 아내의 몸이 되어서야 성립되는 것이니, 그대는 이미 나의 아내란 말이오?"

"세자저하의 봉서를 받은 이후부터 이미 그러하였사옵니다. 단지 마마께옵서만 모르셨을 뿐이옵니다."

"아니오, 알고 있었소. 단 한 번도 그대가 나의 정비가 아니라 생각한 적이 없었소."

"잊으시고선, 그리하여 월을 곁에 두시고선……."

"그리 말하니 내가 얼마나 어리석은지 더 잘 깨닫게 되었소. 어찌 한 여인에게 두 번씩이나 반한단 말이오. 허 참."

한쪽 입매가 살짝 올라가 짓궂게 웃고 있었다. 하지만 웃음을 머금은 눈매는 조금 전의 슬픔을 완전히 털어 내지 못하였다.

"우리가 죽게 되어 훗날 다시 태어난다 해도 난 그대를 알아볼 수 있소. 다시 태어난 월을 알아보고 사랑했던 것처럼 또다시 사랑할 것이오."

이때 급히 뛰어온 듯한 사령의 발소리가 들리더니 곧 소곤거리는 목소리가 들렸다.

"상감마마, 어명하신 것을 대령하였사옵니다."

연우가 의아해하며 자리에서 일어나 앉았다. 눈으로 무슨 일인지를 물었지만 훤은 아무 답 없이 일어나 건넛방으로 자리를 옮겼다. 그리고 방문을 닫고 모습을 감추었다. 왕이 사라진 방으로 궁녀 세 명이 보자기를 소중히 가지고 들어왔다. 궁녀의 손아래에 조심스럽게 펼쳐진 그 안에는 연노랑 색동저고리와 다홍색 치마가 곱게 접혀 들어 있었다. 옛날의 연우가 사대부가의 여식이란 신분에 있을 때 입었던 옷이었다.

어리둥절할 사이도 없이 궁녀의 손이 재빨리 연우의 머리를 빗겼다. 그다음으로 한 맺힌 하얀 소복을 벗겨 내고 색색이 고운 옷을 입혔다. 하얀색 옷의 흔적이 남은 것은 연노랑 저고리 아래로 다홍색 치마를 가로지르며 떨어져 내린 눈물고름뿐이었다. 그나마도 하얀 눈물고름 아래에는 어명에 의한 봉황이 수놓아져 있었다.

연우는 훤의 의중이 무엇인지 헤아리지도 못한 채 궁녀들의 안내를 받아 강녕전의 뒤편으로 흔적을 숨기며 나갔다. 그곳에는 달빛에조차 모습을 숨기며 훤이 기다리고 있었다. 연우가 월대로 내려서려던 발걸음을 멈추었다. 훤이 왕의 옷을 벗고, 온양에서 처음 만났던 그 모습 그대로 연우를 향해 웃고 있었다. 왕의 뒤에 있는 제운도 처음 만났던 모습 그대로 버티고 있었다.

다소곳하게 멈춰 선 연우를 본 훤의 얼굴에서 미소가 사라졌다. 하얀 소복을 벗은 여인은 완전한 연우가 되어 있었다. 처음 만났던 월이 아니었다. 연우는 그에게로 다가가기 위해 월대에 발을 내리려고 하였다. 낡은 짚신조차 없었기에 그냥 버선발을 떼었지만, 훤이 먼저 달려와 연우 앞에 무릎을 꿇고 몸을 숙였다. 주위에 있던 몇 안 되는 사람들이 덩달아 고개를 숙였다. 깜짝 놀란 연우가 얼른 몸을 숙이려고 하였지만, 버선발을 살며시 움켜잡은 훤의 손길에 동작을 멈추고 숨도 멈추었다.

"월의 낡은 짚신에 내 가슴이 시리었소. 그리고 그 낡은 짚신이 연우 낭자의 것임을 알았을 땐, 가슴의 시림은 곱절로 더하여졌소."

훤이 등 뒤에 감춰 두었던 비단혜를 연우의 발아래에 내려놓았다. 그리고 그녀의 시린 발을 녹이려는 듯, 자신의 시린 가슴을 녹이려는 듯 소중히 감싸 쥔 손을 놓으며 비단혜 속으로 발을 넣었다.

"한 뼘 한 뼘 소녀의 시린 가슴이 시나브로 덜어진다 하였더니, 그것이 상감마마께로 건너갔었더이까? 송구하고 또 송구하옵니다."

훤이 일어나 연우의 손을 잡았다. 비단혜마저 갖춰 신은 연우는 훤의 손에 이끌려 월대로 내려섰다. 훤의 커다란 갓이 연우의 얼굴까지 가릴 만큼 그녀를 가까이 잡아당겼다.

"내어 주시오. 그대의 시렸던 마음 모두 내게로 주시오. 내 죄를 사죄하는 것은 그것뿐이오."

훤이 어두움에 표정을 숨기며 연우의 어깨를 잡았다. 어둠에 기댄 그의 표정이 당장이라도 눈물을 떨궈 낼 듯 안쓰러웠다. 연우는 알 것 같았다. 지금 어디로 가려 하는지를. 그리고 왜 이렇게 그의 가슴이 시린지를. 지나간 그녀의 시린 가슴이 건너갔기 때문이 아니었다. 앞으로 다가올 시린 감정들을 그가 먼저 맞고 있었기 때문이다. 행여나 연우가 또다시 다칠까 두려워 어찌할 바 모르고 먼저 마음이 아파 버렸던 것이다. 연우는 훤이 자신을 대신해 더 큰 소리로 울어 버릴 것만 같아 위로하듯 살며시 그의 옷고름을 잡았다.

"상감마마께옵서 곁에 있는 한, 소녀의 가슴은 더 이상 시리지 않을 것이옵니다. 그러니 어디든 데리고 가 주시옵소서."

둘은 다정히 손을 잡고, 서로의 마음에 의지하며 제운을 스쳐지나 월대를 내려갔다. 조용히 마음을 감추고 있던 제운의 눈으로 미처 사라지지 않은 월이 들어왔다. 연우의 등 뒤에 가녀리게 매달린 월의 흔적, 붉은색 낡은 댕기였다. 제운은 얼른 눈길을 거둬 급하게 복면을 쓰고 왕과 연우를 따라 내려갔다.

월대 아래에는 검은색의 작은 가마가 준비되어 있었다. 밤 미행을 위한 것이었다. 먼저 훤이 갓을 잡고 작은 문을 통해 안으로 들어갔다. 연우도 곧바로 뒤따라 들어갔다. 워낙에 좁은 내부였기에 그의 품 안에 연우가 꽉 안겨야만 했지만, 그들에게는 결코 좁지 않았다. 좁은 공간을 핑계 삼아 훤이 너무도 힘껏 연우를 안았기 때문이다.

"가마가 부질없이 크오."

둘이 자세를 완전히 갖춰 앉자, 어두운 담벼락에 모습을 감추고 있던 가마꾼들이 나타나 가마를 들었다. 그들은 모두 검은색 복장에 복면을 쓰고 완전무장을 한 무사들이었다. 제운이 앞서 가벼운 몸을 하늘로 띄웠다. 담을 타고 훌쩍 뛰어, 건물의 지붕으로 날아올랐다. 이미 계산된 궐내 군사들의 행동반경을 비집고 제운이 손짓하는 대로 가마를 든 무사들도 재빠른 발걸음으로 소리 하나 없이 뛰기 시작했다.

왕과 연우를 태운 가마는 여유 있게 경복궁을 빠져나갔다. 그러고는 한양 일대를 순찰하는 순라군의 눈을 따돌리며 북촌, 허염의 집으로 향했다.

3

 염은 그 어떤 소리도 안 듣고 있었다. 어떻게 들어왔는지 알지도 못하는 사이 방으로 들어왔다. 그대로 방문에 기댄 채 주저앉은 염에게는 시간이 지나가는 소리조차 들리지 않았다. 그래서 해가 지고 달이 떠오르는 것도 알지 못하였다. 그렇게 꼼짝 않고 앉아 자신의 감정을 거들떠보지 않았다.

 밤이 깊어졌건만, 방문 밖에서 누군가가 지치지도 않고 오랫동안 조용한 어조로 말하고 있었다. 하지만 염의 귀에는 이 소리도 들리지 않았다. 시신처럼 앉아 있던 염에게 바깥의 목소리는 어느새 조금씩 가까워지고 있었다. 염의 등 뒤로 커다란 갓을 쓴 사내의 그림자가 가까워졌다. 이것은 방문을 뚫고 흐릿한 검은 빛으로 방바닥에도 그려졌.

 "이 제자, 스승께 벌을 청하러 왔소. 제자의 죄를 꾸짖고 훈계함이 스승의 마땅한 도리 아니오. 부디, 허엽!"

힘들게 귀로 들어온 목소리는 왕의 것이었다. 염은 의식이 없다던 왕의 목소리를 들었음에도 자리에서 일어나지지가 않았다. 노심초사 안후를 궁금해하던 상대가 부르는데도 첩첩이 쌓이는 마음의 두려움이 이를 막았다.

"그대가 나를 저버리는 것은 스승이 제자를 저버리는 것이오. 그대에게 버림받은 왕이 어찌 백성의 어버이가 될 수 있겠소? 백성을 위한다면, 그대의 얼굴을 보여 주시오. 그대의 목소리를 들려주시오."

왕의 간곡한 애원에 염의 입이 가까스로 열렸다.

"소신은 스승이 아니옵니다. 의빈도 그 무엇도 아니옵니다."

"나의 스승은 그대뿐이오."

"오늘은 용안을 뵈옵기에 소신의 덕이 부족하옵니다. 흐트러진 충심으로 어찌 뵈옵겠사옵니까. 훗날 단정히 하여 국궁鞠躬하겠사옵니다."

훤의 목소리가 한동안 단절되었다. 흐트러진 충심이란 염의 말에 상처를 입었기 때문이다. 한편으로는 안심도 되었다. 충격으로 부서진 의식 가운데에서도 염은 여전히 품위를 유지하고 있었기에 부드러운 듯 강한 그의 내면이 새삼 고마웠다.

"이렇게 오기 어려운 길이었소. 문전박대를 하고자 함이오?"

"선대왕마마께옵서 우리 연우의 죽음을 덮은 것이 사실이옵니까?"

갑자기 던져진 질문에 답할 말을 찾지 못하고 망설이던 훤이 겨우 말했다.

"그렇소. 하나 변명할 기회를 주오."

떨리는 왕의 목소리 뒤로 더 떨리는 염의 말이 이어졌다.

"상감마마의 액받이 무녀로 있는 것도 사실이옵니까?"

훤의 입술은 더 이상 움직여지지 않았다. 오직 가늘게 떨리는 것을 진정하고자 이로 짓누르는 짓만 할 수 있었다. 답을 기다리다 지쳤는지 염이 한 글자 한 글자 피로 써 내려가듯 말했다.

"우리 연우가 소신으로 인해 죽임을 당했던 것이옵니까? 소신이 그 가엾은 아이를 그리 만들어 버렸던 것이옵니까?"

"어찌 그대 때문이겠소? 과인의 죄요. 군주의 덕이 부족하여 이 지경이 된 것이오."

염과 똑같은 마음으로 자책하는 왕의 비탄이 고스란히 전해졌다. 염의 등 뒤에 있던 그림자 옆에 차분한 여인의 그림자가 가까이 보태어져 자책하는 그림자를 위로했다. 하지만 눈을 감은 염에게는 보이지 않았다.

"이 오라비에게 오지 않은 그 아이를 원망하였더니, 그 아이의 발걸음을 막아 놓은 것이 나였다니……. 죽어서도 어찌 그 아이를 볼 수 있겠사옵니까!"

한탄을 담아 토해 낸 염의 목소리에 연우의 목소리가 섞이며 어우러졌다.

"진정 저를 아니 보실 것입니까, 오라버니?"

정신이 번득 깨어났다. 순간, 방바닥에 자신의 그림자와 멀리서 만들어진 두 사람의 그림자가 뒤엉켜 있는 것이 눈에 들어왔다. 여리게 서 있는 여인은 분명 연우였다. 본능적으로 몸을 돌려 문고리를 잡았다. 하지만 차마 열지 못하고 문고리만 힘껏 잡았다. 그대로 그렇게 목 놓아 불러 보지도 못했던 연우의 이름을 입에 가둬 삼켰다. 문을 열어 보고 싶은 마음이 북받쳐 오면 북받쳐 올수록 염은 자신의 존재를 질책하느라 가슴을 움켜잡고 스스로의 심장에 철퇴를 가했다.

"오라버니……, 저 연우입니다. 오라버니의 글 읽는 소리를 자장가 삼아 잠들던 연우입니다. 오라버니……."

오라버니를 부르는 말은 똑같지만, 예전의 까르르거리는 웃음소리와도 같았던 연우의 목소리가 이젠 슬픔에 길들여진 목소리로 변해 있었다. 염의 심장이 더욱더 끊어질 듯 아파 왔다. 저 슬픈 목소리를 만들어 놓은 것도 모두 자신의 존재 때문이었다.

"욱……, 욱……, 연우야……."

울음을 삼키며 연우를 부르는 소리는 방문 밖으로 나가지도 못하고 사라졌다.

"오라버니, 보아 주세요. 이 연우가 얼마나 컸는지를. 그리고 살아 있어서 고맙다고 해 주세요. 오라버니를 보고픈 마음에 의지해서 살아온 제가 빈 마음으로 돌아가지 않도록. 나 살아남아 다행이었다. 그렇게 여길 수 있도록."

연우의 간곡한 청에도 불구하고 방문은 열리지 않았다. 대신 그의 울음이 차분한 목소리를 타고 건너갔다.

"내가 널 죽였구나. 널 죽인 대가로 폐부지친肺腑之親이 되어 비단옷으로 치장하고, 웅어雄魚로 입을 호강하며 이 오라비가 살아왔구나."

"살아 주시길 바랐습니다! 그리 살아 주시길 빌었습니다. 저의 간절한 바람이었습니다. ……보고 싶어요, 오라버니!"

차츰 높아지는 염의 울음소리가 연우에게로, 그리고 왕에게로 가서 내려앉았다. 차마 문도 열지 못하고 울 수밖에 없는 스승의 마음으로 인해 훤의 눈시울도 붉어졌다. 하지만 연우는 울 수가 없었다. 울어선 안 되었다. 그러기에는 하늘의 달이 너무 큰 걸음질을 하고 있었기 때문이다. 단정히 치마 끝을 들고 방 앞으로 다가갔다. 그리고 염이 쥐고 있는 방문 앞에 다소곳하게 앉았다. 연우가 오라비의 괴로움을 걷어 내는 손길로 조심스럽게 문을 열었다.

열리는 문 사이로 서로 닮은 오누이의 눈이 만났다. 눈물로 얼룩진 오라비의 얼굴은 그 옛날보다 훨씬 아름다워져 있었고, 작은 손을 떨구고 아버지의 품에서 잠들었던 누이는 세월을 뛰어넘어 여인이 되어 있었다. 염의 목구멍에서 피가 끓는 소리가 나왔다.

"이리 살아 있는 것을……, 이리 살아 있는 것을……."

연우가 염의 손을 잡기 위해 손을 뻗었다. 하지만 그녀의 손을 먼저 낚아채듯 움켜잡은 것은 염이었다. 살아 있는 누이의 체온을 느끼고 싶었던 것이지만, 서로가 느낀 것은 싸늘한 현실이었다. 살아 있기에 헤어져 있던 세월이었다. 누이의 괴로웠던 삶이 피폐해진 염의 가슴에 차갑게 와 닿았다.

"나 때문에 못 왔느냐? 내가 있어 집에 돌아오지 못하였느냐?"

"언제나 매일매일 집에 돌아왔었습니다. 단지 왔던 것은 넋뿐이라 발자국을 남기지 못하였을 뿐이에요."

"나 때문에 네가……, 나 때문에……. 나 때문에……."

연우가 미소를 지으며 오라비의 얼굴에 흐르는 눈물을 닦아 주었다.

"빗물이 오라버니의 얼굴에만 내리는 건가요? 이리 많은 눈물을 쏟아 내시니 제가 흘릴 눈물이 없잖아요. 제가 흘릴 눈물도 조금 남겨 주세요."

어릴 때 염이 곧잘 했던 말을 지금 연우가 하고 있었다. 염은 눈물에 가려 보이지 않는 연우를 보기 위해 애써 눈물을 삼켰지만, 눈물은 그치지 않았고, 울음소리는 멈추질 않았다.

"오라버니께서 이리 스스로를 탓하신다면, 전 살아 있는 것을 후회할 수밖에 없어요. 칭찬해 주세요, 오라버니. 잘살아 있다고……."

목구멍을 넘어선 눈물 때문에 말을 하지 못하고 고개만 힘껏 끄덕여 보였다. 하지만 한두 번의 끄덕임만으로는 연우가 살아 있는 데 대한 고마움을 다 전할 수 없었기에 계속해서, 계속해서 끄덕여 보였다.

훤은 더 이상 가여운 오누이를 볼 수가 없어 몸을 돌려 매화나무 끝에 잡힌 달을 올려다보았다. 달을 보기도 부끄러웠다. 그래서 고개를 숙여 매화나무 그림자를 보았지만, 그 끝에 달은 없었다. 훤이 나지막하게 읊조렸다.

"몰랐구나. 달은 세상 모든 것들의 그림자는 남기게 하여도,

스스로의 그림자는 남기지 않는다는 것을……."

염이 눈물을 그치고 연우의 어깨 너머로 왕의 등을 보았다. 슬픔에 지친 사내의 등이었고, 고뇌하는 제왕의 등이었다.

"상감마마, 소신……."

"이제 내가 보이오?"

여전히 등을 보이며 서 있는 왕에게로 염이 몸을 숙여 말했다.

"소신의 아픔만이 큰 줄로만 알고, 상감마마의 아픔은 아니 보았사옵니다."

"나의 아픔 또한 어디 연우 낭자의 아픔에 비하겠소. 달이 남겨 준 내 그림자를 보시오. 모든 이의 죄와 똑같은 모습을 하고 있지를 않소."

염이 고개를 들어 천천히 연우를 살펴보았다. 달빛 아래에 다소곳하게 앉은 모습이 슬픔을 접은 채 추위조차 쫓고 있는 듯 흐트러지지 않았다. 그리고 분명 살아 있었다.

"고맙다, 살아 있어 주어서……. 이토록이나 어여쁘게 자라 주어서……. 단지 지금 내가 애석한 것은 이렇게 자라는 동안의 너를 보아 주지 못한 것이야."

"저도 고맙습니다. 이렇게 살아 주셔서……."

염이 자리에서 일어나 뜰에 내려섰다. 왕의 옆으로 다가가 자신의 그림자가 잘 보이도록 섰다. 훤은 염의 그림자를 보지 않으려고 고개를 들어 매화나무 끝을 올려다보았다.

"곧……, 도화랑桃花浪이 일 것이오. 옛날, 세자빈 간택 때의 봄날로 되돌려 놓겠소."

"시간은 되돌릴 수 없사옵니다. 다시 오는 봄을 맞을 뿐이지요. 흉터만이 가득한……."

"이미 도화랑은 일고 있소. 막을 수 없이!"

"그 도화랑이 일면 긴 겨울을 이끌었던 동장군은 어찌 되는 것이옵니까?"

"어찌하면 좋겠소?"

염은 자신의 그림자를 보았다. 그리고 싸늘한 미소로 왕에게 말했다.

"상감마마, 소신의 그림자도 보아 주시옵소서. 이 천신, 예전에는 의빈으로서, 이제는 짙은 그림자를 가진 자로서 입을 열지 못하옵니다."

두려워했던 말이 염의 입에서 나오자, 연우의 두 손은 저절로 얼굴을 감싸 쥐었다. 훤이 그녀를 대신해 슬픈 목소리를 높였다.

"죄를 지은 것은 그대가 아니오! 가장 큰 상처는 그대가 입었소."

염은 천천히 고개를 가로저었다. 그러다가 조용히 자신의 그림자를 응시하며 단호한 어조로 말했다.

"역사 속의 죽어 간 죄인들 중에 본인만의 죄로 죽은 자가 얼마나 되겠사옵니까? 동장군이 물러가지 않으면 도화랑은 일지 못할 것이옵니다. 세자빈을 시해한 자를 벌하시는데, 열외로 두려는 자가 있어선 아니 될 것이옵니다."

"그대를 벌할 수 없소! 그대를 벌한다면 나 또한 같은 벌을 받아야 하오!"

"상감마마! 부디 사람은 보지 마시고 죄만 보시옵소서. 소신은 보시지 마시고 소신의 죄를 보시옵소서. 소신은 세자빈을 시해한 여인의……, 지아비이옵니다."

"난 세자빈을 시해한 여인의 오라비요! 죄의 경중을 논한다면 나의 죄가 더 무거울 것이오!"

"상감마마의 죄를 물을 수 있는 자들은 세상 어디에도 없지만, 소신의 죄를 물을 수 있는 자들은 참으로 많사옵니다."

훤은 입술을 씹었다. 이것이 외척들이 의도했던 마지막 음모임을 알 수 있었다. 어떠한 말도 할 수가 없었다. 앞면은 의빈의 얼굴로 입을 봉하고, 돌아선 뒷면은 죄인의 얼굴로 입을 봉해두고 있었다. 이것은 다른 방종한 자가 아닌, 오직 염이기에 가능한 음모였다.

오랜 시간이 흐를 동안 떨어지는 연우의 눈물, 그리고 바람결에 흔들리는 옷자락과 머리카락을 제외하고는 어느 것도 움직임을 가지지 않았다. 훤이 큰 숨을 삼키며 눈 끝으로 매화나무를 쓸어 올렸다. 그러고는 그 어느 집보다 우아하게 자란 매화나무에게 말했다.

"옛사람이 매화를 군자로 둔 뜻은 눈과 서리를 참아 내는 그 정신에 있었다. 한데 옛사람이 일컬은 매화는 네가 아니다. 매일을 너에게 옥처럼 고결한 인품과 얼음처럼 차가운 신념을 가르친 네 주인을 말하는 것이다. 네가 이리 아름다운 것은 그의 행동을 보고 그의 정신을 보아 저절로 닮은 것일 테지. 좋은 스승을 가까이에 둔 네가 부럽구나. ……운아!"

나지막하게 깔리는 말이 바람을 치고 올라가 지붕 위의 처마 끝에 곧게 서 있던 제운의 머리카락과 옷자락에 부대끼며 사라졌다. 그리고 왕의 부름과 동시에 제운의 몸은 처마 끝에서 사라져 땅에 우뚝 솟아났다.

"돌아가자. 허염이 나에게 자신의 죄를 묻는 것은 여전히 나의 신하란 뜻이 아니겠느냐? 오늘 잠행에선 분에 넘치는 결과를 가져가는구나."

담벼락 아래 어둠에 숨어 있던 가마와 가마꾼들이 제운의 손짓을 받아 뜰로 나왔다. 가마꾼들을 보던 훤이 몸과 얼굴을 완전히 돌려 염과 마주 섰다. 훤은 그의 그림자가 아닌, 눈동자를 보며 왕의 위엄으로 말했다.

"난 왕이오! 분명 내 손으로 누이를 벌해야 하고 스승을 벌해야 하오. 하지만 내가 결코 할 수 없는 것은 그대의 씨를 종의 신분에 두는 것이오. 그것은 나의 슬픔이자, 곧 조선의 슬픔일 것이니."

훤은 연우가 일어나는 모습을 보고 다가가 다정히 손을 내밀어 잡았다. 그 다정한 모습에 염의 한쪽 가슴이 녹아지는 듯하였다. 훤은 미처 눈물을 다 닦지 못한 연우의 얼굴을 쓰다듬으며 짓궂은 미소로 말했다.

"그대 오라비는 어찌 그대와 똑같이 융통성이란 것이 없소? 하긴 그대 오라비를 벌하는 것이 무에 그리 새롭겠소. 지금도 귀양살이와 다를 것 없는 삶인데."

연우가 다급하게 훤의 손을 잡았다. 그러고는 눈물 맺힌 깊은 눈동자로 애원하며 매달렸다. 차라리 자신을 벌하고 오라비를 놓아 달라는 말을 눈동자로 하고 있었다. 염이 스스로를 책망하는 것과 같이 연우도 자신을 책망하고 있는 눈동자였다. 훤은 고개를 돌려 버렸다.

"제발……, 그런 눈으로 보지 마시오. 나란 놈도 다른 것은 잃어도 그대는 잃고 싶지 않은 한낱 소인배에 지나지 않소."

훤은 행여나 연우를 놓칠세라 재빨리 끌어안고 가마에 올라탔다. 왕과 연우가 모습을 감추기가 무섭게 가마꾼들이 가마를 들어 올렸다. 당황한 염이 가마를 향해 갔다. 하지만 가까워지기도 전에 가마꾼들의 빠른 걸음이 염을 따돌리며 사라졌다. 아직 연우의 얼굴도 제대로 보지 못했고, 살아 있는 숨결도 아직 다 세어 보지 못했기에, 사라져 가는 가마가 원망스럽고, 눈물 흘리느라 낭비한 시간도 원망스러웠다.

"이리 급히 가다니. 네가 어찌 생겼는지 보지도 못하였는데……. 작은 무어라도 쥐어 줄걸."

흐느끼는 말을 들었는지 담장 위에 서서 보고 있던 제운이 가볍게 날아올랐다. 그리고 매화나무 끝에 갓 꽃망울을 맺은 가지를 꺾어, 등 뒤 허리끈에 꽂고는 어둠 속으로 들어가듯 사라졌다.

갑자기 나타났다가 또 갑자기 사라져 버린 누이가 꿈만 같아서 염은 허망한 눈동자만을 어둠 속에 두었다. 마치 죄인처럼 몰래 집으로 와서 낳아 준 어머니도 못 보고 가는 누이가 가여워, 내리던 눈물조차 말라 버리고 말았다.

염이 차가운 추위 속에서 발걸음을 옮겼다. 천천히 뗀 걸음은 사랑채와 안채를 오가는 쪽문이 있는 곳으로 다가가고 있었다. 자신도 모르는 사이 그곳에 간 걸음이 순간 우뚝 멈춰졌다. 누군가가 쪽문에 비스듬하게 기댄 채 서 있었다. 이제는 유심히 살펴보지 않아도 설임을 알 수 있었다.

"주인 따라서 온 것이냐?"

"아니옵니다. 주인께 왔사옵니다."

무슨 뜻인지 이해하지 못한 표정을 살피며 설이 다시 말했다.

"사람 마음이 어찌 한낱 문서 아래에 놓일 수 있겠사옵니까? 쇤네의 마음속 주인은 오직 단 하나, 도련님이시옵니다. 처음 이 집으로 팔려 왔을 때부터 줄곧 그러하였지요. 쇤네가 읽지도 못하는 글자가 적혀 있는 종이 쪼가리 따위가 건네졌다 하여 마음까지 이곳에서 팔려 갔던 것은 아니옵니다."

염은 설의 말과 마음이 무의미하다는 듯, 세상 모든 것들이 무의미하다는 듯 허한 미소를 들어 하늘로 뿌렸다.

"그래서 어쩌겠다는 말이냐? 네 마음속의 주인이 나라 한들, 난 네 마음을 단 한 번도 소유한 적이 없으니……."

염의 목구멍에서 뜨거운 입김이 한숨과 함께 토해져 나왔다. 그래서 설은 자신의 사랑이 아픈 것인지, 그의 사랑이 아파서 자신의 마음도 아픈 것인지 알 수가 없었다. 염이 안채가 있는 쪽을 보았다.

"내 존재가 죄구나. 내 마음은 더 큰 죄로구나."

"그래서 벌을 자청하시옵니까?"

"자청하는 것이 아니다. 응당 받아야 하는 벌이니, 상감마마의 성심을 평안히 하여 드리고자 하는 것이다."

"아울러 가장 잔인한 복수이기도 하지요. 공주자가께서는 도련님 스스로 벌을 받는 것보다 더한 벌이 어디 있겠사옵니까?"

"내가 벌을 받는 것이 가장 큰 복수라……."

"도련님……."

설이 애달픈 입김을 위로하려고 발걸음을 떼자, 염이 차가운 눈빛으로 멈춰 세웠다.

"더 이상 내게로 오지 말고 가거라. 나를 사내로 보려거든 이제 이곳에 오지 마라."

심장이 내려앉았다. 비록 차가운 눈빛이지만, 설의 마음을 거절하는 배려는 다정했기에 오히려 더 슬펐다. 설이 뒤돌아섰다. 슬프게 돌아선 설의 눈에서 눈물이 흘러나왔다. 그 눈물을 참으며 정성을 다해 염에게 말했다.

"도련님, 스스로의 마음을 아프게 하지 말아 주시옵소서. 그 몫만큼 여우 아가씨의 눈에서 눈물을 뽑아내실 것이옵니다. 쇤네, 비록 아무것도 못 하고 옆에 있기만 하였지만, 그동안의 세월을 보아 왔사옵니다. 무덤 속에서 살아나 공포에 질린 채 아무 말도 하지 않던 아가씨의 입에서 가장 먼저 나왔던 말이 '오라버니'였사옵니다. 제일 먼저 찾았고, 가장 많이 불렀던 말이었사옵니다. 왜 아가씨가 이곳에 돌아오지 못했는지, 누구를 위해서였는지 헤아려 주시옵소서. 그 마음을 헤아린다면 그 누구보다 가장 행복해지셔야 하옵니다. 그것만이 죽어 있던 아가씨의 삶에 보답하는 길이옵니다."

염이 고개를 숙였다. 그것을 알기에 더 마음이 아팠다. 그를 애타게 불렀을 것이기에, 그런 누이의 손을 잡아 주지 못했기에, 작은 누이가 오라비를 위해 어머니의 곁으로 돌아오지 못한 것을 알기에……. 망설이고 있던 설의 슬픈 흔적이 뒷길에서 사라졌다.

염이 홀로 서서 쪽문을 보았다. 한참을 보고 있던 그의 입술이 자조적인 미소와 더불어 움직였다.

"어찌하면 행복해지는지 이젠 알 수가 없게 되어 버렸구나."

염이 큰 목소리로 행랑채를 향해 말했다.

"여봐라! 누구 깨어 있느냐?"

염의 소리에 놀란 청지기가 눈을 비비며 냉큼 뛰어나왔다. 아직 잠에서 덜 깬 모습이었다.

"주인어른! 이 시간에, 이리 추운데 바깥에서 무얼 하시옵니까?"

"내가 널 깨웠구나."

"아, 아니옵니다. 잠결에 마당에서 자꾸 소란스러운 소리가 들리는 듯해서 어렴풋하게 깨어나 있었사옵니다. 바람 소리인가 했는데 아니었사옵니까?"

"잠이 깼으면 못과 길고 단단한 나무를 가져오너라. 망치도."

청지기는 어리둥절했지만 염이 너무도 슬퍼 보여 어떤 질문도 하지 못한 채 창고로 가서 연장을 한 아름 가져왔다. 염은 청지기가 가져다 놓은 것을 한참 동안 물끄러미 쳐다보았다. 그리고 오랜 시간이 흐르고 나서야 힘겹게 입이 떨어졌다.

"쪽문을 첩박도록 해라."

"네에?"

청지기가 당황하여 염과 쪽문을 번갈아 보았다. 쪽문은 일반 문과는 다른 특별한 의미를 가지고 있는 것이다. 그것은 청지기도 잘 알고 있었기에 어쩔 줄 모르고 발만 동동 굴렀다.

"무얼 하느냐? 어서!"

"아니, 저기……, 저, 주인어른……."

"부디 두 번 말하게 하지 마라. 네가 하지 않겠다면 내가 할 것이다."

염의 목소리가 힘겨워 더 이상 망설일 수가 없었다. 청지기는 어렵사리 나무를 들어 쪽문에 가로 걸쳤다. 그러고는 세상 무엇보다 무거운 망치로 못을 박았다. 밤공기를 가르며 못 박는 소리가 요란하게 울려 퍼졌다. 그 소리는 몇 배의 고통으로 염의 가슴에 박혀 들었다. 청지기가 박는 못은 곧바로 염의 가슴에 들어와 박히는 녹슨 못이 되었다. 이 소리는 안채의 민화 방에도 들어갔다. 울다 지쳐 까무러쳤던 민화가 그 소리에 겨우 정신을 차렸다. 눈물로 퉁퉁 부은 민 상궁이 공주를 불렀다.

"자가, 정신이 드시옵니까?"

"이 소리가 무엇이냐? 무슨 소리냐?"

여종이 재빨리 일어나 소리 나는 곳으로 갔다가 새파랗게 질려서 돌아왔다. 그 표정에서 민화는 어렴풋하게 상황을 파악했다.

"설마, 설마……."

"어찌하옵니까? 지금 쪽문을 첩박고 있사옵니다!"

"누, 누가? 서, 서, 서방님이?"

민화가 자리에서 일어나 바깥으로 달려가려고 하였다. 하지만 민 상궁이 울면서 가로막았다.

"공주자가, 고정하시옵소서. 이러다가 태중 아기시께 일 생기옵니다."

"놔라! 서방님이 이 가슴에 못을 박으시는데, 어찌 고정할 수 있단 말이냐? 나를 버리려 하시는데!"

민화는 기어이 민 상궁을 밀치고 방을 뛰쳐나갔다. 차가운 땅을 맨발로 밟으며 달려가는 민화 뒤로 민 상궁과 여종도 따라 뛰었다. 쪽문에 도달한 민화가 힘껏 쪽문을 밀었다. 하지만 단단하게 닫힌 채 열리지 않았다. 못을 박던 손이 민화가 미는 힘을 느끼고 동작을 멈췄다. 민화는 나무 틈 사이로 초조하게 건너를 훔쳐보았다. 사랑채 쪽에 등을 보이며 서 있는 염을 발견했다.

"서, 서방님……."

감정 없는 염의 목소리가 못 박는 소리보다 더 요란하게 민화의 귀로 들어왔다.

"멈추지 마라!"

당황한 민화가 차마 염에게 매달리지 못하고 애꿎은 청지기한테 호령했다.

"청지기냐? 못질을 멈춰라! 기어이 못을 박으려거든 내 가슴에 직접 박아라!"

"아이고, 나도 미치겠네."

못을 박지도 못하고 그렇다고 안 박을 수도 없는 청지기의 목소리가 두 사람 사이에서 안절부절못하였다. 잠시 후 민화의 뒤에서는 울며 비는 민 상궁의 소리가 들렸다.

"쇤네가 자결하여 용서를 빌겠사옵니다. 그러니 제발 거두어 주시옵소서."

민화의 울음소리가 큰 소리를 내며 염의 가슴으로 박혀 들었다. 그리고 그 소리는 첩박는 소리보다 더 고통스럽게 그의 가슴을 파헤쳤다. 더 이상 고통스러울 것이 없게 되자, 염의 입에서 가까스로 마지막 말이 나왔다.

"못을……, 단단히 박아라."

민화가 자리에 털썩 주저앉았다. 예전 이곳에서 단풍잎에 입 맞추던 염이 웃고 있었다. 처음 그의 입술이 닿았던 그녀의 입술도 웃고 있었다. 그 붉었던 단풍잎이 사라지고 있었다. 그와 동시에 나무 틈 사이로 염의 등도 사라지고 있었다.

검은 가마가 소리도 없이 강녕전에 도달했다. 그 안에서 오는 내내 입을 다물고 있던 훤과 연우가 내렸다. 훤은 달빛 아래에 선 연우의 모습이 애처로워 이름을 불러 보았다.

"연우 낭자."

연우의 입술이 아름다운 경련을 일으키며 움직였다.

"그 어떤 것이어도 상감마마의 뜻에 따르는 것이 백성 된 도리인 줄 알기에 소녀, 이제껏 단 한 번도 상감마마를 원망하여 본 적이 없었사옵니다. 하오나 오늘 밤 오라버니께 정녕 그리할 수밖에 없었사옵니까?"

"이제껏 그대가 내게 한 말 중에 가장 고마운 말이오. 그리 나를 원망하여 주시오. 대신 이 이후부터 그대가 그대를 원망하였다간 용서하지 않을 것이오!"

"하오면 정녕 오라버니를……."

연우의 물음을 외면하며 훤은 강녕전으로 들어가 버렸다. 그렇게 들어가는 왕의 뒷모습도 애처로웠다. 훤이 들어가고 없는 곳에 비 오듯 퍼부어지는 달빛과, 어둠과 함께 흐르다 멈춘 구름만이 남았다.

제운이 복면을 벗은 뒤, 등 뒤에 꽂혔던 매화 가지를 연우 앞에 내밀었다. 그것으로나마 어지러이 흔들리는 달빛을 위로하고 싶었다. 매화 가지를 받아 들던 연우의 손이 제운의 손에 닿았다. 제운은 손이 닿았던 작은 면적이 몸의 전부를 차지하는 것만 같아, 그 마음을 숨기기 위해 주먹을 꽉 쥐었다. 마치 오라비의 눈물을 감싸듯 매화를 감싼 연우의 눈에 눈물방울이 맺혔다. 제운이 말했다.

"꺾어진 가지에도 매화는 피어 나옵니다. 그리고 가지가 떨어져 나간 매화나무는 다음 해 그 가지에서 더 화려한 매화를 피워 올리지요. 뜯기고 잘려 나간 가지가 많으면 많을수록 훗날 화려한 꽃은 더 많이 필 것이고, 그 향기는 더 넓은 세상에 퍼질 것이옵니다."

목소리는 더없이 차가우나 마음은 따뜻한 위로였다. 맺혔던 눈물방울이 길게 늘어져 아래로 떨어졌다. 그 눈물을 감추려고 제운에게서 등을 돌려 섰다. 돌아선 연우의 허리에는 월의 댕기가 드리워져 제운의 눈에 아릿하게 잡혔다. 손끝이 댕기를 향했다. 하지만 차마 붉은 그것에 닿지 못하고 땋은 머리를 따라 올라갔다. 그리고 연우의 목덜미에 맴돌다 맴돌다 결국 주먹만 힘껏 쥐었다.

"소녀가 어리석게도 몰랐사옵니다. 푸른 하늘 위를 떠가는 맑은 구름도 마음이 있었음을……."

손이 움찔했다. 순간 무슨 뜻인지 몰랐지만, 연우의 말뜻을 이해하기까지 그리 긴 시간이 걸리지 않았다. 댕기와 목덜미에 올라앉지 못하고 헤매던 제운의 마음이 달빛의 장난으로 인해 땅에 그림자로 선명히 그려지고 있었고, 그것을 연우가 보고 있었던 것이다. 제운은 달을 올려다보았다. 그러고는 이마는 일그러졌지만 목소리는 변함없는 태도로 말했다.

"구름 속으로 흘러든 것은 달이었사옵니다. 이제 달은 가고 없으니 구름 속에 있어야 할 것도 없사옵니다. 애당초 구름 속에 있어야 하는 것은 비겠지만, 이 구름은 비를 가진 것은 아니었기에……."

연우가 제운을 향해 돌아서서 달을 올려다보는 그를 보았다. 제운의 강한 이마와 눈빛을 이렇듯 가까이서 똑바로 보는 것은 처음이었다.

"참으로 강하신 분이시옵니다. 연모의 정 아래에서 휘어지고 꺾이는 이가 그리도 많건만……. 원하신다면 원망이라도 받겠사옵니다."

제운은 연우를 보지 않았다. 비난하지 않는 그녀의 말에서 자신의 사랑을 위로받고 있었다. 주군을 배신하고 품었던 마음이 용서받고 있었다. 그래서 이제는 세상에 존재하지 않는 자신의 사랑, 월을 대신해서 하늘의 달을 향해 싱긋이 미소를 보이며 말했다.

"단지 지금 제가 원망스러운 것이 있다면, 처음 운우雲雨를 읊은 자, 그자가 원망스러울 뿐이옵니다. 구름과 비는 아무런 인연도 없는데……."

말속에 미소가 녹아 있었다. 그동안의 숨죽인 감정들이 조심스럽게 고개를 들고 세상 밖으로 나온 것이 무엇보다도 제운을 미소 속에 있게 하였다. 그렇게 밖으로 나온 감정들은 이미 치유가 되어 있었다. 치유가 되었기에 눈앞의 여인을 월이 아닌 연우로 볼 용기도 생겼다.

법궁 지도가 양명군의 처소로 은밀히 흘러들어 왔다. 지도, 그중 궁궐도란 것은 기밀 중의 기밀에 속하는 것으로 관상감에서만 특별히 관리되는 대상이었다. 그런 것이 눈앞에 펼쳐졌고, 그것을 빙 둘러 사람들이 앉아 있었다. 양명군이 차갑게 웃으며 말했다.

"역시 관상감에도 우리 쪽 첩자가 있었군. 하긴 관상감과 성수청, 소격서가 개입하지 않은 역모 사건이 역사상 어디 있었는가. 왕의 목숨조차 가벼이 들었다 내리는 자들!"

차가운 미소를 윤대형과 그 외의 사람들이 의아하게 쳐다보았다. 그런 그들을 향해 웃으며 말했다.

"내가 왕권을 잡은 이후에도 지금 금상의 목숨을 쥐락펴락하듯 나의 목숨 또한 그리할 것인가?"

방 안 가득 침묵만 차올랐다. 양명군은 어차피 그들에게서 답을 듣기 위해 물은 것이 아니라는 듯 상체를 구부정하게 숙여 방바닥에 펼쳐진 지도를 들여다보았다. 그리고 혼잣말처럼 중얼거렸다.

"지금이야 그리하더라도, 훗날 내가 등극한 뒤에는 새로운 첩자를 발굴하는 게 나을 것이야. 나 모르게……."

왕권을 탈취하자마자 자신의 목숨을 담보로 쥔 관상감의 첩자들부터 죽이겠다는 엄포였다. 윤대형은 경계를 하다가도 이렇듯 왕권을 잡은 이후까지 염두에 둔 양명군을 대할 때마다 비로소 조금씩 안심이 되고 믿음이 갔다.

"광화문의 위용이 너무나 높아 넘기가 쉽지 않을 것이야."

양명군의 일그러진 목소리에 모두의 시선이 모아졌다. 윤대형의 눈도 그에게 저절로 돌아가 박혔다.

"어디 넘지 못할 것이 광화문뿐이랴. 근정전을 넘어 강녕전으로 가는 향오문 또한 넘지 못할 터. 하니 뒷구멍이 제일일세. 그렇게 강녕전에 들어가면 또 무얼 하나. 금상의 침상을 찾아

헤매다 시간 다 갈 것인데. 법궁도를 빼낸 자가 어침소까지 미리 알 수 있느냐?"

"원래는 그것이 옳으나 금상께오서 워낙에 제멋대로 옮겨 다니셔서……. 요 근래에는 자선당까지 어침소가 된 적이 있다 하옵니다."

양명군의 눈동자가 고정되었다. 섬뜩할 만큼의 냉기를 토해 내는 눈동자였다.

"그렇다면 거사도 있을 수 없다. 위험부담이 너무 커. 편전에 납실 때면 위치가 정확해지지 않느냐?"

"저번에 쓰러지신 이후로는 아직 앉을 기력이 없다 하시며 편전에 납시지 않사옵니다. 낮에도."

"어차피 낮에는 사병을 움직이기 불가능하니 안 되고. 금상의 위치가 한동안 고정이 되는 때가 없나……."

마지막 흘리듯 내뱉은 양명군의 말에 윤대형의 눈빛이 반갑게 변했다.

"금상의 위치가 고정되는 때라 하셨사옵니까?"

"그렇소."

"있사옵니다! 궐내에 조심스럽게 떠도는 소문으로는 조만간 금상을 위한 큰 굿이 있을 거라 하였사옵니다. 그날, 금상의 옥체가 근정전의 기단 위에 놓일 것이라 하옵니다."

양명군의 입가에 야릇한 미소가 흘렀다.

"금상을 위한 큰 굿이라……. 대비전 짓이겠군. 하여간, 쯧쯧. 그것도 안 되겠소. 법궁도를 보시오. 근정전으로 들어가기에는 앞의 문들은 높고 견고한데, 뒤의 문들은 복잡하고 머오."

"그날은 성문도 열리옵니다. 기은제가 거행되는 딱 그 시각에만, 잠시!"

양명군은 신중했다. 다른 이의 주장에 쉽게 빠지지 않았다.

"하지만 문이 열리면 열릴수록 경계는 더 삼엄해지는 법!"

옆에 있던 다른 자가 말을 받았다.

"들어온 정보에 의하면 기은제가 거행된다는 날은 이번 보름달이 뜨는 밤이라 하였사옵니다. 즉, 닷새 정도만이 남았단 뜻이지요. 그럼에도 불구하고 성수청과 궁녀들의 움직임만 활발할 뿐 궐내, 심지어 궐 밖의 군사 움직임도 전혀 감지되고 있지 않사옵니다."

기쁘게 술렁이는 분위기 속에서도 양명군만큼은 신중하기 이를 데 없었다. 좌중을 압도하는 그의 분위기 때문에 순식간에 다른 이들의 분위기도 차분하게 가라앉았다.

"대비전에서 주관하고 있으니 성수청과 궁녀들의 움직임이 있는 건 이상할 게 없고. 성문이 열리는데 궐의 경비를 챙기지 않을 금상이 아닌데, 그건 이상하고. 금상의 성후가 혹시 우리가 아는 것보다 훨씬 심각한가? 그러고 보니 편전에 납시지 않는다는 것도 너무 이상해."

양명군의 신중한 고민이 중얼거림으로 끊임없이 흘러나왔다. 중얼거림이 멎었다. 결심을 내린 모양이었다. 양명군이 옆에 둔 환도를 들어 검을 빼냈다. 그리고 법궁도 위에 세워 정확히 근정전 위치에 검을 꽂았다. 검날만큼이나 눈동자도 날카로웠다.

"이곳에 금상의 옥체가 놓이는 날, 나는 열려진 성문을 당당히 지날 것이다. 이 길이 가장 빠르고 쉬운 길이다!"

윤대형이 양명군의 방에서 나왔다. 모두가 비밀리에 빠져나간 그곳에서 손끝으로 감시를 위해 심어 둔 무사 셋을 불렀다. 다가오는 그들의 귀를 가까이하여 귓속말로 물었다.

"혹시 양명군이 접촉한 자가 있었느냐?"

"전혀! 방에서도 거의 나오시지 않사옵니다."

"운검이라면 기척 없이 드나들 수 있다."

"하오나 소인들이 번갈아 양명군 머리맡을 지키는데 무슨 수로 그러겠사옵니까? 연기가 되어 드나들어도 그건 불가능하옵니다."

윤대형이 고개를 끄덕였다. 이어서 말했다.

"거사의 날, 양명군과 함께 너희들을 포함하여 도합 다섯 명이 선발대에 선다. 너희들은 양명군을 호위함과 동시에, 그가 헛으로라도 움직일 시에는 일시에 그를 베어라!"

"네? 그라니요? 양명군 나리 말씀이옵니까?"

"알 듯 모를 듯 그 속을 짐작할 수가 없어. 조심은 하고 볼 일이다. 그가 우리의 뜻과 다르다 느낄 때는 즉시 신호를 보낼 터이니 너희들은 가장 가까이에 붙어 있다가 그를 죽여라."

윤대형은 감시자들을 남겨 두고 걸어 나갔다. 하지만 가던 걸음을 멈추고 뒤돌아서 양명군의 사랑채를 물끄러미 보았다.

입에서 나지막하게 중얼거림이 나왔다.

"양명군! 역시 위험해도 같이 갈 수밖에 없을 정도로 대단한 사내다. 선대왕 자신은 부족하여도 아들 둘은 잘 두었어. 하지만 한 대에서 국왕의 자질을 가진 자는 하나여야만 하는 법! 국왕의 자질을 둘 다 타고난 것은 국왕 자질이 단 하나도 없는 것보다 더 혼란한 것이다. 선대왕은 그것을 알고 있었어."

집으로 돌아오고서도 알 수 없는 불안함이 윤대형의 마음에서 사라지지 않았다. 그래서 방 안으로 들어가지 못하고 마당을 이리저리 서성거렸다. 갑자기 걸음을 멈춘 윤대형이 측근 한 명을 불렀다.

"사병들 중에 자객 셋을 양명군 몰래 미리 빼 두도록 해라."

"어디에 쓰시려고 하시옵니까?"

"거사의 날에 의빈 내외부터 제거해야 되겠다. 얼마 전에 보낸 서찰로는 허염을 무너뜨리지 못했어. 외면은 연약해도 내면은 정말 강한 사람이야."

윤대형은 조용히 뒷짐을 지고 땅을 보았다. 하지만 그의 눈에 들어온 것은 자신의 그림자 따위가 아니었다. 오직 권력을 이어 가는 것에만 정신이 쏠려 있었다. 그가 생각하는 양명군은 대단한 사내임과 동시에 위험한 사내이기도 하였다. 그렇기에 왕권을 탈취한 이후, 그의 움직임이 미리 걱정되었다. 양명군이 왕권을 강화하겠다는 명분으로 외척들의 목줄을 죄어 올 가능성을 배제할 수 없었다. 그런 일이 벌어진다면 명분을 찾기 위해 그와는 연관이 없었던 과거의 죄를 들춰낼 것이다.

그 증거가 되는 민화공주, 그리고 사림의 구심점이 될 양천도위는 미리 제거해 두어야 마음이 놓일 것 같았다. 그렇게 하지 않으면 윤대형은 양명군을 완전히 손아귀에 쥘 수 없을 것만 같았다. 금상의 팔다리를 미리 제거했던 것처럼, 양명군의 팔다리 또한 미리 제거해 두어야만 권세는 지켜질 것이다.

대왕대비 옆에도 이미 명령을 기다리는 자를 두었다. 거사의 날, 대왕대비는 독이 든 맛난 음식을 자신의 입으로 손수 넣게 될 것이다. 윤대형이 미소를 머금었다. 세상을 손에 쥘 인간이 가질 수 있는 여유로움이었다.

4

 성수청의 구석진 방에 앉아 한 땀 한 땀 정성을 다해 바느질을 하고 있는 장씨 앞에 설이 선머슴인 양 털썩 주저앉았다. 장씨는 눈길도 주지 않고는 계속해서 바느질을 하며 말했다.
 "입이 대여섯 발은 나와 가지고선, 쯧쯧. 웬일로 여기 있는 게야? 또 어디론가 사라지지 않고."
 "어째 불안합니다."
 "네년같이 독한 년한테도 내릴 귀신이 있다던? 뭔 불안 타령이야?"
 "궁녀들이나 무녀들이 모두가 하나같이 길쌈만 하고 있습니다. 게다가 길쌈한 천은 검은색이고. 대체 어떤 굿을 준비하기에……."
 장씨가 바느질하던 손을 멈추고 주먹으로 허리와 무릎을 통통 때렸다.

"조만간 큰비가 내릴 것이야. 비가 와야지, 그래야 봄이 오지. 에구, 뼈마디 쑤셔."

설이 빈정거리며 말했다.

"그런 예언쯤이야 신경통 있는 늙은이라면 다 할 수 있는 것입니다. 하여간 땡무당이라니깐. 그런 말 말고는 없습니까?"

장씨가 다시 바느질을 하기 시작했다. 손끝이 가느다랗게 떨리고 있었다. 설이 장씨에게 눈으로 대답을 재촉했다. 장씨의 입이 웅얼거리듯 열렸다.

"설아! 기은제가 있는 날, 넌 여기 이곳에만 있거라. 북촌에는 부디 가지 마라."

설의 눈썹 사이가 심하게 구겨졌다가 미세하게 경련이 일었다. 장씨는 조선의 도무녀였다. 이제껏 무녀다운 모습을 보여 주지는 않았지만, 부정할 수 없는 사실이었다. 장씨가 연 입이 두려웠다. 북촌. 염. 그에게 기은제가 있는 날 무슨 일이 벌어질 거라는 예언 같았다. 한동안 침묵이 흘렀다.

"우웅!"

잠을 자던 잔실이 깊은 잠에 빠져서도 잠투정을 하였다. 설이 가슴을 토닥여 재웠다. 그러고는 침묵을 깨고 입가에 미소를 애써 담으며 말했다.

"도무녀님, 하나만 여쭤 보겠습니다. 이제껏 살면서 단 한 번도 궁금하게 생각해 본 적이 없었는데, 저를 낳아 준 어미는 지금 살아 계실까요?"

설의 목소리가 슬펐다. 장씨가 대수롭지 않은 듯 말을

받았다.

"땡무당이라믄서? 배신자라서 그 무슨 말을 해도 믿지 않는대매?"

"땡무당은 거짓말 잘하잖아요. 웃으면서 잘살아 있다고, 저를 보고파 한다고, 그 정도 거짓말은 해 주실 수 있잖습니까."

장씨의 입은 열리지 않았다. 바느질도 멈추지 않았다. 설이 포기한 듯 빙그레 웃으며 슬픈 목소리로 말했다.

"아마도 나를 낳아 준 어머니도 나에게 이름을 주었을 거예요. 그런데 그 이름이 종년의 신분에는 어울리지 않을 정도로 예쁜 이름이어서 주위 누구에게도 말할 수 없었겠지요. 분명 예쁜 이름이었을 겁니다. 설처럼……."

"네년이 무당 해라."

"얼굴 한 번 본 적 없는 어머니가 왜 지금 이 순간에 보고 싶을까요?"

"지지리도 말 안 듣는 년 같으니. 발걸음이 더디 가면 정도 더디 가니 그리도 발걸음을 끊으라 하였건만, 부득부득 정을 이어 놓았지?"

"정을 나 혼자 잇나요? 혼자 잇는 건 아무 쓸모도 없더만. 쳇! 이왕 날 낳을 거면 조금만 더 예쁘게 낳아 주지. 에잇!"

투덜거리듯 내뱉는 설의 목소리가 떨리고 있었다.

"마지막 부탁이다. 북촌에는 제발……, 가지 마라."

장씨의 말에서부터 다가오는 불안감이 투덜거림조차 멎게 하였다.

"저……, 가야만 될 것 같습니다. 안 가면 제가 죽을 것 같아서……."

"가지 마라. 왜 불꽃이 뜨거운 걸 몰라?"

"불꽃이 뜨거운 걸 모르는 바보도 있답니까? 녹아질까 두려워 가까이 갈 수조차 없는 눈송이에 불과하다는 것을 모를 뿐이죠."

장씨가 바느질하던 손을 멈추었다. 고개를 들어 보았다. 설이 환하게 웃고 있었다. 장씨와 눈이 마주치자 소리 내어 밝게 웃었다. 언제나 퉁명스러웠던 그 표정이 아니었다. 설이 자리에서 벌떡 일어나 힘차게 말했다.

"저, 제 주인께 돌아가겠습니다."

장씨가 눈썹 사이에 잡힌 진한 주름을 감추려는 듯 다시 고개를 숙이며 말했다.

"미친년. 주인을 제멋대로 정하는 종년도 있다던?"

"하하하! 그럴 수 있는 제 종년 팔자도 괜찮은 겁니다."

설이 치마 아래에 있던 환도를 끌러서 잣실 옆에 내려놓았다. 궐 안에서 사용하던 것이다. 설이 소리 내어 웃으며 방문 밖으로 사라졌다. 하지만 비워진 자리에는 여전히 웃음소리가 머물러 있었다.

장씨가 바느질을 끝내고 이로 마지막 실을 끊어 낸 뒤, 다 지어진 옷을 매만졌다. 조심스레 옷을 들어 자신의 팔 길이에 맞춰 보았다. 그녀의 몸에 딱 맞는 수의壽衣였다.

"더런 년. 지 평생 저리도 환하게, 저리도 큰 소리로 웃는 게 처음이지. 웃고 가지나 말지, 팔자 한번 징하게 더런 년."

아직 완전한 보름달로 채워지지 못한 달이 하늘에 있었다. 내일이면 완전한 보름달이 될 그 달을 희망의 마음과 두려움의 마음이 뒤엉킨 채 보고 있는 이들이 너무나 많았다. 훤도 그 하늘을 보았다. 그리고 고개를 돌려 건넛방에 앉은 연우를 보았다. 그녀도 훤이 조금 전까지 보고 있던 하늘을 보고 있었다. 연노랑 저고리에 붉은색 치마가 이렇게나 아름다운 옷인지는 연우를 통해 처음 알았다.

"연우 낭자, 용을 본 적 있소?"

연우가 고개를 돌려 쳐다보았다. 그리고 상냥하게 웃었다.

"지금 이렇듯 보고 있사옵니다."

"아니, 진짜 용 말이오. 살아서 움직이는 용! 잠도 오지 않는데 경회루에 용이나 보러 갈까?"

연우가 놀리지 말라는 듯 웃었다. 하지만 훤은 이미 자리에서 일어나 옆에 둔 누비옷을 껴입고 있었다. 제운이 옆에 서서 대기했다. 뜬금없이 다들 나서는 통에 연우도 얼떨결에 따라 일어섰다. 결국 마치 도둑처럼 살금살금 걸어 침소를 벗어났다.

제운이 앞장섰다. 훤과 연우, 차 내관이 차례로 따랐다. 연우는 이상한 기분이 들었다. 그동안 내내 이상한 기분이었지만 훤이 묻지 말라고 해서 참았다. 내일 있을 기은제를 두고 심상치 않은 일이 벌어지고 있는 듯한데 훤은 아무 언질이 없었다. 그래서 한적한 곳에 이르자마자 걸음을 멈추고 훤의 팔을 잡아

당겼다.

"왜 그러시오?"

"소녀에게도 말씀해 주옵소서."

"사랑한다는 말을 그리도 듣고 싶소?"

"상감마마, 내일 기은제는 정말……."

"아! 저것 보시오. 용이 수십 마리는 되는 것 같소."

연우의 말을 끊으며 휜이 손가락으로 가리킨 곳에는 정말로 수십 마리의 용이 있었다. 용이 떼를 지어 바람에 뒤쫓기듯 흩어져 뛰놀다가, 바람이 사라지면 다시금 점잖은 척하며 가라앉았다. 또다시 바람이 장난을 걸면 못 이기는 척 잡기놀이를 하였다. 그렇게 용들은 달빛과 바람, 그리고 물과 뒤엉켜 장난을 치고 있었다. 경회루 아래의 거대한 연못 속에서 살고 있는 용들이었다. 경회루 둥근 기둥마다 연산군이 새겨 놓은 용들이 연못에 비친 모습이기도 하였다.

"나는 그대에게 거짓은 말하지 않는다 하였소. 보시오, 내 말이 옳지 않소?"

연우가 환하게 웃으며 대답했다.

"아무렴 여부가 있겠사옵니까?"

"연우 낭자, 내 말에 답해 주시오. 내일 내가 여러모로 신경 쓸 일이 있소."

"그 일이 무엇이옵니까?"

"내 숙원이오. 한데 문제가 있소. 연우 낭자가 선택해 줘야 하는 문제요."

두 손을 모아 쥔 연우가 물어 올 말이 무엇인지 직감한 듯 슬픈 눈으로 바라보았다.

"연우 낭자는 내 옆을 택하겠소, 아니면 나와 먼 곳을 택하겠소?"

모아 쥔 손이 단정하게 아래로 내려왔다. 연우는 등 뒤로 검은색 가마가 들어와 서는 걸 느끼면서 대답했다.

"먼 곳을 택하겠사옵니다. 상감마마 옆에 있으면 소녀를 걱정하느라 일을 그르칠 위험이 있사옵니다. 그러니 소녀는 먼 곳에 가서 소식을 기다리겠사옵니다."

훤이 연우의 손을 꼭 쥐었다. 손끝이 아릴 만큼 힘껏 쥐었는데도 부드럽고 따뜻했다.

"무사하셔야 하옵니다."

훤이 연우의 손을 놓으며 연못을 등지고 섰다. 그리고 두 팔을 활짝 펼쳤다. 등 뒤에서 떼 지어 흩어졌던 용들이 마치 기다리기라도 한 것인 양 훤의 몸속으로 들어가듯이 잠잠해졌다.

"나에게 변고가 있을 거 같소?"

연우는 고개를 가로저었다. 그렇게 연거푸 여러 번을 가로 짓다가 가마에 올라탔다. 가마가 시간의 틈을 주지 않고 움직이기 시작했다. 어디로 가는지 알 수는 없지만 왕과 궁궐과 멀어지고 있음은 알 수 있었다. 그제야 연우의 눈에서 눈물이 흘러 나왔다. 곁에 있고 싶었다. 그래서 옆을 택하고 싶었다. 하지만 훤이 원하는 답이 먼 곳이었기에 그리할 수밖에 없었다.

먼 곳이라 하였는데 그다지 많이 달리지 않은 곳에서 가마가 멈추었다. 곧이어 땅으로 내려졌다. 누가 다가와 가마 문을 열고 앞에서 고개를 숙였다. 점잖은 여인이었다.

"기다리고 있었사옵니다. 신, 박씨라 하옵니다. 지금부터 소신이 중전마마를 호위하겠사옵니다."

시간이 흘렀다. 따라 흐르는 구름을 거느리고 달이 흘렀다. 달이 가고 없는 자리에는 따라 흐르는 구름을 거느리고 해가 흘렀다. 붉어진 하늘을 검은빛으로 밀치며 또다시 달이 흘러 들어오고 있었다. 하지만 너무도 많은 구름이 에워싸고 따라 흐르고 있어, 찾아온다고 하였던 보름달의 윤곽이 보이지 않았다.

궐내에서 정무를 마친 관원들은 내삼청의 군사들의 지시로 일찍감치 퇴청하였다. 평소와 다름없는 모습들 속에서도 역모에 가담한 자들의 분주한 걸음이 있었고, 비상한 기운을 느끼고 한탄하는 자들도 있었고, 아무것도 모르고 성수청의 기은제를 반대하는 자들도 있었고, 뼛속 깊숙한 곳까지 유학자인 몸으로도 오직 왕의 강녕만을 기원하여 기은제를 찬성하는 자도 있었다.

장씨가 정성을 다해 머리를 빗어 붉은색 나무 비녀로 쪽을 쪘다. 오랜만에 거울에서 보는 자신의 모습은 검은 머리카락이 있던 예전과 닮은 구석이라고는 없었다. 낭비한 수명이 아쉬운 듯 거울 속의 자신에게 미소 한번 보낸 뒤, 도무녀로서 하얀 소복을 입었다. 일어나 방문을 열었다. 하지만 나가려던 걸음을 멈추고 잠시 방 안 구석에 곱게 접힌 채 놓여 있는 수의를 보았다. 이내 고개를 돌려 방을 나갔다.

방문 밖에는 수종무녀들이 채비를 마치고 도무녀를 기다리고 있다가, 모습이 나타나자 일제히 허리를 숙였다. 장씨는 차가운 땅의 기운을 맨발로 밟았다. 눈으로 수종무녀들을 한 번씩 어루만지고 있을 때쯤, 멀리서 잔실이가 울며 달려와 치맛자락을 붙잡았다. 잔실은 그 어떤 말도 할 수 없기에 입술만 꽉 깨물고 고개만 절레절레 저었다. 자신이 잘못한 것 같았다. 왕 앞에서 말한 것도, 비명을 지른 것도 모두 잘못한 것 같았다. 장씨가 가볍게 머리를 쓰다듬었다. 다정한 손이었다.

"잔실아, 기억해라. 왕과 백성을 잇고, 백성과 하늘을 잇고, 하늘과 왕을 이었던 것이 우리 성수청이었음을. 역사를 쓰는 자들이 유학자들이기에 우리는 역사 속에 악인으로만 기록되겠지만……, 그 어떤 수모 속에서도 끝까지 왕실과 함께해야 한다. 언젠간 사라질 성수청의 운명이라 하더라도 마지막까지……, 마지막까지……."

잔실은 이해하지 못할 말이었다. 하지만 언젠가는 자연스럽게 알게 될 일이었다.

"잔실아, 기은제가 끝나고 나면 말을 해도 된다."

장씨가 몸을 돌려 성수청을 나섰다. 그 뒤를 수종무녀들이 기러기 떼가 긴 길 가듯 따랐다. 차가운 바람이 옷고름을 날리고 옷자락을 날려도 장씨는 묵묵하게 차가운 땅을 맨발로 밟으며 근정전으로 나아갔다.

성수청 바깥의 먼발치에서 혜각 도사가 그들의 행렬을 보고 있었다. 장씨의 눈이 잠시 그에게 머물렀다가 떨어졌다. 이윽고 바람에 실려 전해져 오는 혜각 도사의 목소리가 들렸다.

'그리 가는 게요? 미안하오.'

바람에 장씨의 소리도 섞었다.

'이리 가도록 나를 불러들인 건 혜각 도사였소. 어차피 다 갉아먹어 길게 남아 있지도 않은 수명이었소. 내 손으로 더럽혔던 하늘늑대별을 마지막 남은 내 명을 바쳐 닦아 내는 것뿐이오. 왕과 왕비의 엉켜 있던 인연의 끈을 풀어 온전한 합을 비는 것은 성수청 도무녀로서 더없는 영광인 것을……. 혜각 도사, 마지막까지 두 분의 끈을 놓치지 않고 이어 주어 감사하오. 그대가 아니었다면 내 죗값을 치를 기회도 얻지 못하였을 것이오.'

혜각 도사는 멀어져 가는 도무녀와 수종무녀들의 행렬을 오랫동안 바라보았다.

염은 바깥 기척에 정신이 쏠려 있었다. 예감이란 것이 그다지 발달하지 못한 그였지만 오늘 밤은 달랐다. 멀쩡했던 왕의 기은제를 한답시고 왕실에서 친히 가마를 보내 모친을 모셔 가는 것도 이상했고, 궁에서 나온 비자가 여전히 왕의 성후에 차도가 없다고 말하는 것도 이상했다. 연우를 둘러싸고 모종의 계획이 진행되고 있음을 느꼈기에 염의 신경도 날카로워질 수밖에 없었다. 하지만 이러한 분위기 속에 민화와 자신도 위험에 노출되어 있는 것까지는 알지 못하였다. 순간 창에 사람의 그림자가 나타났다. 검을 지닌 사내의 그림자인 듯하였다.

"누구냐?"

경직된 물음에 그림자의 답은 공손했다.

"쇤네, 설이옵니다."

염은 긴장된 마음을 놓고 더 이상 다가오는 정을 막으려는 듯 쌀쌀하게 말했다.

"내가 오지 말라 하지 않았느냐!"

"……도련님을 사내로 볼 것이라면 오지 말라 하시었사옵니다. 지금 쇤네는 그런 마음을 버리고 왔사옵니다."

한순간에 버릴 수 없는 것이 사람의 마음임을 염도 모르지 않지만, 더 이상의 말은 하지 않았다. 문득 그림자가 사내 복장을 하고 있을 뿐만이 아니라 허리에 검을 지니고 있는 것도 알아차렸다.

"웬 검이냐?"

설은 대답이 없었다. 무슨 답을 해야 할지 몰라서였다.

"네가 여태 검을 놓지 않았구나. 그래서 줄곧 나를 따라다니는 흔적에 아무것도 남기지 않았구나. 왜 하필 검을 잡았느냐?"

"글을 읽을 수는 없었기에 그리하였사옵니다."

염은 퉁명스러운 대답을 이해하지 못하였다. 그리고 마음속 대답도 듣지 못하였다.

'쇤네가 잡은 것은 검이 아니었사옵니다. 도련님의 기억과 몸짓을 잡고자 하였을 뿐이옵니다.'

염이 불안한 목소리로 말했다.

"어인 일로 검을 가지고 이곳에 온 것이냐? 그리고 너의 옷차림은 또 무엇이냐?"

설은 단 한 번도 검을 지니지 않고 이곳에 온 적이 없었다. 언제나 치마 아래에 숨겨 놓았기에 보이지 않았을 뿐이다. 그것을 염이 알 리가 없었다.

"그냥……, 먼 길을 떠나기 전에 도련님을 뵙고 싶었사옵니다. 이것이 마지막 인사이옵니다."

염이 천천히 일어나 바깥으로 나갔다. 마지막 먼 길을 떠나는 자에 대한 예의를 지키기 위함이었다. 설은 대청에 나와 선 그를 보며 환한 미소를 지었다. 염다웠다. 사랑한 것이 아깝지 않을 만큼, 오히려 사랑하게 만들어 준 그의 인간됨이 감사할 만큼 행복했다. 설이 더없이 밝은 미소를 지었다. 염은 설의 미소가 낯설었다. 그래서 의아해졌다.

"먼 길이라니? 길 떠나기엔 그리 좋은 날씨가 아닌 듯한데……."

비록 남녀 간의 애정이 깃든 염려는 아니었지만 그래도 설은 행복했다. 그래서 더욱더 환하게 웃었다. 염도 그녀를 따라 미소 지었다.

"어디 좋은 곳으로 가나 보구나. 너의 이리 밝은 미소는 처음이야."

처음인 것은 환한 미소만이 아니었다. 염의 얼굴을 똑바로 쳐다보는 것도 처음이었고, 스스럼없이 가까이 다가가 선 것도 처음이었다. 그리고 손을 뻗어 아름다운 뺨에 손을 대어 본 것도 처음이었다. 염은 설의 손이 닿자 눈에 슬픔을 담으며 말을 흘렸다.

"가엾게도……. 젊은 여인의 손이 이리도 거칠다니."

손이 멈칫했다. 그 순간 염의 고운 손이 설의 추한 손을 가볍게 감싸 잡았다.

"우리 연우의 손을 잡았을 때 예전과 변함없이 여전히 고와서 마음이 덜 아팠었다. 그 아이의 손이 그리도 아름다울 수 있었던 것은, 그만큼 너의 손이 거칠어졌기 때문임을 내 이제야 알 것 같구나."

설은 웃는 눈에 눈물 한줄기를 흘려보내며 손을 거둬 왔다. 태어나 지금까지 줄곧 원망만 했던 천주제석이 지금은 더없이 감사했다. 그녀를 천하디천하게 점지한 것도 천주제석이었지만, 염이란 존재를 이 세상에 보내 준 것도 천주제석이었기에. 아니었다면 더없이 천하게만 살다 가는 자신이 불쌍할 것만 같았다. 그리고 만약 염이 없는 세상이었다면 아무리 귀하게 태어났어도 아무 의미가 없을 것 같았다.

"감사하옵니다. 이젠 도련님의 고운 손에 닿았던 쇤네의 천한 손조차 고와진 듯하옵니다."

"난 네게 미안하기만 하구나. 애석하게도 사내의 마음 또한 하나뿐이라……. 하나 있던 마음이 부서져 없어졌기에, 더 이상 남은 마음도 없어서."

설은 고개를 저었다. 자신에게 올 것이 없다는 그의 마음보다, 남아 있는 마음이 없다는 그의 말을 부정했다. 설은 뒷걸음질을 하며 천천히 염의 눈에서 멀어졌다가, 이내 흔적 없이 사라졌다. 염이 마당에 내려서서 구름만 가득한 하늘을 올려다보았다. 마치 마음과도 같고, 현재의 상황과도 같았다. 염이 눈을 하늘에서 안채 쪽으로 천천히 돌렸다. 그 모습을 지붕에 올라가 몸을 감추고 있던 설이 안타깝게 지켜보았다.

순간 눈이 번쩍 뜨였다. 멀리서 복면 쓴 수상한 사내들이 몸을 숨기며 집 쪽으로 다가오고 있었다. 예상이 빗나갔다. 위험이 다가온다면 기은제가 시작된 이후라고 생각했기 때문이다. 설이 순식간에 염의 등 뒤로 내려섰다. 그와 동시에 염이 알아차릴 틈도 주지 않고 조용히 쓰러뜨렸다. 설은 막상 기절한 염이 품에 들어오자 당황했다. 소리 죽인 발걸음은 다가오는데, 마지막일지도 모르는 염의 모습은 쉽게 마음을 놓아주지 않았다.

정신을 차렸다. 그러자 문제가 보였다. 이 집에 기거하는 인물은 염 하나만이 아니었다. 만약에 오고 있는 수상한 사내들이 민화를 노리고 오는 거라면 그만 숨길 수는 없었다. 민화가 죽는 것은 아무 상관이 없지만, 그녀의 죽음으로 인해 또 한 번 염이 불행해지는 건 막고 싶었다. 장씨는 누구를 노리는지, 왜 노리는지 전혀 예언해 주지 않았다. 그저 북촌에만 가지 말라고 하였을 뿐이다.

"도움이라고는 안 되는 땡무당 같으니!"

설은 우선 사내들이 두 패로 나뉘어져 염과 민화에게 각각 흩어지는 것부터 막아야 한다고 생각했다. 그래서 힘겹게 염을 어깨에 걸치고 안채로 갔다. 안채에 불이 켜져 있었다.

"안에……, 누가 좀……."

충격으로 몸져누워 있는 민화를 간호하던 민 상궁이 마당 쪽 문을 열었다.

"누구요?"

민 상궁은 곧 정신을 잃은 염을 발견하고는 깜짝 놀라서 달려 나왔다.

"이 무슨 일이오? 대감께 무슨 일이?"

"말씀을 드릴 시간이 없사옵니다. 우선 공주자가와 주인어른을 모시고 멀리 달아났다가……."

설의 말을 민 상궁이 자르고 들어왔다.

"대체 무슨 일인지는 모르겠지만, 공주자가께옵서도 운신키 어려우신데……."

설의 이마가 어두워졌다. 바로 뒤에까지 가까워진 자객들의 발소리가 들리는 듯하였다. 설은 긴 한숨이 미처 다 내뱉어지기도 전에 굳어진 입술을 꼭 다물었다. 그리고 아무 말 없이 공주가 있는 방으로 민 상궁의 도움을 받아 들어갔다. 앓아누워 있던 민화가 염을 발견하고는 벌떡 일어났다.

"서방님!"

설은 힘들게 지고 온 염을 고스란히 공주의 품속에 안겨 주었다. 민화가 그를 끌어안는 것을 잠자코 보았다. 염이 왜 쓰러져 있는지, 왜 이곳에 오게 되었는지도 상관하지 않고 오직 염의 뺨에 자신의 뺨을 비비느라 정신이 없는 공주를 바라보았다. 마음에 이는 감정이 부러움인지, 시기심인지, 안심인지 알기도 전에 가까워진 발소리에 정신을 차렸다. 설이 민 상궁에게 말했다.

"부탁이 있사옵니다. 지금부터는 바깥에서 무슨 소리가 들리더라도 나오면 아니 되옵니다."

설의 목소리에 정신이 들었는지 민화가 큰 눈을 굴리며 쳐다보았다.

"넌 누구냐?"

예쁜 얼굴이었다. 높은 신분이었다. 자신과는 천지 차이인 공주였다. 염의 아내였고 사랑이었다. 설이 떨어지지 않는 입으로 힘들게 말했다.

"종……, 비천한 종년이옵니다."

"처음 보는 얼굴인 듯한데……, 의빈과는 어떻게 아는 사이냐?"

'허염은 제 유일한 주인이옵니다.'

설은 답하지 못하고 민 상궁을 보며 말했다.

"또 다른 부탁이 있사옵니다. 만약에 저에게 어떠한 일이 생기게 된다면……, 주인어른께서 깨어나시기 전에 치워 주시옵소서. 그리고 저는 본 적이 없는 것으로 해 주시옵소서."

설은 더 이상 지체할 수가 없었다. 그래서 재빨리 방을 나갔다. 하지만 이미 안채 마당에는 사랑채에 염이 없는 것을 확인한 자객들이 발을 들여놓고 있었다. 설이 마당에 내려섰다. 자객들의 걸음이 멈칫했다. 그사이 설은 칼집에서 검을 뽑은 뒤 멀리로 칼집을 던졌다.

"나의 검은 더 이상 집이 필요 없다! 다시는 돌아가 꽂히지 못할 것이니."

자객들은 설이 그저 남장을 한 여인임을 알아차렸다. 하지만 검을 고쳐 잡은 기에 압도당해 섣불리 다가서지 못하였다. 차가운 바람이 휘몰려 다니는 마당 가운데서 그들은 오랫동안 서로를 탐색했다.

근정전 앞의 너른 마당에 장씨는 숨도 쉬지 않고 가만히 서 있었다. 거대한 마당 가운데 있는 그녀의 몸이 너무도 작아 보였다. 수종무녀들이 서 있는 도무녀의 목에 하얀 천을 걸치고 아래로 드리웠다. 그리고 바닥에 주름 한 점 없이 길게 길게 쭈욱 펼쳐 나갔다. 정성 어린 손길을 끝내고 수종무녀들은 뒤로 물러났다.

장씨의 눈에 멀리 근정전을 병풍처럼 하고 기단 위에 앉은 왕이 들어왔다. 어깨부터 몸 전체를 호피로 덮은 왕이 까마득한 거리에 몸을 숙이고 있었다. 그 옆에는 아무것도 없었다. 기단 위에는 왕만 있었다. 심지어 운검조차 보이지 않았다.

대비전 뜰에는 딸의 혼령을 위로하느라 두 손 맞잡은 신씨의 염원이 있었고, 아들의 완쾌만을 기원하는 대비 한씨의 염원이 있었다. 또한 멀리 정업원의 불당에는 눈물로 엮어 만든 염줄을 잡은 희빈 박씨의 염원이 있었다. 그녀의 기도에는 금상도 선대왕도 없었다. 오직 아들 양명군의 행복을 비는 마음만이 있었다.

또 다른 먼 곳에는 연우가 있는 방을 등지고 앉은 박씨 부인이 있었다. 그녀는 부친이 유산으로 남기고 간 낡고 무뎌진 운검을 두 손에 모아 쥐고, 자신이 선택한 아들을 지켜 달라는 기도를 아버지께 올렸다. 그렇게 아들의 무사를 염원했다.

이 모든 어머니들의 마음을 아우르듯, 도무녀의 손가락은 긴 천을 잡아 자신의 가슴께로 천천히 천천히 잡아당겼다. 그와 동시에 멀리 앉은 화쟁이들이 도무녀의 몸짓에 숨을 고르며 일제히 악기를 고쳐 잡았다.

그러자 근정문이 열렸다. 이어서 홍례문이 열렸고, 마지막으로 광화문이 거대한 소리를 뿜어내며 활짝 열렸다.

교태전의 궁녀들이 종종걸음으로 뛰어다녔다. 기은제를 위해 대비전으로 가야 하는 중전이 당의를 벗어 둔 채 감쪽같이 사라졌기 때문이다. 사라진 보경은 하얀 소복만 입고 홀로 어디론가 가고 있었다. 손에는 동아줄이 쥐어져 있었다. 북쪽을 향해 실성한 듯 걸어가던 보경이 한적한 곳에 멈춰 섰다. 그리고 튼튼한 나뭇가지를 골라 동아줄을 묶으며 중얼거렸다.

"중전의 당의를 벗고 하얀 소복을 입으니 이리도 편안한 것을……."

보경은 자신의 잘못을 떠올렸다. 애초부터 대례복은 자신의 것이 아니었다. 그러니 중전 당의도 자신의 것이 아니었다. 하지만 벗지 못하였다. 금상을 제거하러 오는 윤대형을 알면서도 그 부친을 말리지 못하였고, 그렇다고 금상에게 부친을 고하지도 못하였다. 이 또한 자신의 잘못이었다. 그러니 아버지를 원망할 이유가 없었다.

"아버지! 당신 딸의 목을 죄는 이 동아줄은, 바로 당신의 손이옵니다."

 그 말을 마지막으로 그녀는 아무런 유언도 없이 중전 윤씨가 아닌, 윤보경이란 여인으로 조용히 목을 매달았다.

 흠관재를 비롯한 각각의 주요지에 약속했던 사병들이 모여들었다. 양명군은 갑옷을 갖춰 입고, 상투에 검은 천을 둘러 묶은 뒤 뒤로 길게 드리웠다. 그리고 품속에 넣어 둔 서책을 꺼내 한 번 더 확인했다. 처음에는 빈 책이었던 그곳에는 이 일에 가담한 외척의 이름들과 금상을 배반하고 권력을 쥐겠다 맹세한 이들의 이름과 수결이 빼곡하게 적혀 있었다. 훗날 공신록이라 적겠다고 했던 그 공책을 기름종이에 단단히 싸서 갑옷 속에 넣고 소중히 품었다. 마지막으로 검을 힘껏 쥔 양명군이 비로소 방을 나섰다.

 세상의 움직임을 담은 장씨의 두 눈이 게슴츠레하게 떠졌다. 서서히 많아지는 말발굽 소리와 가까워지는 거친 숨소리를 던져 내듯 오른손으로 긴 천을 던져 올렸다. 그러자 해금 한 줄이 조용한 공기를 찢으며 길게 피를 토해 냈다. 해금 소리에 찢어진 공기는 장씨가 던져 올린 긴 천을 하늘로 솟구쳐 오르게 하여 너울너울 춤추게 하였다. 그 긴 천 끝을 다시 잡아당겨 팔을 크게 휘저으니, 구름에 가려진 달을 대신하는 듯 커다란 달 형상을 만들어 내고 이내 스러져 땅으로 떨어져 내렸다. 그와 동시에 각종 악기가 동시에 근정전 일대에 울려 퍼지기 시작했다.

설은 두려웠다. 그 두려움은 자신의 죽음 때문이 아니었다. 혹시라도 염을 지키지 못하고 먼저 죽게 될지도 모르는 것이 두려웠다. 그래서 검을 잡은 손끝이 떨렸고, 그 떨림에 따라 검의 끝도 떨렸다. 두려움을 떨치기 위해 설의 검이 먼저 움직였다. 그녀의 공격에 자객들도 같이 움직였다.

장씨도 움직였다. 빙그르르 도는 도무녀의 몸을 따라서 휘어 도는 천의 물결에, 어두워졌던 별이 어둠을 걷어 냈다. 도무녀의 주름진 손이 긴 천을 펴니 세상의 시름도 따라 펴졌다.

각각의 장소에 집결해 있던 반란군도 일제히 경복궁으로 움직였다. 제일 앞에 선 양명군의 말발굽에 땅이 파이자 바람이 그들의 사이로 휘어들었다.

설의 검이 자객 한 명의 검과 부딪쳤다. 그리고 빙그르르 돌아 다른 자객들의 검도 차례로 받아쳤다. 이내 설의 검이 한 자객의 어깨를 베었다. 그 어깨에서 뿜어 나온 피가 설의 얼굴에 튀었다. 그녀의 입가에 안도의 미소가 머금어졌다. 만약에 염을 그렇게 기절시키고 숨기지 않았다면, 지금 이 더러운 피가 그 순결한 얼굴에 닿았을지도 모른다는 생각이 스쳤기 때문이다.

다른 자객의 검이 설의 팔을 스쳤다. 그곳에서 피가 흘러 나왔다. 설의 얼굴에 또다시 미소가 스몄다. 염의 팔을 대신하여 피를 흘릴 수 있는 자신의 팔이 있음에 감사했다. 피를 보면서도 미소 짓는 그녀의 모습에 놀란 자객들이 주춤주춤 뒤로 물러났다. 등에 소름까지 돋았다.

"미, 미친년!"

소리를 내어 지른 자객의 목에 설의 검이 들어갔다. 그리고 목을 찌른 검은 한순간에 제자리로 돌아왔다. 설의 목소리가 나지막하게 깔렸다.

"소리 내지 마라. 의빈께오서 깨어나신다."

목을 찔린 자객이 검을 떨어뜨리며 쓰러져 죽었다. 남은 두 명도 일순 긴장했다. 하지만 주춤거린 것도 잠시, 온 힘을 다한 그들의 검이 설을 향해 사정없이 파고들었고, 검 둘을 하나의 검으로 막아야 하는 설의 몸은 여기저기 찢겨져 나가 피를 흩뿌렸다. 하얀 긴 천이 장씨가 도는 주위를 따라 돌다 땅으로 떨어져 내리는 것처럼, 붉은 핏줄기도 설을 따라 돌다 땅으로 떨어져 내렸다.

떨어져 내린 피가 땅에 남긴 흔적 때문에 마음이 아팠다. 쉽게 없어지지 않는 핏자국, 이것을 혹시라도 염이 보게 되지는 않을까, 그래서 작은 미물에게조차 가여운 마음을 가지는 그가 자신의 핏사국임을 알고 마음 한 귀퉁이라도 아파지면 어쩌나, 그가 자책을 하며 괴롭게 되면 어쩌나, 그리고 혹시라도 훗날 자신을 기억하는 짧은 찰나의 순간에 아픔을 떠올리면 어쩌나, 그래서 평생 미소로만 살았으면 하는 그가 단 일각이라도 미소를 버리면 어쩌나, 지금으로도 충분히 미소를 버리고 사는 그가…….

이내 설의 아픈 마음을 밀치며 편안한 마음이 찾아들었다.

곧 비가 올 거라던 장씨 도무녀의 그 말. 아마도 그 비가 핏자국을 씻어 가 주리라는 생각에 입에는 다시 미소가 돌아왔다. 설의 눈동자에는 정신을 잃은 염을 안고 멀리로 달아나는 장면이 부질없이 떠올랐다. 그러지 못하고 공주의 품에 염을 돌려준 것은 그의 사랑을 위해서였다. 그만을 위하여 민화공주를 버리고 간다 한들 깨어난 그는 또 하나의 미소를 버리고 살아야 함을 알기에, 그와 함께 그가 사랑하는 여인까지 지키고 싶었다. 그것이 염을 온전히 지키는 길이었다.

눈동자에서 염의 모습이 사라졌다. 동시에 민화의 방으로 발걸음을 떼는 자객이 들어왔다. 그 자객을 향해 설의 걸음도 급히 움직였다. 설의 검이 자객의 가슴을 찌른 그 순간, 다른 자객의 검이 설의 복부를 뚫었다. 설의 눈이 자신의 몸을 관통한 검을 향했다. 하지만 눈에 들어온 것은 염의 미소였다. 입술이 조그맣게 움직였다.

"바보같이 왜 내 마음을 말해 버린 것일까……. 그분 마음만 아프게……."

그와 함께 나눈 미소가 없었고, 그와 함께 만든 추억도 없었다. 오직 숨어서 훔쳐본 것 이외엔 그 어떤 이야기도 없었다. 그러니 말하지 않았다면 염은 영원히 몰랐을 것이다. 자객의 가슴에서 검을 뺀 설의 눈동자가 이번에는 자신을 찌른 자객을 향했다. 그리고 그를 향해 싱긋이 웃으며 말했다.

"차라리 심장을 뚫지 그랬느냐? 그랬다면 너의 검을 타고 뛰는 내 심장을 느낄 수 있었을 텐데. 마지막까지 그분을 생각하며 뛰었던 내 심장 소리를 네놈에게나마 들려줄 수 있었을 텐데."

가슴을 찔린 자객이 결국 쓰러져 숨을 거두었다. 마지막 남은 자객은 설이 싱긋이 웃는 표정에 새파랗게 질려 검을 빼냈다. 빼낸 검과 함께 피도 불꽃처럼 터져 나왔다. 몸이 휘청했다. 하지만 검을 다잡아 세우며 자세를 가다듬었다. 그렇지만 쉴 새 없이 흘러나오는 피까지 멈춰 세운 것은 아니었다.

"다행이다. 아직 나의 숨이 멈추지 않아서. 그렇기에 아직은 그분을 지킬 수가 있어서."

설은 복부에서 피가 쏟아지는데도 자객을 향해 검을 휘둘렀다. 그녀의 의지에 의해 오히려 자객이 밀려났다. 또다시 검의 날이 어깨에서부터 가슴까지 긋고 지나갔다. 거기서도 시뻘건 피가 터져 나왔다. 설의 눈동자에서 검은자위보다 흰자위가 더 많아졌다. 그녀의 다리는 후들거리기는 하였으나 쓰러지지 않았고, 그녀의 검도 손에서 떨어지지 않았다. 설의 목소리가 가까스로 기어 나왔다.

"나를 넘어가진 못한다. 나의 숨이 멈출지언정……, 나를 넘어가게 하시 않겠다!"

설의 입에서 피가 흘러나왔다. 이윽고 목구멍을 막을 정도로 피가 몰려 올라왔다. 설은 입술을 꽉 다물었다. 그리고 힘들게 올라오는 핏덩어리를 되삼켰다. 땅에 떨어진 핏자국을 가능한 한 적게 남기고 싶었다. 혹시라도 핏자국을 발견하게 될 염의 마음이 덜 아프도록…….

설의 검은 여전히 자객을 향해 달렸다. 그는 두려움에 소름이 돋았다. 한순간 검을 잡았던 자객의 팔이 잘려 나갔다. 그리고 동시에 그의 복부도 잘려 나갔다. 마지막 힘을 실은 설의 동작이 멈췄다. 검날이 부딪치던 소리가 멈추고 사방은 칠흑 같은 어둠과 더불어 적막해졌다.

자객이 피를 쏟으며 자리에 쓰러지고 나서도 설은 검을 잡은 그대로 있었다. 혹시라도 숨이 붙은 이가 일어설지도 몰라서 자신의 몸에서 흐르는 피를 돌볼 수가 없었다. 설의 귀로 염이 마지막으로 했던 말이 들어왔다.

"난 네게 미안하기만 하구나."

그때 답하지 못했던 말을 마음으로 답했다.

'도련님, 미안하다 마옵소서. 쇤네는 도련님으로 인해 사람이 되었고, 여인이 되었고, 그리고 설이 되었사옵니다. 비록 성도 없이 이름만 있지만, 성과 함께 있는 그 어떤 이름이 쇤네의 이름보다 아름다울 수 있겠사옵니까?'

설의 다리가 서서히 무너져 내렸다. 그와 동시에 잡았던 검도 무너져 내렸다. 그렇게 무너지듯 차가운 땅바닥에 앉았다. 고개가 서서히 숙여진 설의 귀에 다시금 먼 과거로부터 들려오는 염의 다정한 말이 파고들었다.

"여인은 검을 쥐면 그 운명이 슬퍼진다 하였다. 그러니 장난으로라도 검을 쥐지는 마라."

그때는 미처 듣지 못했던 말이었다. 이마에 닿았던 염의 손이 뜨거워서, 그리고 '여인'이라는 말에 가슴이 뛰어서 다른 말은 듣지 못하였다. 입가에 미소가 머금어졌다. 그녀는 마지막으로 대답했다.

'비록 짧았던 삶이었지만……, 쇤네는 검을 쥔 지금이 가장 행복하옵니다.'

눈이 감겼다. 그렇게 염이 있는 방을 등지고 앉은 채로 숨을 거두었다. 숨을 거둔 설의 얼굴에는 행복한 미소만 남아 있었다. 하늘을 향한 장씨의 얼굴에도 미소가 떠올랐다. 그와 함께 장씨의 눈에서도 눈물이 흘러나왔다.

눈물을 닦아 주려는 듯 바람이 장씨의 얼굴을 쓰다듬고 지나갔다. 천천히 허공을 만지는 손가락에 꼬여 있던 운명의 실이 풀어졌다. 그리고 긴 천과 하나가 된 장씨의 춤이 근정전 마당 한가운데를 어루만졌다. 평소 욕설이 섞인 말투와는 달리 우아하고 절도 있는 성수청 도무녀의 춤이었다. 하늘을 향해 임금과 나라와 가엾은 백성을 굽어살펴 달라 조르는 도무녀만의 언어였다.

광화문에서 불어오는 바람이 근정문을 넘어 긴 천을 날렸다. 장씨의 손끝에 매달린 하얀 천이 바람에 너울거리며 땅과 수평을 이루어 왕이 앉은 곳을 향해 뻗었다. 그 천을 허리에 감고 빙그르 돌았다. 한 바퀴 돌아 멈춘 장씨의 손은 공기에 녹아 꿈틀대고 있는 악귀를 당겨 자신의 몸에 가두고, 다시금 돌아 입과 코에 천을 감고 원귀의 한을 잡아 가슴에 넣었다. 그렇게 세상을 달래고 스스로의 명을 버렸다.

허리와 얼굴에 천을 끝까지 다 감은 장씨의 발끝은 멈추지 않고 근정전 마당을 돌아다녔다. 장씨가 디뎠던 발이 다른 곳으로 옮겨 가면 그곳에는 빗물 하나가 떨어져 남았고, 또 다른 곳으로 발을 옮기면 그곳에는 또 다른 빗물이 떨어져 장씨가 디딘 발자국을 대신했다. 마지막으로 긴 음악의 소용돌이가 몰아치자 도무녀의 팔이 하늘로 뻗어졌다.

 '조선을 살피시는 하늘이여, 죄 많은 이 몸의 남은 명을 제물로 바치오니, 부디 만백성이 조선의 백성임을 감읍하게 하여 주시옵고, 금상의 백성으로 살다 가는 것을 자랑스러워하게 되기를 비나이다.'

 장씨의 팔이 조용히 떨어져 내렸다. 그와 동시에 굵어진 빗줄기도 쏟아져 내렸다. 장씨의 눈이 하늘을 향했다. 떨어지는 비를 얼굴에 맞았다. 얼굴을 가득 타고 떨어지는 것이 빗물인지 눈물인지 알 수가 없었다. 장씨의 눈이 먼저 가고 있는 설을 향해 농담을 걸었다.

 '비인가 여겼더니 눈이었구나. 불꽃을 가슴에 품고 가니 비처럼 내리지.'

 허리에 감겨 있던 천이 스르르 풀려 아래로 떨어져 내렸다. 하지만 장씨의 입과 코를 감고 있던 천은 빗물을 머금을수록 더욱더 얼굴에 밀착한 채로 떨어지지 않았다. 숨구멍까지 막은 빗물로 인해 장씨의 숨도 서서히 멎어 갔다. 하늘은 그렇게 도무녀의 수명을 거두어 가는 대신에 장씨의 죄를 씻어 가고 설의 피를 씻어 갔다. 그리고 조선의 겨울을 씻어 갔다.

5

 양명군과 반란군이 광화문 앞에 도달했다. 그러자 궐내의 동정을 살피고 달려온 자가 그들의 말발굽 소리를 멈춰 세워 기은제가 거행되고 있는 동태를 상세하게 보고하였다. 잠시 멈췄던 말발굽 소리가 다시 빨라졌다. 그 뒤를 따르는 반란군의 걸음도 빨라졌다. 눈앞에 활짝 열린 근정문이 보였다. 그 안에 텅 비어 있는 근정전 마당이 보였다.

 양명군의 말이 갑자기 속력을 내어 달리기 시작했다. 덩달아 옆에서 보좌하는 다섯 명의 선발대도 속력을 내어 달리기 시작했다. 그래서 바로 뒤에 있던 군사들과 서서히 거리가 벌어졌다. 달려 들어온 근정전 마당에는 단 한 명의 사람도 없었다. 오직 기단 위에 호피로 몸을 덮고 고개를 숙이고 앉아 있는 왕만 있었다.

 뒤따라 들어오던 윤대형에게로 이상한 느낌이 스쳐 지나갔다. 아무도 없이 비를 맞으며 앉아 있는 왕이라니, 등골에 빗물과 함께 오싹함이 타고 내렸다. 조금 전에 보고받은 성수청의 무녀들도 보이지 않았다. 그중에서도 제일 이상한 것은 양명군이 타고 달리는 말의 속도였다.

윤대형은 머릿속을 가다듬을 틈이 없었다. 기단 위에 앉아 있던 왕이 호피를 벗어던지며 서서히 자리에서 일어서고 있었다. 휜이 호피 아래에 입고 있던 건 왕의 황금 갑옷이었다. 당황한 윤대형이 말을 멈춰 세우며 소리쳤다.

"멈춰라!"

하지만 그의 목소리는 양명군의 등만 보고 달려가는 군사들의 귀에는 들리지 않았다. 그렇게 양명군의 등은 선발대의 무사들과 함께 점점 더 멀어지고 있었다. 순간 윤대형과 반란군들의 눈이 휘둥그레졌다. 근정전을 둘러싸고 있는 캄캄한 양옆의 행각行閣 안에서 시커먼 무언가가 달려 나오고 있었다. 그것은 곧장 기단 위의 왕과 돌진하는 양명군의 중간을 막을 기세로 가로질렀다.

모두가 자신들의 눈을 의심했다. 검은색 철제 갑옷으로 무장한 말 위에, 용문 투구를 쓰고 검은 갑옷을 입고 있는 이들은 분명 운검이었다. 거대한 언월도를 든 그들은 모두 다섯 명이었다. 운검들이 양옆에서 선발대를 향해 달려오는 것을 발견한 양명군이 말고삐에 더욱 박차를 가해 왕을 향해 돌진했다. 운검들이 가로막으려는 찰나의 틈을 양명군이 뚫고 지나갔다. 그리고 선발대도 양명군을 따라 통과했다. 하지만 그들을 제외한

다른 반란군들은 운검들이 가로막은 선을 넘어가지 못하고 자리에 멈춰 섰다. 운검들 사이에는 검은 군복을 입은 군사들이 창과 방패를 들고 자리를 메우고 있었다.

기단에 서 있던 왕의 팔이 서서히 올라갔다. 그 손에는 커다란 활이 있었다. 훤이 등에 메고 있던 동개에서 화살을 빼내 활에 장착하고 길게 활시위를 당겼다. 그와 동시에 양명군도 검을 빼내 든 채로 왕을 향해 달려갔다. 팽팽하게 당겨진 활시위가 손끝에서 놓아졌다. 왕의 화살은 빗속을 뚫고 양명군의 바로 왼쪽에서 달려드는 선발대 무사의 목을 관통했다.

그들이 놀랄 사이도 없이 양명군의 검이 비를 가르며 옆을 향했다. 순간 오른쪽에서 달리던 무사의 목이 양명군의 검에 잘려 땅에 떨어졌다. 또 다른 왕의 화살이 다른 무사의 목을 다시금 정확히 관통했다. 그리고 양명군의 검도 선발대의 또 다른 무사를 베었다. 순식간에 벌어진 일이라 미처 준비가 되어 있지 않았던 그들은 왕이 서 있는 기단에 도달하기도 전에 차례로 시체가 되어 땅에 떨어졌다.

놀란 윤대형이 급히 말 머리를 돌렸다. 하지만 돌아선 그의 눈에는 거대한 근정문이 반란군을 모조리 몰아넣으며 닫히는 것이 보였다. 왕이 선 기단을 향해 다시 말 머리를 돌렸다. 그리고 다섯 명의 선발대 무사를 비명 한 번 내어 지를 틈도 없이 전부 처치한 양명군이 왕의 기단 앞에 말을 멈춰 세우는 것을 보았다. 이젠 상황이 확실히 드러났는데도 윤대형의 머릿속은 여전히 뒤엉켜 있었다.

또다시 위용 있게 선 운검들에게 눈이 갔다. 아무리 살펴보아도 저들 중에 진짜 운검인 김제운은 없었다. 그가 보이지 않는 것만큼 두려운 것도 없었다. 언제 어디서 나타나 소리도 없이 빠른 검을 휘두를지 모를 일이다. 마치 지금도 바로 등 뒤에서 검을 빼내고 있을 것만 같아 더 두려웠다. 제운을 찾기 위해 열심히 눈을 굴리던 그 순간, 윤대형은 또 한 번 풍랑을 만난 듯 휘청거렸다. 용문 투구 아래로 내려온 잿빛 머리카락, 눈앞에 있는 운검들은 분명 선대왕의 호위 무사였던 운검대장 박효웅과 그 휘하에 있던 운검들이었다.

'저, 저들이 어떻게? 분명 변방에 흩어져 있어야 할 자들이?'

따각따각, 따각따각……

천천히 움직이는 말발굽 소리가 멀리서 들렸다. 가까이서 움직이는 조급한 말발굽 소리와 빗소리는 흐릿했다. 멀리서 들리는 평온한 그 소리만 공포스러울 정도로 유난히 크게 들렸다. 윤대형은 놀란 눈을 소리 나는 곳으로 돌렸다. 앞을 가로막은 운검들과 군사들 뒤로 시커먼 구름과도 같은 것이 천천히 근정전 마당을 가로질러 움직이고 있었다.

검은 철갑으로 무장한 흑마, 그 말 위의 검은 철갑옷, 상투를 틀지 않고 길게 풀어 내린 머리카락, 이마를 둘러 뒤로 맨 붉은 띠, 그리고 등에 짊어진 붉은 운검! 진짜 운검 김제운이었다. 마치 스스로를 드러내기 위해서인지 투구조차 쓰지 않은 모습이었다.

반란군들의 목구멍을 타고 침이 흘러들어 가는 소리가 곳곳에서 들렸다. 제운이 지나가는 움직임에 따라 반란군들이 뒤로 물러나는 바람에, 마치 그를 중심으로 큰 물결이 물러났다 다시 들어오는 것 같았다.

제운의 흑운마는 이런 시선들에 아랑곳하지 않고 양명군의 말 앞에서 걸음을 멈췄다. 양명군의 눈과 제운의 눈이 만났다. 제운의 눈동자가 비 사이로 미소를 보냈다. 비록 무표정했지만 안도의 미소를 느낀 양명군이 큰 소리로 웃으며 말했다.

"하하하, 나에게 검을 겨눌 수 있느냐는 물음에 자네의 답이 없어 어찌나 무섭던지. 분명 자네가 내 목을 벨 것임을 아는데, 바보가 아니고서야 어찌 자네의 심장에 나의 피를 묻히고 가겠는가?"

어쩌면 가슴 한구석에서는 훤의 자리를 탐하는 마음이 있었을지도 몰랐다. 하지만 왕의 자리와 맞바꾸기에는 제운과 염, 그리고 아우가 너무나 소중했다. 부왕으로부터 상처받았던 어린 시절 그에게는 그들이 전부였기에, 그들에게 자신의 목을 베게 할 슬픔을 주고 싶지 않았다. 두 사람 사이의 미소를 가르며 멀리서 윤대형이 분노를 이기지 못하고 지르는 고함 소리가 들렸다.

"죽여야 할 자는 왕이 아니라 배신자, 양명군이다!"

제운이 양명군에게 말했다.

"어서 기단 위에 올라 상감마마께 명부를 넘기십시오."

목소리에 걱정이 묻어 있었다.

"아닐세, 아직은."

양명군이 싱긋이 웃으며 말을 돌려 반란군을 향해 큰 소리로 말했다.

"누구더러 배신자라 하는가! 단 한 번도 너희 모리배와 뜻을 같이한 적이 없다! 나, 양명군은, 상감마마께서 즉위하신 이후부터 지금까지 줄곧 금상의 별운검이었다! 눈을 가지고서 무엇을 보았느냐!"

양명군이 가진 환도를 보았다. 모양과 크기는 달라도 검은색 별운검과 같은 형식을 하고 있었다. 언제나 눈앞에서 휘둘렀던 검이건만, 누구도 눈여겨본 적 없었던 날에 새겨진 문양이 빗물을 받아 선명하게 나타났다.

반란군들이 무기를 고쳐 잡고 각자 전투태세를 갖췄다. 이와 동시에 왕의 손이 하늘을 향해 올라가자, 대각大角 소리가 마치 근정전 안에서 나오듯, 하늘에서 내려오듯 울려 퍼졌다.

이때였다. 어둠을 가장한 검은 천들이 떨어져 내린 행각에서 무장하고 숨어 있던 군사들이 모습을 드러냈다. 반란군 뒤의 근정문 지붕과 양옆의 행각 위 기와가 살아서 꿈틀거리기 시작했다. 그리고 일순간 검은 천을 벗어던지며 수많은 군사들이 모습을 드러냈다. 그들 손에는 각각 활이 쥐어져 있었다. 또 한 번의 대각 소리가 울려 퍼졌다. 그러자 궁수들이 일제히 화살을 장착한 뒤 반란군들을 향해 겨누었다. 내삼청의 군사들은 아니었지만, 절도 있는 움직임과 능숙한 자세가 훈련받은 군사들임을 알 수 있었다. 윤대형의 입에서 한탄이 저절로 나왔다.

"아뿔싸! 비군秘軍이 있었구나."

박효웅을 보았다. 이윽고 이 모든 상황이 이해가 되기 시작했다. 왕과 제운, 그리고 전 운검대장과 운검들 사이에는 박씨 부인이 있었다. 이 정도의 군사력을 키우려면 막대한 자금이 없으면 불가능했다. 그렇기에 흐름을 알 수 없는 내탕금과 기밀 서찰들은 은밀한 내방, 박씨 부인을 중심으로 흘렀던 것이다. 이 모든 것을 왕은 보위에 오르자마자 준비해 오고 있었으리라.

아마도 세자빈 시해 사건이 전면에 드러나지 않았어도 이러한 날이 왔을 것이고, 혹, 이러한 날이 오지 않았어도 왕은 이 상황을 만들었을 것이다. 그리고 왕은 윤대형이 양명군을 찾으리란 것도 알고 있었다. 그래서 그가 찾기 전에 왕이 양명군을 먼저 포섭해 두었다. 형제간에 오고간 이야기는 '명단을 남겼다가 때가 오면 외척들을 몰고 나타나라.'는 것이 전부다. 감시가 삼엄하여 접촉할 수 없는 상황이 와도 양명군이기에 왕은 가능하다고 판단했다. 기은제를 올린다는 말은 양명군만이 알아차린 왕의 신호탄이었다.

이렇듯 왕과 양명군의 사이에서 정보를 주는 다리 역할을 한 사람은 바로 윤대형이었다. 머리를 맞대고 의논하지 않아도 형제는 몸이 떨어져 있는 상황에서도 외척들이 전해 주는 상황을 가지고 서로가 의도하는 것이 무엇인지 파악하고 움직였다. 윤대형은 왜 양명군이 그리 뛰어난 자질과 맺힌 한을 가지고도 왕권을 욕심내지 않았는지 이제야 알 것 같았다. 영민한 양명군, 그는 자신보다 훤이 더 뛰어난 왕임을 알고 있었기에 절대 이기지 못하리란 것도 알고 있었다. 그렇기에 욕심을 가지고 싶어도 가질 수가 없었다. 왕을 향해 윤대형의 고개가 숙여졌다.

긴 대각 소리와 북소리가 동시에 울렸다. 이것은 전장에서의 공격 신호임을 국구인 윤대형도 잘 알고 있었다. 윤대형을 가운데 두고 호위하는 무사들이 방패를 들었다. 무수히 많은 화살이 비와 함께 쏟아졌다. 그 비에 맞은 반란군들은 피를 흘리며 죽어 갔다. 미쳐 날뛰는 말 울음소리, 죽어 가는 사람들의 비명 소리가 뒤엉킨 아비규환 속에서도 절망에 물든 윤대형의 귀에는 오직 빗소리만이 들렸다.

가운데를 중심으로 쏟아지는 화살을 피해 반란군들이 사방으로 흩어졌다. 단단하게 닫힌 채 열리지 않는 근정문에 미친 듯이 매달리다 화살에 박혀 죽는 이들도 있었고, 양옆 행각으로 달려가 창과 검에 찔리는 이들도 있었다. 왕이 있는 기단을 향해 물밀듯이 밀려 전 운검들과 기마 부대의 언월도에 목이 달아나는 이들도 부지기수였다. 이 모두가 변방에 흩어진 전 운검들이 어명에 의해 오랜 시간 동안 길러 낸 그들의 군사였다.

이들의 방어벽이 순간 무너졌다. 뛰어난 검술을 가진 반란군 때문이 아니었다. 화살과 언월도를 피해 살겠다는 몸부림에 의해 전 운검들 사이의 방어벽이 뚫린 것이다. 그들을 향해 윤대형이 소리쳤다.

"양명군을 죽여라! 그가 지닌 명부를 빼앗아라!"

이에 대해 양명군도 소리쳤다.

"좋다! 와라! 명부는 내 품에 있으니 나를 죽일 수 있다면 가져가라!"

양명군은 말고삐를 치며 그들을 향해 나아갔다. 깜짝 놀란 제운이 당황하여 소리쳤다.

"양명군 나리, 멈추시옵소서!"

하지만 양명군은 제운을 향해 애달픈 미소를 던진 뒤, 달려가 검으로 무너진 방어벽을 넘어오는 자들을 막았다. 제운은 비 사이로 보인 양명군의 표정에 당황하여 따라가고 싶었지만, 왕에게서 멀어질 수 없는 운검의 직책 때문에 놀란 눈빛만 기단 위의 왕에게로 보냈다.

제운의 눈빛을 알아챈 왕의 팔이 다시 올라갔다. 그러자 이번에는 소각小角 소리와 징소리가 동시에 울렸다. 공격을 멈추라는 신호였다. 쏟아지던 화살이 동시에 멈췄다. 궁수 부대는 일제히 활시위에 화살을 장착하고 근정전 마당을 겨냥한 채 자세를 고정했다. 훤이 오른팔을 뻗어 윤대형을 가리켰다.

"나의 검으로 저자의 입을 봉하라!"

왕의 팔이 등에 있는 붉은색 운검을 길게 빼냈다. 그것은 바로 제운의 오른팔이었다. 조선 땅에서 나는 철 중에 가장 뛰어난 것으로 만든 운검! 운검을 만든 철로는 그 어떤 것도 만들어서는 안 되는 것이 국법! 그렇기에 운검보다 강한 것은 세상 어디에도 없었다. 그리고 또 하나, 제운은 자신의 것인 왼팔로 검은색 별운검을 빼냈다. 마치 은빛 날개가 양옆에 내려와 앉듯

양쪽 검날에서 빛이 반짝였다.

두려움조차 없는 흑운마가 윤대형을 향해 달리기 시작했다. 그러자 방어벽이 제운에게 길을 내어 주었다. 윤대형을 향해 달려가는 길에 있던 반란군들은 제운이 스쳐 지나가자, 어느새 팔이 떨어져 나가고 머리가 떨어져 나갔다. 제운은 순식간에 윤대형을 호위하고 있는 무사들 틈으로 들어갔다.

윤대형을 에워싸고 있던 무사들이 방어를 풀고 제운을 에워쌌다. 왼손에는 방패를 들고, 오른손엔 검을 든 다섯 명의 무사였다. 제운의 오른쪽 운검이 비호와도 같이 비를 가르며, 한 무사의 방패를 잘랐다. 바로 눈앞에서 제운의 검을 느낀 그 무사의 입에서 겁에 질린 소리가 나왔다.

"아, 아무리 운검이라 하더라도 어, 어떻게 이런 일이······."

하지만 그는 길게 말할 수 없었다. 제운이 다른 무사의 검을 향해 몸을 돌리는 순간, 자신의 가슴팍에서 피가 흘러나오는 것을 보았기 때문이다. 빗물을 머금은 제운의 긴 머리카락이 묵직한 원선을 그리며 날리는 모습은 마치 천상의 것을 보는 듯 아득했다. 그리고 그것이 이승에서 본 마지막 장면이 되었다.

제운의 검은 다른 이들에게도 시간과 틈을 주지 않았다. 그의 양 검은 때로는 방패가 되었다가, 때로는 그들의 목을 파고드는 날카로운 검도 되었다. 고삐가 잡히지 않은 흑운마는 마치 운검의 일부인 듯 제운의 검과 같은 방향으로 정확하게 움직였다. 양손에 잡은 운검과 별운검, 전 방향의 공격과 수비를 동시에 해내는 그의 탄력 있는 허리, 아무것도 담겨 있지 않아 그 내용을 읽을 수 없는 눈동자. 무사들을 죽음의 공포로 밀어 넣고 있는 이 모든 것은 소문으로만 들었던 운검의 마상쌍검술馬上雙劍術이었다.

 네 개의 검이 동시에 제운에게로 뻗어 왔다. 흑운마가 몸을 돌렸다. 제운의 몸도 같이 돌았다. 제운의 두 개의 검이 순식간에 네 개의 검을 모두 받아쳤다. 그리고 잠깐의 정적이 흐른 뒤, 제운의 등 뒤에 있는 무사 하나가 방패를 떨어뜨리며 복부를 감싸 쥐었다. 고개를 아래로 내려 보니, 자신의 허리가 반 이상 잘린 것이 보였다. 그는 언제 어느 틈에 제운의 검이 몸에 닿았는지도 모른 채 말에서 떨어져 내리며 숨을 거두었다.

 남은 세 명의 무사가 겁에 질렸다. 그들이 겁에 질려서인지, 아니면 흑운마의 강렬함에 밀린 말들이 뒷걸음질을 한 것인지 서서히 거리가 생기고 있었다. 더 이상 거리가 생기는 것을 제운은 방치하지 않았다. 그들의 검을 피해 불식간에 파고드는 별운검에 의해 남아 있던 세 명의 무사들도 하나씩 주검이 되어 바닥에 뒹굴었다. 윤대형의 눈도 공포에 질렸다. 이제 주위에 남아 있는 무사는 아무도 없었다. 오직 제운의 옆모습만 있었다.

 제운이 별운검을 서서히 칼집에 꽂아 넣었다. 그와 동시에 운검을 옆으로 펼친 채 긴 머리를 날리며 달려왔다. 눈 깜짝할 사이에 윤대형의 옆을 스쳐 지났다. 멀리서 말을 멈춰 선 제운의 주위로 한순간 빗소리만 요란했다. 어느덧 검에 새겨져 있던 용의 문양이 붉은색으로 변해 있었다.

 윤대형은 자신이 살았는지 죽었는지 분간할 수가 없었다. 그래서 떨리는 손으로 얼굴을 더듬어 보았다. 멀쩡했다. 다음으로 목을 더듬어 보았다. 그런데 이번에는 손바닥에 붉은 피가 묻어 나왔다. 처참한 비명이 근정전 일대를 뒤흔들었다. 제운은 뒤돌아보지 않았다. 잘려진 윤대형의 목이 피를 뿌리며 말에서 떨어지는 것도 그의 등이 보았다.

 붉은색으로 변했던 용 문양이 차츰 색을 지워 나갔다. 운검의 칼자루 끝에 매달린 홍도수아를 타고 빗물이 떨어져 내렸다.

 제운의 눈은 양명군을 향해 있었다. 무사들과 윤대형이 제운의 손에 죽는 것을 본 남은 반란군들은 전의를 상실하고 무기를 버리고 있었다. 하지만 일부는 공포에 미쳐 날뛰는 자들도 있었다. 그렇게 미친 자들 중 하나의 창이 양명군의 배를 관통하는 것이 보였다. 충분히 막을 수 있는 양명군이 검을 스스로 놓아 버리는 것이 보였다.

 "양명군!"

 왕의 비명 소리와 제운의 흑운마가 동시에 양명군을 향해 달려갔다. 양명군의 몸이 말에서 떨어지려는 찰나, 제운이 가까스로 잡아냈다. 양명군의 말을 이끌며 방어벽 바깥으로 나온 제운이 그를 조심스럽게 자신의 가슴에 기대게 한 뒤, 비를 피해 멀리 근정전 옆에 있는 행각 쪽으로 갔다. 훤도 이미 왕이 내려와서는 안 되는 기단 계단을 정신없이 내려오고 있었다.

입술을 깨문 제운의 말이 양명군에게로 스며들었다.

"왜……, 왜……."

"이야, 자네 품에 이리 기대어도 보고, 참으로 좋으이. 하하……, 생각했던 것보다 아프군."

"양명군."

"요즘은 방탕한 한량인 척하는 것도 지겹고 재미가 없어져서 말일세. 애석한 것이 있다면, 그동안 우리 염을 못 본 것이랄까……."

"어째서!"

"나의 검이 미약했을 뿐이야. ……단지……, 그뿐이야."

안전한 행각 아래에 도달한 제운은 먼저 말에서 내려 양명군을 땅으로 내려 눕혔다. 하지만 이미 많은 피를 흘리고 난 뒤였다. 훤도 양명군이 있는 곳에 닿았다. 얼굴이 빗물로 범벅이었지만, 이상하게도 양명군의 눈에는 아우의 눈물 자국만 보였다.

"양명군, 괜찮으십니까?"

양명군은 힘없는 손으로 품에서 명부를 꺼내며 말했다.

"상김마마……, 어명 내리신 반역자들의 명단이옵니다."

"알았습니다! 알았으니 움직이지 마십시오. 곧 의원이 올 것입니다."

하지만 애타는 아우의 마음을 외면하며 양명군의 몸은 움찔거리다가 입으로 피를 흘려보냈다. 훤의 눈동자가 더욱 커졌다.

"아니 됩니다! 정신을 놓지 마십시오, 양명군!"

양명군이 싱긋이 웃으며 훤을 보았다. 수많은 질투와 시기를 한 상대였다. 하지만 단 한 번도 그의 형이 아니었던 적이 없었고 신하가 아니었던 적도 없었다. 단지 주위의 사람들이 그렇게 놓아주지 않았다. 아무리 방탕한 한량인 척한들, 아니, 앞으로는 더 이상 방탕한 한량인 척도 할 수 없게 되었기에 왕에게 끊임없는 위협을 줄 존재였다. 그런 스스로를 이제는 거두고 싶었다. 왕을 편하게 하기 위해서가 아니라 자신이 편하고 싶어서였다. 더 이상 거짓으로 웃지 않아도 되고, 그다지 좋아하지 않는 술도 더 이상 마시지 않아도 될 것이다.

그리고 어머니도 편하게 해 주고 싶었다. 겁에 질려 정업원으로 스스로 걸어 들어간 어머니, 불안한 세상 기운을 느끼고 또다시 겁에 질려 머리카락을 자르고 비구니가 되어 버린 어머니, 자신의 존재로 인해 한시도 마음 편할 날 없었던 어머니, 지금도 왕의 강녕을 빈다며 불당에 앉아 속으로는 아들의 행복만을 빌고 있을 어머니를 알기에 이제는 이 모든 속박에서 풀어 주고 싶었다.

양명군이 풀린 동공으로 먼 허공을 보았다. 이제는 기억조차 희미해진 어린 날의 첫사랑과 가질 수 없었던 아버지의 정이 풀린 동공으로 들어왔다. 그리고 비명과도 같은 아우의 울부짖음이 가슴으로 들어왔다.

"양명군, 내가 내린 명령은 명부뿐이었습니다! 죽으라고 명한 적 없습니다! 눈을 뜨십시오! 어명이오! 감히 어명을 어기려 하는 것이오! 눈을 뜨십시오, 형님!"

왕이 오랜만에 형님이라고 불러 주는 것이 반가워, 양명군은 조용히 미소를 보이며 눈을 감았다.

'아바마마, 당신 아들의 형으로서 이리 가옵니다. 그러니 이제 소자도 아바마마의 아들이 될 수 있겠지요?'

훤의 비명이 행각을 돌아 전 근정전에 울렸다. 제운은 빗속에 나가 섰다. 그리고 하늘을 보았다. 그렇게 흘러내리는 눈물을 빗물로 가렸다. 그들의 슬픔을 뒤로한 채 근정전 마당은 전운검들과 운검 부대에 의해 완전히 평정되어 있었다.

6

차츰 빗소리가 멎어 가고 있었다. 오랫동안 조선에 덮여 있던 어둠이 자리를 양보하고 있었다. 염이 눈을 떴다. 방 안 광경이 사랑방은 아니었다. 화들짝 놀라 일어났다. 순간 목덜미가 뻐근했다. 어젯밤 갑자기 정신을 잃었다는 사실을 깨달았다. 염은 이미 깨어나는 순간부터 민화가 바로 곁에 앉아 있는 걸 알아차렸다. 하지만 그곳으로 눈길을 돌리지 않았다. 염이 민화가 아닌, 멀리 앉은 민 상궁을 향해 말했다.

"민 상궁, 왜 나의 몸이 이곳에 눕혀져 있는가!"

민화는 바로 옆에 앉은 자신의 존재를 무시하는 염으로 인해 어찌할 바를 모르고 바라보았다. 민 상궁이 공주의 눈치를 살피며 우물거리면서 말했다.

"저기, 쓰러져 계신 것을 행랑아범이 모시고……."

"내가 쓰러진 곳이 사랑채였거늘, 어찌 이곳까지 데리고 왔는가? 내가 내당과의 인연을 끊은 걸 모른다 할 참인가!"

민 상궁이 핑계를 찾지 못하고 고개만 숙였다. 염도 더 이상 질문하지 않고 자리에서 벌떡 일어났다. 마음이 급해진 민화가 다리를 잡았다.

"소첩이 보이지 않사와요? 이제 눈빛도 섞지 않고, 말도 섞지 않을 것이어요? 소첩이 어찌하면 용서하여 주실 것이어요? 서방님이 하라시면 무엇이든 다 할 것이어요. 그리하여 서방님의 노여움이 조금이라도 풀어진다면……."

염이 깊은 한숨을 내쉬었다. 그리고 차분하게 말했다.

"공주의 죄가 씻어질 수 있는 것이라면 제가 손수 씻겨 주었을 것이고, 용서될 수 있는 것이라면 제가 용서를 구하려 하였을 것이옵니다. 사람은 애초에 선하게 태어나니, 하늘 아래에 용서 못 할 죄도 없사옵니다. 하지만 단 한 가지, 천륜을 저버린 죄만큼은 용서해서는 안 되는 것이옵니다. 그것까지 용서된다면 세상은 더 이상 사람이 살 수 없는 곳이 되옵니다. 적어도 사람이 살아갈 수 있는 최소한의 것은 남겨 두어야 하지 않겠사옵니까? 그것은 신분의 고하나 나이의 다소를 가릴 수 없사옵니다. 만약에 세상이 용서한나 하더리도 저만큼은 최소한의 것을 지키겠사옵니다. 공주께서 저의 무엇을 사랑하시는지는 모르겠사오나, 사랑이라 할 수 있는 마음이라면 제가 최소한의 것은 지킬 수 있도록 하여 주시옵소서."

다른 사람은 다 용서해도 염은 민화를 용서하지 않겠다는 뜻이고, 염이 최소한을 지키게 하기 위해서는 민화는 죄를 용서받아서는 안 된다는 의미였다. 이제 더 이상 내려갈 절망도 없지만, 민화는 희망 없는 애원을 하였다. 사실 무엇보다도 궁금했다.

"서방님은요? 소첩을 사랑하시는 서방님의 마음은 어찌하시고……."

"사랑의 가치가 천륜의 가치보다 우위에 서서는 안 되는 것이옵니다. 사사로운 감정은 그 뒤로 묻어 두겠사옵니다."

말을 마친 염이 민화의 방을 나갔다. 민화의 눈에서는 더 이상 눈물이 흐르지 않았다. 차라리 목소리가 차가웠다면, 그리고 화를 냈다면 눈물을 흘릴 여유라도 있었으리라. 그런데 잔인할 만큼 염의 목소리는 다정했다. 닫힌 방문 너머로 고통스럽게 스스로의 가슴을 움켜쥐는 그림자가 보였다. 민화를 용서하지 않는 대신 염이 선택한 것은 자신의 고통이었다. 민화도 염을 따라 가슴을 고통스럽게 움켜쥐었다. 그의 고통 하나하나가 민화에게는 그 어떤 형벌보다 무섭게 속속들이 박혔다.

마당에 내려선 염은 이상한 기분에 휩싸였다. 하인들의 행동이 하나같이 부산했다. 흥건했던 핏물도 이미 빗물에 씻겨 나갔고, 그 위에 다른 흙을 덮었기에 핏자국은 보이지 않았지만 무언가 평소와 다른 느낌이었다. 주위를 둘러보았다. 천천히 건물을 따라 걷는데 섬돌 아래에 수상한 핏자국이 있었다. 마치 붓으로 뿌려 놓은 형태였다. 가까이 다가가 보려는데, 내당으로 들어오려던 청지기가 그를 발견하고 깜짝 놀라 몸을 숨기려는 걸 알아차렸다.

"왜 숨느냐? 이리 나오너라."

청지기가 머뭇거리며 앞으로 왔다.

"기침하셨사옵니까, 주인어른?"

"밤사이 무슨 일이 있었느냐? 내당 마당이 어찌 이리도 어수선한가?"

"비가 많이 내려서……."

설의 유언을 받들어 모든 것을 비밀에 부치라는 공주의 명령 때문에 청지기는 진땀을 뺐다. 하지만 순간, 이 일을 모면할 이야깃거리가 떠올랐다.

"아! 그것보다 주인어른, 지금 한양 일대에 난리가 났사옵니다. 밤새 경복궁에서 들려오는 소리에 잠을 못 잤는데, 아무래도 무슨 전쟁이라도 난 게 아닌지……."

"뭣이? 입궐하신 어머니는 어디 계시느냐?"

"지금까지 돌아오시지 않았사옵니다. 공주자가께오서 급히 심부름꾼을 궐로 보냈는데, 아직 소식도 없고요."

염의 몸이 충격으로 휘청했다. 이내 정신을 가다듬고 말했다.

"곧 입궐할 것이다. 준비하거라."

"아니 되옵니다. 이제 막 시끄러운 소리가 그쳤다고 하는데, 가셨다가 주인어른께 변고라도 생기시면……."

"어허! 지금 내 몸이 중요하단 말이냐? 이런 상황에 자고 있었던 불충과 불효를 힐책해도 모자랄 판에! 어서 준비하라!"

염의 발걸음이 급하게 안채를 벗어났다. 머릿속에는 경복궁에 있는 이들을 걱정하느라 다른 것을 생각할 틈이 없었다. 그 뒤를 청지기도 따라 나갔다.

연우가 앉은 방의 창문은 닫힌 게 없었다. 밤사이 온돌도 지피지 못하게 하였다. 궁궐에서 보내 주겠다는 소식도 없었고, 동정을 살피러 간 하인에게서도 분란이 종식되었다는 소식만 들어왔다. 하지만 연우는 동요하지 않았다. 그러려고 노력했다. 훤은 무사하리라고 믿어 의심치 않았다. 변고가 없을 거라던 그의 말을 믿기 때문이다. 훤이 거짓을 말하지 않는 사람임을 믿기 때문이다. 그래서 서성거리는 것조차 하지 않고 다소곳하게 앉은 채로 가장 강력한 주술, 인간의 간절한 마음을 훤에게 보냈다.

박씨 부인은 대문을 보며 하염없이 서성거렸다. 제운의 안부가 걱정되어 견딜 수가 없었다. 동정을 살피러 다녀온 하인이 양명군 시신이 궐을 나갔다는 비보를 전했지만, 제운에 대해서는 알아 온 것이 없었다. 박씨는 운이 무사하리라 믿으면서도, 머리털 하나라도 상처 입은 데는 없는지 눈으로 직접 확인하기 전에는 안심할 수가 없었다. 그래서 손바닥의 지문이 닳을 정도로 아들의 안전을 빌며 대문 앞의 땅을 발자국으로 다졌다. 그렇게 자신의 불안도 달랬다.

또 다른 하인이 왕의 군사들이 반란 관련자들을 잡아들이고 있다는 소식을 가져왔다. 그때까지 아무것도 입에 대지 않고 꼬박 바깥에서 서성거린 박씨의 다리는 서서히 거동하기 힘들어져 갔고, 손은 꽁꽁 얼어 갔다. 그래도 박씨는 멈추지 않았다.

"주인마님, 도련님이 이리로 오고 계시옵니다!"

"뭐라? 무사하더냐?"

하인의 답을 미처 듣기도 전에 갑옷을 입은 제운이 말을 탄 채로 급하게 대문 안으로 뛰어 들어왔다. 말에서 훌쩍 뛰어내리는 아들은 건강한 것 같았지만, 한편으로는 경미하게라도 다친 곳은 없는지 살피느라 박씨의 눈동자는 바쁘게 움직였다. 제운이 다가와 허리를 숙여 인사하자, 그녀는 멀쩡한 모습을 보여 준 고마운 마음을 숨기고 엄하게 말했다.

"어떤 급한 용무이기에 이런 시급한 상황에서 상감마마의 옆을 비웠단 말이냐? 네 직책의 중대함을 잊었느냐?"

"중전마마를 궐로 모시라는 어명을 받자와 이리 왔사옵니다."

"그런 전갈을 운검이 하더냐?"

제운의 입술이 잠시 머뭇거리는 듯하다가 싸늘하게 열렸다.

"아울러……, 상감마마께옵서 소인에게 허통許通을 윤허하셨사옵니다. 하여 마님께 허락을 구하고 싶어서 왔사옵니다."

아직 이번 사건이 진행 중에 있었지만, 훤은 제일 먼저 제운의 공부터 치하했다. 허통이 내려지자 제운은 더 이상 참을 수가 없었다. 그래서 한달음으로 달려온 것이다. 그 말을 들은 박씨도 감정이 터져 나오려는 것을 가까스로 참고 떨리는 목소리로 말했다.

"어, 어떤 허락……?"

"하찮은 소인이지만, 어머니라 부를 수 있도록 허락해 주시옵소서, 부디."

박씨의 눈에 서서히 물기가 차오르고 있었다. 박씨가 기쁨을 넘어 원망마저 깃든 목소리로 말했다.

"나쁜 놈. 천하에 또 없을 불효막심한 놈. 내 언제 너에게 어머니가 아니었던 적이 있었느냐? 네가 나에게 아들이 아니었던 적이 있었느냐?"

제운의 고개가 절로 숙여졌다. 이제야 어머니라 부르는 것이 죄였고, 이렇게 허락을 구하려 한 것도 죄였다. 오래전부터 이미 박씨는 어머니였기에 지금의 그는 불효자였다.

"소자, 마음을 다해 모시겠사옵니다, 어머니."

박씨가 떨리는 손으로 제운의 양팔을 잡았다. 눈에 차오르던 물기가 기어이 주름진 볼로 흘러내렸다. 그녀의 눈물 줄기를 따라 제운의 한도 같이 흘러내렸다.

"다, 다시 한 번 말해 보아라. 바깥이 시끄러워서 잘 들리지가 않는구나. 방금 뭐라고……."

"어머니……."

박씨의 주먹이 제운의 가슴을 사정없이 때렸다. 철갑옷에 얼어 있던 주먹이 아팠지만 박씨는 계속해서 때리며 소리쳤다.

"나쁜 놈! 괘씸한 놈! 남들은 제일 먼저 배우는 말을 이제야 하다니. 그까짓 어명이 무어라고! 너와 나 사이에 어찌 어명 따위가 먼저 선단 말이냐? 부모 자식 간의 정이란 것이 그 정도밖에 안 되더냐? 나에게 하나밖에 없는 아들이 이리도 불효막심한 놈이라니. 이 나쁜 놈아!"

언제나 강인했던 박씨의 입에서 울음소리가 터져 나왔다. 입술은 눈물과 미소를 동시에 머금고 있었다. 아주 짧은 제운의 미소도 보였다. 그리고 촉촉하게 젖은 눈동자도 보였다. 너무 순식간에 스쳐 지나간 표정이었지만 박씨는 아들의 기쁨을 확인했다.

"잠시 달려왔사옵니다. 일이 마무리되면 정식으로 절을 올리겠사옵니다."

제운의 눈동자가 돌아갔다. 따라가 보니 연우가 안채에서 나오고 있었다. 제운의 무사함을 확인한 연우는 훤의 무사함도 확신했다. 왕이 무사하지 않았다면 지금 앞에 운검도 없을 것이기에. 제운이 연우 앞에 허리를 숙였다.

"중전마마, 궁궐까지 모시겠사옵니다."

가마에 오른 연우와 흑운마에 오른 제운이 가고 없는 뜰에 박씨가 홀로 남아 우두커니 섰다. 급박한 지금 상황에서 왕의 곁을 비워 가며 이렇게 달려올 아들이 아님을 알기에, 어머니를 불러 보고 싶었던 억눌렸던 마음의 크기가 느껴졌다. 기쁨에 북받친 박씨는 젖은 마당임을 깨닫지 못하고 경복궁을 향해 네 번의 큰절을 연거푸 올린 뒤 엎드려 소리쳤다.

"상감마마, 성은이 망극하옵니다! 마마께옵서 소신의 가죽을 벗겨 북을 만들겠다고 하시어도 기꺼이 바칠 것이옵니다."

붉은 치마, 연노랑 저고리의 연우가 달려오고 있었다. 언제나 다소곳하게 앉아만 있던 월은 가고, 생기 넘치는 연우가 자신의 두 다리로 우아하지 못하게 달려오고 있었다. 달려오다 신발이 미끄러져 기우뚱하는 건 우스꽝스럽기도 하였다. 요조

숙녀답지 않게 신발까지 벗어던졌다.

 붉은 용포, 검은색 익선관의 훤이 달려오고 있었다. 짓눌려 있던 시름들을 떨쳐 낸 훤이 점잖지 못하게 달려오고 있었다. 바람에 익선관이 날아갔다. 이에 아랑곳하지 않고 언제나처럼 망설임 없이 곧장 연우만을 향해 달려왔다. 왕의 체통도 잊은 훤이 두 팔을 활짝 펼쳤다. 어젯밤 경회루에서 보았던 모습 그대로였다. 그 품을 향해 연우가 먼저 뛰어들었다. 그녀가 훤을 먼저 끌어안았다. 훤도 연우의 허리를 감싸 안았다.

 "앞으로의 일이 더 어렵소. 가장 훌륭한 왕, 그리고 가장 멋진 사내가 되는 일이 남았으니까."

 흠관재에 희빈 박씨의 가마가 도착했다. 가마에서 내리는 얼굴은 회색의 옷과 함께 핏기 하나 없었다. 상궁이 부축하여 안으로 들어갔다. 사랑방에는 양명군의 시신이 깨끗하게 정돈되어 눕혀져 있었다. 희빈 박씨가 들어가 시신 옆에 앉자, 시신을 지키고 있던 하인이 양명군의 얼굴을 덮고 있던 헝겊을 조심스럽게 들어 올렸다. 그 얼굴을 확인한 희빈 박씨가 일그러진 미소를 보이며 말했다.

 "누가 나에게 거짓말을 하였느냐? 저 미소가 안 보이느냐? 살아 있구먼, 살아 있구먼……."

 희빈 박씨는 아들의 얼굴을 손으로 더듬어 보았다. 싸늘했다.

 "양명군, 이 추운 날 비 오는 밤에 또 저잣거리에 나가 바보 놀음을 하였습니까? 이리 차가우니 사람들이 양명군이 죽었다고 내게 말하러 오지요. 장난은 그만하고 일어나 보세요."

하지만 죽은 시신이 일어날 리가 없었다.

"이러면 안 됩니다. 이 어미가 겁나잖아요. 제 손 떨리는 게 안 보이십니까? 이 이상 장난하면 저도 화를 낼 겁니다, 양명군!"

박씨의 손이 양명군의 시신을 흔들었다. 얼굴만이 아니라 온몸이 싸늘했다. 아들의 죽음이 손을 타고 가슴으로 넘어왔다. 그래서 더욱 심하게 시신을 흔들었다. 그러자 주위 사람들이 박씨를 만류하며 멀리 떨어지게 하였다. 비록 어미였지만, 그녀는 아들보다 품계가 아래이기에 왕자의 시신을 함부로 해서는 안 되었다. 가까이 가려는 박씨와 이를 말리는 사람들 사이에 몸싸움이 일어났다. 옷섶은 뜯기고 입술은 비명을 참으려는 이에 짓눌려 피가 났다. 결국 힘에 부친 박씨는 아들과 떨어진 곳에 쓰러지듯 엎드릴 수밖에 없었다.

아들이지만 살아 있을 때 이름 한번 불러 보지 못하였다. 아들 앞에 공대해야만 했고, 고개를 숙여야 했다. 살아 있을 때도 한번 안아 보지 못했는데, 지금 시신으로라도 안을 수가 없었다.

"이리 가려고 그때 이 어미한테 왔었습니까? 나란 것도 어미라고 마지막으로 보려고? 그것도 모르고 난 한심한 말만 하고, 한심한 짓만 하고……."

선대왕의 사랑을 버리면서까지 지키고자 했던 건 아들의 목숨 하나뿐이었는데, 결국 그 선택이 아들을 죽음에 이르게 만들었다. 희빈 박씨가 울음을 터뜨렸다. 왕의 후궁이 된 이후로 처음으로 목 놓아 울었다. 아들에게 미안했다. 자신이 낳아 준 것이 미안하고 또 미안해서, 차마 미안하다는 말도 입 밖으로 꺼낼 수가 없었다.

제운은 뛰다시피 걸어서 왕의 곁으로 돌아갔다. 원래 제운이 있던 자리를 대신하여 아주 잠시 동안 전 운검들이 있었다. 훤은 천추전에서 어갑을 벗고 홍룡포 차림으로 산더미 같은 일을 하고 있었다. 혈육의 죽음을 슬퍼할 겨를조차 왕에게는 주어지지 않았다. 그동안 친람을 하지 않은 폐해도 폐해였지만, 반란 세력을 정리하는 일도 밀려 있었고, 무엇보다 내일 조정에 나가 이번의 반란 사건과 예전의 세자빈 사건까지 들춰내기 위해서는 몸이 열 개라도 모자랄 판이었다. 제운이 왕의 앞에 서 몸을 숙여 인사했다.

"상감마마, 복귀하였사옵니다."

"그래, 다녀왔구나. 연우 낭자는?"

"강녕전으로 우선 모셨사옵니다."

훤이 일어났다. 자리에서 일어서는 순간에도 손에서 문서가 떨어지지 않았다. 잠시 정리를 기다리는 중에 박효웅이 제운의 옆으로 슬쩍 다가왔다.

"나에게는 할 말 없느냐?"

"네, 없사옵니다. 대도호부사大都護府使 어른."

순간 말이 끝나기도 전에 제운의 복부를 향해 매서운 주먹이 날아왔다. 하지만 그것을 막아내는 제운의 손이 더 재빨랐다. 드센 주먹을 힘껏 감싸 잡은 제운이 박효웅의 귀에만 들리도록 말했다.

"제 몸에 주먹이나 검을 닿고자 하신다면 더 많은 연습을 하셔야겠사옵니다, 외숙부님."

마치 협박처럼 들릴 정도로 차가운 말투였지만, 박효웅의 입가에 싱긋이 미소가 떠올랐다. 듣고 싶었던 말인 '외숙부'를 정확히 말해 주는 제운이 고마웠다. 왕이 문서를 내려놓으며 천추전을 나섰다. 언제 자리를 옮겼는지 제운이 그보다 앞서 나가고 있었다.

"애교라고는 없는 놈."

제운은 감격스레 중얼거리는 말을 들었는지 말았는지, 무표정한 운검의 얼굴로 왕을 호위했다.

"어서 가 보시오. 가서 어머니라고 불러 보시오."

훤이 연우를 앞으로 떠밀었다. 연우가 떨리는 발걸음으로 앞으로 나아갔다. 허리를 숙인 채 땅만 보고 있는 수많은 여인들 중에서 어머니는 한눈에 알아볼 수 있었다. 많이 야위었고, 흰머리가 듬성듬성 자라 있고, 보이는 옆얼굴에는 굵은 주름이 잡혀 있었지만, 꿈에도 잊어 보지 못한 어머니의 모습은 그대로였다. 다가가 멈춰 섰다. 어머니라고 부르려고 하는데, 그동안 그리도 불러 보고 싶었던 그 말은 목에 박힌 채 화석이 되었는지 올라오지를 않았다. 말을 대신해서 눈물만 흘러내렸.

신씨는 누군가가 다가온 것을 느꼈다. 하지만 왕 앞에서 허리를 들 수는 없었기에 이상하게 생각하면서도 가만히 있었다.

시야에 여인의 다홍색 치마가 들어왔다. 앞에 멈춰 선 채 움직이지 않는 다홍색 치마가 의아해서 신씨의 눈이 치마를 따라 위로 올라갔다. 연노랑 저고리가 눈에 들어왔다. 저고리를 보자 죽은 딸이 더욱 생각났다. 미혼인 처자들이 자주 입는 연노랑 저고리와 다홍색 치마. 연우도 살아생전 즐겨 입던 옷이었다. 연우가 죽고 난 뒤, 신씨는 이런 옷을 입은 여아만 있으면 모두가 연우인 것만 같아서 실성한 듯 따라가곤 하였다. 이번도 그렇게 생각했다.

저고리보다 위로 눈을 들었다. 여인의 얼굴이 보였다. 눈에 다 들어오지도 못할 만큼 아름다운 얼굴이었다. 마치 하늘의 선녀가 장대같이 쏟아지는 비에 휩쓸려 실수로 내려온 것만 같았다. 그래서 세상의 것이 아닌 얼굴을 마주하지 못하고 다시 허리를 숙였다.

"어……머니."

귀가 잘못된 줄로만 알았다. 기와를 타고 떨어진 물 덩어리가 땅의 여기저기 고인 물구덩이에 떨어지는 소리로만 들렸다.

"어머니."

이상했다. 물소리가 아니었다. 다시 들린 소리는 분명 눈물 소리였다. 신씨의 눈이 조금 전보다 더 더디게 위로 올라갔다. 힘겹게 올라간 눈길은 한동안 멍하게 연우의 얼굴에 머물러 있었다. 연우는 신씨의 눈과 마주치자 감당할 수 없을 만큼 눈물이 흘러내려 더 이상 어머니를 부를 수가 없었다. 손으로 일그러지는 입술을 막았다. 신씨가 넋이 나간 채로 떨리는 손을 뻗어 연우의 가린 손을 떼어 냈다. 자세하게 얼굴을 보기 위해서였다. 오랫동안 딸의 얼굴을 살피던 그녀는 그만 다리에 힘이 풀려 비가 흥건한 땅바닥에 털썩 주저앉고 말았다.

"내가……, 귀신으로라도 보고 싶다 했더니……, 헛것이 보이는가."

연우도 어머니를 따라 땅에 주저앉아 도리질을 치며 말했다.

"아니에요, 어머니. 저 살아 있는 연우예요. 귀신이 아니에요."

연우는 어머니의 주름진 손을 꼬옥 잡았다. 그리고 그 손을 자신의 얼굴에 가져다 대었다.

"봐요, 따뜻하잖아요. 살아 있잖아요. 어머니, 어머니, 어머니……."

앞으로 부르지 못할 연우를 끊임없이 불렀던 아버지의 마음과 똑같이, 그동안 불러 보지 못했던 것을 한꺼번에 다 불러 보고 싶었는지, 어머니를 부르는 연우의 목소리는 끊이지 않았다. 하지만 신씨의 귀에는 메아리로만 들렸다. 죽은 딸이, 그것도 땅에 묻은 지 수년이 흐른 지금 살아나 있는 것을 믿을 수가 없었다. 그래서 초점 잃은 눈동자를 하고서 무의식적으로 얼굴과 팔을 쓰다듬있다.

"연우? 우리 연우냐? 정말 내 착한 딸, 연우냐? 그래, 이 눈, 이 코, 이 입술까지 분명 아까운 내 딸이구나. 어떻게 이런 일이……, 널 땅에 묻고 내 마음도 이미 너와 함께 땅에 묻었는데……."

뒤늦게야 신씨의 눈에서도 눈물이 흘러나왔다. 그리고 한번 터져 나온 눈물은 멈출 수 없을 만큼 쏟아졌다. 죄인으로 죽은 딸이었기에 이름조차 입에 담을 수 없었던 그동안의 설움과 맞물려, 그녀의 울음소리는 통곡 소리보다 더 크게 울려 퍼졌다. 멀리서 염이 모녀의 모습을 지켜보며 함께 울었다.

역모 사건은 양명군이 건네준 명부에 이름과 함께 새겨진 수결이 발뺌을 할 수 없는 증거로 남았기에 별다른 문초 없이도 관련자들을 처벌할 수가 있었다. 하지만 조정 전체를 충격과 혼란으로 몰고 간 것은 이번의 역모 사건이 아니라, 예전의 미수에 그친 세자빈 시살 사건이었다.

조정이 혼란에 빠진 첫 번째 이유는 왕족들의 연루란 점이고, 두 번째는 허씨 처녀가 살아 있다는 것, 세 번째는 목숨을 끊은 중전 윤씨를 폐서인시키는 정도에서 머무르지 않고 아예 처녀귀로 규정하고, 죽었던 허씨 처녀를 첫 중전으로 두려는 왕의 완강한 결단이었다.

이중에 세 번째 문제에서 윤보경이 무고술에 가담한 증거로, 예전에 허씨 처녀에게 하사되었던 대례복이 함원정에서 나왔기에 처녀귀로 두는 것까지는 이견이 없었다. 그러니 다음 중전이 누가 되든지 첫 중전이 되는 것도 당연하게 되었다.

그 사건의 주모자였던 대왕대비가 독살당했다는 소식이 올라왔다. 이 때문에 첫 번째 문제는 자연히 민화공주에게로만 화살이 집중되었다. 외견상으로는 외명부의 무품계인 공주가 내명부의 무품계인 세자빈을 주술로 살해한 사건이었다. 같은 무품계라고 해도 내명부가 외명부보다 위이기에 이것은 엄연히 시살에 해당되었다.

하지만 그 당시에도 문제가 되었던 것처럼 허씨 처녀는 책빈 절차를 받지 않았기에 정식 세자빈 신분이 아니므로, 무품계인 공주가 사대부가의 처녀를 주술로 죽인 단순 사건으로 봐야 한다는 의견도 만만치 않았다. 그런데 더 큰 문제는 공주의 뒤에서 막강한 자세로 딸을 보호하며 버티고 선 대비 한씨의 고집이었다. 이것은 아들이 원하는 종결과는 정반대의 것이었다. 그래서 사건의 종결은 더욱더 난항을 겪게 되었다.

이 와중에 대왕대비와 양명군의 국상을 위해 왕의 집무가 이레 동안 휴무에 들어갔다. 그동안 조정은 나름대로의 심사숙고에 들어갈 수 있었고, 훤은 형제와 조모를 잃은 슬픔을 다스릴 수가 있었다.

국상이 끝나기가 무섭게 조정은 또다시 들끓기 시작했다. 국상 뒤에 찾아온 가장 큰 문제는 다른 것이 아니었다. 후사도 없는 왕의 혼례 건이 가장 시급한 당면 과제였다. 원래 국상이 있고 나서는 1년이 지나기 전에는 아무리 왕이라 해도 혼례를 올려서는 안 되는 것이 법도였다. 하지만 후사가 없는 왕의 가례는 이러한 법도에서 제외되었다. 열 일을 제쳐 두더라도 왕의 가례부터 준비해야 하는 것이 조정의 최우선 과제였지만, 이 또한 과거의 일이 정리되기 전에는 불가했다.

이렇게 꼬일 대로 꼬인 문제들로 골머리를 썩이고 있는 조정에 성균관 유생들이 더욱 일을 보태었다. 경복궁 밖에 몰려와 권당을 시작한 것이다. 왕족이라 하더라도 죄를 지은 자들은 엄벌에 처해야 한다는 주장을 위해서였다. 그들이 가리키는 왕족은 물론 민화공주였다. 관련된 왕족만 처리할 수 있다면 훤도 이렇게 고민하지 않아도 되었다. 하지만 여기에는 염이라는 죄 없는 인재도 같이 걸려 있었다.

권당을 위해 옥색 난삼欄衫을 입고 줄 맞춰 앉은 유생들의 표정은 모두 비장하기 이를 데 없었다. 이제까지 두려워 목을 사리게 했던 외척들이 쓸려 나간 뒤라 그들의 목에는 더욱 힘이 가해졌다. 그런데 끝에서부터 술렁거리는 물결이 일기 시작했다.

옥색의 물결 속에 새하얀 도포를 입고 흑립을 쓴 염이 단정한 걸음으로 홍례문 앞으로 오고 있었다. 평소 공개 석상에 모습을 보이지 않는 그였기에 소문으로만 그를 만난 유생들이 대부분이었다. 하지만 아름다운 모습과 우아한 몸짓만으로도 누군지 눈치 채지 못하는 이가 없었다.

유생들의 동경을 한 몸에 받고 있는 염은 그들의 눈빛에 눈을 돌리지 않았다. 곧바로 홍례문 앞에서 네 번의 절을 올린 뒤, 무릎을 꿇고 자리에 앉았다. 그리고 무릎 앞에 봉서를 내어 놓았다. 염의 출현은 천추전에서 조계를 하고 있는 왕과 대신들에게 보고가 올라갔다.

"상감마마께 아뢰옵니다. 홍례문 앞에서 유록대부 양천도위가 수차袖箚를 청한다 하옵니다."

훤이 빙그레 웃으며 중얼거렸다.

"드디어 왔구나."

대신들 사이에서도 술렁이는 물결이 일어났다. 의빈이 된 이후부터 염의 행동은 의빈의 규범에서 벗어나는 법이 없었고, 그것이 모든 이들로 하여금 안타깝게 만들었다. 그런데 지금 그가 목소리를 내려는 것이 믿기지 않았다. 게다가 그의 지금 처지는 부인인 민화공주와 누이인 세자빈 허씨의 가운데 있는 상황이었다. 그렇기에 그의 의견이 몹시 궁금하기까지 하였다. 그 청렴하기 이를 데 없는 사람이 어떤 해답을 줄 것이란 기대도 하였다. 이들의 술렁이는 분위기를 딛고 왕이 말했다.

"가서 물어라. 양천도위가 올리는 수차가 무엇인지!"

선전관이 즉시 달려 나갔다. 그리고 한참 만에 머뭇거리는 모습으로 돌아왔다. 차마 말도 올리지 못하고 우물거리는 그에게로 왕의 질책이 내려졌다.

"어떤 수차이기에 그리도 망설인단 말이냐! 무어라 하더냐?"

"그것이……, 아뢰옵기 송구하오나, 자탄장自彈章[6]이라 하옵니다."

대신들 사이에 조금 전보다 술렁이는 물결이 더 크게 일어났다. 그중 대사헌이 몸을 깊숙이 숙이며 외쳤다.

"상감마마, 대사헌 아뢰옵니다. 양천도위의 수차를 거두어 들이시면 아니 되옵니다! 양천도위는 누이의 죽음으로 한 번 죽었던 목숨이옵니다. 그리고 누이를 죽인 공주와 부부의 연을 맺은 것으로 두 번 죽었고, 이제 세 번째의 죽음을 청하는 것이

---

6. **자탄장(自彈章)** 자신의 죄를 탄핵하는 글.

옵니다. 어찌 이 같은 억울함이 또 있겠사옵니까? 통촉하여 주시옵소서."

훤은 오랫동안 생각에 빠졌다가 입을 열었다.

"양천도위에게 가서 전하라. 자탄장은 나의 심기를 어지럽히는 것이니 그만 돌아가라 일러라."

선전관이 홍례문으로 달려가니 그곳에는 혜각 도사가 염 앞에 무릎을 꿇고 앉아 머리를 숙이고 뜻을 거두어 달라며 간청하고 있었다. 그리고 뒤에 있던 성균관 유생들도 자신들이 이곳에 뭐하러 왔는지도 망각한 채 소격서와 같은 목소리를 하였다.

"양천도위 대감, 이번만큼은 제발 휘어지시옵소서. 지금의 가장 괴로운 분은 상감마마와 양천도위 대감이 아니시옵니까. 대감께 죄가 있다 한다면 세상 어느 누구인들 죄가 없겠사옵니까! 자탄장이라니, 이는 천부당만부당한 말씀이옵니다. 물러나 주시옵소서!"

하지만 입을 꾹 다문 염의 태도는 변함없이 정갈하기만 하였다. 그는 왕의 말을 전해들은 뒤에도 자세가 흐트러지지 않고 그대로였다. 그렇게 시간이 흘러 해가 지고, 달이 뜨고 있었다. 그와 더불어 마지막 꽃샘추위도 기승을 부렸다. 염의 몸이 걱정된 유생 한 명이 일어나 자신의 난삼을 벗어 염의 어깨에 덮어 주며 말했다.

"물러나 주십시오. 저희도 물러나겠사옵니다."

이 한 사람을 시발점으로 하여 유생 한 명씩 차례로 일어나 염의 어깨에 자신들의 난삼을 벗어 덮어 주며 물러나 달라는 간청을 하였다. 하지만 염의 눈동자는 여전히 홍례문만을 응시한 채 그들의 간청을 듣지 않았다. 어느새 염의 어깨에는 수많은 옥색의 난삼이 덮였고, 주위에도 가득 쌓였다. 그래서 죄인의 옷으로 입고 온 새하얀 그의 옷은 선비의 색인 옥색으로 덮여 더 이상 보이지 않게 되었다.

염의 고집은 밤을 새웠다. 그리고 훤의 고뇌도 밤을 새워 천추전에 있었다.

새벽이 되자 조강을 위한 대신들의 입궐이 다시 시작되었다. 그들은 누가 시키지도 않았고 따로 결의한 것이 없었는데도, 변함없는 태도로 앉아 있는 염에게 모두가 절을 올리고 난 뒤 홍례문을 넘어섰다. 염에게 절을 한 어느 누구도 마음이 편하지 않았다. 남의 죄를 논하기에 앞서 자신의 죄부터 보는 염의 앞에서는 죄인이 아닌 사람이 없었기에. 옛날 외척들의 득세에 목소리를 낮추느라, 허씨 처녀의 죽음에 석연찮은 부분이 있음이 확실함에도 불구하고, 죽음을 덮고 처녀귀로 규정한 것은 어느 누구도 아닌 바로 자신들이기에. 그리고 스스로의 죄를 잊고 청렴한 척 살아왔기에.

"양천도위의 강직함을 누가 말릴 수 있겠는가. 가서 자탄장을 받아 오너라!"

천추전에서 밤을 꼬박 지새운 왕의 첫마디였다. 대신들이 동시에 소리쳤다.

"아니 되옵니다, 상감마마!"

"이대로 두었다간 그의 몸이 상할까 걱정이오. 그러잖아도 동무인 양명군을 잃고 슬퍼하느라 이미 몸이 상했을 거요."

무거운 걸음으로 나간 선전관은 염의 봉서를 가져다 비단 천에 표구한 뒤 두루마리에 엮어 왕의 앞에 바쳤다. 천천히 두루마리를 풀어 내용을 읽던 훤의 눈동자에 기쁜 듯한 눈물이 맺혔다. 오랜만에 보는 스승의 글이었다.

"양천도위! 금고를 당했던 그간의 시간 동안도 게을리 하지 않고 학문을 닦았구나. 자신을 탄핵하는 글을 이리도 논리 정연하게 단정히 쓸 수 있는 이는 세상 어디에도 없을 것이며, 이토록이나 미려한 필체 또한 어느 누가 흉내 낼 수 있단 말인가. 어이하여 양천도위는 나에게 이러한 수차를 바친 자를 징계토록 하는 시련을 준단 말인가."

왕의 한탄만큼이나 염의 글을 돌려 읽은 대신들의 마음도 참참했다. 훤은 빈 종이를 펼쳐 힘 있게 글을 써 내려갔다. 최대한 간결하게 쓴 뒤 건넨 글은 즉시 선전관이 표구를 하는 곳으로 가져갔고, 그곳에서 두루마리로 엮어 의금부 판사의 손으로 건너갔다. 의금부 판사는 뒤에 선전관과 관원들을 거느리고 홍례문 앞으로 나아갔다. 그들이 당도하자 성균관의 유생들까지도 일제히 긴장하여 술렁거렸다. 오직 염만이 움직이지 않았다. 의금부 판사가 소리쳤다.

"유록대부 양천도위는 어명을 받으시오!"

염이 서서히 자리에서 일어났다. 그의 주위로 어깨에 덮여 있던 난삼이 우수수 떨어져 내렸다. 염은 그동안 얼어붙은 다리가 펴지지 않아 휘청거렸지만, 이내 단정히 하여 힘겹게 네 번의 절을 올린 후 다시 무릎을 꿇고 앉았다. 의금부 판사가 왕의 전교를 펼쳐 들고 읽었다.

"유록대부 양천도위는 들어라! 예전의 세자빈 시살 사건에서 무고술의 죄를 지은 공주 민화와 부부의 인연을 맺은 죄를 물어 이이離異[7]를 명하노라. 이에 공의 의빈 봉작을 파하고, 작위에 준하여 내려졌던 모든 재산을 적몰한다. 아울러 품계는 작금의 정일품에서 공주 민화와 국혼을 올리기 바로 전의 정팔품으로 강등하고, 용관冗官[8]으로 대기토록 하라!"

품계와 재산에 욕심이 없는 염에게 있어서 이것은 결코 벌이 아니었다. 염은 깜짝 놀라 땅에 엎드리며 울부짖었다.

"받잡을 수 없사옵니다. 벌을 내려 주시옵소서! 천신을 징계하여 주시옵소서, 상감마마!"

소리치는 염의 뒤로 성균관의 유생들도 소리쳤다.

"충분하옵니다! 어명을 받잡아 주십시오!"

염은 조금도 물러나지 않고 목이 쉴 정도로 벌을 내려 달라 소리쳤다. 그렇게 울부짖는 그의 앞에 조정의 대신들이 나와서 일제히 엎드려 절을 올렸다. 그중 백발이 성성한 영의정이 대표로 말했다.

"청렴하고 결백한 것은 높은 품격이긴 하지만, 그 또한 지나

---

7. **이이(離異)** 개인의 의지와는 상관없이 국가적인 차원에서 행한 강제성을 띤 이혼.

8. **용관(冗官)** 직책 없이 품계만 있는 벼슬.

치면 사람을 구휼하고 사물을 이롭게 할 수 없다 하였사옵니다. 대감께서 어명을 받잡지 아니한다면, 소인들도 상감마마께 자탄장을 아니 올릴 이들이 없사옵니다. 그리하면 지금의 상감마마의 곁에 누가 남아 있겠사옵니까? 민화공주와 부부 인연을 끊는 것으로 이만 물러나 주십시오. 이것은 상감마마가 아닌 소인들의 청이옵니다."

대신들도 버티고 엎드려 조금도 물러나지 않았다. 그렇기에 염도 그들의 힘에 굴복할 수밖에 없었다. 염이 비틀거리며 자리에서 일어났다. 사람들의 눈에는 슬프도록 아름다운 그의 새하얀 옷은 죄인의 옷이 아니라 순백의 청렴의 옷으로 비춰졌다. 염은 올 때처럼 가는 길도 가마를 옆에 세우고 걸어서 돌아갔다. 그동안 그를 흠모했던 수많은 선비들이 그 뒤를 따라갔다.

근정전의 옆에서 그 모습을 지켜보고 있던 훤이 작은 소리로 중얼거렸다.

"그렇지. 양천도위는 왕의 말은 듣지 않아도 백성의 말은 듣는 인물이지. ……민화공주! 눈이 있으면 보고, 귀가 있으면 듣고, 마음이 있으면 느껴라. 네 편협한 치마폭에 홀로 품으려 했던 사내가 얼마나 큰 인물인지를. 네 죄까지 감싸 안는 그의 깊은 마음을. 부디 허염의 뒤를 따라가는 저 많은 백성들의 마음을 들어 다오."

염의 봉작 삭탈이라는 왕의 어명이 있고 난 이후, 그 어떤 누구도 민화공주의 탄핵을 입에 담는 자들이 없었다. 민화의 더러운 죄를 염의 깨끗한 성정이 충분히 가려 주었기 때문이다.

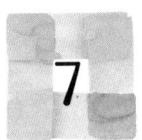

7

별궁에서 가례를 기다리며 궁중의 법도와 혼례의 순서를 익히고 있는 연우에게로 대궐로부터 사자使者가 도착했다. 대문 밖에 화려한 의장과 악대가 서고, 각종 예물들과 속백함, 말 네 필은 안으로 들어왔다. 미리 와서 납채를 기다리던 신씨는 그 행렬을 보자 눈이 휘둥그레졌다. 원래 납채는 왕실 가례의 첫 번째 단계로 정사와 부사가 대궐 정전에서 왕으로부터 교명문敎命文과 기러기를 받아 국구의 집안에 전하는 것이다. 그런데 속백함束帛函과 말 네 필은 두 번째 단계인 납징納徵에나 필요했다. 어안이 벙벙한 신씨에게 사자가 다가와서 말했다.

"상감마마께옵서 이전 세자빈 간택 시에 이미 납채는 치렀으니 납징부터 거행하라 하시었사옵니다."

납채는 치르고 연우가 죽었으니 그동안의 괴로웠던 모든 세월을 도려내고, 납채가 끝난 시점과 납징이 시작되는 지금 시점을 잇고 싶은 훤의 마음이었다. 그리고 옛날의 납채가 효력을 발휘하는 지금의 순간으로 인해, 한때 중전의 신분으로 있었던 윤씨는 원래 자신의 운명이었던 영원한 처녀귀로 돌아갔다. 그렇게 훤은 한때 뒤바뀌었던, 그리고 영원히 뒤바뀔 뻔하였던 두 여인의 운명을 원위치로 되돌려 놓았다.

신씨는 속백함과 예물들을 받쳐 든 상궁들과 함께 연우가 있는 방으로 들어갔다. 다소곳하게 그림처럼 앉아 있는 연우에게 절을 올린 그들이 품속에서 서찰을 꺼냈다.

"상감마마께옵서 보내신 봉서이옵니다."

봉서는 높게 받쳐져 연우의 손으로 건너갔다. 그림과도 같아서 영원히 움직이지 않을 것만 같던 연우의 얼굴에 반가운 미소가 번졌다. 영락없이 사랑에 빠진 평범한 여인이었다. 연우는 다른 것에 시선도 두지 않고는 재빨리 봉서를 열어 펼쳤다.

하룻밤을 자고 일어나 내일을 기다리고, 또 하룻밤을 자고 일어나 내일을 기다리오. 그대와 함께할 날은 머지않은 미래의 한곳에 박혀 있는데, 하룻밤 자고 일어난 오늘은 어이하여 그 미래에서 더욱 멀어져 있는지 알 수가 없소.

비록 훨씬 수려해지긴 했지만, 옛날과 다름없이 기교 하나 없는 힘차고 정직한 필체였다. 그리고 변함없이 연우의 심장을 두근거리게 하는 내용이었다. 길지 않은 글을 오랫동안 되풀이하여 예전의 감정들과 함께 음미하고 있는데, 예물함을 열어 보던 신씨와 상궁들이 당황하여 우왕좌왕하는 소리가 들렸다.

"무슨 일입니까?"

"저, 그것이……. 아뢰옵기 송구하오나, 적의와 함께 머리에 쓸 예물들 중에 빠진 것이 있사옵니다. 그것도 가장 중요한……."

예물 중에 빠진 것이 있다니, 이보다 더 불길한 일은 없었기에 말을 올리는 상궁의 목소리는 심하게 떨렸다. 하지만 연우는 차분하게 미소를 보내며 우아하게 팔을 앞으로 뻗었다. 예물함을 달라는 표현이었다. 앞에 펼쳐진 예물함 속에는 휘황찬란한 각종 머리 장식품들이 있었다. 그중 눈에 들어오는 외로운 봉잠 하나, 그것은 쌍봉잠 중에서 훤이 이제껏 가지고 있던 한 짝이었다. 한 짝의 봉잠만으로도 다른 비녀에 비할 수 없이 화려하고 아름다운 왕비의 가례 봉잠이었다.

"가장 긴 봉잠은 원래 하나가 아니라 두 개가 하나이온데, 어찌 이런 일이……."

"이것 때문이라면 마음 놓으세요."

연우가 자리에서 일어나 방의 구석에 둔 보자기를 가져왔다. 그것을 천천히 풀어 옷가지들 사이에 둔 하얀 천을 꺼내, 그 안에서 훤이 정표로 준 봉잠을 내어 놓았다. 예물함에 홀로 있는 봉잠과 똑같은 것이었다. 상궁들과 신씨가 놀라서 연우를 보았다. 연우는 그들의 말없는 물음에 답해 주는 대신 훤의 봉잠 옆에 자신의 봉잠을 나란히 두었다. 같이 있어 더 아름다워진 쌍봉잠, 오랫동안 헤어져 있던 그것들은 비로소 하나가 되었다. 상궁은 비단 속에 기름종이로 밀폐한 것을 신씨에게로 건넸다.

"원래는 악귀를 쫓는다는 영릉향을 마셔야 하는데, 상감마마께옵서 예비 중전마마의 향기 하나라도 다치게 하지 말라시며 난초 분말을 하사하셨사옵니다."

"원, 세상에 이리 많은 난초 분말을 언제 다 쓴다고. 조선 팔도에 있는 것을 다 거둬들이셨소?"

신씨의 목소리에는 떨떠름함이 담겨 있었다. 연우는 예물함을 건네고 서안을 당겨 앉아 붓을 들었다. 훤에게 보내는 답장을 쓰기 위해 잡은 붓끝이 오래전의 기억에 물들어 떨렸다. 하지만 한번 종이에 닿은 붓은 날아가듯 유려히 움직였다.

1년 안에 주어진 달이 같고, 한 달 안에 주어진 날이 같고, 한날에 주어진 시간이 같다는 옛 성현들의 말이 이제야 다 거짓임을 알겠사옵니다. 임과 보냈던 한날과 임을 기다리는 이 한날은 분명 같은 한날인데, 지금의 한날은 임 함께 있던 몇 날을 이어 붙인 듯 소녀에게도 참으로 길기만 하옵니다.

연우의 봉서가 상궁의 품으로 들어갔다. 연우의 집안에서 보내는 답서는 사자가 받쳐 들고 화려한 의장과 악대들과 같이 대궐로 돌아갔다. 그들이 가고 난 이후, 방 안에 연우와 신씨만 남았다. 신씨도 더 이상 머무를 수가 없었다. 궁궐에서 보내 준 상궁들과 차지들만 남고 별궁은 철통같은 호위에 들어가야 했다.

신씨가 장옷을 팔에 걸치고 일어나다 말고 다시 자리에 앉아 한숨을 내쉬면 눈물을 보였다. 연우가 위로하기 위해 다정하게 불러 보았다.

"어머니."

"내가 1년을 바랐더냐, 10년을 바랐더냐? 내 새끼 얼굴 한 번 더 보고 보내겠다는데, 참으로 인정머리라곤 없는 임금이야. 그 구중궁궐에 들어가면 언제 다시 볼 수 있다고."

신씨는 푸념하다 말고 앞에 앉은 이가 자신의 딸이 아니라 중전이란 것을 깨달았다.

"아! 송구하옵니다. 죽었다가 살아난 여식인지라, 품에 조금만 더 끼고 있고픈 욕심에 감히 상감마마를……."

"어머니, 이렇게 있을 때는 딸로 대해 주세요. 어머니와 같이 상감마마를 원망해 드릴게요."

"그랬다간 예법에 대해서 염의 일장 연설을 들어야 하옵니다."

연우의 입술이 선한 미소와 안타까움을 그리며 움직였다.

"오라버니는 어찌하고 계십니까?"

신씨의 입에서 한숨이 절로 나왔다. 염은 여느 때와 다름없이 생활하고 있었다. 일어나야 할 시간에 일어나고, 책 읽을 시간에 책 읽고, 자야 할 시간에 자고, 스승의 예를 갖추고 오는 선비들마다 대문 안으로 들어오지 못하게 하는 점도 예전과 달라진 것 하나 없었다. 그래서 신씨의 마음은 더욱 속상했다. 딸인 연우의 죽음 뒤에 며느리인 민화가 있다는 것도 믿기지 않았다.

민화는 여타의 공주들과는 달랐다. 염을 따라 사치한 적 없었고, 시댁 어른들 앞에 공손하고 정성을 다하지 않은 적이 없었다. 원래 공주가 혼인한 집은 더 큰 칸수의 대저택으로 이사를 하는 것이 보편적이었다. 그런데 민화는 지아비와 시부의 뜻에 따라, 금상의 누이가 살기에는 턱없이 좁은 지금의 집에 계속 살아 준 여인이었다. 그래서 신씨는 오만불손한 공주를 모신 다른 부마 집안이 겪는 고통 같은 것은 이해하지 못하고 살아왔다.

그런 공주가 자신의 딸을 죽였다니, 너무나 충격적이라 믿고 싶지 않았기에 원망도 미처 못 하고 있었다. 왕의 벌은 염에게만 내려졌고, 아직 민화는 그 어떤 언급도 없이 내당의 방에 그대로 기거하고 있었다. 아무리 죄인이라고 해도 임신을 한 여인을 내쫓는 것 또한 법도가 아니기에 왕실에서 어떠한 조치를 해 주기 전에는 어쩌지 못하는 상황이었고, 다른 이들의 탄핵도 모두 거두어져 민화의 존재 자체가 소외되었다.

예전과 달라진 것이라면 염과 민화가 서로를 보지 않는다는 점이다. 자신의 씨를 가진 여인을 그리 냉대해야 하는 아들의 마음 때문에 신씨의 속도 같이 타들어 갔다. 손자를 가지고 있기에 미워하는 것도 조상에 죄송했다. 그래서 신씨의 입에서는 한숨만 나올 뿐 연우의 물음에 대한 답은 나오지 못하였다.

여식을 하루라도 더 보고 있고픈 신씨의 마음과는 달리 다음 날 고기告期가 거행되었고, 관상감에서 기일이라 정한 그 날

짜는 너무도 짧아 신씨를 더욱 슬프게 만들었다. 마음 급한 왕과, 후사가 없는 왕의 곁을 잠시라도 비워 두면 종묘사직이 걱정된다는 신하들, 그리고 많지 않은 기일을 택해야 하는 관상감의 계산 속에는 신씨의 마음은 조금도 고려가 되지 않았다.

또 며칠 지나지 않아 궐의 모든 상궁과 궁녀들이 별궁으로 와서 하는 책비冊妃가 거행되었다. 왕이 파견한 상궁들이 주관하는데, 적의를 입은 연우를 본 그들은 모두가 그 기품에 머리를 조아렸다. 무릎 꿇은 연우에게 차례로 책문冊文, 보수寶綬, 명복命服이 내려졌다. 그리고 자리에서 일어선 연우에게로 모든 상궁과 궁녀들이 대궐의 안주인에 대한 예를 갖추어 네 번의 절을 올렸다.

이로써 연우는 조선의 왕비가 되었고, 왕비는 정식으로 상궁과 내시가 모셔야 하기에 신씨는 더 이상 딸의 곁으로 올 수조차 없게 되었다. 그 옛날, 세자빈이 아닌 처녀귀로만 규정해야 한다는 조정의 중론도 책빈을 치르지 않고 죽었기에 가능했다. 그러니 이제는 허연우가 명실 공히 이 나라의 왕비였다.

명사봉영命使奉迎의 날에는 그 어떤 날보다 부산했다. 이날은 왕실의 종친과 문무백관뿐만이 아니라 국구를 대신한 염도 별궁으로 왔다. 그의 아름다운 모습이 별궁에 나타나자, 수많은 사람들이 기다린 듯 곁에 몰려들어 순식간에 인파에 둘러싸였다. 더 가까이 다가가 그의 아름다움을 탐하고픈 이들 사이에 가벼운 몸싸움도 일어났다. 이러한 소란 속에서도 염은 흐트러지지 않은 미소로 예의를 갖춰 일일이 응대했고, 그의 미소에 사내들조차 설레는 마음을 느꼈다. 심지어 민화공주의 죄가 이해가 되는 것 같기도 하였다.

훤도 직접 맞이하러 가고 싶었지만 그렇게 하면 더 많은 사람들이 움직여야 하고, 그런 만큼 국고 또한 낭비가 된다는 연우의 서찰로 인해 욕심을 접어야 했다.

모두가 기다리는 동안 별궁 안에서는 궁궐로 들여보내는 딸에게 하는 마지막 당부의 말을 건네고 있었다. 연우는 붉은 적의를 입고 머리 위에 갖은 비녀와 떨잠 등으로 장식을 했다. 좌우 양옆에는 헤어져 있던 쌍봉잠이 자리를 잡았다. 염이 유교 예법에 정해진 대로 말했다.

"조심하고 공경하여 이른 아침부터 밤늦게까지 명령을 어기지 마소서."

연우는 격식을 갖춘 것이 생활인 오라버니를 보고 마음속으로 미소를 지었다. 아마도 예법에 정해진 말이 아니었어도 똑같이 말했을 것 같았다. 염의 옆에 선 신씨도 정해진 말을 했다.

"힘쓰고 공경하여 이른 아침부터 밤늦게까지 명령을 어기지 마소서."

단정한 염의 목소리와는 달리 신씨의 목소리는 눈물을 삼키느라 힘겨웠다. 이윽고 연우가 연輦에 오르자 사면을 내려 모습을 감추게 했다. 신씨가 입술을 깨물고 쓰다듬을 수 없는 딸을 대신해 연을 쓰다듬었다. 보다 못한 염이 모친을 부축하여 연우에게서 멀어지게 하여 속삭였다.

"어머니, 세상의 모든 눈이 여기에 있습니다. 이러시면 중전마마의 심정은 어떠하겠습니까?"

어두운 가마 속에 앉은 연우도 옆의 덮개를 열어 어머니의 모습을 한 번 더 보고 싶지만, 덮개를 들썩임과 동시에 옆에 서 있던 상궁이 조용히 아뢰었다.

"중전마마, 심중은 헤아리오나 닫으시옵소서. 그리고 절대로 안수眼水를 내비치셔서는 아니 되옵니다."

연우와 신씨가 마음을 가다듬을 시간도 없이 악대의 피리 소리가 요란하게 울렸다. 그 소리를 시작으로 화려한 의장을 선두로 하여 갖은 악기가 왕비의 입궐을 축하하며 앞섰고, 그동안 왕비에게 내려졌던 교명문, 책문, 보수, 명복을 실은 가마가 각각 줄을 지어 뒤를 따랐다. 가마들 중, 연우가 탄 가장 화려한 연이 마지막 가마 행렬을 이었다.

문무백관은 그 뒤를 따라 말을 타거나 걸었다. 그 가운데 염도 슬픈 눈매를 숨기고 말을 타고 있었다. 행렬의 양옆으로 상궁과 내관이 한 겹으로 호위하고, 가장 끝 양옆은 군사들이 호위했다.

왕비의 가례 행렬을 보기 위해 모여든 인파는 그 수를 헤아릴 수가 없었다. 가짜 왕비가 진짜 왕비를 죽이고 중전이 되었는데, 죽었다가 살아난 진짜 왕비가 죽어 가는 왕을 되살려 가짜를 몰아내고 결국 궁궐로 들어가게 되었다는 소문은, 세상 무엇보다 빠르게 일파만파로 퍼졌기에, 그 기적의 왕비를 보고 싶은 마음에 며칠을 달려온 이들도 있었다. 백성을 괴롭히던 파평부원군 일파를 몰아내 준 고마운 은인, 그들의 진짜 왕비를 향해 모두가 기꺼이 땅에 몸을 엎드렸다.

경복궁에 왕비의 행렬이 도착했다. 가마 안의 연우도 멈춰선 느낌으로 알 수 있었다. 한동안 바깥이 어수선하더니 이내 앞의 가리개가 위로 올려졌다. 환한 바깥이 드러났지만 연우의 눈에는 화강암 판석이 깔린 바닥만이 어지러이 보였다. 혹시라도 저 바닥에 발을 내린 순간 화강암 판석들이 산산조각 나며 부서져 떨어져 내리지는 않을까 두려워 큰 숨을 삼켰다.

그때 앞에 하얀 손이 보였다. 손바닥을 하늘로 향하고 연우의 손이 얹어지기를 기다리는 그 손의 주인은 분명 훤이었다. 손 하나만으로 두려움이 사라졌다. 그리고 발을 내디딜 그곳에 환한 빛이 깔렸다. 연우는 하얀 손 위에 자신의 손을 올렸다. 따뜻하게 꼭 쥐는 훤의 손에 의지해 가마 밖으로 나가 마주 섰다.

검은색 구장복을 입고 면류관을 쓴 훤이 안고픈 마음을 애써 다스리며 연우의 눈동자 속에 미소를 심었다. 하지만 그 미소는 연우의 눈동자에 스며들어 물기로 변했다. 연우는 눈물을 보여선 안 된다는 상궁의 말을 떠올려 얼른 입술을 앙다물었다. 훤이 연우의 마음을 배려한 듯 따뜻하게 말했다.

"내일이란 것도 있었고, 오늘이란 것도 왔소. 매일 오는 오늘이 이리도 신기한 줄 미처 알지 못했소."

"세상의 신기한 것 중에 상감마마의 미소에 미치는 것이 있다 하더이까?"

"있소, 더 신기한 것이."

훤은 복잡한 표정으로 두 팔을 뻗어 연우의 가체 양옆에 꽂혀 있는 쌍봉잠을 어루만졌다. 그리고 쌍봉잠에게 하는 말인지 그녀에게 하는 말인지 모르게 중얼거렸다.

"드디어 하나가 되었구려. 두 개가 하나인 것을 알지 못한 채 영원히 홀로 있을 줄로만 알았는데……."

훤과 연우가 활짝 열린 근정전으로 나란히 나아갔다. 문무백관들은 어도 양옆 품계석 뒤에 줄을 지어 서서 몸을 숙였고, 왕과 왕비는 그들 가운데를 지나갔다.

훤이 밟고 지나간 자리에 서찰을 보내 놓고 가슴이 설레어 잠 못 이루던 어린 훤이 멈춰 섰다. 연우가 밟고 지나간 자리에 세자의 서찰을 받고 얼굴을 붉히던 어린 연우가 멈춰 섰다. 훤이 조금 더 지나간 자리에 죽통을 들여다보며 싹을 기다리던 어린 훤이 멈춰 섰고, 연우가 지나간 자리에 화단을 보며 싹을 기다리던 어린 연우가 멈춰 섰다. 또다시 세자빈으로 간택된 연우를 상상하며 밤하늘의 달을 보던 어린 훤이 멈춰 섰고, 그 옆 나란히 세자의 모습을 상상하며 밤하늘의 달을 보던 어린 연우가 멈춰 섰다.

조금 더 지나간 자리에는 죽은 세자빈을 부르며 울부짖는 훤이 있었고, 다시는 돌아오지 못할 한양 땅을 떠나며 울부짖는 연우가 있었다. 더 지나간 자리에는 죽은 연우를 그리워하여 북녘 하늘을 바라보는 왕이 있었고, 그 옆에는 훤이 그리워 경복궁이 있는 북쪽 하늘을 바라보는 무녀가 있었다. 그리고 두 사람이 많은 발걸음을 하고 지나간 자리에 온양에서의 비

오는 날, 누구냐고 묻는 왕과, 누구라고 답할 수 없는 월이 만났다. 몸은 만났지만 마음은 만나지 못했던 그날의 모습들을 지나, 또다시 수많은 이야기들이 그들이 지나가는 발아래에 솟아올랐다.

비록 오랜 세월 몸은 떨어져 있었으나, 둘은 같은 날 설레고, 같은 날 싹을 기다리고, 같은 날 서로를 상상하고, 같은 날 울고, 같은 날 그리워하며 같은 곳을 보았고, 같은 날 만났다.

둘은 근정전 기단 위로 올라가 마주 보았다. 그러자 올라오던 길에 남겨진 수많은 연우의 발자국들이 훤의 마음속으로 병풍처럼 첩첩이 접혀 들어갔고, 수많은 훤의 발자국들은 연우의 마음속으로 병풍처럼 첩첩이 접혀 들어갔다.

훤이 왼손에 규를 잡고 오른손을 내밀었다. 연우도 왼손에 규를 잡고 오른손을 내밀어 그의 손과 그의 과거를 마주 잡았다. 훤도 그녀의 손과 그녀의 과거를 힘껏 잡았다. 왕과 왕비의 눈은 서로를 바라보다가 똑같이 시선을 돌려 멀리 광화문을 지나 경복궁을 둘러싸고 있는 아름다운 한양 땅과 더 먼 조선 땅을 바라보았다. 그러자 그들 아래로 문무백관과 백성들이 왕과 왕비를 향해 큰절을 올리는 물결이 일어났다.

동뢰同牢를 위해 강녕전의 걸음은 소리 죽여 조심스럽게 움직였다. 원래는 왕과 왕비의 합방은 교태전에서만 가능하지만 동뢰만큼은 강녕전에서 치른다. 술과 음식을 차린 상을 두고 수줍게 등지고 있는 훤과 연우 옆으로 상궁들이 앉아 있었다. 이곳 강녕전의 동쪽 온돌 큰방에 들어오기 전에 이미 연우는 가체와 적의를 벗고 당의 차림으로 왔고, 훤도 구장복을 벗고 홍룡포를 입고 들어왔기에 그다지 손 가는 일은 없었다. 그러니 수발을 든답시고 자리를 비켜 주지 않는 상궁들이 못마땅할 수밖에 없었다.

하지만 그들은 왕의 기분을 아는지 모르는지 하나의 박을 쪼개어 만든 잔에 술을 부으려고 하고 있었다. 격조 있는 절차를 위해 동작은 한정 없이 굼떴다. 결국 왕의 급한 성격이 드러났다.

"모두 물러나라!"

상궁이 당황하여 떨리는 목소리로 아뢰었다.

"아뢰옵기 송구하오나 아직은 아니 되옵니다. 입태시가 되려면……."

"어허, 물러나라 하였다! 잠시 중전과 이야기라도 나누려고 하는 것이니라."

왕의 부릅뜬 눈을 차마 거역하지 못하고 망설이던 그들은 물러나기 전에 왕의 홍룡포를 벗기기 위해 다가왔다. 이를 눈치 챈 훤이 냉큼 말했다.

"됐다. 나는 중전의 시중을 받을 것이다. 그리고 중전의 시중은 내가 들 것이니 어서 나가기나 하라!"

"그리하오시면 술잔이라도……."

"그 또한 알고 있다. 세 번씩 나눠 마시면 되는 것 아니냐?"

상궁들이 머리맡에 도끼가 그려진 병풍을 쳐 놓고 방문들을 닫고 물러났다. 그들이 물러났다고 해도 멀리 간 것은 아니었다. 왕과 왕비의 방을 가운데로 하여 사방으로 둘러진 방에서, 술에 적신 솜으로 귀를 막고 제각각 자리를 지켰다. 훤은 상궁들이 사라지자마자 연우의 등을 끌어안았다.

"저들이 조금만 더 미적거렸다면 그대가 첫날밤 생과부가 될 뻔하였소."

연우의 입가에 미소가 번졌다. 훤은 그 표정을 볼 수가 없었다.

"궁금하오. 급히 저들을 몰아내는 나를 보며 등 돌리고 앉아 어떤 표정으로 있었소?"

"마음으로 웃고 있었사옵니다."

"내가 경박하게 굴어 웃었소?"

"아니옵니다. 어쩜 신첩의 마음과 그리도 똑같을까 신기하여 웃었사옵니다."

"그렇다면 돌아서 나를 보시오."

"돌아보고픈데 막으신 분은 상감마마시옵니다."

품에서 놓았다. 틀어 올린 머리에 꽂힌 용잠이 보였다. 그곳에는 더 이상 붉은색 낡은 댕기는 없었다. 훤은 쪽 찐 머리에 입을 맞췄다. 그리고 하나의 박을 쪼개 만든 두 개의 잔에 술을 부었다. 한 잔은 연우에게 건네고 한 잔은 훤이 들었다. 입술에 잔을 가져다 대니 술의 향이 코로 들어왔다. 난향, 아니, 울금 향이었다. 훤의 눈썹 사이가 촉촉하게 일그러졌다.

"나란 놈은……, 어찌 이리도 어리석은지."

뿌리는 양의 성질을 지닌 울금(강황), 줄기와 잎은 음의 성질을 지닌 울금초, 이렇듯 뿌리와 잎이 음과 양을 조화롭게 하는 식물이었다. 그래서 울금초로 향을 낸 술은 신랑 신부의 첫날밤에 악귀를 쫓는 술로도 사용되었다. 그러니 온양에서 처음 만날 날 월이 바쳤던 술은 초례주였던 것이다.

연우는 이미 옛일이라는 듯 미소로 다독이며 술을 마셨다. 훤도 미소를 되찾아 술을 마셨다. 적은 양의 술을 석 잔 연거푸 마시고 나니 연우의 볼과 입술에 붉은 기가 올랐다. 그러니 더욱 아름다웠다. 훤의 입술이 붉은 입술에 조심스럽게 닿았고, 혀끝의 난향에 닿았다.

연우의 비녀를 뽑아 땋은 머리를 내려뜨린 뒤 가볍게 닿았던 입술은 서서히 멀어졌다. 이번엔 연우의 옷고름이 서서히 풀어졌다. 훤은 연우의 입술 대신 옷고름 끝에 입을 맞췄다. 이내 입술은 옷고름을 따라 올라가 목덜미에 닿았다. 맥박이 느껴졌다. 살아 있기에 느낄 수 있는 맥박이었다.

훤의 두 손은 자유로이 움직이며 당의를 벗겨 내고 치마와 겹겹이 둘러진 속치마들을 걷어 냈다. 그러자 하얀 비단 적삼만 남았다. 술보다 더 취기를 자극하는 모습이었다. 훤의 급한 성격이 노골적으로 드러났다. 홍룡포를 휙휙 벗어던지고 붉은 비단 이불 아래에 연우를 끌어당겨 눕혔다. 저고리와 바지도 아무렇게나 벗어던졌다. 연우는 훤이 갑자기 서두르는 통에 당황하는 듯했지만 이내 차분하게 말했다.

"어복을 접어야겠나이다. 잠시 물러나 주시옵소서."

"에? 무, 무슨……."

"어복이 함부로 나뒹군다는 것은 있을 수 없는 일이옵니다. 이는 신첩이 예를 저버리는 것이옵니다."

연우는 자리에서 일어나 아무렇게나 벗어던진 옷가지들을 정성을 다해 접었다. 그 모습을 어리둥절하게 보고 있던 훤은 기가 막혔지만, 마음과 같이 몸도 급했기에 툴툴거리며 나란히 앉아서 옷을 접을 수밖에 없었다. 이제껏 옷은 고사하고라도 손수건 한 장도 제 손으로 접어 본 적이 없는 왕이었기에 훤이 접은 옷들은 모두 엉성하기 그지없었다. 그래서 다시금 연우의 손이 갔다. 연우는 툴툴거리는 훤을 힐끗 쳐다보며 빙긋 웃었다. 훤이 퉁명스럽게 말했다.

"아무래도 중전이 나를 놀리고 있는 것 같소."

연우는 다 접은 옷가지들을 머리맡에 놓으며 우아하게 말했다.

"예는 예인지라······."

괜히 울컥해진 훤이 뾰족한 말투로 공격하였다.

"꿀맛을 모르는 벌도 꽃 속의 꿀을 찾아가고, 꽃 향을 모르는 나비도 꽃가루를 취하는 것이 자연의 이치인데, 이러한 벌과 나비의 본능을 꽃이 어찌 알겠소?"

연우는 다소곳하게 두 손을 무릎에 올리고 목소리는 더없이 청순하게 말했다.

"봄철의 꽃과 풀은 비가 오지 않아도 피고, 뜰 앞의 노란 국화는 서리를 기다리지 않고도 피는 것이 자연의 이치이온데, 하물며 자연과 하나인 여인이야 더 말해 무엇하겠사옵니까?"

생각지도 못했던 당돌한 방어였다. 훤의 눈이 휘둥그레졌다. 처음 만났을 때부터, 아니, 그보다 더 이전에 첫 서찰을 받았을 때부터 연우는 만만한 여인이 아니었다. 갑자기 연우가 웃음을 터뜨렸다.

"이 장난꾸러기, 날 놀리다니!"

"상감마마의 표정이 재미있으셔서……."

훤이 덮쳐 연우를 넘어뜨렸다. 붉은 비단 금색 실로 아름답게 수놓아진 봉황 위로 연우가 넘어졌다. 그러자 봉황이 살아서 꿈틀대며 왕비의 뒤를 포근히 감쌌다. 연우의 몸 위로 훤도 함께 엎어졌다.

"우뚝 솟은 산일수록 쉽게 낮아지지도 않는 법이니, 그대의 몸이 힘겹더라도 나를 밀다 마시오."

훤의 장난 어린 너스레에 연우는 고운 미소로 응수했다.

"깊게 팬 계곡일수록 더 많은 물이 흐르는 법이니, 그 물 맛에 취하지나 마옵소서."

"하하하, 내가 졌소."

연우의 장난스런 웃음과 훤의 짓궂은 웃음이 어우러졌다. 어우러져 하나가 된 그것은 행복의 소리였다.

어느덧 모든 의식이 끝나고 세상의 시간도 끝난 것만 같은 적막함이 찾아왔다. 하지만 훤은 여전히 연우의 난향에 취해 있었다. 소중하게 서로를 끌어안고 누워 속삭였다.

"내일 아침이면 그대의 난향이 내 몸으로 다 옮겨 와 있을 것이오."

"그렇다면 마마의 국화 향은 신첩의 몸에 옮겨 와 있을 것이옵니다."

"두렵소."

"무엇이 두렵사옵니까?"

"아침마다 그대의 품에서 나를 떼어 내려는 계인의 목을 베라 명하는 폭군이 되지는 않을까……."

"마마께옵서 폭군이 되시면 신첩은 기꺼이 요부가 될 것이고, 성군이 되시면 또한 기꺼이 현부가 될 것이옵니다."

훤의 웃음소리가 터져 나왔다. 훤은 한참 동안 큰 소리로 웃고 나서 말했다.

"중전은 현부가 될 것이오. 내가 그리되게 하리다."

"기꺼이……."

연우는 팔을 둘러 훤을 끌어안았다. 연우의 품 안에서 훤은 가장 훌륭한 왕과 가장 멋진 사내가 되기도 전에 세상에서 가장 행복한 사내가 되었다.

동뢰로부터 사흘 동안의 밤은 어느 누구의 방해도 없이 난향에 흠뻑 물든 채로 지냈지만, 그 후 이틀은 교태전 출입이 금지되었다. 힘들었던 가례 절차를 모두 끝낸 왕비에게 휴식을 주려는 전통적인 배려였다. 훤도 이틀 정도는 넓은 아량을 발휘하여 출입을 자제해 주었다. 그래서 오늘 밤부터는 다시 연우와 함께할 수 있을 것이란 기대감으로 인해 잔뜩 몸이 달아오른 훤이었다. 사정전에 앉아 조계를 하면서도 훤은 시시때때로 헤벌쭉 입까지 벌리며 배실배실 웃음을 흘렸다.

그렇다고 일까지 소홀히 하는 것은 아니었다. 오히려 가례를 치르기 전보다 일 처리가 더 빨라지고 정확해졌는데, 이것은 빨리 일을 끝내고 남은 시간을 연우와 보내고 싶어 하는 훤의 의지 덕분이었다.

밤이 오기만을 기다리는 왕에게 조계가 끝나자마자 관상감의 명과학교수가 들어와 엎드렸다. 그 앞에는 붉은 비단이 놓여졌다.

"상감마마, 한 달간의 합궁일을 뽑은 것이옵니다."

"합궁일이라니? 아! 그렇지. 그런 게 있었지."

"상감마마께 있어서 만기를 다스리는 일도 중요하지만, 그 무엇보다 중히 여기셔야 하는 일이 바로 원자를 생산하시는 것이옵니다."

"물론이다! 그 얼마나 중요한 일인가! 어서 원자를 봐야지. 그러기 위해서는 노력도 많이 기울여야 할 것이야. 하하하."

훤은 기분 좋게 비단을 펼쳐 안을 보았다. 그런데 그곳에는 달랑 세 번의 날짜만 적혀 있었다. 그리고 그 세 번 중 딱 한 날에 중전이 찍은 낙점이 있었다. 오늘 밤부터 마음대로 교태전에 들어가 살다시피 하리라 생각하고 있던 그에게는 청천벽력과도 같은 말이었다.

"이것이 무엇이냐? 대체 한 달에 세 번 합궁하여 어떻게 원자를 생산하란 말이냐! 설상가상으로 중전이 낙점한 것은 딱 하루라니. 중전! 내 종묘사직을 위해서라도 이대로 넘어갈 순 없음이야."

화난 표정으로 자리에서 벌떡 일어서는 왕 앞에 차 내관과 명과학교수가 놀라서 엎드렸다.

"상감마마, 어디로 가시려 하시옵니까?"

"지금 당장 가서 중전의 가장 중요한 의무가 무엇인지 가르치고 오마!"

차 내관이 몸을 숙이고 조용히 아뢰었다.

"분명 중전마마께 원자 생산에 대한 중대한 문제를 상의코자 하시는 상감마마의 진심을 이 천신, 믿어 의심치 않사오나, 이제 곧 윤대를 위해 신료들이 들어올 것이온데……."

때마침 바깥에서 대신들이 기다린다는 보고가 들어왔다. 훤은 포기하고 자리에 앉았다. 훌륭한 왕이 되는 길은 멀고도 험했다. 훤이 한동안 버선 신은 발만 꼼지락거리다가 빈 종이를 펼쳐 놓고 붓을 들었다.

교태전을 지어 소헌왕후께 선물한 세종대왕을 원망하오. 한이불도 크고 넓은데, 강녕전과 교태전을 나눠 놓은 것은 백성의 지아비로서 사치함을 어찌 모르셨는지. 아울러 한 달에 하루만을 낙점한 그대도 원망하오. 아아, 한 달에 서른 번도 모자란 나를 어찌 모르시는지.

고이 접어 봉서에 넣었다. 그리고 멀리 서 있는 사령을 불러 교태전으로 보냈다. 이러한 와중에도 제운은 예전과 전혀 달라지지 않은 모습으로 왕의 옆에서 운검의 자리를 지키고 있었다. 사령이 나간 동안 윤대가 시작되었다. 날카로운 질의와 답변이 오가는 와중에 중전의 답장이 도착했다. 훤은 잠시 쉬는 짬을 이용해 연우가 보낸 봉서를 몰래 뜯어 서안 아래에 두고 읽었다.

점 하나를 헤아리는데 보이지 않는 수많은 점을 흘려 보신 상감마마를 원망하옵니다. 점이 하나였다 하여 하루만 신첩을 찾아오시려 하신 상감마마는 더 원망하옵니다.

훤의 표정이 다시 헤벌쭉 벌어졌다. 이내 힘을 내어 자신을 공격하려는 대신들과 맞서 앉았다. 역모 사건이 정리된 이후의 조정은 이렇듯 전쟁의 연속이었다. 그리고 이 전쟁은 훤이 왕을 그만두기 전까지는 계속될 것이다.

강녕전에 덩그러니 혼자 앉은 훤은 괜스레 속상한 기분을 감출 수가 없었다. 교태전으로 가고 싶은데, 합궁일이 아니라며 반대하는 관상감 관리들과 내관들에 의해 강녕전에만 묶인 몸이 되고 말았다. 훤은 또다시 세종이 너무도 원망스러웠다.
"한 달에 세 번이라……. 그깟 합궁일과 입태시를 지킨 왕이 어디 있다고. 세종대왕부터가 지키지 않으셨으니 훌륭한 왕이 됨에 있어 그것은 그리 큰 상관도 없는데……."
한숨이 절로 나왔다. 교태전이나마 보고 싶어 뒤편의 방문과 창문을 다 열었지만, 다른 담들보다 교태전을 두른 담이 더 높아 담 너머의 교태전은 잘 보이지 않았다.

"담조차 방해를 하는구나."

훤이 서안을 가져오라고 명했다. 그리고 정성껏 먹을 갈아 종이에 글을 썼다.

강녕전에 앉아 교태전을 보고자 하나 담이 높아 보이질 않소. 이곳의 달은 떴는데 그곳의 달도 떴는지 궁금하오.

봉서를 전해 받은 사령이 교태전으로 달려갔다. 그리고 잠시 후에 중전의 답장을 가지고 달려왔다.

이곳의 달은 떴으나 교태전을 보고 있질 않사옵니다. 아마도 그곳의 임을 훔쳐보고 있나 보옵니다.

답장을 읽고 난 훤의 표정은 더욱 심각해졌다. 훤은 잠시 이마를 손으로 짚고 골똘히 고민에 빠졌다. 그동안 수많은 난간을 헤쳐 올 때보다 훨씬 심각한 표정이었다. 머릿속에 어떠한 일을 도모하고 있는 표정이었다. 오랫동안 가까이에서 모셔 온 차 내관은 불안하기 짝이 없었다. 이윽고 훤의 입에서 생각지도 못한 말이 나왔다.

"『천자문』을 가져와라!"

"네에?"

"춘방책고에 가면 세자 시절 즐겨 보았던『천자문』서책이 있다. 그것을 가져오너라. 그리고 관상감의 세 교수도 들라 일러라."

사령이 다시 뛰어나갔다. 차 내관의 불안은 더 커졌다. 천자문! 머릿속에 세자시강원의 허염이 떠올랐다. 잠시 후, 『천자문』 책은 서안 위에 올라갔고, 세 교수는 왕 앞에 영문도 모르고 엎드렸다. 세 교수 중에 지리학교수는 새로 바뀌어 있었다. 훤은 책의 제일 첫 쪽을 펼쳤다. 그리고 조용히 읽었다.

"천지현황. 천자문의 제일 앞 글자가 하늘 천이구나. 아는 자는 답하라. 하늘은 무엇이냐?"

모두가 어리둥절하여 서로를 쳐다보았다. 왕이 무슨 말을 하는지 도통 이해할 수가 없었고, 또한 무슨 답을 해야 할지도 알 수가 없었다. 왕이 설명하듯 차분히 말했다.

"난 군부君父로서의 중요함에 대해 늘 생각해 왔고, 실천하기 위해 노력했다. 하지만 이를 이루기 위해서는 군사君師로서의 행함도 중요함을 알았다. 하여 학문을 이루려는데 밤과 낮을 어찌 가리겠느냐? 그리고 첫 학문의 시작인 하늘에 대해서도 모르면서 어찌 더 높은 학문을 이룰 수 있겠느냐? 하니 군사의 학문을 도와준다 생각하고 말해 보아라. 하늘은 무엇이냐?"

하늘에 대해 쉽게 입을 여는 사람이 없었다. 차 내관은 깨달았다. 왕은 이것을 핑계 삼아 교태전으로 뛰어갈 속셈이었다. 그래서 막아 보고자 애써 옛날 허염의 말을 떠올리고 어렵사리 입을 열었다.

"『중용』에 따르면 하늘은 곧 도의 근원이라고 하였사옵니다.

하늘이 명한 것을 성性이라 하고, 성을 따르는 것을 도道라 하고, 도를 닦는 것을 가르침이라 한다 하였사옵니다."

훤은 조용했다. 차 내관은 자신의 대답에 허를 찔려서 그러리라 생각하고 눈을 슬쩍 들어 왕을 살폈다. 왕이 마치 기다린 답이라는 듯 싱긋 웃고 있었다. 아차 싶었다. 차 내관이 그때를 기억하고 있으리라는 것도 왕은 염두에 둔 모양이었다.

"그럼 그 뜻은 무엇인가? 하늘이 명한 성이란 건 또 뭐란 말이냐?"

"네? 아, 저기 그것이……."

차 내관은 아무리 머리를 쥐어짜도 그 뜻을 염에게서 들은 바가 없었다.

"쉽게 좀 설명할 수 없느냐?"

더 이상 입을 여는 사람이 없었다. 단순히 『중용』에 대해 말하라든가, 아니면 그 문장에 대해 설명하라는 거라면 할 수 있었다. 모두가 머리를 굴리다가 운검을 힐끔 쳐다보았다. 제운은 시선조차 거들떠보지 않고 어둠 속에 있었다.

"그럼……, 중전의 설명을 들어야 되겠구나. 중전도 『중용』의 하늘을 설명할 수 없다하면 어쩔 수 없는 노릇이고. 사령은 가서 답을 달라 아뢰어라."

중전이 『중용』의 하늘을 어떻게 설명할 수 있단 말인가? 세 교수와 내관들은 이렇게 안일하게 생각했다. 하지만 제운과 차 내관은 어떤 답이든 해 올 거라고 생각했고, 그래서 그 설명이 궁금하기까지 하였다. 열심히 달려갔다가 온 사령이 왕 앞에 엎드렸다. 그리고 아주 간결하고 쉽게 말했다.

"『중용』에서는 하늘이 곧 사람이요, 사람은 곧 하늘이라고 하였다 하셨사옵니다."

"『중용』의 하늘이 사람을 말한 것이었다고?"

훤의 눈이 휘둥그레졌다. 훤조차 이런 답이 돌아올 거라고는 예상하지 못하였다. 훤은 『천자문』 책을 덮어 겨드랑이에 끼우고 자리에서 벌떡 일어났다. 그리고 심각하게 말했다.

"난 이제껏 하늘은 곧 임금으로 알았다. 그리고 하늘과 땅의 가운데가 사람으로 알아 왔다. 그런데 하늘이 사람이라니! 중전한테서 이 답에 대한 설명을 듣지 않으면 잠이 올 것 같지가 않구나. 내가 지금 교태전으로 가는 것은 군사로서의 도리를 위한 것이니, 이를 반대하는 이는 감히 충신이라 할 수 없을 것이야."

이런 상황에서 왕을 막을 수 있는 논리는 없었다. 그래서 왕을 쫓아 군소리 없이 따라나설 수밖에 없었다. 그중 차 내관의 마음은 제일 복잡했다. 그전의 허염을 떠올려 보면 하늘 천이 하루만으로 끝난 것이 아니었다. 그리고 천자문에는 하늘 천을 포함해서 총 천 개나 되는 한자가 있었다. 그 모든 것을 다 공부하려면 천 일 이상은 더 교태전에 들락거려야 한다는 의미였다.

차 내관이 뒤따라오는 세 교수들을 힐끔 돌아보았다. 아무래도 앞으로 그들이 불쌍해질 것 같은 예감이 강하게 와 닿았다. 반면에 합궁일이 아닌데도 교태전에 신난 걸음으로 가고 있는 왕의 다리가 참으로 당당하여 저절로 웃음이 나왔다. 하지만 미소가 사라지고 차차 눈앞이 캄캄해져 왔다. 앞으로 내관과 관상감, 내전상궁이 머리를 맞대고 왕을 말릴 수 있는 방법을 의논해야 할 걸 생각하니 암담했다. 달리 뾰족한 방법이 생각나지가 않았다. 훤을 상대로 이길 자신도 없었다.

따르는 이들에게 고민거리만 잔뜩 안겨 준 훤은 그런 고민에 상관하지 않고 오직 천자문이 만자문이 아님을 원망하며 교태전으로 들어갔다.

8

 사람들의 머리에서 민화는 잊혀 갔고, 배는 불러져 갔다. 어느덧 시간들이 흘러 염의 집 대문 앞에 숯과 한지를 끼워 엮은 금줄이 가로 걸렸다. 목숨이 위태로울 상황까지 갔던 해산이 끝나고 사내아이를 낳았지만, 민화는 아이를 안을 힘조차 남아 있지 않았다. 미리 왕비가 내의원의 의원들을 내려 주지 않았다면 금줄이 걸리기도 전에 민화의 숨은 사라졌을 것이다.

 정신을 차린 민화가 제일 먼저 물은 것은 아기였다. 비록 염과 조정으로부터 내쳐지기는 했지만 염의 씨였고, 민화가 염에게 줄 수 있는 유일한 것이었기에 건강하고 또한 사내였으면 하였다. 그래서 염과 꼭 닮은 건강한 사내아기라는 답에 비로소 안심의 눈물을 흘렸다. 어떻게 해서라도 한번 안아 보고 싶었다. 그래서 없는 힘을 대신해 주위의 도움을 받아 겨우 품에 지탱했다.

열 달을 뱃속에서 노심초사하며 키운 아들이었다. 특히나 목숨 줄을 내어놓고 어렵게 낳은 자식이었다. 열 달을 품은 것과 어렵게 낳은 것을 빼고도 품에 있는 아이는 소중하고 아릿했다. 그 소중한 마음이 숨과 심장을 움켜쥐었다. 그리고 아이를 안기 전에 흘린 눈물과는 전혀 다른 내용의 눈물을 쏟아 내게 하였다.

"이 아이는 내 자식이 아니어야 하는데……. 죄인의 자식이어서는 안 되는데……."

민화가 태어나 처음으로 자신이 아닌 다른 이의 마음, 갓 태어난 아이의 마음이 되어 본 것이다. 누가 강요한 것도 아니고 스스로 마음먹어서도 아닌, 자연스럽게 든 마음이었다.

한 달이란 시간이 흘렀다. 민화의 몸이 회복되어 간 시간이기도 하였지만, 이름을 받지 못한 아이와 정을 나누는 시간이기도 하였다. 그리고 그렇게 주어진 유예기간은 끝이 났다.

"죄인, 공주 민화는 나와서 어명을 받으시오!"

의금부 판사의 목소리가 염의 사랑채를 흔들고 들어와, 민화가 있는 안채까지 흔들었다. 민화는 체념한 듯 아기를 안고 눈물을 흘리며 말했다.

"그냥 넘어갈 상감마마가 아니심을 알기에 오랫동안 기다렸다. 아가, 이젠 너도 죄인의 품이 아닌 아비의 품으로 가겠구나. 그분이 네게 성을 주고 이름도 주실 거야."

하지만 말과는 달리 품에 안은 아기를 쉽게 내어놓을 수가 없었다. 방글방글 웃던 아기는 어미의 슬픔에 동화된 것인지, 울먹거리다가 작은 주먹을 움켜쥐고 예쁜 소리로 울기 시작했다. 울음을 뿜어내는 입술도 작았고, 그 안에 치아가 없는 잇몸과 혀도 자그마했다.

"네 이가 자라는 것도 못 보겠구나. 앞니가 두 개 난 귀여운 모습도 못 보겠구나. 정확하지 않은 발음으로 엄마를 부르는 소리도 못 듣겠지······."

바깥에서 어서 나오라는 소리가 요란했다.

"민 상궁, 아기가 우니 마지막으로 젖을 물리고 나가겠다고 전해 다오. 마지막으로······."

젖을 물리니 아쉽게도 예쁜 울음소리가 그쳤다. 아기는 새까만 눈망울에 눈물 덩어리를 매달고 어느새 방글거리며 젖을 빨기 시작했다. 한 달 된 아기 같지 않게 숱 많은 검은색 머리카락에 새하얀 얼굴이 영락없이 염의 축소판이었다.

"서방님의 어린 모습은 내가 접하지 못하였는데, 보지 못했던 서방님의 아기 모습을 너를 통해 보는구나. 고맙다."

배불리 먹고 난 아기는 젖을 그대로 입에 문 채로 잠이 들었다. 민화가 유모에게 아기를 건넨 후 하얀 소복으로 갈아입었다. 그러고는 다시 아기를 안고 밖으로 나갔다. 마당에는 신씨가 안절부절못하며 서서 울고 있었다. 민화가 시모의 품에 아기를 안겼다. 그리고 딸을 죽이려 하였던 자신을 위해 울어 주는 신씨에게 며느리로서 마지막 큰절을 올리고 일어났다.

민화의 발은 중문으로 향하다 말고 길을 돌려 쪽문이 있는 뒷길로 향했다. 그곳에는 여전히 굳게 닫힌 쪽문이 있었고, 붉게 물든 단풍이 떨어지고 있었다. 아무도 다니지 않게 된 길에는 다른 낙엽들과 같이 단풍잎도 떨어져 애초부터 사람이 다니지 않았던 것처럼 길을 숨기고 있었다. 때마침 떨어지던 단풍잎 하나가 민화의 하얀 어깨에 떨어졌다. 손가락 두 개로 집은 붉은 것에 옛날의 그때처럼 입을 맞춰 보았다.

"서방님, 붉은 단풍잎이 꼭 불꽃같아서 설레어요."

민화는 손에 든 붉은 단풍잎을 옷 속의 품에 넣고 의금부 판사가 기다리는 사랑채 마당으로 나갔다. 마당 한가운데에는 멍석이 깔려 있었다. 민화가 염이 있는 사랑방 문을 쳐다보며 무릎 꿇고 앉았다. 의금부 판사가 두루마리를 펼쳐 들고 큰 소리로 읽었다.

"죄인, 공주 민화는 들어라! 9년 전, 사욕을 위해 세자빈의 생명을 앗는 주술에 가담한 죄를 묻노라! 이에 직첩을 회수하고, 노비형을 선고한다! 단, 왕족임을 감안하여 태형은 면제하노라!"

"아기는? 태어난 아이는 어찌하라 하시었느냐?"

"원래가 허염의 씨니, 이 가문의 자식이라 하셨사옵니다."

"다행이다, 정말 다행이야……."

자신이 노비가 되어야 한다는 사실보다 아이의 안전에 마음 놓는 민화였다. 그리고 안심하자마자 찾아오는 슬픔은 염과의 헤어짐에 따른 것이었다. 이미 오래전 부부간의 인연은 끊어졌지만 한 울타리 안에는 있었는데, 이제는 그나마도 아니게 되었다. 민 상궁도 소복을 입고 민화를 따라가기 위해 나왔다. 의금부 관원들이 어서 나가자고 재촉했다.

민화가 자리에서 일어나 염이 있을 사랑방을 향해 큰절을 올렸다. 하지만 숙여진 몸은 하염없이 흐르는 눈물로 말미암아 일어나지 못하였다.

사랑방에 앉은 염도 민화와 같이 눈물을 흘리고 있었다. 흐느껴 우는 소리가 바깥으로 새어 나가지 않게 입 위에 두 손을 겹쳐 막았다. 차츰 웅성거리는 소리가 대문을 빠져나가듯 멀어져 갔다. 염이 자신도 모르게 자리를 박차고 일어나 밖으로 나갔다. 버선발로 마당을 달려 대문으로 갔다. 이미 모든 일행을 내어 보낸 대문이 닫히고 있었다. 그 앞에 멈춰 선 염은 팔을 뻗어 대문을 짚고 서서 고개를 숙였다. 떨어져 내리는 눈물 자국이 땅 위에 선명히 새겨졌다.

"염아."

신씨의 목소리가 들리는 곳으로 고개를 돌렸다. 신씨의 품에는 강보에 싸인 아기가 세상의 떠들썩함과는 상관없이 평온하게 잠들어 있었다.

"안아 보렴. 신기할 정도로 널 많이 닮았단다. 순하고 예쁜 것이 마치 네가 다시 태어난 것만 같아. 아마도 태중에 있을 때 공주자가께오서 너만 닮게 해 달라고 빌고 또 빌어서일 게야."

아기를 안아 든 염의 손길은 서툴기 짝이 없었다. 하지만 그

와중에도 아기는 인상 하나 찌푸리지 않고 잘도 잤다.

"자면서도 내가 네 아비인 줄을 아는 것이냐? 정말……, 순하구나. 반갑다, 의야."

허의. 태어나던 날 지어 놓았지만 전하지 못한 이름이었다. 의는 좋은 꿈을 꾸는 것인지, 아니면 아비의 말에 답을 하는 것인지 조그마한 입에 웃음을 머금었다. 하인이 염의 신발을 가져다 발아래에 놓았다. 신을 바로 신은 발길은 쪽문이 난 뒷길로 향했다. 여전히 첩박힌 상태의 쪽문이 있었고, 문 너머에 붉은 단풍이 보였다.

"공주, 붉은 단풍잎이 마치 꽃과도 같아서 슬프옵니다. 죄를 용서하지 않겠다고 한 제 마음은 변하지 않겠지만, 공주를 사랑하는 마음 또한 변하지 않을 것이옵니다."

염은 조심스럽게 아기를 품에 꼬옥 안고 민화가 보고 싶은 마음을 숨겼다.

긴 길을 걸었다. 태어나서 처음으로 한양 땅을 벗어난 민화는 이렇게 오랫동안 걸어 본 건 처음이었다. 지쳐 다리가 꺾여도 호송하는 의금부 관원들은 쉴 틈을 주지 않았다. 노을이 지는 저녁 무렵이 되니 발에 물집이 짓물러져 더 이상 걸을 수조차 없었다. 결국 쓰러지듯 자리에 앉았다. 의금부 판사도 더 이상 걷는 것은 무리라고 생각했는지 잠시 동안 쉬겠다며 시간을 주었다.

민 상궁은 자신이 지친 것은 아랑곳하지 않고 공주부터 평평한 돌에 앉혔다. 민화는 잠시 쉬는 동안에도 걷기 힘든 다리보다 염과 아기와 헤어진 가슴이 더 아파서 눈물을 흘렸다. 지친 그녀들 앞으로 제일 앞서가던 의금부 판사가 다가와 품에서 봉서 하나를 꺼내 건넸다.

"상감마마께오서 내리신 어찰이옵니다."

민화가 떨리는 손으로 받아서 봉투를 열었다. 글이 오라비의 엄한 목소리로 들렸다.

민화공주 보아라.

지금 네가 걸어가고 있는 길은 열세 살의 어린 여인이 부모와 오라비, 그리고 정혼자를 두고 죽은 자가 되어, 천한 신분이 되어 울며 갔던 길이다. 혹여 너의 아기를 두고 가는 슬픔을 느끼느냐? 고작 한 달간의 정으로 인해 느끼는 슬픔의 양이 얼마이냐? 너로 인해 13년간의 정을 잃은 너의 시부모, 그리고 지아비의 슬픔은 지금 네가 느끼는 슬픔보다 얼마나 더 컸을지 헤아려 보아라. 너의 죄로 인해, 그리고 죄를 벌하느라 내리는 벌로 인해, 너는 네가 사랑하는 모든 이들을 두 번 죽였음을 잊지 마라. 그러니 아무리 힘들어도 네 삶을 포기해서는 안 된다. 그렇게 된다면 넌 네가 사랑하는 모든 이들을 세 번 죽이게 될 것이다. 죄를 씻고자 한다면 부디 삶으로 용서를 구하라.

민화는 자식을 잃은 시부모의 마음이 되었다. 누이를 잃은 염의 마음이 되었다가, 자식의 죄를 가려 주기 위해 대의를 버렸던 부왕의 마음이 되었다. 그리고 사랑하는 이를 잃은 훤의 마음이 되었다가, 모든 것을 잃은 연우의 마음이 되었다. 그러자 민화의 눈에서는 더 많은 눈물이 흘러내렸다.

사정전 앞에는 대비 한씨가 돗자리를 깔고 앉았다. 이번 왕의 처사에 대한 강력한 반발이었다. 민화는 대비의 딸이었고 왕의 누이였다. 그런 공주를 관비로 보낸 것은 한씨뿐만이 아니라 조정을 뒤흔든 대사건이었다. 대신들의 요구가 아니었다. 이미 사건 종결이 나고 모두 잊어 가고 있는 것을 왕이 들춰내서 대신들이 반대하는 것을 설득하여 내린 벌이었다. 결코 공주라 하여 죄를 눈감아 준 것이 아니라, 죄 없는 죄인을 최소화하기 위해 출산할 때까지 벌을 연기했다는 왕의 말은 그 어떤 것보다 대신들의 마음을 두렵게 만들었다.

훤은 한씨가 바깥에서 울며 소리치는 것을 무시하고 언제나와 다름없이 정사를 돌보았다. 석강을 끝내고 지친 몸과 마음으로 사정전을 나갔다. 앞에 앉아 있는 한씨 쪽으로 눈길 한번 주지 않고 지나친 훤은 빠른 걸음으로 강녕전으로 들어갔다. 왕의 뒤를 향해 한씨가 울부짖었다.

"주상! 세상의 도의가 이런 것입니까? 누이에게 허물이 있다면 제일 먼저 그 허물을 덮어 주고 가려 주어야 하는 것이 핏줄의 도리가 아닙니까! 지금도 늦지 않았습니다, 주상!"

강녕전의 마당에 선 훤은 그제야 애써 힘주고 있던 어깨를 떨어뜨렸다. 그리고 입술을 깨물고 북쪽의 하늘을 보며 옆의 제운에게 말했다.

"운아, 이로써 난 불효자가 되었구나. 아바마마께오서 할마마마와 민화공주를 용서하고 지켜 달라고 하셨는데, 그것이 안 되면 아바마마를 용서치 말라 하셨는데……. 난 결국 아바마마를 벌한 것이다. 하지만 알아주시겠지. 민화를 벌한 것은 당신의 아들이 아니라 왕으로서 한 일이란 것을. 그 부탁은 미래의 왕이 아닌 아들에게 한 부탁이었을 것이니."

제운을 쳐다보았다. 무표정한 건 예전과 조금도 달라지지 않아 빙그레 웃으며 말했다.

"나쁜 놈. 내가 이런 말을 하면 그럴 것이라던가 뭐, 달리 할 말은 없는 것이냐?"

"선대왕마마께오서 유언을 내리셨을 때 소신은 그 자리에 없었사옵니다. 하니 그 뜻 또한 판단해서는 아니 되는 것으로 아옵니다."

훤은 그를 붙잡고 뭘 말하겠느냐는 표정으로 웃었다. 하지만 제운이 사심이 들어가지 않은 시선으로 곁에 있어 주는 것이 든든했다.

"옆에 있는 신하는 말이 없어 외롭게 하고, 북촌에 있는 신하는 벼슬만 내리면 모조리 고사하여 외롭게 하는구나."

훤은 강녕전으로 들어가지 않고, 평소와 다름없이 그 뒤를 돌아 교태전으로 들어갔다. 그곳 마당에는 공주의 소식을 들은 연우가 노심초사하며 기다리고 있었다. 훤은 연우의 걱정 어린 눈빛을 보자 이제껏 참고 있던 감정들이 올라왔다. 얼른 고개를 돌리고 교태전 안으로 들어갔다. 다른 때였다면 연우를 먼저 품에 안았겠지만, 오늘만큼은 얼른 단둘만 있는 방으로 들어가고 싶었다.

보료에 앉은 훤은 목소리에 힘을 주고 애써 왕의 목소리로 말했다.

"내가 그동안 미뤘던 일을 처리하였소. 이는 반드시 해야 할 일이었기에 중전께서는 그 어떤 말도 삼가시오."

연우가 왕 옆에 앉아 두 손으로 그의 가슴을 쓰다듬듯 누르며 안타까운 표정으로 말했다.

"삼가 할 말이 없사옵니다. 오직 상감마마의 아픈 가슴만이 염려되옵니다."

"나는……, 나는……."

연우의 표정과 손길이 가슴을 어루만지자 훤은 굵은 눈물을 쏟아 냈다. 바깥에서 싸움이 붙어 덩치 큰 놈, 작은 놈 가리지 않고 모조리 패고 들어온 꼬마가, 엄마가 다정하게 다친 곳을 쓰다듬으면 갑자기 눈물 콧물 다 쏟아 내며 울음을 터뜨리는 것처럼, 훤도 연우의 위로에 왕으로서의 긴장감을 풀고 감정을 가진 나약한 인간이 되었다.

"내가 잘한 것이라 하여 주시오. 당연히 그리하여야 한다 말해 주시오. 아바마마께 죄송해도 그리하여야만 한다고……."

연우가 훤을 품에 끌어안았다. 그리고 그를 따라 같은 눈물을 흘리며 말했다.

"공적이 뚜렷하면 아무리 탐탁지 않고 미천한 자라 할지라도 반드시 상을 주고, 과실이 뚜렷하면 근친이나 총애하는 신하라 할지라도 반드시 벌주면, 소원한 자들은 열심히 일할 것이고, 측근자는 오만해질 수 없을 것이라[9] 하였사옵니다. 상감마마께오서 행하시는 그 어떤 일도 옳지 않을 수가 없사옵니다. 단지 신첩이 이렇게 눈물을 보이는 것은 누이를 벌한 한 사내의 아내이기 때문이옵니다."

훤은 인간으로서, 그리고 왕으로서 위로를 받았다.

"내가 그대를 현부가 되게 하는 것이 아니라, 그대가 나를 성군이 되게 하는구려."

훤이 연우의 입술로 다가가려던 때였다. 바깥에서 아뢰는 소리가 들렸다.

"중전마마, 내의원에서 어의가 들었사옵니다."

말소리와 동시에 훤이 뒤로 벌렁 넘어갔다. 굉장히 기분 잡친 모양이었다. 하지만 이내 곧 내의원이란 말에 정신이 들었다. 그래서 벌떡 일어나 바깥을 향해 소리쳤다.

"내의원이라니? 누가 아픈 것이냐?"

상궁이 조심스럽게 들어와서 말했다.

"아뢰옵기 송구하오나, 중전마마께오서 조금 전 마당에서 어지럼증을 느끼시는 것 같사와 급히 어의를 청하였사옵니다."

"어지럼증이라니!"

불호령과도 같은 왕의 고함 소리에 상궁은 몸을 움츠렸다. 연우가 당황하여 팔을 잡으며 웃었다.

---

9. 是故誠有功 則雖疏賤必賞 誠有過 則雖近愛必誅
近愛必誅 則疏賤者不怠. 而近愛者不驕也 「한비자」 주도편.

"아니옵니다. 아주 잠시 신첩이 치맛자락을 잘못 밟았사온데 김 상궁이 과하게 생각한 것 같사옵니다."

훤은 연우의 말은 듣지 않고 김 상궁에게 고함을 질렀다.

"어서 어의를 들게 하지 않고 무엇하는 것이냐!"

김 상궁이 방과 방 사이의 발을 내리고 어의와 의원들을 들게 했다. 그들은 왕의 모습을 보자 놀라서 벌벌 떨며 네 번의 절을 올렸다.

"절은 그만하고 어서 진맥부터 하라! 중전이 어지럼증을 느낄 때까지 대체 내의원이란 곳에서 무얼 한 것이냐?"

"소, 송구하옵니다."

연우는 훤의 화를 누그러뜨리기 위해 손을 잡고 토닥여 주었다. 하지만 훤은 화가 난 것이 아니었다. 이제는 모두 처결되었다지만, 예전의 무고술에 대한 기억은 아직 남아 있었다. 그렇기에 연우가 아픈 것이 두려웠다. 마음을 진정시키기 위해 연우의 손을 힘껏 쥐었다. 의녀와 상궁이 들어와 중전의 팔목에 하얀 명주실을 묶었다. 그리고 길게 실을 빼내 발 너머의 어의한테로 건넸다. 하지만 여전히 왕은 중전의 손을 놓지 않았다.

"상감마마, 아뢰옵기 송구하오나 중전마마와 떨어지지 않으시오면 옳은 진맥을 할 수가 없사옵니다. 잠시만이라도 부디……."

훤은 우물쭈물거리며 연우와 떨어졌다. 하지만 마음은 여전히 그녀를 안고 있었다. 어의가 명주실의 끝을 팽팽하게 당겨 잡고 오랫동안 맥을 살폈다. 그런데 실을 잡은 손이 서서히 떨리면서 땀을 흘리기 시작했다. 발이 가리고 있었기에 땀을 흘리는 걸 볼 수는 없었지만, 주위 사람들의 당황한 분위기로 말미암아 훤도 심상치 않음을 눈치 채고 말았다.

"어찌하여 맥을 이리도 오래 짚는단 말이냐!"

"상감마마, 어성을 낮추어 주시오소서. 신첩의 몸이 너무도 건강하여 맥으로 어떤 병도 알 수 없기에 당황한 것이 아니겠사옵니까. 만약에 맥이 이상하다면 그것은 마마의 뇌위雷威에 놀라 심장이 뛰었기 때문일 것이옵니다."

연우가 환하게 웃어도 훤의 불안은 가라앉지 않았다. 명주실이 어의의 손을 벗어나 다른 손으로 건너갔다. 그 손에 한참 있던 실은 또 다른 의원의 손에 건너갔다. 그리고 세 사람이 머리를 맞대고 소곤거렸다. 이윽고 일제히 몸을 바닥에 엎드리며 소리쳤다.

"상감마마! 감축, 또 감축드리옵니다."

중전의 몸이 안 좋은데 감축이라니. 분노가 하늘에 닿으려는 순간, 이성과 마주쳐 정신을 차렸다. 이내 들려오는 그들의 말을 믿을 수가 없었다.

"중전마마께오서 회임하셨사옵니다. 종묘사직에 이 같은 기쁨이 또 어디 있겠사옵니까. 실로 성은이 망극하옵니다."

훤은 오랫동안 멍하게 있다가 연우를 포근하게 안는 것으로 넘쳐 나는 행복을 표현했다. 그리고 둘은 서로 아무 말도 하지 않았다.

終章

설야

훤은 앞의 수많은 상소들 중에 몇 개를 들고 고민하였다. 그의 눈에는 한없이 어리게만 보이는 원자이기에 어서 강학청을 설치해야 한다는 주장들이 달갑지 않아서였다. 말 없는 왕의 분위기를 살피며 대신이 입을 열었다.

"상감마마! 신, 홍문관 부제학 아뢰옵니다.『안씨가훈』에 이르기를 자식은 어릴 때부터 가르치라고 하였사옵니다. 원자께서는 비록 세 살에 불과하나 벌써 천자문을 읽고 쓰니, 이는 하늘이 우리나라에 복을 주리는 것이 분명하옵니다. 어서 강학청을 설치하여야 하옵니다."

"그저 글을 읽고 쓸 뿐 그 뜻까지는 모르는 아기다. 중전께서 워낙에 책을 가까이하기에 따라서 흉내 내는 놀이를 한 것뿐인데 이리 호들갑 떨 필요가 뭐가 있겠는가? 아직은 장난치느라 바쁜 원자가 아닌가. 그러니 원자에게는 지금의 보양청으로도 충분하다."

왕의 떨떠름한 태도에도 불구하고 대신들은 물러나지 않았다. 얼마 전에 왕비가 두 번째 회임을 하였기에 힘을 덜어 주기 위해서도 물러나서는 안 되었다.

"신, 사간원 대사간 아뢰옵니다. 국왕의 세자에게 가르침이 신중해야 하는 이유는 위로는 조종의 왕업을 이어받고, 아래로는 신민의 안위가 달려 있는데다가, 국가의 흥폐와 존망이 언제나 그에게 달려 있기 때문이옵니다. 그러하니 신들도 어찌 신중하게 생각지 않았겠사옵니까. 지금 원자가 비록 어리기는 하지만, 옛사람이 일찍 교육시키던 방법에 비하면 이미 늦었사옵니다."

고작 세 살밖에 안 된 어린애를 두고 이미 늦었다고 하는 말에 화가 치밀어 올랐다. 훤은 고함을 지르려다가 꾹 참고 한숨을 푹 내쉬었다. 자신이 겪었던 일을 자신의 아들이 다시 겪으려 하고 있었다. 훤도 아들이 기특하고 자랑스러웠지만, 자신의 어린 시절을 생각하면 더 뛰어놀게 하고 싶었다.

이윽고 얼마 전 교태전에 놀러 왔던 염의 아들, 허의가 떠올랐다. 원자보다 한 살밖에 많지 않았지만, 점잖고 예쁘게 생긴 것만 아비를 닮은 것이 아니었다. 소학의 문장을 척척 대며 말하는 투까지 완전히 판박이였다. 연우가 팔을 뻗어 안으려고 하자, 누가 시킨 것도 아닌데 예를 지켜야 한다며 작은 두 손을 모으고 네 번의 절을 앙증맞게 올리는 것을 보고 소름이 돋았다. 그에 비하면 원자는 훤을 많이 닮아 장난도 심하고 천방지

축이었다.

"허염의 아들이 제법 똑똑하지 않소?"

깊은 생각에 빠진 왕의 말에 대신들은 묘한 웃음을 지었다. 신동 허의를 모르는 사람은 없었다. 타고난 것도 어느 정도는 있겠지만 허의는 염에 의해 만들어진 신동이었다. 허의는 젖을 먹을 때만 유모의 품에 가고 그 외에는 모두 염이 키웠다. 그 젖먹이를 품에 안고 글을 읽었으니 허의가 보고 듣는 것은 염의 글 읽는 소리 외에는 없었고, 행동과 말투까지 그대로 닮을 수밖에 없었다. 훤이 번쩍 떠오른 생각으로 인해 기분 좋게 말했다.

"허염의 아들을 우리 원자의 배동陪童으로 선발하면 어떻겠는가? 강학청보다 훨씬 교육에 도움이 될 것이야."

같이 놀 수 있는 친구는 훤이 어릴 때부터 너무도 부러워하던 것이다. 그래서 아들에게는 그런 어린 시절을 주고 싶었다. 지금 원자에게 있어서 친구라고는 바빠서 눈 마주칠 시간도 없는 제운밖에 없었다. 그것도 목마 태워 달라 조르고 졸라 한 번 정도 그의 어깨에 올라가는 것이 놀이의 전부였다. 어린아이가 무서워하기 딱 좋은 세운이 왜 좋은지 알 수는 없지만, 제운은 뜻하지 않게 원자의 신임까지 받고 있었다.

그에 반해 저번처럼 대비 한씨가 보고 싶다고 청해서 어쩌다 한 번 허의가 궐에 다녀가고 나면, 원자는 다음 날까지 허의를 다시 데리고 오라고 울며 지냈다. 특히 허의와 함께 있으면 따라서 곧잘 점잖은 척을 하였다. 분명 좋은 영향을 주리라고 확신했다.

 신료들도 왕의 생각이 옳다고 여겨 강학청을 몰아붙이는 건 미루기로 하였다. 대신 내년에는 반드시 설치할 것을 약속받고 물러났다. 그리고 그들의 머릿속에는 왕과 마찬가지로 강학청 원자의 스승으로 허염보다 적격인 인물은 떠올리지 못하였다. 단지 허염이 더 이상 벼슬을 고사하지 않기만 바랄 뿐이었다.

 정식 윤대가 끝났다. 모두의 짐작대로 왕은 곧장 교태전을 향해 뛰었다. 그리고 방으로 뛰어들어 일어나려는 연우를 힘껏 끌어안았다.

 "중전이 보고 싶어 숨넘어가는 줄 알았소. 아 참! 의를 우리 원자의 배동으로 두면 어떨까 하는데 중전의 생각은 어떻소?"

 연우가 품에서 떨어졌다. 하지만 허리를 감은 훤의 팔은 그대로였다.

 "아뢰옵기 송구하오나, 원자는 미래의 세자이옵니다. 그러니 다양한 가문의 다양한 아이들과 어울리는 것이 중요하다 사료되옵니다. 한데 소첩의 오라버니와 의도 외척이옵니다. 그러니 멀리하는 것도 좋지 않겠사옵니까?"

 단정한 연우의 말끝에 훤이 입술을 포갰다가 떨어졌다.

 "내가 원자의 배동으로 의를 생각한 것은 파를 나누거나 학문을 익히게 하려는 목적이 아니오. 사람을 사귀고 예의를 배우게 하려는 데 첫 이유가 있소. 한데 우리 원자 또래 중에 허의와 같이 예의 있고 의젓한 아이가 있소? 제멋대로의 떼 부리는 또래들과 어울리게 한다면 도리어 그 아이들을 따라 버릇없어질 것이고, 그것은 미래 조선의 누가 될 것이 분명하오."

"상감마마의 뜻이 정히 그러하다면, 신첩 또한 마음을 다해 따르겠나이다. 대신 청이 하나 있사옵니다."

"중전의 청이라면 하나밖에 더 있겠소? 민화공주의 복권."

"3년 넘는 세월이 흘렀사옵니다. 신첩이 알아본 바로는 옆에 있던 민 상궁마저 세상을 떴다 하더이다. 허의를 배동으로 두고 싶으시다면, 그 아이에게 어미를 돌려주시옵소서."

훤은 재빨리 연우에게서 떨어졌다. 그리고 확고부동한 태도로 말했다.

"허의는 공주가 키우지 않았기에 지금 그리도 뛰어난 신동이 된 것이오!"

"아무리 의젓하고 예의 있는 아이라고는 하나, 어미를 보고 싶어 하는 그 마음까지 의젓하겠사옵니까? 민화공주께서는 이미 몸으로 마음으로 죄를 뉘우쳤다 사료되옵니다. 벌이라는 것이 무엇 때문에 존재하겠사옵니까? 단지 죄에 대한 처벌만으로 벌이 있는 것이라면 그것은 하나만을 취하는 것이옵니다. 하지만 죄인으로 하여금 벌로써 죄를 내려놓고 다시 죄를 짓지 않게 한다면 모든 것을 취하는 것이옵니다. 용서는 왕만이 할 수 있사옵니다. 지금 민화공주는 용서에 필요한 벌을 충분히 이행하였사옵니다."

훤이 미처 답하기도 전에 바깥에서 편전으로 돌아가야 한다는 차 내관의 재촉이 들어왔다. 그래서 연우더러 추우니 나오지 말라고 하고, 다리를 툴툴거리며 방 밖으로 나갔다. 엉덩이 한번 자리에 붙여 보지 못하고 가는 셈이다.

 섬돌 위의 신을 신으려다 말고 몸을 돌려 재빨리 안으로 들어갔다. 그리고 연우가 다시 자리에서 일어서기도 전에 허리를 숙이고 얼굴을 감싸 쥔 뒤, 눈과 코, 뺨, 이마, 턱에 차례로 입술 도장을 찍었다. 마지막으로 입술에 긴 도장을 남기고 뛰어 나갔다. 훤은 행여나 익선관이 벗겨질세라 한 손으로 내리누르고 사정전까지 최선을 다해 뛰었다. 그 덕분에 제운과 내관들도 따라 뛰어야 했다. 그중 차 내관은 허구한 날 이런 뜀박질을 하기에는 이미 자신은 충분히 늙었음을 왕이 알아주기를 빌었다.

 염이 입을 다물었다. 이제 더 이상 관직을 거절하는 것도 왕에 대한 불충에 이를 지경이었다. 대비전으로 불려 온 허의를 데리러 궐에 왔다가 훤에게 지금까지 잡혀서 긴 시간 동안 닦달당하던 중이었다.

 "내가 우리 중전에게 약속한 것이 있소."

 "아, 네⋯⋯."

 시큰둥한 목소리였다. 훤이 '우리 중전'이라는 말을 붙이고 대화를 시작할 때면 어김없이 팔불출 기운이 시작되는 시점이기 때문이다.

 "가장 훌륭한 왕과 가장 멋진 사내가 되겠다!"

 두 주먹을 불끈 쥔 보람도 없이 염은 계속해서 시큰둥했다.

 "세 번만 더 들으면 백 번째이옵니다."

 옆에서 허리를 숙이고 있던 차 내관이 고개를 크게 끄덕였다. 훤이 이에 아랑곳하지 않고 이어서 말했다.

"얼마 전에 내가 중전에게 물었소. '백성에게 있어서 어찌하면 좋은 임금이 될 수 있겠소?'라고. 한데 우리 중전이 이리 답하였소. 『육도삼략』에 이롭게 하고 해롭게 하지 말며, 이루게 하고 실패하지 않게 하며, 살게 하고 죽게 하지 말며, 주어야 하고 빼앗지 말아야 하며, 즐겁게 하고 괴롭게 하지 말며, 기쁘게 하고 노하게 하지 말아야 한다고 적혀 있사옵니다.'라고. 아아......, 참으로 멋진 중전이지 않소?"

훤은 자신이 무슨 말을 하려던 것인지 까맣게 잊고 연우를 생각하며 황홀한 표정을 지었다. 그 말을 하던 연우가 발가락의 핏줄까지 곤두설 만큼 예뻐서 참지 못하고 강녕전에서 일을 벌이고 말았던 기억도 떠올랐다. 순간 강녕전 안의 분위기가 팔불출 왕 때문에 싸늘해졌다.

"어흠! 그 말을 듣고 허염이란 백성에게 있어서 나는 최악의 임금이구나 생각하였소. 언제나 해롭게 하였으며, 끊임없이 실패하게 하였고, 두 번을 죽였고, 많은 것을 빼앗았으며, 괴롭게 만들고, 노여움조차 가지지 못하게 하였으니."

염이 싱긋이 웃었다. 그리고 절을 올린 뒤 일어섰다. 여전히 염의 마음은 닫힌 그대로였다. 닫혀 있기에 그 속에 입은 상처는 좀처럼 치유가 되지 않았다.

허의를 데리러 대비전으로 들어갔다. 발걸음이 빨라졌다. 하늘이 우중충해서 지금 출발해도 가다가 눈을 만날 것 같았다. 대비전 안에서 누가 걸어 나오고 있었다. 궁녀도 아니고 여염집 여인도 아니었다. 정체를 알 수 없는 다 큰 처녀가 촐랑촐랑 대비전에서 나와 건물 옆으로 돌아가고 있었다. 염이 계단으로 올라가 앞에 선 대비전 궁녀에게 말했다.

"허염 들었다 전하라."

건물을 돌아가던 처녀가 갑자기 걸음을 멈추고 휙 돌아섰다. 하지만 염은 그쪽을 보고 있지 않았기에 처녀가 슬금슬금 다가오는 것을 알아차리지 못하였다. 대비전 궁녀가 대답했다.

"대비마마께오서 방금 오수를 청하셨사옵니다. 허의를 찾아오셨다면 지금 교태전으로 가 보시옵소서."

염이 돌아서서 대비전 계단을 내려올 때였다. 옆으로 눈이 한 송이 떨어졌다. 팔랑팔랑 뛰어온 처녀가 느닷없이 염을 가로막았다. 그리고 앞에 고개를 디밀고 쳐다보았다.

"너는 누구냐? 무례하구나."

염의 점잖은 꾸짖음에도 불구하고 처녀는 눈을 여러 차례 끔뻑거리며 뚫어지게 쳐다보았다. 그러다가 방긋 웃으며 말했다.

"지 이름은유, 잔실……. 성수청 무녀예유. 중전마마와 많이 닮으셨시유. 성함을 들었는데, 중전마마의 오라버니?"

"응? 나에게 볼일이 있느냐?"

"설 언니……."

"설? 설을 아느냐?"

잔실이 고개를 끄덕였다. 반가운 이름을 듣자 염이 싱긋이 미소 지었다.

"그래, 설은 잘 있느냐?"

이번에도 고개를 끄덕였다. 염은 다행이라 생각하며 같이 고개를 끄덕였다. 잔실이 대뜸 말했다.

"설 언니가 자꾸 지한테 물어유. 만날 똑같은 걸……. 다른 말은 하지도 못해유."

"응? 함께 있느냐?"

잔실이 마치 동문서답하듯 말했다.

"행복하시니? ……행복하시니? 행복하셔야 되는데……. 행복하셔야 되는데……."

갑자기 이상한 생각이 들었다. 다잡아 물으려고 하였지만 성수청의 무녀는 뒤돌아서 팔랑팔랑 뛰어갔다. 뛰어가는 처녀의 입에서는 계속해서 똑같은 말만 나왔다.

"행복하시니? ……행복하시니? ……행복하시니……."

건물 뒤를 돌아 모습을 완전히 감추고 난 뒤에도 그 소리는 계속해서 들리다가 서서히 사라졌다. 떨어지는 눈송이 숫자가 점점 불어나고 있었다.

염이 굳어진 얼굴로 교태전에 들어서니, 마당으로 연우와 원자, 허의가 막 나오고 있었다. 그중 허의가 제일 먼저 부친을 발견하고 달려왔다. 그런데 바쁜 마음과 달리 다리가 말을 듣지 않아 차갑게 언 바닥에 아플 정도로 세게 꽈당 넘어지고 말았다. 궁녀들이 더 놀라서 허의에게 다가가 일으키려고 하였다. 하지만 염이 손을 들어 그들의 행동을 저지시켰다. 그리고 그 자리에서 뒷짐 지고 기다렸다.

허의가 벌떡 일어나 고사리 같은 손에 묻은 흙을 탈탈 털고,

옷도 마저 털었다. 그러고는 복건을 고쳐 쓰고 옷매무새를 정돈한 뒤 염에게 달려가 작은 두 손을 모으고 허리를 숙이며 혀 짧은 소리로 점잖게 말했다.

"아버지, 오셨습니까? 소자, 점잖게 기다리고 있었습니다."

염은 눈높이에 맞춰 자리에 앉았다. 그리고 환하게 웃으며 팔을 벌렸다.

"우리 의가 가장 좋아하는 것, 이 아버지가 가장 좋아하는 것은?"

허의가 까르르 웃으며 염의 목에 매달려 입에 뽀뽀를 하였다. 그러자 원자도 염에게 달려가 목에 매달렸다. 염이 깊숙하게 허리를 구부리며 원자와 중전에게 인사를 한 뒤 일어섰다. 염이 연우에게 물었다.

"중전마마, 예전 일 중에 궁금한 것이 있사옵니다."

"갑자기 무엇이 궁금하세요?"

눈이 내렸다. 아직은 피해야 할 정도는 아니지만 갈 길을 재촉해야 할 정도는 되었다. 마당에는 원자와 허의가 떨어지는 눈송이를 잡으려고 뛰어다녔다. 그 뒤를 궁녀들도 따라다녔다.

"설……이란 아이는 지금 어디에 있사옵니까?"

연우의 얼굴이 슬픈 모양을 그리며 땅을 향했다. 염도 그 표정을 따라 슬픈 모양을 그렸다.

"모르셨사옵니까?"

염이 일그러진 얼굴을 가로저었다. 연우가 눈물을 흘리며 말했다.

"그날 명命이 떨어졌다고 합니다. 저도 너무 늦게 알았습니다. 계속 찾았었는데……. 민화공주께서 좋은 곳에 묻어 준 걸 뒤늦게 알고 성수청에 일러 진오기굿을 해 주었어요. 그것밖에는 해 줄 것이 없었습니다. 설이 원한 것이 재물이나 높은 신분이었다면 쉬웠을 터인데……. 정말 해 줄 것이 없었습니다."

"민화공주가? 어떻게……."

그날……, 설이 마지막으로 찾아왔던 날이 기억났다. 환하게 웃었던 날이었다. 갑자기 기절했던 것도 기억났다. 그리고 그다음 날 눈을 떠서 느꼈던 이상한 분위기가 떠올랐다. 언뜻 보았던 수상한 핏자국들도 기억났다. 그날 죽어야 했던 건 자신과 민화였음을 깨달았다.

"제가 어리석게도 좋은 곳으로 가느냐고 물었사옵니다. 웃기에 그런 줄로만 알고……."

염의 눈에서도 눈물이 떨어져 내렸다. 행복하게 살았으면 하고 바랐다. 어쩌다 내리는 눈에 설이 떠오르면 좋은 곳에서 씩씩하게 잘살고 있을 것만 같아서 기분 좋은 미소가 지어졌었다. 그런데 이제는 눈만 오면 설이 떠오를 것이다. 설이 떠오르면 좋은 곳으로 가느냐는 자신의 어리석은 질문이 떠오를 것이고, 대답으로 보여 준 설의 환한 미소도 같이 떠오를 것이다. 그러면 미소가 아닌 슬픔만 짓게 될 것이다. 눈이 내렸다. 이제는 더 이상 기분 좋게 미소 지을 수 없는 눈이 내리고 있었다.

사이좋은 부자는 끊임없이 대화를 하면서 집에 도착했다.

염은 언뜻 집 모퉁이 뒤로 숨는 사람을 발견했다. 어스름이 깔려 잘 보이지는 않았지만 여인 같았다. 점점 내리는 양이 많아진 눈 때문인지 설이라는 생각이 스쳤다. 언제나 숨어서 훔쳐보던 설이었기에 더 그런 생각이 들었다. 그래서 염은 허의와 가마꾼들을 집 안으로 들여보내고 홀로 모퉁이 쪽으로 숨어서 다가갔다. 죽은 여인이 살아온 것은 아닐 테지만, 만약에 귀신이라면 따스한 말이라도 건네주고 싶었다.

염은 모퉁이를 돌아 마주친 여인을 보고 그만 자리에서 언 채로 굳었다. 민화였다. 초라한 행색으로 낡은 보자기를 끌어안고는, 추위에 오들오들 떨고 있는 작은 형체는 자세하게 살펴보지 않아도 한눈에 알아볼 수 있었다. 어떤 말도 못 하고 멍하게 서 있는 염에게 민화가 기어들어 가는 목소리로 말했다.

"갈 곳이 없어서……. 오고 싶은 곳이 여기뿐이어서……."

여전히 입을 다물고 서 있는 염에게 다시 울먹이는 목소리로 말했다.

"상감마마께오서 용서하시어 관비에서 풀어 주셨사와요. 그래서……."

말없이, 표정 없이 서 있는 염이 두려웠다. 하지만 그런 작은 감정들이 묻힐 만큼 보고픈 감정은 더 컸다. 어두워서 잘 보이지 않는 염에게로 가까이 다가갔다. 그런데 가까이 다가가면 다가갈수록 염의 얼굴은 더 보이지 않았다. 눈에 가득 차서 넘쳐 내리는 눈물이 그의 모습을 가리고 있었다. 민화의 발걸음이 멈췄다. 자세하게 보이지는 않아도 무표정하게 있는 염이 가엾고 안되어 보여 더 이상 다가가면 안 될 것 같았다.

뒤돌아지지 않는 걸음을 애써 떼며 염에게서 등을 돌렸다. 그를 등 뒤에 두고 멀어져 가는 민화의 눈에서는 주체할 수 없을 만큼 눈물이 흘러내렸다. 어디로 가는지 알 수 없는 발길에 모든 것을 맡기고 걷다가 결국 멈춰 섰다. 더 이상 염에게서 멀어지는 것이 견딜 수가 없었다. 하지만 돌아볼 용기는 나지 않았다.

순간 민화의 등 뒤에서 누군가가 포근하게 끌어안았다. 세상의 모든 추위와 죄악을 쫓아내 주는, 민화와 같이 눈물을 흘리는 염이었다.

"용서하지 않을 거라 하시었잖아요. 죄를……, 용서할 수 없을 거라……."

"죄는 용서하지 않을 것이옵니다. 하지만 사랑하는 마음도 거두지 않을 것이옵니다."

"저 지금 냄새가 나고 더러운데……. 손도 다 갈라지고 못생겨졌는데……."

"깨끗하고 하얀 눈이 모든 것을 덮어 줄 것이옵니다."

민화의 귀에는 염의 울음소리가 목소리보다 더 크게 들렸다. 민화를 등 뒤에서 안고 있는 염에게로 마치 그의 행복을 기원하듯 그들에게로만 눈이 쏟아져 내렸다.

같은 눈이 내리는 경복궁에서는 감쪽같이 사라진 왕을 찾는 내관과 관상감 세 교수의 발길이 분주했다. 여느 날과 다름없이 교태전으로 들어갔을 거라고 짐작은 하지만, 양의문에 세워 둔 감시병들은 왕이 지나가는 것을 본 적이 없다고 하였다.

관상감에서 오늘은 중전이 회임 중인데다가 눈까지 오니 특히 더 강녕전에 있어 달라고 부탁드렸건만, 잠시 적설량을 예측하기 위해 한눈판 사이 사라져 버린 것이다. 명과학교수는 합궁일을 무시한 왕의 빈번한 교태전 출입으로 인해 낭패를 보고 있었다. 그중 가장 큰 낭패는 이미 태어난 원자와 현재 태중에 있는 아기시의 입태시를 알 수가 없어, 정확한 사주를 분석하는 데 따른 어려움이었다.

강녕전과 교태전 사이의 담 중간쯤에서 내금위병이 왕의 흔적을 찾았다며 작은 소리로 외쳤다. 우르르 몰려간 그곳 담 지붕은 눈이 그 부분만 떨어져 나가고 없었다. 높은 담 너머로 발을 돋워 보니, 하얀 눈 위에 성큼성큼 떨어져 찍혀 있는 왕의 발자국이 교태전으로 이어져 있는 것이 보였다. 여기저기 둘러보았지만, 분명 어디에선가 숨어서 긴 머리카락을 날리며 왕을 지키고 있을 운검의 모습은 그들 능력으로는 찾을 수가 없었다.

이윽고 사람들의 귀가 한곳으로 모아졌다. 멀리 교태전에서 거문고 선율이 들려오고 있었다. 왕이 중전을 위해 친히 튕기는 조선 제일의 거문고 선율이었다.

『해를 품은 달』 끝